…für Anja – ich hab´s geschafft!

neobooks

Impressum

Texte:	© Copyright by Andreas Franck
Coverzeichnung:	© Copyright by Bernd Haegar Hobohm
Foto:	© Copyright by Anja Werner
Layout:	© Copyright by büro perzborn

Verlag: Andreas Franck
Vorbergstraße 2
10823 Berlin
chaosbuch@web.de
Druck: epubli, ein Service der
neopubli GmbH, Berlin

Printed in Germany

Ich bin ein Berliner

Band 1 des Triptychons
der Existenz des Chaos

A. Chaos Franck

Das ist Chaos:

Als Chaos 1962 in Berlin-Neukölln das Licht der Welt erblickt, sieht alles noch ganz friedlich aus: Vor ihm liegt eine typische Berliner Kindheit und Jugend. Was allerdings nur solange gut geht, bis er 1977/78 Punkrock für sich entdeckt – das ist die große Zäsur, und von da an geht's mit Musik weiter.
Mit der ***Rucki Zucki Stimmungskapelle*** landet er auf den Bühnenbrettern der Punk-Schuppen der Stadt, bis er seinen Platz im ***Loft im Metropol*** findet, der wichtigste Veranstaltungsort im West-Teil der Stadt für alles, was nicht 08/15 klingt. Als fester Bestandteil der Crew trifft Chaos Größen und Halbgrößen der alternativen Musikszene, die sich bald auch im ***Pinguin Club*** herumtreiben sollen, in dem er 1986 seine Karriere am Zapfhahn startet und ab 89 aus fester Position hinter dem Tresen mehr als 30 Jahre betreibt. Das nimmt ihn aber nicht völlig in Beschlag: Es bleibt immer noch Zeit, sich den Bass umzuschnallen und mit der ***Imperial Dance Band***, bei den ***Peace Brothers*** und den ***Forgotten Idols*** loszulegen – und obendrein auch noch zwischen 1990 und 2000 als Merchandiser und Reiseleiter mit den ***Toten Hosen*** auf Tournee zu gehen.

Inhalt

01 – Vorworte

Da ich für den Titel meines ersten Buches ein recht bekanntes Zitat von JFK gewählt habe, starte ich doch einfach mal mit weiteren, teils unbekannten Aussprüchen.

Einer noch recht jungen Legende zufolge wurde dem Dalai Lama bei einem Interview in Deutschland folgende Frage gestellt:
»Was empfehlen Sie nach einem harten, arbeitsreichen Tag zur Entspannung?«
Der Dalai Lama soll darauf geantwortet haben:
»Trinken Sie!«
Ich habe den Wahrheitsgehalt dieses Interviews und insbesondere dieses Zitats nicht überprüft, aber eines weiß ich – dieser Tipp stimmt, und ich traue dem jetzigen Dalai Lama so eine Aussage durchaus zu.

…und Konfuzius soll angeblich mal gesagt haben:
»Such Dir einen Job, den Du liebst – und Du musst niemals arbeiten.«
Erneut habe ich den Wahrheitsgehalt nicht überprüft, aber auch hier sage ich – dieser Tipp stimmt!
…nur – ob es zu Konfuzius' Zeiten schon Jobs gab?

Zwei große Männer – zwei große Sätze!

Und dann war da noch:

»Wer zapfen kann, der kann bestimmt auch verzapfen.«
Hier gibt es keinen Zweifel über den Wahrheitsgehalt! Der Satz ist nämlich von mir – aber ob auch der stimmt? Die Bewertung überlasse ich den Lesern!

…allerdings: In einem Zusammenhang mit dem Dalai Lama und Konfuzius aufzutauchen, das hat schon was!

So – und als letztes noch ein wenig Latein:

»Vincit qui partitur!«
(Sinngemäß: Nur wer Geduld hat, wird siegen!)
Ich hoffe, dass sich mein Lateinlehrer nicht im Grabe umdreht und dass die Übersetzung stimmt, aber ich hab das genau so in einem historischen Krimi gelesen.
…und so lange, wie ich an diesem Buch saß und dass es nun doch endlich veröffentlicht ist – na, da finde ich den Satz schon sehr passend!

02 – Eine Ode an die Currywurst

Im Leben eines jeden Berliners muss die Currywurst eigentlich eine große Rolle spielen. So auch bei mir. Ich liebe sie, und stets war sie mir eine treue Begleiterin durch mein Leben. Ich halte sie lukullisch für eine Besonderheit und für ein kulturelles Gut. Wann sie wo und von wem erfunden wurde, ist mir dabei völlig egal. Auch ob ihr Ursprung nun tatsächlich in Berlin liegt oder ob ihre Wiege doch im Ruhrgebiet, in New York oder Timbuktu steht oder sonstewo – völlig egal!

Sie ist einfach ein großartiges, leckeres und unverzichtbares Nahrungsmittel!

Und ja – für mich ist sie eine Berlinerin!

Sie sollte für mich folgende Merkmale mitbringen, damit ich sie positiv bewerte: Sie muss mit Darm sein! Knusprig gebraten, 2,5 bis 3 cm im Durchmesser und von Hand in ca. 2,5 cm große Stücke geschnitten sein. Das richtige Schnittmaß ist gerade bei den beiden Endstücken immens wichtig. Kaum etwas ärgert mich beim Verzehr mehr als ein nur wenige Millimeter langes Endstück. Die Endstücke hebe ich mir beim Genuss auch stets bis zum Schluss auf.

Sie muss eine gute Zeit in der Fettwanne vor sich hinbrutzeln. Es ist mir ein Graus, wenn die Wurst nach meiner Bestellung in einer Fritteuse ersäuft und geschändet wird. Imbissbuden, die nach diesem Prinzip verfahren, sehen mich bestimmt kein zweites Mal! Ebenso erschließt sich mir nicht, dass es Menschen gibt, die die Currywurst ohne Darm bevorzugen. Das geht bei mir gar nicht! Bääh!

Nun zum Ketchup. Das richtige Braten einer Currywurst ist schon sehr wichtig, aber alles tolle Braten nutzt nix, wenn im Anschluss alles mit dem falschen Ketchup versaut wird. Der Ketchup ist meist schuld, dass die Curry – ich verwende in der Folge diese liebevolle Koseform – nicht zum Gaumenerlebnis wird. An alle Imbissbudenbetreiber: Der Ketchup sollte hausgemacht nach eigenem Rezept bereitet sein – dies macht die Curry in jedem Falle einzigartig und bringt Kunden dazu, auch mal eine Curry zu nehmen, obwohl man eigentlich gar keinen Hunger hat… man holt sie sich eben nur, weil man gerade in der Nähe ist und die Geschmacksrezeptoren von einem vergangenen Besuch ausgesprochen positive Erinnerungen vermelden.

In Sachen Rezeptur hat der Produzent bei mir weitestgehend freie Hand – solange es mir schmeckt. Der Ketchup sollte fruchtig sein, nicht zu süß, und bei der Schärfe ist Vorsicht angesagt. Den Schärfegrad bestimme ich mittels getrocknetem Chili gerne selbst, und er ist bei mir von der Tagesform abhängig. Pluspunkte gibt es bei mir, wenn der Ketchup vorgewärmt ist. Es ist doch schlimm, wenn die heiße Curry mittels kalten Ketchups schockgekühlt wird. Zudem verlängert sich der Genuss vonnt Janze, speziell in der kalten Jahreszeit. Es spielt dabei keine Rolle, ob der Ketchup in der Plastikquetschflasche im Wasserbad erwärmt wird oder per Kelle aus einer Bain-Marie auf die Curry geschöpft wird.

Ach ja! Auch sehr wichtig! Weniger ist oft mehr, und von einem leckeren Ketchup braucht es nicht so viel. Die Curry sollte nicht in einem Ozean von Ketchup ertränkt werden.

Gelegentlich nehme ich gern rohe Zwiebeln dazu; diese dann am liebsten auf den Ketchup drauf. Als kleinen Nachteil bei der Zwiebelvariante empfinde ich immer, dass dies dann nur mit einer richtigen Gabel zu bewältigen ist und nicht mehr vom kleinen Currypieker mit zwei Zinken.

Meine Geschmacksprägung in Sachen Curry fand in jungen Jahren statt. Noch Ende der 60er, Anfang der 70er. Ein Imbisswagen am Rathaus Neukölln zeichnet hierfür verantwortlich. Der regelmäßige und nervige Besuch beim Kieferorthopäden in der Karl-Marx-Straße wurde mir meist versüßt – von einer Curry am Rathaus, nach überstandenem Prozedere.
Diese Curry war einfach klasse! Knusprig, mit Darm, und der Ketchup war ein Gedicht. Nachdem ich durch Umzug den Kiez dort verlassen hatte, fehlte mir dieses Geschmackserlebnis doch sehr – so sehr, dass ich viele Jahre später in Charlottenburg in meiner damaligen Wohnung aufwachte und in der Aufwachphase von ebendieser lukullischen Prägung der Jugend geträumt haben musste.
Ich wachte auf und hatte statt des üblichen pelzigmodrigen Mumpgeschmacks der Nacht den Zauber des Ketchups von der Bude am Rathaus auf der Zunge.
Ich fuhr direkt los und kramte während der Fahrt von der Wilmersdorfer Straße zum Rathaus Neukölln in meinem Gedächtnis, wo genau der Imbisswagen einst gestanden hatte – ich war ja schließlich über 20 Jahre nicht mehr dort gewesen. Am Rathaus angekommen, irrte ich ziellos von einer Ecke zur anderen und zurück… kein Imbisswagen zu sehen. Verdammt!
Ich muss leicht grenzdebil vor mich hingesabbelt haben, denn mich sprach plötzlich eine Neuköllner Oma an. »Kann ick helfen, junger Mann?«
»Au ja! Hier war doch früher ein Imbisswagen mit einer formidablen Curry, oder?«
»Ja!«, erwiderte die Oma. »Genau hier anna Ecke standen se. Is' vor'n paar Jahren abjebrannt. Versicherung und so… munkelt man… Jenauet wees ick ooch nich… will ja nix Falschet erzähln… Se verstehn schon…«

Oh ja – ich verstand und war niedergeschlagen. Frustriert fuhr ich nach Hause und versuchte, mich irgendwie zu trösten… so recht wollte mir das nicht gelingen, und ich fühlte mich eines bedeutenden Teiles meiner Kindheit beraubt.

Es zogen weitere Jahre ins Land. 1998 zog ich wieder nach Neukölln, und in all den Jahren hatte ich zwar ein paar Alternativen zu meiner ersten Curry in der Stadt gefunden – aber so richtig glücklich war ich nie… Die Würste waren oft sehr gut – nur der Ketchup schmeckte eben nie ganz so, wie er sollte.

Am Lützowplatz musste ich sogar einmal erleben, wie die dortige Budendame meine Curry mit einer Schere in Stücke schnitt. Mit einer Schere! Oh mein Gott! Ein klarer Fall für den internationalen Currywurstgerichtshof!

Ebenso ist die Curry in sämtlichen Dönerbuden zu meiden. Mag der Döner dort noch so lecker sein und die Betreiber tolle Menschen – nie bekam ich dort eine genießbare Curry.

Ein paar Wochen nach meinem Einzug in die Schöneweider Straße unternahm ich einen Gang durch den Kiez, Currywürste checken. Ich fand zuerst nix Dolles, zum Teil solche Desaster, dass ich sie ungegessen wegwarf…

In der Fritte malträtiert und von Industrieketchup erschlagen… igitt!

Dann stand ich eines Tages vor Woolworth auf der KM, direkt neben Koffer Panneck. Eine Ecke von Woolworth war eine Imbissbude mit Verkauf raus zur Straße. Zwei Stehtischchen davor, ein Kundenstopper… Kemmi's Currytreff…

»Okay – denen gibste heute noch 'ne Chance…«, dachte ich. Ich stellte mich an, und mein Vordermann bestellte gerade zwei mit Darm und Brötchen. Die Dame hinter dem Tresen schöpfte den Ketchup aus einer Bain-Marie.

Erste Pluspunkte! Ich bestellte mir eine und zahlte, ging zu einem der Stehtische und nahm das erste Stück in den Mund – aus der Mitte, da ich mir die Enden ja immer bis zum Schluss aufhebe.
Augenblicklich schossen mir Tränen in die Augen. Nein, nicht, weil die Curry zu scharf war.
Es war der Ketchup!
Der Geschmack!
Meine Kindheit war wieder da!
Ich hatte Bilder vom Kieferorthopäden im Kopf. Von unbeschwerten Tagen im Volkspark Hasenheide… von Orangenlimonadenrülpsern… vom Rummel und den Freikarten… von Zeiten ohne Sorgen und den Erinnerungen an die Geschmacksexplosionen an der Imbissbude am Rathaus Neukölln…
Ich ging zu der Dame am Tresen und fragte mit stockender Stimme.
»Habt ihr hier irgendwat mit der alten Bude am Rathaus zu tun?«
»Ja! Dat war die erste Bude von meene Schwiejaeltern! Die wollten aber nich mehr! Ihr Sohn Micha, meen Mann, und icke machen dat jezze!«, kam als Antwort.
Ich war nicht fähig, darauf etwas Sinnvolles zu antworten. Ich war einfach nur glücklich, dass ich meine Kindheit wiederhatte – und eine der besten Currys der Welt! Hurra! Wie sehr ich mich schon darauf freute, meiner damaligen Frau ebendiese Kindheit geschmacklich präsentieren zu können. Doch es sollte anders kommen…

Nach vielleicht zwei Wochen oder auch drei sollte es soweit sein. Ich wollte meine Damalige zur Curry ausführen. Wir kamen bei Woolworth an, und die bauten drinnen tatsächlich um – und damit war auch die Curry-Station Geschichte…

Mit einem Anflug von Panik rannte ich vor Woolworth ein paarmal auf und ab und ging dann rein auf die Baustelle. Ein paar Bauarbeiter schauten irritiert, und ich sprach einen an.

»Wo is'n die Bauleitung?«

»Wieso?«

»Ich muss die dringend sprechen!«

»Chef? Könn'se mal komm'n? Hier will wer wat…«

Ein weiterer Arbeiter kam leicht missmutig angeschlurft, die Maurerkelle in der Hand.

»Wat jib's?«

»Vorne war 'ne Curry-Station! Kommt die wieder?«

»Gloobe nich… die sind wohl raus…«

»WAS! DAS KANN NICH SEIN!«

Mein Gegenüber erschrak sichtlich ob meiner Heftigkeit…

»Nu mal langsam… hab' jehört, die sind jezze uff'm Parkplatz von 'nem Baumarkt…«

»Von welchem Baumarkt?«

»Keene Ahnung!«

»WEIL'S IN BERLIN NUR EINEN BAUMARKT JIBT, ODER WAT?«

Ich war verzweifelt und am Ende, eigentlich bereit, so richtig wütend zu werden, und dachte, ich will augenblicklich Herrn Woolworth persönlich sprechen… Allerdings ließ mich die nun schon leicht erhobene Maurerkelle und die nominelle Überzahl der Kollegen des Poliers oder was auch immer die Position meines Gegenübers auch war, recht schnell auf Rückzug meinerseits schalten…

Ich verließ die Baustelle und stapfte mit meiner Damaligen frustriert heimwärts – sie spürte, dass es gut war, mich besser nicht anzusprechen. Ich war mit meinem Latein am Ende. Sollte ich etwa sämtliche Baumärkte Berlins abchecken? Ohne Moped oder Auto eine echte Aufgabe!

Weitere zwei oder drei Jahre danach aber ein Lichtblick. Der 10. April 2000. Oder 2001? Egal – ich war gerade auf dem Weg zum Geburtstag meiner Mutter und musste noch ein paar Sachen besorgen. Da sah ich schon von weitem gegenüber vom Rathaus Neukölln eine neue Curry-Station. Ein Banner hing über der Bude: NEU! Eröffnungsangebot: 1 Curry – 1,– !
Nun – 'ne Curry passt ja immer, und Mutters Kuchen musste in so einem Fall mal ausfallen, zumal sie damals schon nicht mehr selber gebacken hat. Ich kam näher und las dann auch noch: Kemmi's Currytreff.
War das tatsächlich wahr? Oder spielte mir das Schicksal einen weiteren, grausamen Streich? Halluzinierte ich vielleicht ob meines großen Wunsches, meine Kindheitscurry wiederzubekommen?
Ich rannte die letzten Meter fast.
»Micha? Bist Du das?«
Ich hatte Micha ja noch nie gesehen, und seine Frau hätte ich auch nicht wiedererkannt. Später sollte ich erfahren, dass die da eh schon Geschichte war… doch dazu später mehr.
Ich nahm 'ne Curry und war selig. In den Wochen danach kam ich mit Micha ins Gespräch und erzählte ihm meine Geschichte mit meiner (eigentlich ja seiner) Curry. Im Zuge dessen erzählte er mir dann, dass er mittlerweile von seiner Frau geschieden war, sie aber das Rezept für den Ketchup hatte mitgehen lassen. Pfui!
Aber ich hatte ja erstmal meine Kindheitscurry wieder, und das war einfach nur schön!

Irgendwann trennte ich mich von meiner Damaligen, und sie bezog eine Wohnung in Zehlendorf. Da wir nicht im Krieg auseinandergingen, half ich ihr beim Einrichten ihrer neuen Wohnung. Eines Tages fehlten ein paar Dübel, und ich machte mich auf zum örtlichen Baumarkt. Dort

auf dem Parkplatz eine Currystation. Ja – ihr ahnt es sicher schon: Es war Mittagszeit, und ich dachte, eine geht immer rein…
Ich bestellte bei der Dame am Tresen, dachte keine Sekunde an Kemmi, und nahm meine Curry entgegen. Der erste Bissen… ein Stutzen… Ich ging samt Curry zurück zum Tresen und fragte:
»Hej, bist Du die Ex von Kemmi?«
»Ja. Wieso?«
»Ketchup-Rezepte klauen geht gar nich!«
Ich schob die Curry zurück und verließ erhobenen Hauptes die Bude! Hier nie wieder! Eine Frage des Prinzips!

Mittlerweile hat Kemmi etwas abgebaut. Die Curry und speziell der Ketchup erregen bei mir nun nicht mehr so die Sinne wie einst. Vielleicht ist der Zauber auch ein wenig vergangen, da die Verfügbarkeit gegeben ist und ich den Genuss nicht mehr so verkläre wie einst. Aktuell gibt es in Sachen Curry auch echte Alternativen, die zudem leichter erreichbar sind für mich.

Für interessierte Leser: Auf der Schloßstraße in Steglitz gibt es meinerseits zwei Empfehlungen: einmal die Bratpfanne neben Reichelt und zum anderen Haase direkt unter der Autobahn am Bierpinsel. Dort mag das Umfeld ein wenig abschrecken, aber die Curry ist echt lecker. In Sachen Qualität und Ambiente mein Topfavorit ist zurzeit die Bude in der Gradestraße hinter der BSR Richtung Buckow. Liebevoll kitschig eingerichtet. Man kann sowohl draußen als auch drinnen essen. Drinnen hat es den Nachteil, dass man schon nach kurzem selber wie 'ne Pommes riecht und meist schon die Zeit des Bestellens und Zahlens reicht, dass es unmöglich ist, mal heimlich 'ne Curry einzufahren. Dieser spezielle Duft zieht leider sofort in die Klamotten.

Und wen es interessiert: Mein Urteil zu den wohl bekanntesten Stationen West- und Ostberlins: Curry 36 am Mehringdamm ist zu überlaufen und der Hype nicht mehr gerechtfertigt. Schon länger nicht mehr die Qualität von früher und mir auch meist zu voll.

Na – und Konopke, die Currystation Nr. 1 im Osten der Stadt? Heidenei – die geht bei mir ja gar nicht! Ohne Darm! Ein erneutes und deutliches Bääh!

Ein Freund aus dem Westdeutschen nahm sie mit dem Satz »Im Osten hatten sie halt keinen Darm!« in Schutz. Glaube ich aber nicht. Wenn sie was im Osten hatten, dann ja wohl Schweine und entsprechend viele Därme.

Ja – über Geschmack kann man streiten und jeder soll seine Curry essen, wie er will… aber bitte nicht ohne Darm!

03 – Da kam ja dann doch einiges zusammen!

Im Frühjahr 2020 dachte ich: Prima – fertig!
Den größten Teil meiner Erinnerungen hatte ich aufgeschrieben und war guter Dinge, mich nun endlich auf den Weg zu machen, um mir entweder einen Verlag zu suchen oder das Ganze als Selbstverleger zu veröffentlichen.
Denkste! Es war viel zu viel! Und als erste Veröffentlichung ein Werk mit den Ausmaßen von Krieg und Frieden in Angriff zu nehmen, erschien mir und auch Freunden aus der Branche nicht ratsam. Sollte ich überhaupt das Interesse eines Verlages wecken, so würde der Umfang eher abschrecken. Und bei der Variante Selbstverlag wären die Kosten für mich alleine zu hoch. Sollte ich anfangen, das Verfasste zu kürzen? Das erschien mir keine gute Lösung, denn ich war ja ziemlich zufrieden mit meinem Geschreibsel; und den ganzen Kram einzudampfen kam für mich nicht infrage. Eher das Gegenteil war der Fall, hatte ich doch noch immer nicht alle Erinnerungen fixiert. Ich fand nach langem Grübeln den nun gewählten Weg den sinnvollsten und teile meine Erinnerungen also in drei Bände – eben in das

Triptychon der Existenz des Chaos!

Band 1 – Ich bin ein Berliner! – hältst Du ja gerade in Händen.

Band 2 – Ich bin noch immer ein Berliner! – wird recht bald folgen.

Band 3 wird auch irgendwann kommen, allerdings habe ich mir da kein zeitliches Ziel gesetzt. Den Titel aber habe ich auch schon: Ich bleibe ein Berliner!

…vielleicht erscheint der dritte Band auch erst post mortem…

…und irgendwie komisch, dass so ziemlich das letzte, was ich für dieses Buch geschrieben habe, nun fast am Anfang steht…

04 – Wenn eine Idee wächst

Was mache ich hier eigentlich? Es ist noch ein bisschen zu früh am Tage, um sich hinzusetzen und anzufangen, seine Biographie zu schreiben. Zu früh am Tage? Ist es nicht eigentlich auch zu früh in meinem Leben dafür?
Blödsinn. Das hier soll ja gar keine Biographie werden, jedenfalls nicht über mich.
Wird das hier vielleicht eine Biographie über den Pinguin Club, meine kleine Bar in Berlin-Schöneberg? Einen großen Teil meines Lebens, von 1986 bis 2019, nach der Jugend, verbrachte ich in dieser Bar, und es sollten eigentlich auch noch einige folgen, aber diverse Umstände hatten einen anderen Weg für mich vorgesehen. Derzeit – das ist, während ich diese Zeilen hier schreibe, im August 2019 – sieht es nun so aus, dass der Pinguin Club seit einigen Wochen den Weg alles Irdischen gegangen ist und seine Pforten für immer geschlossen hat.
Oder wird das hier eine Geschichte über das Loft, den vielleicht wichtigsten Musikclub Berlins? Es waren verdammt wichtige Jahre dort für mich.
Und dann waren da noch meine Bands. Mit denen sind schließlich auch schöne, lustige und weniger schöne Dinge passiert.
Es gab die zehn Jahre, in denen ich regelmäßig für die Toten Hosen gearbeitet habe. Auch an diese Zeit habe ich Erinnerungen, die ich konservieren will.
Und auch sonst, quasi im Alltag, habe ich bisher eine Menge erlebt, erfahren, gelernt, falsch gemacht. Auch das soll nicht verschüttgehen.

Irgendwie stimmt das alles – und wiederum auch nicht. Es wird sich hier eher um ein Sammelsurium von Geschichten, Anekdoten, Umständen und Ansichten eines normalen Westberliners handeln, der 1962 auf die Welt

kam. Ich möchte zuerst einmal selbst nicht vergessen – und falls doch, eine Chance haben, mich wieder daran zu erinnern. Viele dieser kleinen Geschichten hätten so alle ohne den Pinguin Club, das Loft und meine Bands nicht passieren können. Aber bis ich in einer Band, im Loft und im Pinguin landete, hatte ich ja auch ein Leben… und ein bisschen ist da auch passiert, und auch das will ich nicht vergessen.
Und in der Zeit des Pinguin ist ja auch neben der Bar einiges geschehen. Auch das will ich nicht vergessen.
Werden das hier also Aufzeichnungen wider das Vergessen? Hmmm… das hört sich ein bisschen zu gewichtig an, oder?

Und um gleich zu Beginn etwas loszuwerden: Der Wahrheitsgehalt meiner Geschichten liegt, na, ich schätze mal, so etwa bei 97 Prozent. Warum nur 97? Gute Frage! Ich denke, mit mir und meinen Geschichten ist es ähnlich wie bei jedem anderen auch. Nehmen wir zum Beispiel mal die Schulzeit eines jeden. Der Lehrer, den damals keiner leiden konnte, der sieht doch durch die verklärende Brille der Jahre, die mittlerweile ins Land zogen, gar nicht mehr so böse aus. Ein paar grauselige Lehrer bleiben allerdings auch nach Jahrzehnten grauselig. Ich will damit sagen, dass sich persönliche Einstellungen und Wahrnehmungen gegenüber Geschichten, Personen und Umständen im Laufe der Zeit ändern können. Dadurch wird sich die Art, wie wir zum Beispiel den Mathelehrer beschreiben, zwar im Laufe der Jahre schon ändern – er verliert vielleicht seinen Schrecken; die Art und Weise und der Inhalt der Beschreibungen über unsere Schulzeit wird aber dieselbe bleiben. Also daher die eventuell fehlenden 3 Prozent an der totalen Wahrheit.

Auch chronologisch mögen sich in meinen Erinnerungen hier und da Fehler eingeschlichen haben; diese ändern aber nichts daran, dass sie passiert sind.
Ich glaube, dieses Buch könnte am ehesten eine Bestandsaufnahme und ein Zeitzeugnis werden. Ich hatte das große Glück, mich in einer ziemlich spannenden Zeit zu entwickeln, und ich habe in dieser Zeit sehr viel erlebt und gelernt.

Ich halte die Lebensjahre zwischen 15 bis 20 bei mir für die entscheidenden für mein Dasein und meine Entwicklung, und diese Jahre waren bei mir Ende der Siebziger und Anfang der Achtziger des letzten Jahrhunderts. In dieser Zeit passierte sehr viel. Auch in Sachen Musik. Und die Musik war in den ganzen Jahren die Triebfeder, die mich auf Trab hielt. Ohne Musik kann ich mir nicht vorstellen zu existieren, und ohne Musik wäre ich nicht hier am Verzapfen und wäre auch nicht der, der ich heute bin.
Ich will hier einfach meine kleinen Geschichten, Anekdoten und Umstände sichern und erzählen. Nicht mehr – aber eben auch nicht weniger. Deswegen also dieses Buch. Zuerst als meine ganz persönliche Gedächtnisstütze. Sollte ich als richtig alter Mann dieses Buch einmal durchblättern, werde ich mir bestimmt das ein oder andere Mal an den Kopf fassen – und dies wohl meist lachend. Das hoffe ich zumindest.

Zu Beginn meiner Aufzeichnungen und Notizen schwebte mir noch gar kein Buch vor, sondern ich notierte mir schon ewig Stichpunkte als Anhaltspunkte, um nichts zu vergessen. Irgendwann wurde mir das aber zu unübersichtlich und ich blickte nicht mehr durch. Ich setzte mich hin und versuchte, diese Stichpunkte gewissermaßen in eine Aufsatzform zu bringen; und zu Beginn dieser Niederschriften hatte ich immer noch nicht daran gedacht, damit irgendwann an die Öffentlichkeit zu gehen. Mir hat das Schreiben aber sehr viel Spaß gemacht. Auch das anschließende Lesen einzelner Gedanken machte mir Freude und ließ mich manchmal schmunzeln.

Irgendwann kam ich auf die Idee, dass ja vielleicht der eine oder andere Bekannte von mir auch Spaß daran hätte. Also ging meine Idee erst einmal so weit, die Sammlung der Geschichten nach Fertigstellung guten Freunden zu Geburtstagen oder Hochzeiten oder ähnlichen Anlässen zu vermachen. Und jetzt und hier gebe ich zu, dass sowohl ein Dieter Bohlen oder ein Daniel Küblböck als auch ein Stefan Effenberg oder ein Philipp Lahm und all die anderen Knalltüten, die seit nun schon geraumer Zeit die Welt mit ihren Biographien ergötzen, eine Mitschuld an diesem Buch tragen. Ich habe deren Biographien bisher nicht gelesen und werde es vermutlich auch nie tun, aber ich fragte mich bei den Berichten über deren Werke schon, was das eigentlich soll. Eines gaben mir diese von mir ungelesenen Machwerke allerdings: Wenn die Menschheit sich auf deren Biographien stürzt, na, warum soll mein bisheriges Leben nicht auch den ein oder anderen interessieren, der mich nicht persönlich kennt!? Mein Leben mag bisher vielleicht nicht sonderlich glamourös verlaufen sein, allerdings hab auch ich viele tolle Sachen erlebt und interessante Menschen kennengelernt.

Ich habe es schon im Vorwort erwähnt: Das Motto für mein Schreiben lautet ganz einfach: Wenn ich zapfen kann – na, warum soll ich dann nicht auch verzapfen können! Ich versuch' es halt einfach mal…
Ich besorgte mir also einen Laptop und begann, die ganze Chose hier zu gliedern. Es kamen auch ständig neue Sachen hinzu. Immer, wenn ein bisschen Zeit war, habe ich weitergeschrieben. Vieles habe ich wieder und wieder überarbeitet, gestrichen und ergänzt. Nach einiger Zeit war ich schon einmal froh, dass ich den Haufen an losen Erin-

nerungszetteln in verschiedensten Größen nicht mehr in einem Karton rumfliegen hatte, sondern schon mal ein bisschen vorsortiert auf der Festplatte vorfinden konnte. Und auch die Zettel, die ich seit dem Einzug des Laptops geschrieben habe, hackte ich so zeitnah wie möglich hier rein. Ich entwickelte tatsächlich im Laufe der Zeit eine mir eigentlich nicht angeborene und ziemlich fremde, wenn auch eigene Ordnung.
Und ja – besorgten Menschen sei gesagt, dass ich immer Sicherungskopien gemacht habe.

Ich saß immer nur an diesem Buch, wenn ich auch wirklich Lust dazu hatte. Da passt an dieser Stelle vielleicht, dass ich eine meiner – ich weiß nicht, wie ich es anders nennen soll – Lebensmaximen loswerden kann. Konfuzius' angeblicher Satz, den ich im Vorwort zum Besten gab, umschreibt mein Verhältnis zur Arbeit und die Definition derselbigen eigentlich sehr gut. Ich arbeite prinzipiell nicht – ich mache, was mir Spaß macht! Ich habe nach meiner eigenen Definition in meinem Leben nur ein paar Wochen tatsächlich gearbeitet. Somit sehe ich das Schreiben hier auch nicht als Arbeit im eigentlichen Sinne an.
Neulich bekam ich Post von der Rentenstelle. Da wurde mir mitgeteilt, dass ich mit meinen nicht mal 50 Monaten, die ich in die staatliche Rente eingezahlt habe, irgendwie nicht mit einem Altersauskommen rechnen kann. Toll – aber vielleicht wird dieses Buch hier ja ein Renner und somit meine Rente. Ich empfinde das trotzdem als den größten Luxus in meinem Leben. Ich habe fast ausschließlich Sachen gemacht, zu denen ich Lust hatte. Dazu passt auch sehr gut die Frage eines Gastes im Pinguin Club, was ich denn eigentlich so in meiner Freizeit mache. Da habe ich wirklich lange nachdenken müssen. Auf eine Antwort bin ich trotzdem nicht gekommen. Wenn ich die Zeit, die

ich mit dem Broterwerb verbringe, nicht als Arbeitszeit sehe, dann kann ich die andere Zeit auch nicht als Freizeit sehen. Jetzt im Augenblick sitze ich ja an meinem Buch. Aber ist das nun Arbeit oder ist das Freizeit? Keine Ahnung, aber es macht Spaß!

Wie funktioniert so ein Leben über nun doch schon einige Jahrzehnte? Lottomillionen? Von Beruf eher ein Sohn vermögender Eltern? Beides nicht! Leider! An die Lottomillionen war so gar kein Rankommen, und meinen Eltern ging es zwar immer recht gut, aber vermögend waren sie nicht. Aber wovon habe ich nun die ganzen Jahre gelebt? Das ist eine Definitionssache. Jedenfalls für mich. Ich habe in den Osterferien mal zwei, drei Wochen in einem Drogeriemarkt als Ferienjob die Regale aufgefüllt und dann nochmal während meiner kurzen Studentenzeit die Semesterferien gut sechs oder sieben Wochen in einem Kraftwerk verbracht. Das war Arbeit. Da ging es ausschließlich darum, Kohle ranzuschaffen – morgens hin, nachmittags zurück – fertig! Also Arbeit, die nichts mit meinem eigentlichen Leben zu tun hatte.

Meine beiden eigentlichen echten großen Broterwerbsblöcke (übrigens ein klasse Wort fürs Scrabble!) waren erstens die Gastronomie und zweitens die Musik.

In der Gastronomie halte ich mich für recht erfolgreich. Und bei der Musik? Naja – eher übersichtlich, was das eigene Schaffen anbelangt. Da waren die Kosten eigentlich immer höher als die Einnahmen. Aber zu der Rubrik Musik zähle ich meine Zeit im Loft und die bei den Toten Hosen, und beides hat mich eine Zeitlang ernährt.

Beide Beschäftigungen – sowohl in der Gastro als auch in der Musik – habe ich dabei nie als reine Arbeit verstanden. Klar, es gab auch Tage, an denen ich keine Lust hatte; an denen ich auf den Pinguin, die Hosen oder das Loft durchaus hätte verzichten können. Auch zu Proben mit den verschiedenen eigenen Bands musste ich mich oft genug überwinden.

Allerdings war in der Gastro und in der Musik der Broterwerb stets mit meinem sozialen Umfeld verzahnt. Immer habe ich mein Geld verdient und hatte dabei Freunde an meiner Seite. Ob nun als Kollegen im Bereich Musik oder als Kollegen und/oder Gäste im Bereich Gastro. Der Bereich Broterwerb war also lediglich während der Wochen im Drogeriemarkt und im Kraftwerk von meinem sonstigen Leben abgekoppelt. Ansonsten war ich beim Geldverdienen immer irgendwie von Freunden umgeben. Ich hatte nie diese Trennung von Arbeit und Privatem – und genau das ist der Luxus in meinem Leben, den mir keiner nehmen kann, auch wenn ich vielleicht bei einer normaleren Aufteilung mehr Kohle eingedreht hätte.

Aber dadurch, dass ich auch nie das Gefühl hatte, mir würde im Konsumbereich was fehlen, hatte ich auch nicht das Gefühl, dass ich da was in meinem Leben liegengelassen hätte.

Wäre ich mit einem Mehr an Kohle aufgrund von normaler Arbeit denn heute wirklich besser dran?

Vielleicht abgesicherter – aber zufriedener? Ich glaube nicht.

Ich hätte Menschen, die extrem wichtige Rollen in meinem Leben spielten und dies bis jetzt noch tun, ja niemals kennengelernt. Ich hätte viele Sachen einfach nicht erlebt. Ich bin mit mir im Reinen und zufrieden – also ist alles dufte, so wie es ist…

…und deswegen finde ich das Statement von Konfuzius auch so treffend.

Ich habe also so gar keine Vorstellung, was das hier mit diesem Buch denn nun eigentlich wird. Auf keinen Fall spekuliere ich auf irgendwelche Tantiemen oder so. Aller-

dings: Wenn nun irgendwer meint, dass es es wert wäre, dieses Buch und damit ja mein Leben in einen Film zu packen und ich mir von dem Verkauf der Filmrechte irgendwo eine Hütte kaufen kann – fragt mich einfach mal, wenn es soweit ist… ich denke, es wird bestimmt einen Weg geben und wir werden dafür zusammenkommen!
Eine Bedingung habe ich aber schon jetzt: Die Rolle des in die Tage gekommenen Chaos geht entweder an Charlie Hübner oder Andi Hoppe – die beiden sehe ich sehr gern auf dem Bildschirm und könnte sie ständig knuddeln. Traumbesetzung! Andi lernte ich auch mal kennen und ich finde, er ist ein guter Typ.

Und nach dem Film wird hierdraus bestimmt ein Musical…

Rumspinnen werde ich ja wohl dürfen – übrigens eine meiner Lieblingsbeschäftigungen!

Wie hat nun ein Mensch dieses Buch zu lesen, wie kann er das zu erwartende Durcheinander von Anekdoten, wahren Begebenheiten und persönlichen Gefühlen ordnen und vielleicht bestenfalls sogar verstehen? Werden meine gelegentlichen Zeitsprünge verständlich sein? Ich weiß es nicht!

Werde ich selbst dieses Durcheinander mit 90 oder 100 Lenzen durchblicken? Auch das weiß ich nicht!

Wenn das eine oder andere mal nicht zu verstehen ist, was soll's und hol's der Teufel. Das Schreiben hat bis hierhin schon mal Spaß gemacht und wird hoffentlich weiter locker aus den Fingern klackern…

Meine Unsicherheit, wie ich dieses Buch hier überhaupt anfangen soll und nun einen Beginn wähle, in dem ich diese Unsicherheit ausgesprochen ausufernd zu erklären versuche, liegt vielleicht daran, dass sich meine bisherigen

Exkursionen in die Literatur im aktiven Bereich auf Schulaufsätze und Artikel in der Schülerzeitung beschränkten. Hach nee, stimmt ja gar nicht. Ich hab' ja zwei Artikel für ein Metal-Magazin geschrieben und einige Konzerte in lokalen Stadtmagazinen und Tageszeitungen besprochen. Der passive Bereich der Literatur, das Lesen von Büchern, ist bei mir auch eher bescheiden. Sicher lese ich im Urlaub, und ich lese auch fast jeden Abend vor dem Einschlafen ein paar Seiten, doch handelt es sich bei dem von mir ausgewählten Bereich der Literatur in der überwältigenden Mehrheit um Horror- und Thriller-Kram, und neuerdings lese ich gerne Mittelalterkrimis. Zwar sicherlich spannend und entspannend, aber bestimmt nicht kulturell wertvoll. Na und? Trash eben, und dazu steh' ich. Eine Biographie hab ich immerhin gelesen, die von Johnny Ramone. Und die von Johnny Rotten steht im Schrank und wird bald drankommen, aber ein Sachbuch war nach meiner Erinnerung bisher noch nicht dabei.

Somit weiß ich gar nicht, ob das hier nun eine Biographie wird oder ein Zeitzeugnis oder was auch immer. Ist mir eigentlich auch egal – solange mir das Schreiben und uns allen das Lesen gefällt!

Zwei Sachen muss ich nun noch nachschieben: Ich sitze jetzt schon lange an dem Buch und merkte hier und da, dass ich bei manchen Formulierungen herumlavieren musste. Aus Angst, dass ich falsch verstanden werden und mir eine Einstellung unterstellt werden könnte, die definitiv nicht stimmt. Ich bin 1962 geboren, und in meiner Kindheit gab es noch Begriffe wie *Negerkuss* und *Zigeunerschnitzel.* Auch *Zehn kleine Negerlein* sang ich in der Schule. Ich habe auch gerne die Fernsehserie *Arpad, der Zigeuner* gesehen. Ebenso gab es beim Bäcker noch *Mohrenköpfe*, ich hatte aber nie damit gerechnet, dass mir die Verkäuferin einen menschlichen Schädel in die Tüte packt. Ich fand immer eine leckere Süßspeise vor. Und zum Fasching ging ich mal als Maharadscha und sah ziemlich dämlich aus.

Nun sollte völlig zu Recht jeder bewusste Mensch heutzutage auf Begriffe wie *Neger* oder *Zigeuner* verzichten. Begriffe wie *Negerkuss* oder *Zigeunersoße* stehen bei mir aber nicht für Ethnien oder Volksgruppen. Es sind einfach Begriffe für Dinge, die ich in meiner Kindheit unter diesen Namen kennenlernte. Hier und jetzt stelle ich unumstößlich fest, dass ich in meiner Einstellung und meiner politischen Überzeugung im linken Lager zu finden bin. Jedwede Form von Deutschtümelei ist mir zuwider! Ich finde Nazis und Neonazis kacke! Politische Korrektheit war und ist ein wichtiger Bestandteil in meinem Leben und wird dies auch in Zukunft sein. Wenn mir nun aber mal was rausrutscht, was politisch nicht korrekt ist, fallt bitte nicht über mich her. Für mich ist das vergleichbar mit Floskeln wie »Um Gottes Willen« oder »Herrgott nochmal…« – wenn ich das sage, dann oute ich mich auch nicht als gläubiger Christ.

Ein *Negerkuss* wird bei mir ein solcher bleiben und nie ein *Schokoschaumkuss* oder etwas Ähnliches werden. Wenn mir mal *Negerkuss* rausrutschen sollte, dann ist dies nicht böse oder abwertend gemeint.

Ich bin allerdings froh, dass mir die Teile eh nie geschmeckt haben und ich daher bei eventuellen Bestellungen die betreffenden Fettnäpfe nicht besuche. Und die Rostbratwurst bei Maximilian bestelle ich immer nur mit Soße und lass das *Zigeuner* einfach weg.

Hört euch dieses Thema betreffend einfach mal folgende großartigen Songs an:

Playlist:
Crisis – Holocaust
Die Toten Hosen – Sascha
Die Ärzte – Schrei nach Liebe
Chumbawamba – Enough Is Enough

Und dann ist da noch der aktuelle Genderwahn, der zurzeit, für mich zumindest, immer seltsamere Blüten treibt. Auch da kann es für die generelle Kommunikation und den Gesprächsfluss von Vorteil sein, wenn die Kirche im Dorf gelassen wird. So schrieb ich neulich in einem Internetforum »Meine Herren – dass ich das noch erleben darf…« und wurde umgehend gerüffelt, dass das »Meine Damen und Herren« heißen muss… geht's noch?
Im gleichen Forum wurde auch ein »…man ist der Meinung« zeitweise automatisch in ein »Mensch ist der Meinung« geändert… Aua! Für mich ist »man« verdammt noch einmal geschlechtsneutral – und ich bin kein Sexist, bloß weil ich dieses Wort benutze.

Auch die aktuelle Debatte um die Erschaffung einer neuen Kloart verstehe ich nicht. Habe ich männliche Geschlechtsmerkmale, kann ich ein Pissbecken nutzen, und wenn nicht, dann eben nicht – und spätestens beim Kacken sind wir sowieso alle gleich. Wenn ich als einen Grund genannt bekomme, dass Menschen, die sich als augenscheinlicher Mann eher als Frau fühlen und somit Anfeindungen ausgesetzt seien, würden sie scheinbar auf das falsche Klo gehen, so ist die Erschaffung eines dritten Klos für mich der falsche Ansatz. Wenn ein Individuum, das dem optischen Eindruck nach ein Mann ist, nun auf ein Frauenklo geht und er*sie#es dann dort angefeindet wird, so liegt das Problem doch nicht in der Ermangelung eines dritten Klos, sondern in der Einstellung derer, die dort und davor und danach anfeinden. Diese Leute sind das eigentliche Problem und nicht das fehlende dritte Klo. Dies gilt im übrigen auch für alle anderen Konstellationen. Ich habe jedenfalls kein Problem damit, wenn eine Frau, die sich als Mann fühlt, hinter mir steht oder vorbeigeht, wenn ich am Pullerbecken stehe.

Verstanden? Nee? Eben… ich ja auch nicht…

So – kann der Typ an der Tastatur nun endlich mal richtig anfangen?
Jepp – kann er… hat er doch eigentlich schon…

…und nun habt hoffentlich Spaß!

05 – …für mich bedeutende Songs

Nun sitze ich schon lange an meinen Erinnerungen und springe beim Schreiben quer durch Jahre, Dekaden und Themenblöcke. Ich merke dabei, dass ich viele meiner Erinnerungen mit Songs und Bands verbinde. Meist sind die Assoziationen positiv, ab und zu auch mal negativ. Es gibt also in gewisser Weise einen Soundtrack zu meinem Leben. Deswegen bin ich jetzt gerade auf den Trichter gekommen, jeweils am Ende eines Kapitels oder auch mal zwischendurch eine Playlist und Hörtipps zu geben. Dank Internet müsste wahrscheinlich fast jede Nummer zu finden sein, und ich kann meinen eigenen Soundtrack immer nachhören – und ihr, wenn ihr Lust habt, auch.
Sicher wird die gesamte Playlist nur ein kleiner Ausschnitt der Songs sein, die bedeutend für mich sind – aber ich sichere so trotzdem meine Vergangenheit in tonaler Form und kann dem Leser vielleicht auch einen hörbaren Eindruck vermitteln.

06 – Meine Kindheit

Ich sollte da anfangen, wo das Leben jedes Menschen beginnt – bei der Geburt und der Kindheit, auch wenn die Erinnerungen daran recht übersichtlich sind.
Ich glaube einfach daran, dass es einige Zusammenhänge zwischen meiner Kindheit und Jugend und meinem späteren Werdegang gibt. Daran ist nichts Mystisches, und mir fehlt sowieso der Glaube an Dinge zwischen Himmel und Erde, aber ich bin ein großer Anhänger des Zufalls. Der Zufall als solcher ist meiner Meinung nach der einzige Faktor, der das Leben entscheidend bestimmt. Jeder lernt per Zufall Menschen kennen, die ihn formen und beeinflussen, mehr als die einzigen Bekanntschaften, die man nicht per Zufall schließt – den Verwandten als den einzigen Menschen auf der Welt, die sich keiner aussuchen kann.
Sicher beeinflussen auch Verwandte das Leben eines jeden, aber ich bin mir sicher, nicht in dem Maße, wie es die Freunde und Feinde tun. Mit Freunden werden Ideen für das Leben geboren, und Feinde zeigen einem, wie es nicht werden soll. Im Idealfall ist übrigens jedem zu wünschen, zumindest mit Teilen der Verwandtschaft befreundet zu sein.

Nun aber zu mir: Um zuallererst einmal ein Geheimnis zu lüften: Ich bin nicht als Chaos auf die Welt gekommen. Meine Eltern bedachten mich mit dem Namen Andreas. Dies ist auch mein einziger Vorname. Nicht wirklich spannend für einen, der 1962 geboren ist. Wenn ein paar Jahre später auf dem Schulhof oder auf dem Spielplatz jemand Andreas rief, drehte sich stets eine Schar Leidensgenossen mit mir um – und keiner wusste, wer denn nun gemeint war. Schon in frühen Jahren schwor ich mir deshalb, even-

tuellen Nachwuchs meinerseits auf jeden Fall mit mindestens vier Vornamen, die sich allesamt nicht auf der momentanen Namenshitliste befänden, auszustatten. Meine beiden älteren Brüder wurden von meinen Eltern im übrigen mit den Namen Peter und Michael versehen. Wären wir vier Geschwister geworden, wäre Nummer 4 garantiert ein Christian. Unsere Namen, falls wir Mädchen geworden wären, kann ich mir wohl sparen, hier zu nennen – deswegen ist wahrscheinlich auch kein Thomas dabei.
Ich war jedenfalls immer der Meinung, dass unseren Eltern ein wenig mehr Phantasie bei der Namensgebung ihrer Sprösslinge gut zu Gesicht gestanden hätte.

Meine Kindheit war, soweit ich mich erinnern und das beurteilen kann, schön und normal. Nicht besonders aufregend. Keine Auslandsaufenthalte (außer den völlig normalen Sommerurlauben), kein Internat, keine Schläge und Prügel. Sonntagvormittags ging es mit dem Vater immer raus an den Schlachtensee oder in den Tiergarten. Muttern hatte zu Hause derweil den Sonntagsbraten gekocht. Pünktlich zu Werner Höfers *Internationalem Frühschoppen* mit 5 Journalisten aus 4 Ländern waren mein Vater, meine Brüder und ich zurück am Auto. Das Radio ging an – und etliche Jahre später, im Biologieunterricht, verstand ich den Versuch mit den Pawlowschen Hunden, bei denen aus Gewohnheit die Speichelproduktion beim Klingeln eines Glöckchens einsetzt, weil es dann immer Fressen gab, sofort. Noch als ich nicht mehr zu Hause wohnte, bekam ich bei der Ansage zu dieser sonntäglichen Mittagssendung einen unbändigen Appetit auf Braten, Klöße und Soße.
Auch eine Form, eine Sendung zu mögen… und eine logische Erklärung, warum ich so aussehe, wie ich aussehe, nämlich ziemlich – nennen wir es mal – stabil… und viele Jahre schlicht zu dick!

Ich selbst war wohl recht pflegeleicht und nicht wirklich kompliziert. Jedenfalls ist mir nie etwas anderes zu Ohren gekommen. Meine beiden Brüder sind um einiges älter als ich. Ich war kein Wunschkind, denn eigentlich war die Familienplanung nach zwei Söhnen abgeschlossen. Irgendwann hat mir mein Vater mal eröffnet: »Du warst zwar nicht geplant, doch du warst willkommen.«

Schön!

Auch meine Mutter machte mir eines Tages ein Geständnis: Zu der Zeit meiner Zeugung nahm sie die Pille. Ich setzte mich nun ihrer Aussage nach gegen die Chemiekeule durch und kam trotzdem auf die Welt. Ich sei eben diese kleine Wahrscheinlichkeit, die es auch bei der Pille gibt. Meine Lebensüberschrift könnte demnach lauten: »Qualität muss raus – da helfen keine Pillen!«

Ich finde das gut – auch wenn ich zugeben muss, dass meiner Vermutung nach hier eher eine vergessene Pille an der Tastatur sitzt... das klingt aber nicht so gut... daher bleibe ich persönlich doch lieber bei der unwahrscheinlichen Prozentvariante.

Meine Brüder allerdings sahen das mit dem Willkommen wahrscheinlich zumindest zeitweise etwas anders. So zerstörte ich mit vielleicht 6 Jahren in einer imposanten Schlacht um ein imaginäres Land die mühevoll gebastelten Revell- und Airfix-Bausätze meiner Brüder. Gut kann ich mich an den in der Badewanne partout nicht sinken wollenden amerikanischen Flugzeugträger erinnern, der trotz brennender Decks und heftigstem Bombardement aus der Luft erst auf Grund lief, als ich die Bleiköttel aus dem Wohnzimmerstore im Laderaum verstaute.

Das Badezimmer war verqualmt, und der Flugzeugträger ein unförmiger Plastikklumpen auf dem Grund der Badewanne. Mit viel Deo und sonstigen Duftstoffen bin ich aber wenigstens dem Zorn der Mutter entronnen. Das war bei meinen Brüdern wiederum nicht ganz der Fall. Es setzte allerdings auch hier keine Prügel, obwohl diese wohl nachvollziehbar gewesen wären. Vielleicht haben meine Brüder aber damals schon die in mir wohnende pazifistische Ader bemerkt, und das Zerstören der Kriegsmodelle war eine erste ausgelebte politische Aussage von mir.

Ebenso fand ich es spannend, die Stabilität des Landrovers von Corgy Toys zu testen, und machte mit ihm Flugversuche aus dem Fenster unserer Wohnung. Wir wohnten damals im 4. Stock, und bei der Landung im Hof blätterte tatsächlich nur etwas Lack ab. Das war halt noch echtes Qualitätsspielzeug.

Einen immensen Vorteil hatte es, dass meine Brüder ca. 8 bzw. knapp 10 Jahre älter sind als ich. Die normalen Grabenkämpfe mit den Eltern bezüglich Fernsehen, Zubettgehzeiten und den Zeiten, wann ich wieder zu Hause zu sein hatte, entfielen bei mir fast vollständig. Das Wir-erkämpfen-uns-Freiräume-Feld hatten meine Brüder schon lange vor mir beackert, und ich konnte so auf einem wesentlich höheren Erlaubnislevel als sie ansetzen. Also irgendwie alles völlig normal.

Wie kam es nun zu meinem Rufnamen Chaos? Viele Jahre später – als der Punkrock in mein Leben trat –, wurde aus Andreas dann Chaos… warum, weiß ich ehrlich gesagt nicht. Ich empfinde mein bisheriges Leben eigentlich nicht als sonderlich chaotisch. Es war halt so, dass meine damaligen Kumpels und ich mit unseren bürgerlichen Namen irgendwie nicht zufrieden waren, und ich fand Chaos klang toll punkig. Wer nun aber letztendlich auf den Namen kam, weiß ich nicht mehr.

So wurde zum Beispiel aus Klaus Lindow ein Ronny Blitz, aus Bernd Lorenz ein Daktari (hier gab es einen Bezug auf seinen grünen Fiat mit roten Zebrastreifen!), aus Thomas Henning ein Tommy Torpedo (ungünstige Wahl! Später,

als wir uns entfremdeten, sprach ich nur noch von Tommy Trompeto – wegen seiner großen Klappe!), und aus Friedjof Simson gar ein The Grotesque XXX, der sich als Rufname aber wundersamerweise nicht durchsetzte, und er fristete weiter sein Leben als Friedjof oder Friedel.
Andere hingegen brachten ihre Rufnamen schon aus ihrem früheren Leben mit. So war Schnecki kein besonders langsamer Mensch – nein – es war das aussprechbare Kürzel seines Nachnamens. Der war Czarnecki oder so ähnlich. Irgendwann hatten sich bei einigen die zum Teil selbstgegebenen Namen verselbständigt. Nie wäre einer auf die Idee gekommen, die jeweiligen Namen zu hinterfragen. Gummi war eben Gummi, A-Hörnchen und B-Hörnchen zwei saugute Freundinnen. Foxy ist und bleibt Foxy – es sei denn, ihre kleine Nichte geht ans Telefon! Was dann dabei rauskommt, ist nicht jugendfrei und ich spare mir das hier. Und bei Ratten-Jenny stellte sich die Frage der Herkunft ihres Namens eh nie – saß der Grund einfach oft auf ihrer Schulter oder guckte aus einer Jackentasche.
Und so war es auch bei mir – das Wort Chaos hat sowohl bei mir als auch in meinem direkten Umfeld die eigentliche Bedeutung verloren. Alle Welt nennt mich so… seien es der Vermieter vom Pinguin Club, meine Geschäftspartner und auch die Familie…
Meine Mutter saß einmal auf dem Sofa und guckte mich mit großen Augen an. Ich fragte, was los sei, und sie sagte, sie hätte vergessen, auf welchen Namen ich einst getauft wurde.
So wurde ich Chaos, und mit dem Taufnamen verbindet mich eigentlich gar nichts. Ich fühle mich bei Andreas seit vielen Jahren einfach nicht angesprochen.

Allerdings gebe ich zu, dass es eine Zeitlang etwas nervig war, bei neuen Bekanntschaften immer erklären zu müssen, was der Name soll. Deswegen unternahm ich

auch vor etlichen Jahren den Versuch, wieder ein Andreas zu werden. Das ging allerdings gründlich in die Hose. Es lief immer nach dem gleichen Schema ab: Einem neu kennengelernten Menschen stellte ich mich als Andreas vor, und beim ersten Aufeinandertreffen mit meinem sozialen Umfeld und bei Nennung meines inzwischen ja eigentlichen Namens – Chaos – war ich sofort auch beim neuen Menschen ebenfalls Chaos plus der zu liefernden Erklärung – somit alles noch komplizierter und aufwendiger. Somit gab ich das Vorhaben Namensänderung recht schnell wieder auf.
Ebenso setzte bei der Frage »Wie heißt Du eigentlich richtig?« bei mir bald ein gewisser Ermüdungseffekt ein. Ich hoffe, es ist nun ein für alle Mal verständlich erklärt, dass ich sowohl als auch weder falsch noch richtig irgendwie heiße!

Klar gab es auch Situationen, in denen Chaos nicht sofort angenommen wurde. Der Vater meiner Frau zum Beispiel hat sich zu Beginn geweigert, Chaos zu mir zu sagen – das sei doch kein Name. Bei den ersten Treffen lavierte er stets drumrum, mich beim Namen zu nennen. Das legte sich aber bald, und als ich ihm zum Geburtstag mal eine SMS schrieb, in der ich ihn *Schwiegerpapa* nannte und mit *Dein Schwiegersohn* grüßte, kam von ihm zur Antwort: »Lass uns doch lieber bei Chaos und Günter bleiben!«
Ich fühlte mich in der Familie meiner Frau willkommen, und gegen eine spätere Heirat wurde nicht interveniert – auch, weil Chaos mittlerweile für mich und nicht für einen Zustand stand.

Es dauerte bis zum Jahr 2017, bis ich eine schlüssige und erklärungsmäßig unaufwendige Deutung für meinen Namen fand. Ein kleines Mädchen stand, ein Eis schle-

ckend, vor meiner Eisdiele und fragte, wie mein Name wäre.
»Chaos«, war meine wenig überraschende Antwort. Es folgte eine Pause, üppig garniert mit einem sehr skeptischen Blick.
»Komischer Name… hmmmm… Du räumst bestimmt nie dein Zimmer auf!«
Bingo – nach etwa 40 Jahren ein kurzes und passendes Statement für den Grund meines Namens! Danke, kleines Mädchen! In Sachen Aufräumen bin ich noch heute eine ziemliche Niete.

Doch nun zurück zu den Jahren, in denen ich als Andreas durchs Leben ging. Die Zeit, die mich auf mein weiteres Leben vorbereiten sollte.

Einmal im Jahr war Ausnahmezustand bei uns zu Hause und bei mir angesagt. Der 18. November, der Geburtstag meines Vaters. Einige dieser Geburtstage sollten vielleicht ungeahnt mein Leben in die dann von mir gewählten Bahnen lenken.
Wieder so ein lebenslaufbahnbeeinflussender Zufall.
Es muss so ab dem Jahr 1971/72 gewesen sein. Wir wohnten damals in einer großen Wohnung in der Hasenheide. Damals kam mir, noch als junger Mensch, die Wohnung größer vor, als sie es wahrscheinlich und tatsächlich war. Mein Vater hatte zu der Zeit viele Geschäftsfreunde und Bekannte. Seine Geburtstage liefen stets so ab, dass in unserem Esszimmer in der einen Ecke ein Buffet aufgebaut und auf dem sich ebenfalls in diesem Zimmer befindlichen Schreibtisch ein Fass Bier aufgestellt wurde. Ab 12 Uhr mittags kamen die ersten Gäste, und wenn ich aus der Schule kam, war die Party meist schon am Laufen. Es herrschte ein stetes Kommen und Gehen bis, für meine damaligen Verhältnisse, tief in die Nacht.

Ich feuerte die Schultasche in die Ecke und mischte mich unter das Volk. Meist dauerte es nur einige Minuten, und ich befand mich auf Höhe des Bierfasses. So zapfte ich meine ersten Biere, und es hat mir Spaß gemacht. Dass mir die Freunde und Bekannten ständig Geld für meine Zapfdienste zusteckten, machte die ganze Sache dann für mich natürlich noch interessanter. 50 Pfennig und 1 Mark gab's immer von denen, die gewissermaßen fast jedes Bier einzeln bei mir entlohnten. 5, 10, in Ausnahmefällen auch 20 Mark bekam ich von denen, die sozusagen zusammen zahlten.

Die Höhe meines Taschengeldes damals weiß ich nicht mehr. Es war wohl nicht zu viel, aber auch nicht zu wenig. An den Geburtstagen meines Vaters habe ich dann über das Trinkgeld aber Summen eingedreht, für die ein Junge meines Alters sehr, sehr oft zum Taschengeldempfang anzutreten hatte. Und das Beste war – meine Eltern haben es nie mitbekommen! Erst viele Jahre danach habe ich das mal meinem Vater erzählt. Er war doch sehr erstaunt – allerdings nicht so sehr darüber, dass gerade sein Chef der knickrigste der gesamten Mannschaft war. Von ihm gab's nie mehr als einmalig 1 Mark.

Viel entscheidender für mein späteres Leben war aber nicht die Tatsache, an diesem Tag viel Geld zu verdienen oder besser gesagt, zu bekommen, sondern dass mir dieser erste Zapferjob wirklich sehr viel Spaß gemacht hat und dass ich es jederzeit auch ohne das zugesteckte Geld gemacht hätte. Allerdings ging ich damals noch nicht davon aus, einmal eine Kneipe zu betreiben. Das kam dann doch erst einige Jahre später.

Musisch war bei uns in der Familie nicht viel los. Versuche, in irgendeiner Form kreativ zu sein, wurden meist im Keim erstickt. Nicht, dass so etwas verboten gewesen wäre, aber mein großer Bruder Peter versuchte sich z. B.

mal an Gedichten. Ob diese Gedichte nun was taugten oder auch nicht, spielte eigentlich überhaupt keine Rolle. Man machte sich im Kreise der gesamten Familie herzlich darüber lustig. Nie werde ich die ersten vier Zeilen eines seiner Gedichte vergessen. Ich werde diese aber aus Rücksicht auf ihn hier nicht zitieren.

Nur so viel sei gesagt: Bei fast jedem Sonnenuntergang, den ich in meinem Leben sah, gingen mir diese seine Zeilen durch den Kopf. Und jedes Mal musste ich grinsen.

Das Lustigmachen war sehr unfair und hat wohl dafür gesorgt, dass mein Bruder damit nicht weitermachte. Oder vielleicht ja doch heimlich? Wird er eines Tages alle mit einem Gedichtband überraschen und uns eines Besseren belehren?

Ich selbst bin von Natur aus definitiv nicht mit einer Stimme gesegnet, die man gerne singen hört. Die schlimmsten Stunden in meiner Grundschulzeit waren daher die Musikstunden bei Frau Bruch. Wir mussten zum Ende eines jeden Halbjahres nach vorn treten und vor der kompletten Klasse um fünfzig Prozent unserer Zensur singen. Ich habe nie verstanden, wieso da etwas benotet wurde, was man nicht lernen, sondern bei gewissen Voraussetzungen bestenfalls verbessern kann.

Die Fehlquote während dieses Singefestes war übrigens sehr gering. Ich selbst schleppte mich auch in einem Jahr mal fiebrig-angeschlagen hin. Das hatte den einfachen Grund, dass keiner je dem Vorsingen entkam – und wenn es schon sein musste, dann doch bitte mit allen.

Nachholer mussten immer alleine ran. Ich hoffte stets inständig, dass es noch miesere Stimmen gab als die meine. Leider wurde diese Hoffnung selten erfüllt.

Meine Versuche, Gitarre zu lernen, scheiterten schon beim ersten Vorspielen. Vorspielen? Ich wollte es doch erst lernen. Schon wieder so ein Blödsinn, ähnlich wie das benotete Vorsingen. Mir wurde seitens des Gitarrenlehrers mangelndes Rhythmusgefühl unterstellt. Ich weiß noch, dass ich diesen Menschen Jahre später zu einem Konzert meiner damaligen Band einlud. Irgendwann war ich nämlich dann doch in der Lage, ein Instrument rhythmisch zu bearbeiten. Ich wurde tatsächlich so etwas wie ein Bassist – so ganz ohne Rhythmus und Stimme!

Punk sei Dank!

Gewissermaßen durch den Zapfhahn auf dem Schreibtisch im elterlichen Esszimmer floss ich von der Kindheit in die Jugend. Der 18. November wurde dann auch nicht mehr bei uns, sondern irgendwo anders gefeiert. Irgendwann lagerte sich mein Vater komplett aus und trennte sich von meiner Mutter. Da meine beiden Brüder schon ausgezogen waren, blieb ich mit meiner Mutter allein zurück. Keine wirklich prickelnde Zeit, was die Familie betraf, aber die wohl spannendste Zeit meines Lebens. PUNKROCK!

Doch vor dem Punkrock und dem Auszug meines Vaters kam mein erstes Konzert, und da erinnere mich auch noch gerne dran. Speziell an das Danach… 1976 war mein Zimmer noch plakatiert von Queen-Postern sämtlicher Größen, das damalige Konzert in der Deutschlandhalle war mein erstes richtig langes Ausgehen ohne Eltern. (Zuvor war ich lediglich mal auf einer Bravo-Super-Disco mit Jürgen Marcus und den meinerseits als Sweet-Fan verhassten Bay City Rollers). Ich war zarte 13, mein Vater lebte noch bei uns, und ich bekam zu diesem Konzert Ausgang bis 1 Uhr nachts. So gegen 2 Uhr kam mein Vater nach Hause und wurde von meiner sehr besorgten Mutter empfangen.

»Unser Sohn ist noch nicht wieder zu Hause. Und die U-Bahn fährt auch nicht mehr. Du musst sofort zur Deutschlandhalle fahren und ihn suchen!«
Da mein Vater an diesem Abend nicht bis 2 Uhr nachts gearbeitet hatte, sondern wohl eher ein wenig feiern war, wäre es in Sachen Führerschein schon gewagt gewesen, loszufahren, um mich zu suchen. Wohl selbst nicht wirklich daran glaubend, griff er verzweifelt nach einem letzten Strohhalm.
»Vielleicht ist er aber schon da?«
»Ich hätte ihn doch kommen hören!«, entgegnete meine Mutter entrüstet.
Ihr kleines Baby schafft es doch nicht ungehört, nachts von seinem ersten Konzert nach Hause zu kommen…
Doch Mama – hatte ich!
Ich lag nämlich seit ca. Mitternacht in meinem Bett und träumte vor mich hin. Nur gut, dass mein Papa doch noch mal zur Kontrolle in mein Zimmer guckte. Das Trara am nächsten Tag nach einer vergeblichen und vor allem vollkommen überflüssigen Suchaktion wäre nicht schön gewesen.

Das Konzert fand ich übrigens klasse. Die große Halle, die vielen Leute, die Lautstärke, das Licht…
Naja – es war mein erstes Konzert, und ich glaube, ich hätte wahrscheinlich alles gut gefunden – außer Supertramp!

Kurze Zeit später entfernte ich die Queen-Poster von meinen Wänden, und Plakate der Pistols, der Ramones, der Dickies, von Devo, Jam, Lurkers, Stiff Little Fingers, Blondie, Clash und und und hielten Einzug. Über den Punkrock und wie ich ihn damals kennenlernte und erlebte, na ja – ich glaube, das könnte fast ein extra Buch werden. Zu wichtig ist diese Zeit für die gesamte Kultur gewesen. Diese ungeheure Explosion der Kreativität passt eigentlich nicht in dieses Buch, ist aber ein unglaublicher Teil meines Lebens.

Was über Punkrock in den folgenden Kapiteln zu lesen sein wird, ist meine ganz persönliche, subjektive Erfahrung dieser wahnsinnig wichtigen Revolution.
Bei dem, was ich an Aufarbeitungen über die erste Zeit des Punk in Deutschland gelesen oder in Filmen gesehen habe, hat mich immer eine gewisse Deutungshoheit gestört. Fast schon eine Allwissenheit, die aber keiner wirklich haben kann.
Nee – da bin ich einfach 100 % subjektiv, und das ist auch richtig so.

Durch den Punk machte ich Erfahrungen, die mich für mein Leben mehr als alles andere prägen sollten. Ohne den Punkrock wäre ich nicht der, der ich jetzt bin. Der Grundstein, im bürgerlichen Sinne nichts Vernünftiges zu werden, wurde ohne Zweifel durch den Punkrock gelegt. Ich hatte damit also gute Voraussetzungen, Wirt zu werden. Doch erstmal ging es bis zum Abi in die Schule.

Playlist:
The Sweet – The Sixteens (meine erste Single!)
Queen – Killer Queen
Ramones, Dickies, Boys, Lukers, Clash, Jam, Buzzcocks, Ruts, Undertones, Slaughter & the Dogs, Devo, Angelic Upstarts, Blondie, und und und

07 – Die Schulzeit

»Trotz seiner körperlichen Überlegenheit fügte sich Andreas gut in die Klassengemeinschaft ein.«
Mit diesem Satz begann die allgemeine Bewertung in meinem Zeugnis für die erste Klasse. Eine ausgesprochen charmante Umschreibung für ein recht dickes und auch schon recht zeitig in die Höhe gegangenes Kind. Naja – irgendwann fiel mir mal ein Foto aus der ersten Klasse in die Hände. Ich meine mich zu erinnern, dass ich auf dem Bild aussah, als sei ich zwei- oder drei Mal sitzengeblieben. Aber versprochen – eine Ehrenrunde in der Schulzeit habe ich erst viel später gedreht, und die dann auch freiwillig. Doch dazu später mehr.
Es stand da aber auch »Beim Malen und Turnen (!) war er mit Freude bei der Sache« drin. Ob beim Malen oder Turnen was mit Bedeutung rauskam – wohl nicht wirklich… aber ich war mit Freude bei der Sache! Immerhin!
Die Erinnerungen an meine Grundschulzeit sind schon arg verschwommen. Fast alle Namen sind im Laufe der Jahre verschwunden. Aber an einige kann ich mich noch gut erinnern. Meine Klassenlehrerin war Frau Richter und nett. Mein Mathelehrer, trotz des von ihm gegebenen Faches, auch. Ich glaube, er hieß Herr George. Auch den Sportlehrer behielt ich gut in Erinnerung, wenn auch nicht seinen Namen, obwohl ich ja mit Freude bei der Sache gewesen sein soll. Erste Freundschaften wurden geschlossen und circa ab der 5. Klasse fand ich Mädchen nicht mehr ganz so blöd wie in den Jahren zuvor. Damals baute ich als einer der ersten im Freundeskreis recht vertraute Verhältnisse zu ihnen auf. Nur lief es leider fast immer so ab, dass ich mich in eine verguckte, recht schnell Kontakt suchte und tatsächlich auch bekam, um bei der zweiten oder dritten Verabredung eine ungünstige Frage gestellt zu bekommen.

»Dein Freund soundso… den finde ich süß… Kannste mir den mal vorstellen?«
Toll gelaufen für mich. Ich brachte also in den ersten Jahren selbst nicht viel zustande, verkuppelte aber einige der eigentlich von mir angebeteten Mädels mit meinen Freunden.

Einige Jahre war ich auch Klassensprecher. Höhepunkt war auf dem Gymnasium eine auch von mir mitorganisierte Demonstration zur Durchsetzung einer weiteren 7. Klasse, damit die Anzahl der Schüler der einzelnen Klassen nicht so hoch wäre. Der Demonstrationszug ging ca. einen Kilometer vom Südstern bis zum Rathaus Kreuzberg. Die beiden mitmarschierenden Polizeibeamten verwehrten uns wegen der Teilnehmerzahl von nicht mal 50 den Gang über den Fahrdamm. Also ging es über den Bürgersteig. Wir skandierten eifrig

GERICKE UND DER SENAT
SIND EIN GANGSTERSYNDIKAT!

Dieser Herr Gericke war damals der für uns Zuständige seitens der Schulverwaltung oder so ähnlich – jedenfalls der namentlich bekannte Mitverantwortliche für unsere fehlende 7. Klasse und ein Name, den ich wohl ob des skandierten Schlachtrufes nicht vergessen kann.
In das Rathaus selbst durften wir auch nicht. Wir bildeten uns ein, die hätten Angst vor uns. Fünf oder sechs von uns schafften es, sich über einen Seiteneingang Zutritt zu verschaffen. Allerdings war der Effekt, dass die sich die Nasen von innen an der Scheibe plattdrückten und wir anderen von draußen. Besagter Herr Gericke ward auch nicht gesehen. Wahrscheinlich war er im Wochenende, »Freitag ab eins macht jeder seins!« – und es war ja schließlich ein Freitag.

Schöner fand ich damals die Vorstellung, dass er sich angsterfüllt und mit Sorge um seine Pension in seinem Büro verschanzt hatte. Mit stolz geschwellter Brust, aber ohne zusätzliche 7. Klasse, startete ich also das Unternehmen Abitur. Hej – mir fällt gerade auf, dass ich ja Teilnehmer und Mitorganisator der vielleicht allerersten *Fridays for Future*-Demo war. Lange bevor eine Greta Thunberg auf der Bildfläche erschien.
Meine politische Karriere fand hingegen schnell ein Ende. Schon in der 8. Klasse bekam ich ein Magengeschwür, weil ich mich immer so doll aufgeregt hatte. Ich gab also mein Klassensprecheramt aus gesundheitlichen Gründen auf. Wer weiß, vielleicht wäre ich ja ohne dieses Magengeschwür schon fast Bundeskanzler oder Ähnliches… und wenn ich mich heute in der politischen Landschaft so umschaue – ich bin überzeugt, ich wäre nicht die schlechteste Wahl!

Halt – doch noch was während der Grundschulzeit – die Klassenreise und Marina Friese und auch erste erfolgreiche Schritte in der Welt der Liebenden!
Meine Herren – war ich verknallt in Marina! Sie schwamm im Verein und hatte schon früh ein recht beeindruckendes Kreuz, was mich aber nicht schreckte. Ich schmachtete schon eine lange Zeit vor mich hin. Zu einer Verabredung mit ihr allein kam es aber nie, da ihre jüngere Schwester Veronika stets dabei war… sie wurde übrigens Putti genannt. Wie sie zu diesem nicht wirklich attraktiven Namen kam, weiß ich nicht. Putti war eigentlich ganz in Ordnung und sah auch nicht wie ein Putten-Engel aus, aber ihre stete Präsenz nervte mich enorm – und bei ihr lernte ich, dass ich einen Namen mit einer gewissen Abscheu betonen konnte. Das war zwar unfair, aber ich meine, es war den Hormonen geschuldet und damit endschuldbar.

Putti, ich möchte mich auf diesem Wege dafür bei Dir entschuldigen – ich war unfair! Verzeih mir!
Durch Marina und Putti lernte ich Gummitwist spielen. Meine Kumpels lachten mich dafür zwar aus, aber – hej – ich konnte Zeit mit Marina verbringen und ihr nicht! Auch wenn ich dafür recht albern und unbeholfen über Gummibänder hüpfen musste – und das trotz meiner schon erwähnten körperlichen Überlegenheit. Ich war aber auch hier »…mit Freude bei der Sache«.
Auf einer Klassenfahrt wollte ich nun zum Angriff blasen. Mit den Erfahrungen aus der jüngsten Vergangenheit machte ich mich aber schon vor der Abfahrt an eine Freundin von ihr ran. Nein – ich machte ihr keine falschen Hoffnungen, sondern wollte sie lediglich als Kupplerin einspannen. Sie war auch einverstanden damit, und auf der abendlichen Begrüßungsparty im Schullandheim bin ich auf Anraten der Freundin beim Engtanz (ich meine, es lief gerade Smokie) zum Angriff übergegangen und setzte meiner Marina einen dicken Schmatz auf die Wange und gestand ihr meine Liebe… Sie beendete den Tanz immerhin noch, aber dann war es das auch… das mit der gemeinsamen Zukunft, dem Gummitwist und Marina Friese… sie redete fortan kein Wort mehr mit mir.
Die Zeit damals im Harz – sie war nicht leicht für mich…. Wenigstens wollte sie nicht von mir mit einem meiner Freunde verkuppelt werden, und mein Verhältnis zu Putti verbesserte sich daheim in Berlin auch sehr, und ich habe Putti als gute Freundin in Erinnerung!

Aus dieser Zeit blieb mir noch eine andere Frauengeschichte im Hirn. Die Firma, bei der mein Vater angestellt war, vermietete damals Werkstattwagen an eine Firma, die wiederum für die Stromversorgung auf den Berliner Rummelplätzen zuständig war – und als Dreingabe gab es immer ordentlich Freikarten für ebendiese Volksfeste –

und viele dieser Freikarten landeten bei mir. Die Neuköllner Maientage unweit unserer Wohnung in der Hasenheide waren so ein Rummel, und diesen Rummel und die Freikarten wollte ich nutzen, um Petra aus der Parallelklasse zu erobern. Marina Friese war dann doch recht schnell vergessen…
In der Hofpause fragte ich (ich fand mich enorm tapfer!) Petra, ob sie Lust hätte, mit mir auf den Rummel zu gehen. Zu meiner großen Überraschung sagte sie ja – aber ob ihre Freundin Claudia mitkommen könne?
Sollte da etwa Claudia zur neuen Putti werden? Ich musste handeln und spannte meinen Freund Pupus (bitte keine Fragen, wie sein Name entstanden ist… beeindruckend, was der im Unterricht so abließ!) ein… er sollte sich um Claudia kümmern. Claudia war nett, okay und auch hübsch – aber sie war nun mal nicht das Objekt meiner Begierde. Ich weihte Pupus nicht ein, dass ich was von Petra wollte und er sich auf Claudia konzentrieren möge, nur, dass ich mit zwei Freundinnen auf den Rummel wollte und genug Freikarten hätte für vier.
Wir waren also an einem Nachmittag verabredet. Ich war vor Aufregung als erster da. Dann kam Claudia – mit der Botschaft, dass Petra abgesagt hätte…
Na dufte – so konnte ich also meine Freikarten für Claudia und das Glück von Pupus verballern… ich nahm mir vor, Petra wenigstens eine Rose zu schießen, die Claudia ihr mitnehmen sollte…
Es kam ganz anders, weil anscheinend auch Pupus einen Tropfen in der Hose hatte und kniff. Er kam ebenfalls nicht, und so bin ich mit Claudia alleine los. Wir schlenderten über die Maientage, fuhren hier Autoscooter und da Achterbahn. Es gab Bratwurst, Fassbrause und Zuckerwatte…

…und es gab die Raupe.

Das war ein Fahrgeschäft, bei dem man im Kreis fuhr, dabei rauf und runter, und als Höhepunkt schloss sich ein Verdeck, sodass man von der Außenwelt abgeschnitten war. Auch dafür hatte ich Freikarten – vier Stück, wie für fast alles. Wir also rein in die Raupe und los ging es. Claudia saß innen und wir drehten uns im Kreis. Durch die Fliehkraft wurde Claudia an mich gedrückt, und das gefiel mir erstaunlich gut, und als sich das Verdeck schloss und wir von besagter Außenwelt abgeschnitten waren, da gab mir Claudia doch tatsächlich einen Schmatz auf die Wange… Wir fuhren direkt eine zweite Runde und ich war überraschenderweise doch am Ziel! Ich hatte eine Freundin! Sie hieß zwar Claudia und nicht Petra, aber ich war zufrieden, und Claudia bekam am Ende unseres Rummelbesuches eine eigene Rose geschossen und Petra ging leer aus – nicht nur, was die Rose betrifft!
Ich meine, wir gingen so etwa zwei Wochen miteinander…

Eine andere Frauengeschichte verbaute ich mir allerdings selbst. Die Tochter eines Arbeitskollegen meines Vaters war mal hinter mir her. Tatsächlich! Ob es nun daran lag, dass ich nicht damit umgehen konnte, selbst einmal das Objekt der Begierde zu sein, oder ob ich sie tatsächlich als nervtötend empfand, weiß ich nicht mehr, jedenfalls ist da in meiner Erinnerung zuerst eine schlimme Stimme, wenn mir das Mädel in den Sinn kommt.
Und dann waren da noch die Klamotten, die sie trug. Furchtbar! Ein Röckchen, weiße Strumpfhosen und schwarze Lacksandälchen! Schlimm, was Eltern ihren Kindern zum Teil an Kleidung antun. Zudem war diese Art der Kleidung definitiv nicht dazu geeignet, mit mir am Strand, durch das Watt oder sonstewo aktiv zu sein. Einmal waren beide Familien in Dänemark zusammen am Urlauben, und besagtes Mädel achtete stets darauf, dass sie meiner habhaft wurde, sowie ich auch nur einen Fuß vor

den Bungalow setzte, den meine Familie bewohnte. Ich schmulte immer durch den Vorhang, ob ich sie sah, öffnete vorsichtig die Tür und sprintete los.
Umsonst! Sofort erklang ein in meinen Ohren sirenenhaftes, schrilles »Aaaandreeeaaaas – warte auf mich!«
Das war wie Doping für mich und ich legte einen Zahn zu. Mein Ziel war das in direkter Nachbarschaft gelegene ausgediente Schwimmbad. In dem Pool stand an der tiefsten Stelle noch Wasser, und es gab eine Menge Blattwerk, Äste und so weiter.

...und vor allem: Es gab Frösche! Viele Frösche! Richtige Kaventsmänner waren dabei. Runzlig, pockig, groß und schleimig und ganz sicher nicht für kleine Mädchen in Strumpfhosen und Lackschühchen gemacht.
Ich also rein in das Becken und mir eine möglichst dicke Unke gegriffen, umgedreht und hochgehalten. Das Mädel war mittlerweile auch am Beckenrand angekommen und befand sich nun Auge in Auge mit dem Kaventsmann. Passend zu Röckchen, Strumpfhose und Lackschuh suchte sie schreiend das Weite und ich hatte vorerst meine Ruhe.
Die Geschichte wäre ja nicht erwähnenswert, wenn ich das Mädel nicht circa 20 Jahre später auf einer Feier wiedergetroffen hätte. Da stand sie, vom Mädchen zur Frau geworden, und ich dachte nur: »Meine Herren! Was für ein Feger!«
»Na hallo... das ist aber lange her, dass wir uns das letzte Mal gesehen haben!«, sprach ich sie an.
»Ach ja? Und wie geht es Dir? Heute keine Kröte dabei?«
Damit und mit einem bösen Blick drehte sie sich weg. Tja – irgendwie dumm gelaufen, aber bestimmt war sie charakterlich immer noch ein Lackschuh...

Als Junge in diesem Alter ist es sicher nix Besonderes, wenn der ein oder andere Unfug gebaut wird. Ich meine aber, dass ich im Großen und Ganzen echt harmlos war.

An außerschulischen Aktivitäten sind mir aber trotzdem einige Dinge in guter Erinnerung geblieben.
Damals gab es von Schultheiß eine Orangenlimonade in einer Riffelglasflasche, deren Kohlensäuregehalt sehr hoch war. Im Sommer deckten meine Freunde und ich uns gern in der Bude im Jahnpark an der Hasenheide damit ein. Wir marschierten in Richtung Denkmal vom Turnvater Jahn, und als Initiationsritus für die Neuen in unserem erlauchten Kreis galt es nun, diese Flasche Schultheiß Orangenlimonade auf ex zu leeren.
Die Kohlensäure sorgte dafür, dass augenblicklich die Tränen in die Augen schossen und es einem fast die Kehle zerriss.
Selbst mit mehrmaligem Ansetzen war die Grundlage für ein weiteres Vergnügen von Jungen gelegt. Die Flaschen waren kaum geleert, da scharten wir uns um das Denkmal und rülpsten um die Wette. Selbst weit entfernte Besucher des Parks müssen gedacht haben, da seien Hirsche in der Brunft aktiv. Wirklich erstaunlich, wie tief ein Bengel von vielleicht 11 Jahren beim Rülpsen stimmlich kommen kann.

Auch gab es den Senf und die Zahnpasta in meiner Kindheit noch in Tuben aus dünnem Blech. Ich weiß nicht mehr, wie ich auf die Idee kam, aber so eine Tube konnte richtig Spaß bringen. Ich legte eine Tube an einer Ampel auf einen Fußgängerüberweg und hoffte, dass die vorbeifahrenden Autos diese dann richtig trafen. Bei einer richtigen Positionierung platzte die Tube auf und entleerte sich schlagartig in Richtung der an der roten Ampel wartenden Passanten. Es war schon ein Vergnügen, diese dann springen zu sehen. Höhepunkt war aber einmal ein Passant, der die komplette Ladung auf seinen Bauch bekam. Kreischend vor Lachen nahm ich aber besser die Beine in die Hand…

Der klassische Klingelstreich war mir zu doof. Einfach irgendwo klingeln, schnell wegrennen und nix von der Reaktion des unfreiwillig Bespaßten mitzubekommen, stellte für mich keinen Reiz dar. Daher initiierte ich einen Intelligenztest für Mieter des Hauses auf der anderen Straßenseite. Ich schrieb mir die Namen der Bewohner vom Klingelbrett ab und suchte mir deren Telefonnummern heraus. In der Nacht begann dann Runde eins. Ich stellte mir den Wecker auf ein Uhr nachts und guckte erst einmal, ob im Haus gegenüber Licht brannte. Es war alles dunkel, und ich begann, die Nummern der Bewohner von gegenüber zu wählen. Ging ein Licht an, legte ich sofort auf und notierte mir die Lage der Wohnung. Ging der oder die Bewohner/in ohne Licht anzumachen ans Telefon, legte ich auch sofort auf. An diesen Bewohnern hatte ich kein Interesse und nahm sie aus meinem Test raus. Deren Telefon stand entweder direkt am Bett, oder das Schlafzimmer ging nicht zur Straße raus. Das war aber nur bei zwei Parteien der Fall, und ich hatte immerhin fünf oder sechs Kandidaten für meinen Test gefunden. Nun hieß es Geduld haben. Ich dachte, eine Woche würde reichen, dann startete ich Runde 2.

Wieder stellte ich mir den Wecker.

Wieder rief ich die Mieter von gegenüber an

Wieder legte ich sofort auf, wenn das Licht anging.

Diesmal rief ich aber 3-4 Minuten später noch einmal an – nur um sofort wieder aufzulegen, wenn das Licht anging. Und ich führte eine Strichliste, wie oft ich den Betreffenden aus dem Bett bekam. Der Hirni des Hauses machte tatsächlich neun Mal das Licht an, bevor er entweder das Telefon aus der Dose zog oder einfach aufgab. Ich ließ es beim 10. Mal lange klingeln und hatte dann bei diesem Mieter keine Lust mehr. Bei den anderen dauerte es so drei oder vier Mal, bis sie ohne Licht anzumachen ans Telefon

gingen. Der Genius im Haus wohnte aber im 2. Stock, linke Wohnung aus meiner Sicht. Der ging schon beim zweiten Mal ohne Licht anzumachen ran!
Als ich mit dem Haus dann durch war, rief ich diesen noch einmal an, und er war der Einzige, der meine Stimme hören sollte. Ich sagte nur: »Der Intelligenteste des Hauses wird einen Preis bekommen!«
Am nächsten Tag schlich ich mit unter dem Vorwand »Hallo! Postwurfsendung!« in das Haus und stopfte dem Mieter eine Tafel Schokolade und einen Zettel »Intelligenzbestie des Hauses« in den Briefkasten… der mit den neun Anrufen bekam einen Zettel mit »Hirni des Hauses« – allerdings ohne Schokolade. Und den Zettel klebte ich von außen und für alle sichtbar auf den Briefkasten drauf!
Naja – die ganze Aktion war nun nicht wirklich revolutionär oder aufrührerisch – hat aber Spaß gemacht. Wegen des nächtlichen Weckerstellens blieb es aber bei diesem einen Mal – ich wollte ja schließlich auch mal schlafen…

Ich fütterte auch gern die Möwen am Kanal. Es gab in der Körtestraße einen Laden, der öfter *Pfannkuchen* (für Nicht-Berliner: *Berliner*) vom Vortag aus umliegenden Bäckereien für 5 Pfennig das Stück verkaufte. Ich kaufte eine Tüte und ging damit zum Kanal. Einen futterte ich immer selbst, die anderen waren für die Möwen. Ich fand das immer schick, wenn die Möwen die Brocken, die ich warf, noch in der Luft schnappten. Irgendwann warf ich mal einen kompletten Pfannkuchen in die Luft. Eine Möwe zielte und schnappte sich diesen. Allerdings bekam sie den Schnabel nicht weit genug aufgerissen und spießte diesen dann auf und flog mit ihm davon… ich fand, sie sah aus wie ein Möwenclown mit einem extraordinären Pappnasenersatz.

Einen Jungen aus meiner Parallelklasse erwischte ich mal auf meiner Möwenfütterbrücke dabei, wie er mit kleinen Reißzwecken oder mit Pfennigschwärmern gespickte Pfannkuchenbrocken, deren Zündschnüre er extra verlängert hatte, in die Luft warf und dabei schon perverse Freudenrufe ausstieß, wenn die Möwen damit die zu erwartenden Probleme hatten. Ich sah mir das kurz an, pellte ihm eine und vertrieb ihn. Später erfuhr ich aber noch, dass er sich die Zeit damit vertrieb, zwei Nägel mit den Enden eines Stromkabels zu verbinden, die Nägel in eine kleine Pappbox zu stecken, in die Pappbox ein kleines Plastiksichtfenster zu setzen und sich daran zu ergötzen, wenn in dieser Box eingesperrte Insekten Kontakt mit einem Nagel bekamen… Bestimmt hat er auch Frösche aufgeblasen und ist später Pathologe geworden oder doch Beamter bei einer städtischen Verwaltung oder er ist beim Finanzamt gelandet…

Meine Zeit auf der Grundschule verlief also ehrlich gesagt normal bis recht öde und unspektakulär. In diesen Jahren wurde allerdings mein Verhältnis zur bildenden Kunst nachhaltig beschädigt, ja, ich gehe sogar so weit, zu sagen – es wurde zerstört, bevor es sich überhaupt entwickeln konnte.

Wir wurden an einem Wandertag mal in die Neue Nationalgalerie geführt. Als kleiner Junge konnte ich sagen: Ja – da hingen echt viele Bilder! Ein Bild hatte es mir besonders angetan. Es war riesig! Es reichte vom Boden bis fast zur Decke, und auch die Breite war gigantisch. Nur wenn man weit genug entfernt stand, war das Gesichtsfeld ausreichend, um das gesamte Bild in einem zu sehen. Dieses Bild war fast ausschließlich weiß mit einem einzigen, recht verloren wirkenden roten Kreis von vielleicht 50 bis 70 Zentimetern Durchmesser irgendwo auf dieser weißen

Fläche… Ich fragte mich, ob es sich eventuell um eine Variation der japanischen Nationalflagge handeln sollte. Auf meine Frage, was dieses Bild bedeuten sollte, bekam ich allerdings keine Antwort. Was mich aber zutiefst beeindruckte, war der Preis des Bildes.
Weit über 100.000 D-Mark wäre dieses Bild wert – so wurde es uns zumindest gesagt.
Ich empfand das als unglaublich viel, und ich wusste überhaupt nicht, warum irgendein Mensch so viel Geld für so ein Bild ausgeben sollte. Zumal er es sich in einer normalen Wohnung wegen der Größe ja eh nicht aufhängen könnte. Während des weiteren Rundgangs durch das Museum reifte in mir ein Gedanke, und ich schaute mir nicht mehr wirklich die Bilder an, die da an mir vorüberzogen.
Nach dem Besuch in der Nationalgalerie, wieder in heimischen Gefilden, setzte ich mich eiligst an den heimischen Tisch und malte mein erstes Werk.
Ich nahm ein DIN-A3-Blatt und platzierte ein blaues Dreieck darauf. Den Standort des Dreiecks legte ich so fest: Ich nahm mein Geo-Dreieck und ließ es mit geschlossenen Augen auf das DIN-A3-Blatt fallen – und dort, wo es gelandet war, zeichnete ich erst die Umrisse nach, um das Dreieck dann in der Folge mit kräftiger blauer Tusche auszufüllen. Zufrieden mit dem Ergebnis wartete ich, bis die Farbe trocken war, rollte das Blatt vorsichtig zusammen und sicherte es mit einem Wollfaden. Heute würde ich dieses Werk »Geometrie des Zufalls« betiteln.
Am nächsten Tag, nach der Schule, fuhr ich erneut zur Nationalgalerie, mein Werk im Gepäck. Am Eingang fragte ich den Eintrittskartenverkäufer, wo denn hier der Ankauf von Bildern sei.
»Geh weg! Die Leute hinter dir wollen Karten kaufen.«
Wahrscheinlich hatte mich der Verkäufer nicht richtig verstanden.

»Ich möchte doch nur wissen, wo ich hier mein Bild verkaufen kann…«, versuchte ich es noch einmal.
Hinter mir kicherte eine Frau mit großem Hut, und ihr Begleiter guckte genervt.
»Hast du nicht gehört? Du sollst weggehen!«
Ich ging zum Einlass und versuchte mein Glück dort. »Guten Tag. Wo kann man denn hier Bilder verkaufen?« Der Kartenkontrolleur guckte wie ein Auto.
»Was?«
»Ich möchte wissen, wo ich hier ein Bild verkaufen kann…«
»So'n Quatsch!«
»Wieso Quatsch?«
»Weil das Quatsch ist!«
»Das ist kein Grund!«
»Mach, dass du fortkommst!«
»Aber es ist echt ein Angebot! Viel billiger als das große Weiße mit dem roten Punkt! Und viel praktischer, weil nich' so groß!«
»Mensch – hau ab, hab ich gesagt!«
Mittlerweile hatten die Frau mit dem großen Hut und ihr Begleiter ihre Karten und wollten rein.
»Du schon wieder!«, raunte mich der Mann an. »Nur Flausen im Kopf!«
»Aber ich möchte doch nur ein Bild verkaufen…«
»Du weißt doch gar nicht, was Kunst ist!«

Heute würde ich darauf antworten:
Hat Leonardo da Vinci beim Malen des Lächelns der Mona Lisa geahnt, dass es noch heute ein großes Rätsel ist, was die Gute da so schmunzeln lässt?
Hat Dürer gewusst, dass ein paar betende Hände solch einen Eindruck auf Generationen von Italienern machten, dass diese noch heute bei jedem erregten Gespräch diese

Handstellung zur Unterstreichung ihres unermesslichen Leides nutzen?
Und hat der Erschaffer der Venus von Milo geahnt, dass noch Jahrhunderte später der Anblick der Statue bei Pubertierenden besondere Phantasien auslösen wird – selbst ohne Arme?
Wie soll da bitte ein kleiner Berliner Junge die Bedeutung und die Folgen seines Schaffens auch nur im Mindesten begreifen, geschweige denn erklären können?

»Ich möchte doch nur ein Bild verkaufen!«, sagte ich, ein wenig lauter werdend und dabei mit dem Fuß aufstampfend. Langsam wurde ich sauer.
»Jetzt geh mal schön nach Hause und spiel' mit deinen Freunden«, sagte die Frau und tätschelte mir tatsächlich die Wange.
»ICH WILL NICHT SPIELEN – ICH WILL EIN BILD VERKAUFEN!«
Im Gebäude wurde man nun auch auf mich aufmerksam. Ein Mann im Anzug und einem Namensschild kam hinzu.
»Was ist hier los?«
»Das Kind hier will ein Bild verkaufen!«
»Ich bin kein Kind – ich bin ein Künstler!«
»Soso – von wem ist denn dein Bild?«, fragte der Mann im Anzug lächelnd.
»Na, von mir natürlich! Und echt günstig!«, erwiderte ich.
»Hmmm… na – lass mal sehen.«
Ja – ich war am Ziel! Ich drängelte mich am Mann mit Anzug vorbei und entrollte mein Werk auf einem Tisch am Eingang.
Stolz wie Bolle sagte ich: »Kostet nur 20.000 Mark!«
Der Mann im Anzug, der Kartenabreißer, die Dame mit Hut und ihr Begleiter starrten auf mein Werk.
»15.000?«

Jetzt starrten alle vier mich an.
»10.000! Mein letztes Wort!«
Das schallende Gelächter der vier klingt mir noch heute in den Ohren. Der Mann im Anzug warf mich raus – nicht ohne mir mein Werk hinterherzuwerfen. Mit Tränen in den Augen rannte ich weg. Irgendwann stand ich auf meiner Möwenbrücke und verstand gar nichts mehr. Ich war wütend, und all den Kunstexperten da draußen in der Welt sei gesagt: Denkt nicht einmal dran! Das erste Werk des Chaos – das *Blaue Dreieck* – das werdet ihr nie sehen dürfen!
In Einzelteilen verschwand es im Landwehrkanal! Und ich hoffe, die Erinnerungen des Mannes im Anzug, des Kartenabreißers, der Frau mit Hut und ihres Begleiters sind gelöscht. Meine nicht – ich könnte das Werk sicher reproduzieren! Aber den Gefallen tue ich euch nicht... oder doch? Okay – für 5.000! Echt mein letztes Wort...

Viele viele Jahre später besuchte ich einmal eine Ausstellung in London. Ein Exponat erregte meine Aufmerksamkeit: Da standen zwei Plexiglaskästen. Zwei Quader, circa einsfünfzig hoch und jeweils einen Meter breit und tief. Beide Quader waren mit zwei Plexiglasröhren mit vielleicht zehn bis fünfzehn Zentimetern Durchmesser verbunden. In dem einen Quader lag ein Schweinekopf, wohl schon einige Tage. Dementsprechend krabbelten durch sämtliche Öffnungen des Schweineschädels und auch über die Schnauze der Sau richtig viele Maden, und es schwirrten auch massig Fliegen herum. Durch die beiden Verbindungsröhren konnten die Fliegen nun vom Quader mit dem Schweinekopf in den anderen gelangen. Dort hing lediglich eine elektrische Fliegenfalle. So eine wie diese Wespenfallen, die im Sommer beim Bäcker hängen. Die Fliegen, angelockt vom Licht, summten nun nichtsahnend

gegen unter Spannung stehende Drähte, um dann entweder verdampfend an selbigen klebenzubleiben oder geröstet in eine Auffangschale unter der Stromfalle zu purzeln…
Fliegen sind nun zugegebenermaßen auf meiner persönlichen Sympathieskala nicht besonders weit oben zu finden, doch fand ich die Opfergaben ihrer Leben im Dienste der Kunst echt nicht okay. Ich musste da auch an den perversen Jungen mit den Reißzweckenpfannkuchen für die Möwen auf meiner Brücke denken. Den, der jetzt vielleicht Pathologe oder Finanzbeamter ist. Oder war er etwa der Künstler, der dieses Werk erschaffen hatte? Zuzutrauen wäre es ihm ja…
Auch erschloss sich mir der Sinn dieser Installation nicht.
Kreislauf des Lebens?
Vergänglichkeit in zwei Akten?
Ich meine, dass ich den wahren Sinn dieser Installation erkannt hatte, als ich mich um die zehn Meter entfernt und andere Besucher beim Betrachten der Installation beobachtet hatte. Und deren Reaktionen sah.
Der Saukopfquader wurde meist mit einem gewissen Ekel betrachtet, doch am Fliegenfallenquader offenbarten sich die echten Charakterzüge der Kunstkenner. Viele grinsten, einige feuerten die Fliegen förmlich an, in den Stromtod zu fliegen, und andere kicherten gehässig, wenn wieder eine ihr Leben für die Kunst gab.
»Gehässigkeit« wäre wohl ein treffender Name für diese Installation gewesen.

Nein – bildende Kunst ist nicht mein Ding!

Ich kann mich nun auch auf den Anfang dieses Buches beziehen. Ja – ich erachte die richtige Zubereitung einer Currywurst als eine größere und auch bedeutendere Kunst als ein Bild zu malen oder irgendeine Installation aufzubauen.

Dazu passt jetzt eine Story aus den 90ern, und ich springe zwischendurch mal wieder einige Jahre nach vorn.

Es gab einmal ein Künstlerehepaar namens Christo und Jeanne-Claude. Meiner Erinnerung nach kamen die beiden schon in den 70ern auf die grandiose Idee, unseren Reichstag hier in Berlin zu verpacken.
Verpacken? Nee… *verpacken* ist ja ein viel zu profaner Begriff für Kunst. *Verhüllen* klingt doch viel besser.
Da steckt dann doch gleich viel mehr Bedeutung dahinter, wenn etwas geheimnisvoll verhüllt und nicht nur schnöde verpackt wird. Im Zuge des Liebesspiels wird ja auch lieber enthüllt statt ausgepackt. Ist ja auch in der Literatur so, oder?
Es klingt wirklich deutlich vielversprechender, wenn ich schreibe »*…sanft enthüllte ich die Weichheit ihrer sanften Hügel…*« als wenn da stünde »*…und dann packte ich ihre Brüste aus…*«.
…und das, obwohl das Ergebnis eigentlich identisch ist.

1995 war es dann so weit. Der Reichstag wurde eingepackt… äh… verhüllt. Und das für unglaubliche vierzehn Tage. Zwei Wochen, die die Welt nach meinem Dafürhalten nicht wirklich verändert oder beeinflusst haben. Stimmt so nicht ganz – viele Leute und einige Unternehmen haben bestimmt – neben Christo und Jeanne-Claude – gut daran verdient. Aber es sei ihnen gegönnt. Speziell denen, die da auf den Gerüsten rumgeklettert sind.
Mir selbst fiel bei dieser Aktion etwas ganz besonders auf. Auf keinem der Fotos vom verhüllten Reichstag konnte ich eine Frankierung erkennen! Dann hätte diese Aktion für mich wenigstens einen gewissen Witz gehabt.

Gute 25 Jahre Planung für vierzehn Tage Kunst? Respekt! Da beschwere sich noch mal einer über unseren neuen Flughafen in Schönefeld, der wohl erst als Altbau am Sankt Nimmerleinstag seinen Betrieb aufnehmen wird und auf jeden Fall schon einmal diesbezüglich Geschichte schreibt. Oder mein Buch hier… das dauert ja auch schon ewig. Sind nun der Flughafen und mein Buch unter diesem Gesichtspunkt nicht auch Kunstwerke? Und wer sagt uns ungebildetem Volk eigentlich, was Kunst ist und was nicht?

Ich male mir in Gedanken gerne aus, wie auf einem imaginären Kunst-Olymp die Götter in Gestalt von Kritikern sitzen. Wie sie dort im Geheimen cäsarengleich über Kunstschaffende urteilen – den Daumen entweder nach oben oder nach unten… Zudem scheint mir, dass ein Ableben des Künstlers die Wahrscheinlichkeit positiver Bewertung erheblich steigert.

Ist es nicht irre romantisch, wenn ein armer Poet mit einem Regenschirm im Bett sitzt und schreibt, während der Regen durch das Dach in sein Zimmer rinnt?

Ich finde, das kann nur für den Betrachter solch einer Szene einen Reiz haben. Für den im Bett sitzenden Poeten sicher nicht. Ich bin in diesem Moment hier beim Schreiben jedenfalls verdammt froh, dass das Dach über meinem Kopf dicht ist – es regnet nämlich gerade.

Und dann gibt es die Halbgötter, die Mäzene. Planetengleich umkreisen sie den sonnenartigen Kunstkritikerolymp und freuen sich, wenn einer ihrer geförderten Schützlinge gerade da steht, wo diese Sonne hinstrahlt. Also sind Künstler so etwas wie Monde. Allerdings nicht mit konstanten Umlaufbahnen. Irgendwann ist vielleicht mal Vollmond, und sie sind im Sonnenlicht zu sehen – meistens aber fristen sie im Schatten der Mäzene ihr Dasein und sind daher nicht zu sehen. Neumond eben…

Und dann ist da der ganze Sternenstaub, der durch das Universum streift. Das sind die eigentlichen Konsumenten der Kunst. Ohne feste Umlaufbahn irrt dieser Staub durch das All, eilt, gehetzt von dem Gedanken, er könnte einen Trend verpassen, von einer Verniss- zur nächsten Finissage. Dieser Sternenstaub ist am ehesten daran zu erkennen, dass der einzelne Staubpartikel vor einem Bild steht, den rechten Arm vorm Oberkörper, den linken Ellbogen auf das Handgelenk des rechten gestützt. Ganz doll wichtig ist dabei auch, dass sich der Daumen der linken Hand unter dem Kinn befindet. Das schwer arbeitende Hirn, das verzweifelt versucht, den Sinn des Gesehenen zu erkennen, muss schließlich gestützt werden. Der Arbeitsvorgang des Hirns äußert sich dann auch gerne darin, dass der Kopf leicht nach vorn und hinten wippt. Aber wirklich nur ganz leicht. Es soll ja nix durcheinanderkommen. Auch seine gerunzelte Stirn oder gespitzte Lippen sind Indizien dafür, dass nach dem Sinn noch gesucht wird.

Aber auch ich sehe mich als einen wenn auch unbedeutenden Teil des Kunstuniversums. Das bisschen Kunst, das in meinem Leben bisher vorkam, habe ich gefühlt als Weltallschrott erlebt. Ich sehe mich als Stückchen eines Satelliten oder einer Sonde, deren Zeit abgelaufen ist und die für das All und den ganzen Rest eigentlich keine echte Bedeutung mehr hat. Wir Schrottstücke treiben recht planlos durch das Universum – und landen wir dann doch mal bei einer Vernissage, dann freuen wir uns diebisch über Sekt und Schnittchen, und die Aussagen und Bedeutungen irgendwelcher Bilder interessieren uns nicht wirklich. Aber dank all der ganzen Schrottsplitter sind Vernissagen meist recht gut besucht, und dadurch haben wir Schrottpartikel doch einen Sinn.

Zurück zu Christo und Jeanne-Claude… Im Sommer der Verhüllung des Reichstages hatte ich meine Finger in einer Kneipe Namens Enzian mit drin. Ich kam dann auf die glorreiche Idee: Das, was die beiden können, kann ich schon lange.
Am 24.6. startete ich frühmorgens damit, den kompletten Laden zu verpacken. Einige Rollen Packpapier (besser: Verhüllungsmaterial – handelte es sich ja um eine Kunstinstallation!) gingen dabei drauf, bis schließlich alle Barhocker, Tische, Tresen, Flaschen, Gläser usw. verpackt – ach, schon wieder der Fehler – verhüllt waren. Da es der 24.6. war, gab es auch einige Pakete – schon wieder zu profan – verhüllte Objekte, die ich noch mit Schleifchen und Sternchen verziert hatte. Am Abend gab es viele Weihnachtslieder zu hören, und Weihnachtsmannmützen wurden getragen. Wir feierten das »Halbzeitfest der Liebe«. Schön war es und lustig, aber an irgendwelchen Bildrechten wurde leider nix verdient. Die Sonne des Kunstkritikerolymps wollte partout nicht auf den Enzian scheinen.
Schade eigentlich, und nach meinem Kunstwerk in der Grundschulzeit war dies meine zweite Bauchlandung im Bereich der Bildenden Kunst. Und nebenbei: Glühwein im Sommer war auch nicht der Bringer…

Gerne vergleiche ich Kunst auch mit Schmuck und Gold… Echt ist ein Geschmeide immer wertvoller als unecht, auch wenn der Unterschied mit bloßem Auge nicht zu erkennen ist.
»Uiiii – was für ein Ring mit einem beeindruckenden Klunker an deinem Finger… der ist bestimmt zehn Mille wert…«
Dann kommt so ein Messgerät zum Einsatz und – upps – der Stein ist ja synthetisch, und das Gold ist auch nicht echt… Wert? Gerade mal 200Mark… Komisch nur, dass der Ring immer noch genauso aussieht wie vorher.

Welchen Sinn macht nun Kunst? Welchen Sinn macht echter Schmuck? Keine Ahnung… jedenfalls ist das alles nichts für mich.
Entweder sieht was gut aus und gefällt mir oder eben nicht. Fertig!

Nun aber endlich zurück zu meiner Schulzeit…

Die Grundschulzeit war also recht öde und unspektakulär, was mein weiteres Leben betreffen sollte. Der Wechsel auf das Gymnasium brachte da schon andere Erlebnisse. Als allererstes lernte ich, dass meine Brüder zwar in den Jahren das Feld im trauten Heim schön für mich bereitet hatten, es auf dem Gymnasium aber genau andersherum lief. Mein Bruder Michael hatte einige Jahre vor mir auf dem gleichen Gymnasium vergeblich versucht, sein Abi zu bauen.
Die erste Stunde in Bio sah nun so aus, dass bei der namentlichen Vorstellung unsererseits der Lehrer bei mir stutzte.
»Franck… Andreas Franck… Franck… Franck mit ck? Hast du einen Bruder, der Michael heißt?«
»Ja…?«, gab ich etwas unsicher zur Antwort.
»Nun gut.. weiter im Text! Wie ist dein Name?«, wurde mein Nachbar gefragt. Die Fragezeichen über meinem Kopf wurden tunlichst ignoriert. Am Ende der Stunde, als auch ich das Klassenzimmer verlassen wollte, rief mich der Lehrer noch einmal an sein Pult.
»Nur damit eines klar ist: Wir werden keine Freunde werden, und wenn du wissen willst, warum, dann frage deinen renitenten Bruder. Du kannst jetzt gehen.«
Upps! Keinen kompletten Tag in der Schule – und schon einen Feind? Bis heute weiß ich nicht, was da zwischen ihm und meinem Bruder vorgefallen war. Ich hatte auch

irgendwann das Interesse daran verloren, da wir zwar tatsächlich keine Freunde wurden, er aber mir gegenüber nicht unfair war. Inzwischen, nach all den Jahren, meine ich aber, dass ich mit meinem heutigen Wissen eher Partei für den Lehrer ergriffen hätte. Ja, zu meinem Bruder Michael habe ich wirklich kein gutes Verhältnis. Ich sage zudem, gar kein Verhältnis zu haben ist in diesem Fall die deutlich friedvollere Variante des Zusammenlebens. Du bitte da lang und ich dann in die komplett entgegengesetzte Richtung – und lass sich unsere Wege bitte nie wieder kreuzen!

Ich war nie ein fleißiger Schüler. Außerdem würde ich mich eher als einen Praktiker denn als einen Theoretiker beschreiben. Mir etwas anzulesen war mir schon immer ein Greuel. Ich packe Dinge schon immer lieber direkt an, als mich im Vorfeld mit theoretischem Geplänkel aufzuhalten. Lediglich Ikea-Aufbauanleitungen lehrten mich später, dass ein vorheriges Studium echt von Vorteil sein kann.
Deswegen war ich auch nie ein Freund der Mathematik, der Physik oder der Chemie. Meinen Bruder Peter habe ich um die Fähigkeit, sich etwas anzulesen, immer sehr beneidet, aber diese Fähigkeit besitze ich einfach nicht.
Im Kopfrechnen war ich immer ziemlich gut, aber sobald es an Formeln geht, streikt mein Hirn. Hinzu kam, dass es in der Zeit der Mittelstufe (damals 7. bis 10. Klasse) ja so langsam ernsthaft mit den Mädels und vor allem mit dem Punkrock losging und mich dies alles schon ein Stückweit abgelenkt hat. Ich sah damals keine echte Chance, mein Abi zu bauen und befürchtete, die Schule nach der 10. Klasse mit der Mittleren Reife beenden zu müssen.
Das aber hätte bedeutet, dass ich einen Lehrberuf hätte beginnen müssen, und ich hatte damals so gar keine Ahnung, in welche Richtung ich beruflich gehen wollte. Das

war mir einfach zu viel Denkerei über eine gefühlt sehr weit entfernte Zukunft – die aber erschreckend schnell näher und näher kam.
Eines Tages erschien ein Mensch an der Schule, der mir einen Ausweg – zumindest für ein paar Jahre – aufzeigte. Er war Oberstufenkoordinator (damals neudeutsch für so etwas wie Schuldirektor), und er kam an unsere Schule, um einen neuen Schultyp vorzustellen und um Schüler dafür zu werben. Es handelte sich dabei um ein berufsbezogenes Abitur im Bereich Handel. Ein Jahr Einführungsphase und dann 4 Semester Kurssystem. Bei erfolgreichem Abschluss musste man aber nicht im Bereich Handel bleiben, sondern konnte problemlos alle erdenklichen Berufswege oder Studiengänge einschlagen. Das hörte sich für mich spannend an. Zum einen war die damalige normale Oberstufenzeit mit zweieinhalb Jahren vorgesehen, und hier boten sich mir 3 Jahre. Ich hätte also schon mal 6 Monate mehr Zeit, um mir über meinen weiteren Lebensweg klarzuwerden. Zum anderen vermutete ich, da es sich ja um einen neuen Schultyp handelte, dass die Verantwortlichen dort Erfolge vorweisen wollten und mussten und somit viel dafür getan werden würde, um auch den größten Holzkopf durchs Abi zu boxen.
Ich wechselte also nach der 10. Klasse nicht ins Berufsleben, sondern auf das OSZ Wirtschaft, Handel und Verwaltung.
Noch war ich aber auf dem normalen Gymnasium, und es wird Zeit, mit einigen der Lehrer dort abzurechnen.

Da war zum Beispiel Frau Hanten! Dieser Frau Hanten sei gesagt, dass ihre Art, dem Schüler die französische Sprache schmackhaft zu machen, bei mir komplett in die Hose ging! Die Arroganz, mit der sie uns zu vermitteln versuchte, dass es sich bei der französischen Sprache um die schönste der Welt handele, sorgte bei mir eher für ein bockiges Verhalten. Seitdem hört sich Französisch für mich vielleicht aus diesem Grund arrogant und hochtrabend an – ganz so, wie ihr damaliges Auftreten. Ausgesprochen kontraproduktiv war zudem, dass sie mich bei meiner Mutter wegen heimlichen Rauchens verpetzte. Pfui! Noch heute bin ich dieser Sprache nicht mächtig und höre sie auch nicht gern. Ein Jugendtrauma – gesät, gepflanzt und gepflegt von einer Lehrerin… nochmals ein kräftiges Pfui dafür!

Ein weiteres, wirklich gruseliges Beispiel für einen Lehrer war Nazi-Neumann! So nannte ich ihn jedenfalls. Dieser Lehrer war vom alten Schlage und wahrscheinlich traurig darüber, dass es keine Prügelstrafe mehr gab. Deutsch und Erdkunde waren seine Fächer. In Erdkunde mussten wir in unseren Büchern alle vorhandenen BRDs durch Deutschland ersetzen und alle DDRs in Anführungszeichen setzen – für ihn gab es diesen Staat nicht. In Deutsch quälte er uns mit Geschichten darüber, wie der Russe nach Berlin kam und er hinter der Flak stand, um das Reich zu verteidigen. Außerdem hat er immer stinkende Leberwurstbrote in sich reingestopft, während wir irgendwelche schriftlichen Sachen erledigen mussten. Ätzend und eklig war er! Alles an ihm – inklusive der Leberwurstbrote: ein Grauen!

Der Physiklehrer war in anderer Hinsicht nicht wirklich für den Job geeignet. Die Mädels merkten sehr schnell, dass sich das Öffnen der oberen Knöpfe der Bluse ausgesprochen positiv auf die Gesamtnote auswirken konnte. Auch ihn empfand ich als abstoßend und widerlich. Meine Noten bei ihm waren nicht so dolle. Zum einen hat Physik nun mal auch was mit den von mir verhassten Formeln zu tun, und zum anderen hatte ich keine knospenden Brüste, die ich ihm präsentieren konnte. Noch heute komme ich – wenn ich dolle drücke – bestenfalls auf Körbchengröße A.

Dann gab es noch Frau Koffnit – das Fach, das sie unterrichtete, habe ich vergessen – ehrlich gesagt weiß ich nicht mal mehr, ob sie in der Grundschule oder auf dem Gymnasium zum Lehrkörper gehörte. Was mir aber in Erinnerung ist und bleibt, ist ihre riesige Brille und ihr Schielen. Und dass sie selbst ziemlich klein war und ihre Brille dadurch noch größer wirkte. Klar – für beides konnte sie nix, aber die Faszination (die Brille) und die Irritation (das Schielen) sind mir nun einmal in Erinnerung geblieben. Mein Verhältnis zu ihr war aber eigentlich recht neutral.
Zuerst zur Brille. Nicht nur das Gestell war mächtig, auch die Stärke der Gläser war beeindruckend. Wirklich wie die Böden von zwei Aschenbechern. Bei richtigem Lichteinfall tanzten stets zwei helle Punkte zwischen Augen und Wangen. Bei Sonneneinstrahlung stellte ich mir einen Aufschrei von ihr wegen etwaiger Verbrennungen vor. Durch die ihr eigenen recht hektischen Kopfbewegungen brannte die Sonne aber nie lange genug auf die gleiche Stelle – zumal in unserem Klassenraum eh nie die Sonne schien, und auf dem Schulhof in der Pause sah ich sie nicht so oft. Aber ich stellte sie mir an einem Strand vor… in der prallen Sonne… beim Lesen eines Schmökers einnickend… um recht schnell mit qualmender Haut schreiend aufzuschrecken…
Nach den Ferien schaute ich immer nach Brandschäden, entdeckte allerdings nie welche. Vielleicht machte sie ja Urlaub in einer Höhle.
Das Schielen war für uns Schüler schon problematischer. Wir saßen im Unterricht damals an Zweiertischen, und wenn die gute Frau nun einen aufrief, so wussten die bei-

den Tischgenossen nie, wen sie denn nun meinte. Sie konnte sich keine Namen merken und zeigte immer mit dem Finger auf einen Schüler, von dem sie dann eine Antwort erwartete. Nun empfanden wir das mit dem Finger-Zeigen nicht schön. Jahrelang wurde uns ja seitens des Elternhauses beigebracht, dass man nicht mit dem nackten Finger auf angezogene Leute zeigt. Und dann eben das Schielen. War der linke Schüler gemeint, auf den das eine Auge sich fokussierte? Oder der andere, den das andere Auge anblickte? Oder gar ein Schüler eine Reihe weiter hinten? Ihr Finger zielte nämlich immer genau mittig zwischen die beiden.
Irgendwie logisch, dass Schüler diese Situation weidlich ausnutzten, um sich über Frau Koffnit und ihr Schielen lustigzumachen. Klar, es hatte etwas Komisches, aber irgendwie fand ich das damals recht gemein. Ich wollte ihr irgendwie helfen und hatte auch eine Idee.
Ich bin nach einer Stunde zu ihr hin und erklärte ihr unsere Situation. Dass wir wirklich oft nicht wüssten, wen sie denn nun meinte, wenn sie wen aufrief. Das schien sie auch irgendwie zu akzeptieren. Da ich wusste, dass sie sich keine Namen merken konnte, legte ich ihr einen Sitzplan mit den Namen der Schüler als Hilfsmittel hin, und so konnte sie uns namentlich aufrufen. Zuerst klappte das dann auch sehr gut.
Schüler können aber wirklich gemein sein, und so dauerte es nicht lange, und es wurde vor den Stunden mit Frau Koffnit eifrig rochiert, und kaum einer saß noch auf seinem angestammten Platz. Dadurch wurde alles noch viel schlimmer. Sie stellte eine Frage, schaute auf den Sitzplan, nannte einen Namen, sah den einen Schüler mit dem linken Auge an, den zweiten mit dem rechten, zeigte mit dem Finger auf einen dritten, und die Antwort kam aus einer ganz anderen Ecke des Klassenzimmers von einem vierten,

begleitet von schallendem Gelächter. Die Idee mit dem Sitzplan war also recht schnell Geschichte – und irgendwie hat Frau Koffnit wohl gedacht, ich hätte einen perfiden Plan gegen sie ausgeheckt. Ich bekam jedenfalls bei ihr keinen Fuß mehr auf den Boden.

An Frau Koffnit oder auch an ihre Nachkommen gerichtet: Noch einmal versichere ich, dass es sich bei der Idee des Sitzplans nicht um eine Schikane meinerseits gehandelt hat – es war ein ernstgemeinter Versuch, ihr Handicap auszugleichen.

Vielleicht war es aber auch ein Fehler von Frau Koffnit, keinerlei Anstalten zu machen, die Situation ihrerseits zu klären.

Einmal platzte ihr dann aber der Kragen so richtig. Dieses eine Mal ging es ihr zu weit mit dem Gelächter. Sie stand im Gang zwischen den Stuhlreihen, und alles lachte. Ein Schüler halb hinter ihr besonders laut. Sie drehte sich um und pellte ihm eine. Augenblicklich war Ruhe im Karton. Der Schüler stand langsam auf. Dummerweise war er der größte der Klasse und überragte die kleine Frau Koffnit um gut zwei Köpfe.

Bei einer filmischen Darstellung dieser Szene muss die Musik von Ennio Morricone sein. Die Augen des Mitschülers komplett über die gesamte Breite der Leinwand in Großaufnahme. Schnitt auf Frau Koffnits Augen, ihr Schielen plus erster Schweißperlen. Ein Augenwinkel zuckt… Er erhebt seine Hand und sagt: »Drei Sekunden gelten als Affekt! …einundzwanzig …zweiundzwanzig …dreiundzwanzig!«

Damit ließ er die Hand sinken und setzte sich wieder hin. Mal ehrlich – das Lachen war nicht ok, aber dass sie ihm eine pellte auch nicht. Und seine Reaktion war irgendwie schon recht cool, oder? Jedenfalls weilte Frau Koffnit fortan nur noch am Pult.

Unseren Mathelehrer kann ich trotz des von ihm gegebenen Fachs hingegen nur loben! Der hat was gehabt. Irgendwie ein Hippie mit gutem Humor und echtem Interesse an den Schülern.
Ab und zu wurde er gesehen, wie er bei den Kontrollettis in der U-Bahn 20 Mark fürs Schwarzfahren abdrücken musste. So auch eines Morgens, an dem wir mit ihm in die erste Stunde des Tages starten sollten. Ein Mitschüler sprach ihn direkt drauf an.
»Na? Heute schon wieder mal 20 Mark ausgegeben?«
Die Klasse lachte und er ging zur Tafel.
»Ok, Themawechsel! Wahrscheinlichkeitsrechnung!«
In den folgenden 45 Minuten legte er uns per Rechenweg dar, wie viel Geld er im Jahr spart, wenn er soundso oft ohne Ticket U-Bahn fährt und in diesem einen Jahr soundso oft erwischt wird.
Fazit: Seit Jahren hatte er ein ordentliches Plus eingefahren. Logisch, dass er im Nachhinein einen ordentlichen Einlauf von Eltern und dem Rektor der Schule bekam; aber wir hatten endlich mal was fürs Leben gelernt – und das auch noch anschaulich vermittelt bekommen.
Außerdem war er echt an den Schülern interessiert und wollte von uns auch was wissen. Er bat uns darum, ihn mal auf ein Punk-Rock-Konzert mitzunehmen. Das taten wir auch. Zu den Electric Chairs im Kant Kino. Das ursprünglich für 20 Uhr angesetzte Konzert war wegen einer Reifenpanne des Bandbusses auf den nächsten Tag um 23 Uhr verschoben worden. Da die U-Bahn damals noch nicht die ganze Nacht durchgängig fuhr, hatten meine Kumpels und ich ein Problem.
Der Mathelehrer war unsere Rettung. Er informierte unsere Eltern, dass er uns nach dem Konzert wieder heimbringen würde. Somit war das Konzert für uns gerettet.

Wir setzten ihn in eine Sitzreihe nahe am Mischpult und waren selber vorne am Pogen. Ab und zu brachten wir ihm ein Bier, und er stammelte dann nur lediglich: »Was ist das da auf der Bühne? Was ist das für ein Wesen da am Mikro?«
Zur Erklärung für Unwissende: Die Sängerin Jayne County war damals noch ein Wayne County, aber schon auf dem Weg zur Jayne, und Songs wie *Make Me Cream In My Jeans* oder *If You Don't Wanna Fuck Me Baby Baby Fuck Off* mit passender Show irritierten ihn schon ordentlich.
Ein Lehrer, der in meiner Erinnerung einer derer war, von denen es deutlich mehr hätte geben sollen.

Playlist:
Wayne County & The Electric Chairs – Eddie & Sheena

In den Jahren in der Mittelstufe machte ich auch meine erste Reise ohne Eltern. Mit ein paar Freunden ging es in den Sommerferien für drei Wochen nach Dänemark in ein Ferienhaus. Ich weiß heute noch nicht, was ich von diesem Trip eigentlich halten soll.
Im Vorfeld bemühten wir uns alle um Jobs in den Osterferien, um ein wenig Kohle extra für den Trip zu haben. Alle kamen als Regalauffüller in normalen Supermärkten unter und konnten so auch schon mal das ein oder andere Pülleken für die Abendunterhaltung im Urlaub organisieren. Ich hatte das Pech, dass ich nur einen Job in einem Drogeriemarkt bekam…
Na dufte – meine Organisationsware bestand also aus Zahnpasta, Mückenspray, Sonnencreme und Duschzeugs… spannend! Die aus purem Optimismus organisierten Gummis waren zwar spannend, aber ihrer eigentlichen Bestimmung wurden sie dann doch nicht zugeführt… naja – ich war ja so um die 15 Jahre alt, und eine dänische Feri-

enhaussiedlung ist wohl noch heute – egal in welchem Alter – nicht gerade das Top-Aufreißparadies. Die vier Mädels aus Hamburg, die eine Hütte ziemlich in der Nähe bewohnten, waren ja schon schick, und ich lernte sie abends in der Disco tatsächlich kennen und verbrachte dann sogar auch die ein oder andere Nacht in deren Hütte – aber gelaufen ist da nix…
Irgendwie kein Wunder – sie waren so Mitte 20 und sie zu alt oder ich zu jung – oder eher beides.
Am letzten Abend meines Urlaubs ging ich jedenfalls auf die Dünen am Strand und hab die Gummis alle ausgepackt, aufgepustet, zugeknotet und dem Wind überlassen, der sie dann in das Landesinnere trieb, um von meiner fortdauernden Jungfräulichkeit zu künden.
Gleich zu Beginn meines Ferienjobs zog ich aber in der Nachbarschaft einen recht gut florierenden Handel mit Hundefutter auf und hab dann meinen Anteil an der Flüssigversorgung für den Urlaub davon finanziert.

Auf dem Trip selbst sollte ich viel über Freundschaft lernen. Am Urlaubsort war ich zuvor schon oft mit der Familie gewesen und kannte mich sehr gut aus. Die Besitzer der Ferienhausvermittlung dort in Dänemark waren gute Freunde meiner Familie. Ansonsten hätten wir Trupp pubertierender Jungs das Haus in dem Alter auch gar nicht mieten können. Auch wusste ich, dass Dänemark schon damals kein günstiges Reiseland, ja, dass es im Vergleich zu Berlin sogar richtig teuer war. Speziell beim Bier und in der Gastronomie war der Unterschied exorbitant.
Nun war in unsrer Reisegruppe ein Typ, der gern ein Alpha-Männchen hätte werden wollen, ihm aber eigentlich alle Eigenschaften dafür fehlten. Er kam nicht damit klar, dass ich ein paar Sachen von vergangenen Familienurlauben wusste und Tipps gab. Ich warnte vor allzu fröhlichem Verzehr von Bier in der Disco, und auch beim Einkauf

guckte ich hier und da nach Schnäppchen und gab Hinweise, was es wo billiger gab – unsere Reisekasse sollte ja schließlich drei Wochen halten.
Schon nach wenigen Tagen spitzte sich die Situation zu. Das Möchtegernalphamännchen machte Front gegen mich bei den anderen des Trupps, und es kam zum Bruch. Sie wollten mich rausekeln. Ich war ziemlich enttäuscht von meinen angeblichen Freunden. Ich wandte mich an die Freunde meiner Familie in dem Vermittlungsbüro vor Ort und sagte, dass das alles nicht gut ist und ich wieder heim wollte. Ein im Büro beschäftigtes Mädel bekam das mit und bot mir sofort an, bei ihr zu wohnen.
Wow, dachte ich… die kennt mich kaum und lädt mich zu sich ein, und meine angeblichen Freunde lassen mich fallen, um einem Hirni zu folgen? Mein Kampfgeist war geweckt. Ich wollte die Zeit in unserem Haus bleiben, und es sollte eine gute werden. Ich lehnte das Angebot des Mädels ab und ging zurück zum Haus.
»Okay – lasst uns die Zeit so verbringen: Ich das eine Schlafzimmer – ihr die anderen beiden; ich das obere Fach im Kühlschrank und ihr den Rest. Und vor allem: Getrennte Reisekasse!«
Klare Ansage!
Die folgenden zwei Wochen waren dann doch prima. Meine Kollegen nippten abends stundenlang zu viert an zwei Bier in der Disco und ernährten sich vorwiegend von Kartoffeln ohne alles. Gern noch erinnere ich mich an ihre Gesichter, als der Duft meiner frisch gebratenen Buletten im Haus hing.
Oder als ich mir in der Disco den ein oder anderen Gin Tonic gönnte.
Mit den Tagen waren die anderen des Möchtegernalphamännchens wohl überdrüssig und sie redeten auch wieder

mit mir. Und die Hamburgerinnen waren sicher auch ein Grund, dass sie das taten...
Ich hatte vor diesem Urlaub und auch vor Ort nicht gedacht, dass ich irgendwie der Chef vom Ganzen bin – das Möchtegernalphamännchen hat es halt einfach nicht ertragen, dass ich einfach mehr über die Örtlichkeiten und alles drumherum wusste als er.
Alles in allem war der Urlaub dann doch irgendwie schön für mich. Ich habe das freundschaftliche Verhältnis zu meinen Kollegen dort zwar nicht wieder aufgebaut, und in Berlin gingen die Wege dann doch recht fix in verschiedene Richtungen, aber ich habe dort einiges gelernt und die Zeit echt genossen.

Ach ja – ein Erlebnis muss ich noch erzählen – meine Begegnung mit dem regionalen Rocker-Club – dem MC Ringkjöbing.

Eines Tages machte ich einen Strandspaziergang, und die Gedanken drifteten hierhin und dorthin. Ich lief und lief und merkte gar nicht, wie weit ich schon gekommen war. Als ich irgendwann merkte, dass ich echt weit gelaufen und mich dem Nordpol schon ziemlich genähert hatte und der Tag zudem fortgeschritten war, entschloss ich mich, den Weg nicht am Strand zurückzulaufen, sondern mein Glück auf der Küstenstraße mittels »Daumen raus« zu versuchen. Ich war die Tage vorher schon mal in die nächste Stadt und zurück getrampt und war guter Dinge, mitgenommen zu werden.
Ich lief noch nicht lange die Straße entlang, immer den Daumen raus, wenn ich ein Auto hörte, da sah ich auf Entfernung eine Schar Motorräder kommen. Die hatte ich schon mal in der Stadt gesehen. Der lokale Club auf Ausflug.
Hmmm... was tun? Nicht wissend, um was für Gesellen es sich da handelte, fuhr ich zur Sicherheit den Daumen ein.

Allerdings war dieser von den Genossen schon bemerkt worden. Sie hielten an. Ich war echt verunsichert. Hatte ich nichtsahnend das ungeschriebene Kleine-Jungen-trampen-nicht-in-unserem-Revier-Gesetz übertreten? Würde ich nun die nicht unerhebliche Strecke ins heimatliche Ferienhaus zu Fuß zurücklegen müssen?
Womöglich eingekesselt von Motorrädern, finsteren Gestalten und im Laufschritt?
Oder würde ich gar gemeuchelt in den Dünen der dänischen Westküste enden?
Nichts dergleichen geschah…

Der Fahrer des vordersten Bikes fragte mich im Dialekt des dänischen Kochs der Muppet-Show, wohin ich denn wollte.
»Nach Söndervig…«, antwortete ich, schon etwas entspannter. Dieser Dialekt – diese Betonung – hej – der kann mir nix Böses wollen.
»Okay, steig auf!«
So brauste ich kurze Zeit später als Sozius des Präsidenten des MC Ringkjöbing an der Westküste Dänemarks entlang – traurig, dass die Strecke doch nicht so lang war, wie sie mir am Strand und zu Fuß erschienen war.
Die Ankunft in Söndervig aber war der Höhepunkt. Ein paar Hirni-Urlauber, die mir in der Disco an Abenden zuvor als unangenehme Deutsche aufgefallen waren, sahen mich und meine neuen Kumpels. Die Hirnis waren dann abends in der Disse spürbar anders in ihrem Verhalten mir gegenüber.
Und der MC brachte mich tatsächlich bis zu meinem Ferienhaus. Hoffentlich hatten das die Hamburgerinnen gesehen (zu dem Zeitpunkt hatte ich noch Hoffnung bezüglich des Verlustes meiner Jungfräulichkeit in deren Hütte)! Der beste Tag des Urlaubs!

Später erfuhr ich, dass zu der Zeit dieser MC immer mal wieder beim Pfarrer in Ringkjöbing nachfragte, welche Oma grad nicht laufen konnte, und sie erledigten dann nötige Einkäufe und putzten deren Wohnungen.
Da frag mich mal noch einer, warum ich Dänen schon verdammt toll finde. Alles in allem also ein Urlaub, der mich in Sachen Freundschaft einiges lehrte und den ich so vielleicht nicht in seiner Gänze toll fand, aber der mir viel brachte, und eigentlich kann ich sagen: Er war klasse!

In die ersten Jahre auf dem normalen Gymnasium fielen auch meine ersten Disco-Besuche. Sonntags war immer Kinderdisco im Cheetah am Hermannplatz. Nachmittags um 15 Uhr ging es los, und ich glaube um 20 Uhr war Feierabend. Noch heute sage ich: ein geiler Laden. In den 60ern wurden einige Jerry-Cotton-Romane verfilmt, mit George Nader als Jerry Cotton und Heinz Weiss als Phil Decker. Weil das Drehen in New York so teuer war, wurden viele Großstadtszenen in der Gropiusstadt gedreht, und eine Disco-Szene eben auch im Cheetah. Das hab ich viele Jahre später erst gesehen und trotzdem sofort wiedererkannt. Also einfach mal alle Jerry-Cotton-Filme gucken, auf die eine Szene wartet, und jeder weiß, wie es im Cheetah aussah.
Und für die Filmfaulen: Das Cheetah war ein komplett ausgehöhltes Wohnhaus. Durch eine lange Röhre gelangte man ins Innere. Drinnen gab es anscheinend unzählige Ebenen über drei, vier Etagen, alle mit Stahlstreben verbunden. Überall kleinere oder größere Tresen. Unten eine erhöhte, größere Tanzfläche, und scheinbar darüber schwebend der DJ (ich glaube, er hieß Stevie) in seiner Kanzel. Auf den Ebenen gab es nach meiner Erinnerung auch die ein oder andere Möglichkeit, das Tanzbein zu schwingen.

Das Problem war bei mir aber immer – ich tanze nicht! Damals wie heute! In der frühen Jugend versuchte ich es alleine zu Hause vorm Spiegel, und auch auf Schülerpartys testete ich mich das eine oder andere Mal… ich fand mich immer blöd, ungelenk und unwohl.
Und ich gebe zu, dass ich aktive, gute Tänzer noch heute zum Teil beneide. Noch mehr beneide ich aber die aktiven, schlechten Tänzer, denen es völlig egal zu sein scheint, wie albern sie bei ihren Verrenkungen aussehen und was für eine Außenwirkung sie dabei haben. Ich habe es nie geschafft, über diesen Schatten zu springen. Sie haben meinen vollsten Respekt!
Weitere Versuche der Damenwelt, mich auf eine Tanzfläche zu bekommen, sind aber sinnlos. Vergesst es einfach! Tanzen ist nun mal nicht mein Ding.
Zur Kinder-Disco bin ich trotzdem gerne gegangen – wegen der Mädchen! Es lief eigentlich immer gleich ab. Rein ins Cheetah, eine Cola besorgt und sich dann irgendwo mit zwei, drei Freunden hingehockt und die Mädels ausgespäht. Nach spätestens 15 Minuten den Standort gewechselt, weiter gucken. Die Schicksten waren immer in der Nähe der DJ-Kanzel und himmelten Stevie an. Deren Anhimmeleien waren aber wohl nicht von Erfolg gekrönt, da es ja 'ne Kinderdisse war, die Mädels also zwischen dreizehn und fünfzehn, und der DJ war deutlich älter und er stand ja auch in den normalen Nächten am Pult. Das Anhimmeln hat ihm aber wahrscheinlich trotzdem gefallen.
Aber auch sonst waren ja schicke Mädchen da. Wir also erst einmal am Sondieren, und so gegen halb sechs ging das Schwarzlicht an.
Engtanzrunde!
Nahkampfzeit!

Das war dann immer das Startzeichen für uns. Stets der gleiche Ablauf. Wie ein Rudel Wölfe kreisten wir um die große, erhöhte Tanzfläche. Sozusagen auf Checke mit den anderen anwesenden Single-Burschen.
Die, die schon vorher erfolgreich waren, enterten die Tanzfläche. Nach zwei oder drei Runden wurde es ernst. Die Mädels standen in kleinen Gruppen offensiv gelangweilt in der Gegend herum. Dann hieß es sich aus dem Wolfsrudel lösen und betont relaxt zu einer Mädchengruppe schlendern. Beim Schlendern aber schon eine ins Visier nehmend und fixieren…
»Willst du tanzen?«
»Nee – keine Lust…«
Nun hieß es, cool zu bleiben. Gleichgültig mit den Schultern zuckend abdrehen und dabei so tun, als habe man eh gerade etwas Besseres vor. Zurück in das kreisende Rudel Wölfe, um nur Minuten später feststellen zu müssen, dass das Objekt der Begierde doch Lust hatte und mit einem anderen Wolf auf der Tanzfläche nun eng an eng in eine glückliche Zukunft wippte.
Den gesamten Vorgang galt es dann ein paar Mal zu wiederholen. Die Taktzahl der Anfragen und damit auch der Körbe erhöhte sich, da die Engtanzrunde ja nur circa 30 bis 45 Minuten dauerte. War man nach 20 bis 25 Minuten noch nicht auf der Tanzfläche, dann konnte man diesen Sonntag diesbezüglich eigentlich schon in die Tonne treten. Zum einen blieb ja nicht mehr viel Zeit und zum anderen – wie soll ich es sagen – naja – die Attraktivität, besser noch die Aufforderungswürdigkeit der verbliebenen Mädels ließ pro Runde dann doch nach…
Aber ich blieb nicht ohne Erfolg, jedenfalls nicht jeden Sonntag. Der eh schon recht hohe Stresspegel potenzierte sich aber dafür um ein Vielfaches.
»Willst du tanzen?«

»Ja, gern!«
Oh Gott – sie hat ja gesagt. Wie komme ich jetzt ohne zu stolpern auf die Tanzfläche? Geh ich voraus oder muss ich ihr den Vortritt lassen. Engtanz… wie eng? Wohin mit den Händen? Stress pur im Alter von 13 oder 14!
Fünf, sechs Minuten sanftes Gewiege zu Smokie, den Hollies oder *Lady In Black* von Uriah Heep (da konnte ich flüsternd mitsingen – warum, das erfahrt ihr noch!).
…wieg wieg wieg…
Ich: »Wie heißt du denn?«
…wieg wieg wieg…
Sie: »Ich bin die Gabi…«
…wieg wieg wieg…
Sie: »Und wie heißt Du?«
…wieg wieg wieg…
Ich: »Andreas« *(zumindest damals noch…)*
…wieg wieg wieg…
…wieg wieg wieg…
…wieg wieg wieg…
Ich: »Wohnst du hier in der Nähe?« – in der Hoffnung, sie eventuell noch nach Hause bringen zu können, ich alter Galan!
…wieg wieg wieg…
Sie: »Nee! Ich wohn' in Spandau!«
Na dufte – kurz vor Hamburg – nix mit bis zur Haustür…
…wieg wieg wieg…
Ich: »Willste 'ne Cola?«
…wieg wieg wieg…
Sie: »Auja – gern«
…wieg wieg wieg…
…wieg wieg wieg…
…wieg wieg wieg…

Das Songende abwarten, runter von der Tanzfläche, ran an den Tresen, vom letzten Taschengeld die Cola bestellt.
In diesen Situationen war mir ja schon klar, dass da nix laufen wird so mit großer Zukunft und so, aber die anderen Wölfe sollten sehen, dass auch so ein Nichttänzer wie ich mal zum Zuge kommt!
Ich fand die Sonntage aber echt spannend und auch aufregend und mit zwei, drei Mädchen, mit denen ich in dieser Zeit ging, bin ich dann auch zum Disco-Nachmittag dort gewesen. Da waren die Engtanzrunden für mich deutlich entspannter. Gleich beim ersten Song bin ich mit meinem Mädchen auf die Tanzfläche – und ich wusste, wohin mit den Händen! Und selbst beim auf der Tanzfläche ab und zu praktizierten Knutschen war ich mit Freude bei der Sache! Am liebsten schaute ich aber im Takt wiegend mitleidig auf das Rudel Wölfe, das da scheinbar sinnlos auf der Suche nach Beute um die Tanzfläche kreiste…

Ich glaube, es dauerte etwas mehr als ein Jahr oder vielleicht zwei Jahre, bis sich die Kinderdisco im Cheetah für mich erledigte – auch ich wurde schließlich älter!

Neben dem Cheetah und den obligatorischen Schulfeten gab es aber noch ein Relikt, das die Jugend heutzutage nicht mehr genießen kann: das Sonntagsmittagsprogramm im Kino.
Direkt am Herrmannplatz gab es damals den Rollkrug. Ein kleines Off-Kino, das die Jugend sonntagmittags mit italienischen Sandalenfilmen, wahrhaft epischen Werken mit Godzilla und ähnlichen Machwerken anlockte. Hier lernte ich auch Ray Harryhausen kennen bzw. seine Filme. Legendär der Skelettkampf von Sindbad, aufgenommen in Stop-Motion.

Ebenso ruckelten die Monster in seinen Filmen auf unnachahmliche Art durch die Landschaft. Die Bedrohlichkeit seiner Kreaturen kann kein heutiges am Computer erzeugtes Wesen erzeugen. Viele Jahre später durfte ich dem Meister bei einem Fantastival im Filmkunst 66 sogar mal die Hand schütteln.
Godzilla war aber der Held schlechthin für mich. Es hat wohl kein anderes Filmmonster so oft Großstädte zertrampelt. Dass Godzilla eigentlich nur ein Mann in einem schuppigen Kostüm war und die Großstädte nur kleine Kulissenortschaften, war mir dabei völlig egal.
Godzilla war super.
Im Laufe der Zeit wandelte er sich zudem vom zertrampelnden Monster, das von der japanischen Armee bekämpft wurde, zu einem zertrampelnden Kämpfer für das Gute. Naja – vielleicht nicht im Sinne eines klassischen Helden – dafür machte er immer noch genug kaputt, aber er kämpfte gegen viele andere Monster. Mothra, King Kong usw.
Im Großen und Ganzen waren das alles Filme für echte Jungs, und Mädchen war nur widerwillig mit dabei. Trotzdem war die Dunkelheit ab Filmstart schon prima geeignet, um mit einem Mädchen einen gewissen Körperkontakt aufzunehmen. Allerdings haben mich die Filme nach wenigen Minuten meist mehr gefesselt als das Mädel neben mir. Das nenne ich noch heute ein vernünftiges Setzen von Prioritäten!
Anders aber *Frankensteins Monster jagen Godzillas Sohn.* Da war sogar sein Nachwuchs am Start.
Ein drolliges kleines Kerlchen. Seine Versuche, Feuer zu speien, waren recht kläglich, und mehr als ein paar Rauchringe kamen beim ihm zuerst nicht raus. Als ihm aber Papa Godzilla kräftig auf den Schwanz trat, klappte es auch bei ihm.

Anwesende Mädchen waren ob der Possierlichkeit des kleinen Rackers entzückt, und als Frankensteins Monster in Form von riesigen Gottesanbeterinnen im Laufe des Filmes mit dem kleinen Racker tatsächlich Fußball spielten, da warf sich doch tatsächlich meine Begleiterin angstvoll in meine beschützenden Arme… coooooool!

Solche Art Filme galt es sich also zu merken. Ein paar Jahre später lernte ich so auch John Carpenters *Halloween* zu schätzen. Da musste ich nach dem Ende des Films sogar mal mit in die Wohnung meiner Begleitung, um unter dem Bett nachzugucken, ob sich da nicht etwa Michael Myers versteckt hatte. Er war zwar nicht da – aber die Angst so groß, dass ich bleiben musste, ich armer Kerl…

Über der Zeit zwischen der siebten Klasse und dem Ende der zehnten steht musikalisch aber noch ein weiteres Vorkommnis, das mich in gewisser Weise traumatisiert hat. Und dafür war lediglich ein Song verantwortlich. Schon in der siebten Klasse begann der Horror, der sich in seinem Schrecken aber da noch gar nicht für mich zeigen sollte.
Ich saß eines schönen Tages im Unterricht. Welches Fach spielt keine Rolle. Das Wetter war schön und die Luft warm, die Fenster standen offen. Im Raum neben unserem saß eine 9. Klasse und hatte gerade Englisch. Logisch – bei denen war das Wetter genauso schön und dementsprechend standen auch bei denen die Fenster offen. Und dann hörte ich gar komische Klänge…

»dumm dumm dumm dubididubii dumm dumm dumm dubididubii dumm dumm dumm…«
Dann setzte auch schon der Gesang ein.
»She came to me one morning
One lonely Sunday morning
Her long hair flowing in the midwinter wind…«

Die Englischlehrerin hatte sich *Lady In Black* von Uriah Heep ausgesucht, um den Unterricht ein wenig aufzulockern.
So weit, so gut.
Hört sich eigentlich nicht so an, als ob das tatsächlich ein Grund gewesen wäre, in mir ein Trauma zu manifestieren. Ich kannte den Song und hatte ihn bis dahin eigentlich sogar ganz gern, eignete er sich doch bei Tanzveranstaltungen hervorragend dafür, schnell in den Nahkampfmodus mit dem anderen Geschlecht zu wechseln. Es ließ sich dazu herrlich hin und her wiegen – denn tanzen war und ist ja bekanntlich nicht so meine Sache.
Wir hatten nun allerdings ein richtig tolles Sommerhoch, und das Wetter blieb schön – zumindest während der kommenden drei Wochen. Also standen immer die Fenster offen, und bei jeder Englischstunde nebenan dauerte es nicht lange…

»dumm dumm dumm dubidubi dumm dumm dumm dubidubi dumm dumm dumm
She came to me one morning
One lonely Sunday morning
Her long hair flowing in the midwinter wind…«

Und dann immer wieder dieser Refrain:
»ahh ha haa ha ha haa ha ha haaa haa haa ha ha haaaaa…«

Nach etwa drei Wochen und gefühlten 300 Malen *Lady In Black* war der Song wohl dann doch durchgearbeitet und der Text zur Genüge analysiert. Geschafft.

Es kam der nächste Sommer und das nächste Hoch. Ich war in der achten Klasse, und wieder war eine neunte nebenan beheimatet.

»dumm dumm dumm dubidubi dumm dumm dumm dubidubi dumm dumm dumm…«

NEIN! Bitte nicht wieder *Lady In Black*! Doch!
…und bitte nicht vergessen:

»ahh ha haa ha ha haa ha ha haaa haa haa ha ha haa…«

So kam es zu den gefühlten Durchläufen 301 bis 600.
In mir wuchs die Angst vor der neunten Klasse.
Damals spielte ich echt mit dem Gedanken, einfach sitzenzubleiben. Aber was hätte es mir gebracht? Weitere Schönwetterfronten mit einer neunten Klasse in der Nachbarschaft! Ich wäre aus der Geschichte niemals rausgekommen. Die Lehrerin war noch recht jung, und bis zur Pensionierung ihrerseits hätte ich nicht immer sitzenbleiben können.
Der Sommer während meiner neunten Klasse war bis dahin der einzige, auf den ich mich nicht freute. Und er ist der einzige Sommer des Grauens in meinem gesamten Leben. Ich musste mir die Durchgänge 601 bis 900 nun ja auch noch in erhöhter Lautstärke anhören.
Die Lehrerin ließ sich zudem nicht davon beeindrucken, dass bei uns Schülern schon bei ihrer ersten Vorstellung einige recht textsicher mitschmetterten – und das nicht nur beim »ahh ha haa ha ha haa ha ha – haaa haa haa ha ha haa«-Refrain. Sie nahm es wohl eher so auf, dass wir den Song echt mochten. Unser Fehler!
Letztendlich überstanden wir die Zeit – der Song hatte sich aber bei mir erledigt. Er langweilt mich noch heute… obwohl er ja eigentlich ganz dufte ist.
Viele Jahre später verarbeitete ich dieses Trauma dann mit einer Coverversion, die ich mit meiner Band, den Peace

Brothers, aus therapeutischen Gründen spielen wollte und der es schließlich sogar auf unser Album geschafft hat…
Im Sommer, als ich in der zehnten Klasse war, hatte ich angrenzend keine neunte sitzen, und das war schön!
Ich ging in der jahrestypischen Zeit während des Unterrichts mal aufs Klo, und durch die Gänge waberte ein mir gut bekanntes »ahh ha haa ha ha haa ha ha – haaa haa haa ha ha haa…«.

Ich stellte mich kurz vor den betreffenden Klassenraum, lauschte, und war ein wenig schadenfroh – hatte ich diese Zeit ja schon hinter mir…
Eine Sache habe ich aber dank des unermüdlichen Einsatzes unserer Englischlehrerin gelernt: Texte auf Englisch geben inhaltlich nicht zwingend mehr her als deutsches Liedgut!
»I begged her give me horses
To trample down my enemies…«
Nur gut, dass ich mir das nie für die Lehrerin wünschte…

Playlist – oder auch nicht:
Uriah Heep – Lady In Black

Dann ging es aber auf das Oberstufenzentrum Wirtschaft und Verwaltung. Neue Mitschüler, neue Lehrer, neue Inhalte, neue Fächer... und neue Freunde!
Im ersten Jahr waren wir noch ein richtiger Klassenverband. Der Haufen, der sich da versammelt hatte, um ein Abi zu bauen, war schon recht bunt gemischt. Irgendwie war die Struktur unter uns Schülern ein wenig wie die im Bundestag. Neben anscheinend normalen Schülern, also der Mitte, gab es auch den rechten und den linken Flügel am Rand des Spektrums. Wie im Bundestag war mir der linke Flügel lieber. Leute, die wie ich wohl ein normales Abi kaum geschafft hätten bzw. auf einem Standardgymnasium schon gescheitert waren und zum Teil auch schon 2 bis 3 Jahre älter waren als ich.
Der rechte Flügel – auch wie im Bundestag – eher sehr unangenehm, und diese verbreiteten ein Flair von »ihr anderen bremst uns in unserer Lebensplanung«.
Die sahen sich schon als Trust-Manager, Industriemagnaten oder Immobilienmakler.
Wir vom linken Flügel nahmen die Tage eher, wie sie kamen. Hier und da wurde auch mal ein wenig Schlaf nachgeholt, wenn die Nacht zuvor recht heftig war. Und ein wenig Spaß im Unterricht fanden wir auch nicht verkehrt. So gab es z. B. das Fach Maschinenschreiben. Hab ich gerne gehabt! Da habe ich ein Spiel namens Lehrer versenken erfunden!
Die Regeln sind recht einfach: In einer Zeile beliebig fünf Nullen für fünf Lehrer setzen – den Wagen auf derselben Zeile wieder auf Anfang – dann die Dauerleertaste drücken und gedrückt halten und versuchen, durch gelegentliches Anschlagen der Plustaste eine der Nullen (also der Lehrer) zu treffen! Ein Vergnügen, das der Laptopjugend heutzutage verwehrt bleibt!

Ein weiterer Vorteil bei dem Spiel war, dass es sich ein wenig so anhörte, als würde ich schnell tippen können! Zudem gab es am Lehrerpult 6 (in Worten: SECHS) Tapedecks (für die Jugend: Cassettenrecorder – eine damalige Form der Musikwiedergabe!).
Fünf dieser Decks konnten vor Beginn mit Tapes, die wir mitbrachten, bestückt werden. Es gab fast in jeder Stunde Zeit für freies Schreiben. Über der Maschine hing ein Text, und über Kopfhörer konnten wir beim Abschreiben des Textes dann das Tape unserer Wahl anhören.
Kanal 1 war immer mit 'nem Schlagertape der Lehrerin belegt und wurde wohl nur von ihr angewählt – die anderen waren für uns. Das war definitiv ein Zugmittel, damit ich schon immer ein Stückchen vor Beginn da war. Gerne hab ich Tapes für den Unterricht vorbereitet. Immer hab ich mich über die Freude des linken Flügels, das Entsetzen der bürgerlichen Mitte und die Aufregung des rechten Randes unserer Schülerschaft gefreut. Tophit damals für alle: die Buttocks mit *BGS/GSG*.
Textauszug: »Hängt die Bullen auf und röstet ihre Schwänze«. Ein zukünftiger Finanzhai riss sich bei dem Song mal den Kopfhörer herunter, als sei Satan persönlich in seinen Gehörgang gekrochen!
Die schon erwähnten Electric Chairs oder auch die Pork Dukes waren ebenfalls klasse fürs Tippen!

Playlist:
Buttocks – BSG/GSG
Pork Dukes – Tight Pussy

Die Lehrer waren, zumindest in dem Jahr Einführungsphase, recht cool. Gerade in den Fächern, die berufsbezogen waren, stellte sich heraus, dass ein paar der Lehrer vor ihrer Karriere als Pädagogen schon einmal richtig ge-

arbeitet haben mussten. Die waren irgendwie praxisorientierter im Lehrplan unterwegs. So zumindest mein Eindruck. (Ich schrieb gerade *Leerplan* statt *Lehrplan* – ein Freudscher Fehler?)
Ich hatte Rechtskunde, Rechnungswesen, Betriebswirtschaftslehre, das schon erwähnte Maschinenschreiben… Fächer und Lehrinhalte, bei denen ich das erste Mal in meiner Schullaufbahn das Gefühl hatte, etwas fürs Leben zu lernen.
Die Geschichte der alten Ägypter oder der Griechen mag ja spannend sein, aber was bringt mir das Wissen um Cäsars Ermordung, Kleopatras angeblich aufregende Nase und irgendwelche phönizischen Handelsbeziehungen beim Führen einer Kneipe?
Oder hilft mir das Wissen um Hannibals Elefanten und deren Zug über die Alpen dabei, wenn ich heute kostengünstige Flugverbindungen nach Buenos Aires suche? Nicht wirklich, oder?
Wie war das doch gleich noch mal mit »Drei drei drei – bei Issos Keilerei«?
Irgendwie empfinde ich dieses normale Schulwissen heute eher als Grundlage dafür, um bei Günter Jauch gute Chancen zu haben, Millionär zu werden. Quizfragenwissen eben.
Ich hingegen lernte etwas über geplante Obsoleszenz. Ich lernte, dass Güter jedweder Art so produziert werden, dass sie unnötigerweise oft wenige Tage nach Ablauf der Garantiezeit kaputtgehen, damit man sich auch ja schnell ein neues Teil kauft – die Wirtschaft muss ja am Laufen gehalten werden.
In Rechnungswesen lernte ich, dass es den Begriff Unkosten gar nicht gibt. Es gibt nur Kosten! Unkosten wären ja irgendwie nicht vorhandene Kosten. Somit keine Kosten und somit ja eigentlich prima. Also ist der Begriff Unkos-

ten halt einfach mal Quatsch… sagen tut es trotzdem jeder. Ich auch, wenn auch nicht so oft – da ist schon was hängengeblieben bei mir – und wenn ich es bei einem Gespräch höre, verbessere ich es oft recht klugscheißerisch!
Nein – falsches Wort. Ich bin ja kein Klugscheißer, ich bin ein Besserwisser, also muss es besserwisserisch lauten.

Der Lehrer, der das Fach gab, war eigentlich auch okay – etwas dröge, aber okay – Buchhalter eben… Aber das Wort Unkosten reizte ihn über alle Maßen. Es hat immer Spaß gemacht, zuzusehen, wie er leicht zusammenzuckte, wenn einer der Schüler das Un-Wort aussprach. Der Lehrer benahm sich dann ein wenig wie Steve Martin in *Tote tragen keine Karos*, wenn jemand in seiner Gegenwart »Cleaning Women« sagt.
He nearly went berserk!
Unser Lehrer schien dann echt körperliche Schmerzen zu verspüren.

Gern erinnere ich mich auch noch an einen dreitägigen Ausflug mit unserem Rechtskundelehrer und seiner Kollegin mit dem Fach Deutsch. Irgend so ein Schullandheim in Berlin. Warum wir da waren, weiß ich nicht mehr. Vielleicht ging es ja um den Zusammenhalt der Truppe oder so. Aber egal – es waren drei tolle Tage mit zwei noch tolleren Nächten.
Wir waren alle in dem Alter, in dem allerdings eine gewisse Gefahr besteht, dass nach diesen drei Tagen mehr Personen zurückfahren als auf der Hinfahrt. Deswegen waren die Mädels im ersten Stock untergebracht und die Jungs im Erdgeschoss. Abends wurde irgendwann abgeschlossen. Nun war es an uns, den Schlüssel zu organisieren, damit die Nacht nicht nur zum Schlafen genutzt wurde. Irgendwie mussten wir es doch schaffen, die Lehrer zu einer

Durchmischung der Etagen bewegen zu können. Gegen Mitternacht klopften zwei unserer Jungs an seine Tür – keine Reaktion. Wie sich herausstellte, war er schon längst im Zimmer der Lehrerin verschwunden – wir dachten natürlich, dass sie bei einem Wein das Programm des nächsten Tages besprechen… öhm…
Die Tür in den ersten Stock hatte er vergessen zuzuschließen – prima! Es dauerte nicht lange, und die eine Hälfte der Mädchen traf auf dem Weg nach unten die eine Hälfte der Jungs auf dem Weg nach oben, und alles war dufte.
Und nein – wir waren nicht mehr Leute bei der Heimfahrt und es gab nach neun Monaten auch keine Überraschung.

Nach dem Jahr Einführungsphase kamen dann vier Semester Kurssystem mit Wahlfächern. Ich wählte Betriebswirtschaft als erstes und Biologie als zweites Fach und als Prüfungsfächer drei und vier Deutsch und Englisch. Dazu kamen einige Grundkurse wie Rechnungswesen, Mathe, Sport und andere. Während der vier Semester durfte ich vier Ausfälle (also schlechter als 'ne Vier) haben. Ich tippte im Vorfeld auf vier Mal Mathe.
Leider verrechnete ich mich selbst dabei.
In Rechnungswesen hatte ich wohl zu oft Unkosten gesagt, und am Ende des zweiten Semesters stand in Rechnungswesen plötzlich eine Vier minus.
Da ich damals bezüglich meiner Rechenkünste Realist war, sah ich für die Zulassung zum Abi schwarz. Ich bin also zum Oberstufenkoordinator und schilderte ihm mein Problem. Ich zeigte ihm aber gleichzeitig eine Lösung auf – ich würde das erste und das zweite Semester direkt wiederholen. Gewissermaßen Sitzenbleiben auf freiwilliger Basis.
Der Fall war ihm neu, er wollte aber schauen, ob das ginge. Und tatsächlich gab er mir nach ein paar Tagen grünes

Licht, und ich startete nach den Sommerferien erneut ins Abenteuer Kurssystem – allerdings in einer abgespeckten Version.

Ich besuchte die vier Prüfungsfächer, Sport und im zweiten Semester den Rechnungswesenkurs, bei dem ich im ersten Anlauf ja die Vier minus eingefahren hatte. Die anderen Grundkurse und die Noten waren ausreichend oder besser und ich brauchte sie nicht mehr.

Also… das war ein feines, ziemlich entspanntes Jahr mit recht wenig Wochenstunden.

Drei Wochen vor Ablauf des Schuljahres kam in einer Pause, in der ich mal da war, ein recht hektischer Oberstufenkoordinator auf mich zugerannt.

»Mensch, Chaos, du bist ja gar kein Schüler mehr!«

»Wieso denn nicht?«, entgegnete ich leicht konsterniert.

»Du brauchst eine Mindeststundenzahl pro Woche und die hast du nicht!«

»Was machen wir denn da?«

Ich war relativ entspannt, hatte ich ja seinen Segen für die Planung meiner Ehrenrunde bekommen.

»Ich hab mit den Kollegen gesprochen. Du musst die letzten drei Wochen alle Kurse besuchen. Dann bekommst Du dort überall zwar eine Fünf minus, also einen Anwesenheitspunkt. Aber die Kurse gehen ja nicht in die Wertung. In die Wertung gehen die von Deinem ersten Durchlauf.«

Okay – drei Wochen Fulltime-Schüler… Ein hartes Los!

In den Stunden, in denen ich nun scheinbar unnütz im Unterricht rumsaß, hatte ich trotzdem gut zu tun. Ich musste ja Entschuldigungen für das Verpassen der Stunden eines fast kompletten Schuljahres verfassen. Ich hatte zwar diverse Erkältungen, mir war es aber zu langweilig, stets den gleichen Wortlaut zu verfassen.

Also waren auch brennende Kerzen, die den Wecker ankokelten, ein Wasserrohrbruch, der meine Anwesenheit nötig machte, ein entlaufener Hund inkl. Suche, nicht enden wollende Zeugenaussagen bei Verkehrsunfällen und auch Auftritte als Zeuge vor Gericht unter meinen Entschuldigungen zu finden.
Es ging alles gut – ich hatte viele nichtsbedeutende Fünfen minus im Zeugnis und eine beachtliche Zahl an Fehlstunden. Wahrscheinlich halte ich noch heute den Rekord. Und da ich insgesamt bis zum Ende meiner Schullaufbahn vier Jahre auf dieser Schule war und im Fach Sport jedes Jahr Volleyball belegt hatte, spendierte mir der Sportlehrer sogar ein Abschiedsspiel. Auch so eine schöne Erinnerung, dass man auch als recht unsportlicher Mensch ein Abschiedsspiel bekommen kann… Vielleicht wollte er auch nur sichergehen, dass ich tatsächlich weg bin – obwohl ich beim Volleyball eigentlich gar nicht mal so schlecht war.

Ein anderer Lehrer, der nun aber wirklich sichergehen wollte, dass er mich loswird, war mein Deutschlehrer. Ihr erinnert euch – Deutsch war mein drittes Prüfungsfach. Also mit einer schriftlichen Prüfung.
Wir konnten uns irgendwie nicht leiden. Vorsichtig formuliert: Die Chemie zwischen uns stimmte wohl nicht.
Über die Semester stand ich immer so auf Vier oder Vier plus. Mündlich hatten wir eigentlich nie ein Problem miteinander. Dafür aber bei den Klausuren zum Semesterende. Es gab ein Thema, und wir sollten dann einen Aufsatz darüber schreiben. Das machte mir sogar Spaß – genauso wie das Schreiben dieses Buches hier in diesem Augenblick. Im ersten und im zweiten Halbjahr, noch während der Einführungsphase, hatte ich mich gewundert. Ich bekam für beide Aufsätze eine satte Fünf. Meine Rechtschreibung war gut, nur wenige Fehler, und die eher der Flüchtigkeit geschuldet. Ich hatte seiner Meinung nach

auch das Thema ausreichend behandelt und schrieb nie am Thema vorbei. Er hatte etwas gegen meinen Stil. Er sagte mir bei beiden Rückgaben der Klausuren, dass ich zu bildlich, ja schon eklig blümerant schreiben würde.

Auf meinen Einwand, dass er gern die Rechtschreibung und die Behandlung des vorgegebenen Themas bewerten könne, es sich bei stilistischer Bewertung aber eher um subjektiven Geschmack handle und dass er diesen Eindruck ja nun extrem erwecke. Er sagte mir, dass das ja vielleicht stimmen mag, er aber nun mal meinen Stil unerträglich fände und dass nun mal er die Noten verteile. Ich kochte!

Das war doch eine Kriegserklärung ohnegleichen. Was bildete sich dieser Zausel denn ein? Zum Ende eines jeden Semesters haben wir uns zünftig gefetzt. Ich verbot ihm, subjektive Eindrücke, mich und meine Aufsätze betreffend, zu benoten. Genutzt hat es nichts.

Die Mitschüler hatten aber ihren Spaß wegen unseres halbjährlichen Streits um die Note meiner Klausur. Und ich immer 'ne miese Zensur, die ich als höchst ungerecht empfand.

Ich taperte nun also in Deutsch bei ihm durch das Grundbildungsjahr, das erste und das zweite Semester erste Runde, das erste und das zweite Semester zweite Runde, und auch im dritten und im vierten Semester hatten wir das Vergnügen miteinander.

Da ich zu Beginn des vierten Semesters immer noch keinerlei Vorstellung hatte, was ich nach der Schule anfangen sollte, zog ich ernsthaft in Erwägung, bewusst durch das Abi zu rasseln, um so ein weiteres Jahr zur Entscheidungsfindung zu gewinnen. Dies tat ich auch mal in einer Pause Freunden gegenüber kund – nichtsahnend, wer mich da belauschte. In meiner Planung war der Deutschlehrer und die zu erwartende Zensur in der Abiklausur natürlich eine

feste Größe. Ich schrieb meinen Aufsatz in der Prüfung gewohnt bildlich und eklig blümerant, ich gab sogar bewusst noch etwas mehr Gas. Außerdem baute ich noch ein paar Rechtschreibfehler ein. Als es dann zum Verlesen der Zensuren kam, bekamen alle ihre Noten gesagt – nur mich sparte er aus. Ich hob den Arm und fragte nach.
»Ach ja – der Herr Franck... na, das war ja mal ein echte Überraschung. Toll geschrieben, super formuliert und perfekt am Thema dran. Nur wegen der diesmal etwas schlechteren Rechtschreibung ist es nur eine Eins minus geworden...«
Eins minus?
Das hatte er nicht gesagt... Das bedeutete, dass ich mein Abi so gut wie bestanden hatte. Kaum noch eine Chance, gemütlich knapp durchzufallen.
Beim Verlassen des Raumes rief er mich zum Pult.
»Ich habe Dich Anfang des Semesters gehört... dass Du durchfallen willst... ich habe aber keine Lust, Dich und Deine Klausuren noch ein weiteres Jahr zu ertragen!«

Ich hatte bis dahin meiner Erinnerung nach noch nie das echte Bedürfnis gehabt, einem Menschen körperliches Leid zuzufügen – in diesem Moment aber wäre mir jede Folter für diesen Kerl zu harmlos vorgekommen.
»Seien Sie in Zukunft ganz vorsichtig, wenn in einer dunklen Straße hinter Ihnen Schritte zu hören sind...«, presste ich noch hervor und verließ den Raum.
Ich wollte nichts tun, was mir die Planung meiner Zukunft für viele Jahre wegen einer Gefängnisstrafe und also auf Staatskosten abnehmen würde – bloß weil ich das kaum zu bändigende Bedürfnis gehabt hatte, ihm körperlichen Schaden zuzufügen. Ich wollte doch nur ein weiteres Jahr gewinnen...
Noch heute denke ich voll Widerwillen an diesen Kerl. Es wäre echt eine große Genugtuung, wenn ihm eine Ab-

schrift meines gesamten Skriptes hier vorgelesen werden würde – und er dabei in einem kalten Kellerraum, auf einen Hocker geschnallt, zuhören müsste, während Ratten sich an seinen schon faulenden Zehen gütlich tun und seine verzweifelten Schreie nach Gnade ungehört in den Gängen des Kellergewölbes verhallen würden.
Ja, ich gebe zu – ein bisschen genieße ich diese bildhafte und eklig blümerante Phantasie…

Solide Noten im ersten und im zweiten Prüfungsfach und diese unerwünschte Eins minus in Deutsch, dazu die Grundkurse mit nur drei Mal schlechter als Vier – in Mathe (da bekam ich im letzten Semester doch tatsächlich eine glatte Vier!) – all das sorgte dafür, dass ich nur noch eine Chance hatte, durch das Abi zu rasseln: Englisch, mein viertes Prüfungsfach.
Leider war ich der einzige aus dem Kurs, der Englisch als Prüfungsfach gewählt hatte, und die Lehrerin kümmerte sich rührend um mich. Und nett war sie auch noch. Ein paar Tage vor der Prüfung rief sie mich sogar an und fragte, was sie denn prüfen solle. Ich sah meine letzte Chance. Obwohl es mir leidtat, dass meine Lehrerin so den einzigen Prüfling, den sie hatte, durch die Prüfung rasseln sehen würde – aber ich brauchte nun einmal irgendwas schlechter als eine Vier…
Ich schlug ihr also Folgendes vor: Wir hatten bei ihr Huxleys *Brave New World* gelesen. Einen Science-Fiction-Klassiker, den man in seinen Visionen ja gut mit Orwells *1984* vergleichen könnte. Das Buch kannte ich ja auch. Sie fand das eine gute Idee, und so sollte es nun auch kommen.
Ich am Tag der Prüfung also rein ins Prüfungszimmer. Wie ich erwartet hatte, saß mir in der Mitte der Prüfungskommission die Leiterin der Abteilung Englisch gegenüber.

Von ihr wusste ich, dass auch sie ihren wunden Punkt hatte. Einen, wie ihn der Rechnungswesenlehrer mit den Unkosten hatte und es die *cleaning woman* bei Steve Martin war.
Die wohl korrekte englische Formulierung, wenn man zwei Dinge miteinander vergleicht, lautet meines Wissens zum Beispiel »There will be two different meanings…«. In der Gegenüberstellung zweier Bücher kann man also recht oft mit diesen Worten einen Satz einleiten. Die Leiterin des Ressorts Englisch hatte ich als Lehrerin im Berufsgrundbildungsjahr, und daher kannte ich ihr Cleaning Woman…

Nach recht harmlosem Anfangsgeplänkel fing ich an, jeden Vergleich der beiden Bücher mit »It gives…« einzuleiten, und bei jedem »It gives…« sah ich die Leiterin der Prüfungskommission zusammenzucken, ähnlich wie den Rechnungswesenlehrer bei *Unkosten.*
Meine Englischlehrerin sah mich verzweifelt an, und, ja – es tat mir schon leid, dass ihr einziger Prüfling gerade so richtig versagte, und es ja auch irgendwie auf sie und ihre Unterrichtserfolge zurückfiel… aber ich brauchte nun einmal diese Vier minus!
Sorry for that! It gives no other fucking Lösung for me, you know! Sorry again!
Wir schlossen die Prüfung ab, und ich verließ den Prüfungsraum recht guter Dinge.
Sollte ich es doch noch auf der Zielgeraden geschafft haben, durch das Abi zu rasseln? Hatte ich ein weiteres Jahr gewonnen, mir über meinen weiteren Lebenslauf klarzuwerden? Ich stand vor der Tür und wartete recht ängstlich auf das Ergebnis. Es dauerte recht lange, aber irgendwann kam meine Englischlehrerin heraus, um mir freudestrahlend zu verkünden, sie hätte mit Ach und Krach eine Vier für mich rausgehauen. Ich hätte den Fehler zwar oft gemacht, aber da es immer der gleiche war, sei der Fehler als

solcher zwar grob und nicht unerheblich, aber ansonsten sei doch alles dufte gewesen…
Wieder hatte ich mich heftig verhauen.
Ich hatte mein Abi – dazu mit einem ziemlich miesen Schnitt. Aber ein Numerus-clausus-Studium hatte ich eh nie in Erwägung gezogen – zumindest darüber war ich mir damals wohl schon im Klaren.
Sollte mein Deutschlehrer je von dieser Prüfung erfahren haben – er hat bestimmt 'ne Mordsparty gegeben… mit meiner Englischlehrerin als Ehrengast… und ein großes Feuerwerk gezündet – aber eines sei ihm nochmals gesagt: Achte in dunklen Gassen auf Schritte hinter Dir… und der Keller mit dem Hocker und die Ratten warten schon auf Deine faulenden Zehen!

Ich hatte meine Hochschulreife.

08 – …kurz zur Organisation des Buches

An dem Punkt, an dem ich beim Verfassen mittlerweile angelangt bin, gibt's ein echtes logistisches Problem.
Mir ist es schon auf den ersten Seiten und Kapiteln dieses Buches aufgefallen, und euch bestimmt auch… ich springe hier und da ein bisschen arg im Ablauf rum.
Ich schreibe, wie schon gesagt, immer nur, wenn ich Lust darauf habe, und wenn mir was einfällt. Diese Einfälle und Gedanken, die mir immer mal wieder kommen, sind zeitlich nicht chronologisch geordnet.
Jetzt kommt hinzu, dass mit der Zeit an der Uni und meinem Start als Minijobber im Loft einige für mich wichtige Dinge zeitlich parallel liefen. Also habe ich mich entschieden, die mir wichtig erscheinenden Vorkommnisse, Anekdoten und Veränderungen nicht mehr chronologisch zu gliedern. Ich hatte es versucht, doch ich merkte recht bald, dass ich zeitlich viel zu viel rumspringen musste und schon bald nicht mehr wusste, wo ich eigentlich war und ob ich durch das Niedergeschriebene irgendwann selbst noch würde durchblicken können.
Also gibt es ab jetzt sozusagen Themenkapitel und vielleicht auch Unterkapitel. Ich hoffe, dass das sowohl für mich als auch für eventuelle Leser klappt und verständlich ist.

09 – Dann kam der Punkrock

1976–78! Punkrock kommt nach Deutschland!
Meine ersten Berührungen mit Punkrock ließen noch nicht ahnen, dass das eine lange und intensive Beziehung werden sollte. Ich war noch nicht einmal 15 Jahre alt, und ich war mitten in der Pubertät. Mein Zimmer war plakatiert mit Postern von Queen, damals die für mich tollste Band überhaupt. Zuvor hatte ich viel Sweet, Slade und T. Rex gehört und hasste die Bay City Rollers. Vor den Queen-Postern hingen die Bravo-Starschnitte von Sweet und den Rollers an der Wand – der von den Rollers mit Dart-Pfeilen gespickt. Und natürlich der von Suzi Quatro! Sie brachte mein junges Blut gehörig in Wallung. Alice Cooper war auch schick. Supertramp hingegen war schon damals eine Band, die ich sofort auf den Index verbannt hatte. Ich habe damals kaum eine Gelegenheit ausgelassen, Platten von denen zu zerbrechen. Entdeckte ich eine auf einer Schülerparty – knacks – war sie Geschichte, und ich brauchte zumindest an diesem Abend nicht das unsäglich klagende Gejängel des angeblichen Sängers zu hören. Trotz meiner Marotte, Scheiben von denen kaputtzumachen, wurde ich doch immer wieder zu Schülerpartys eingeladen. Eigentlich komisch, oder?

Das erste Mal, als ich die Sex Pistols hörte, fand ich erst einmal nicht wirklich was daran. Das war bei den Ramones schon anders. Die traten bei mir sofort was los. Ich habe es damals noch nicht so wie heute definiert, damals war das ein reines Gefühlsding. Ich hab's gehört und war begeistert – ohne irgendeine Analyse oder so. Musik analysieren ist irgendwie eh kacke. Einfach die Platte aufgelegt, Lautstärke hoch und rein in den Körper – fertig!
Die Einfachheit der Produktion, die scheinbare Schlichtheit der Songs, auf der anderen Seite deren Komplexität,

die nicht sofort erhörbar war und auch die Texte hab ich damals noch nicht so gerafft – aber sie waren sooooooo geil! Heute sage ich allen, die stets behauptet haben, dass ein Song der Ramones ja wie der andere klingen würde: Die Ramones zu hören ist wie nach Hause kommen – ich weiß, was mich erwartet, und ich fühle mich geborgen!
Überhaupt die Texte… Zuvor hatte ich auf Texte überhaupt nicht geachtet und die Inhalte überhaupt nicht begriffen. Allerdings hatte ich mich auch nie darum gekümmert, und sicherlich kann ich noch heute den *Ballroom Blitz* von Sweet mitsingen – aber worum es da eigentlich geht, das war und ist mir irgendwie immer egal gewesen. Ist halt ein geiler Song, und lautmalerisch nachformen macht auch Spaß!
Die Texte der Ramones kamen mir aber irgendwie wie Comics zum Hören vor. *Blitzkrieg Bop* oder *Comanndo* zum Beispiel musste ich richtig kennen, um sie zu verstehen… oberflächlich betrachtet kann ja eigentlich keiner einen Blitzkrieg Bop toll finden.
Also ist Punkrock schuld daran, dass ich mich zumindest teilweise mal um die Texte gekümmert habe. Ich gebe aber zu, dass mir Texte bis heute eigentlich nicht wirklich wichtig sind und ich die Inhalte eher stiefmütterlich behandle.
Wahrscheinlich bevorzuge ich deswegen auch immer schon englische Texte. Bei deutschsprachigen Sachen hab ich ja immer alles sofort verstanden, und da schüttelte es mich halt doch sehr oft.

Ost-Rock war wohl zum großen Teil schon aus diesem Grund für mich unhörbar. Puhdys, Karat, City… brrr… furchtbar – da aber nicht nur der Texte wegen.

Gerade die Puhdys waren mir stets ein Dorn im Auge und sind es immer noch. Wie dummdreist sich diese Kapelle in den 70ern durch die internationale Musikszene klaute, war eine Frechheit. Für den Film *Die Legende von Paul und Paula* steuerten sie zwei Songs bei, die sie nicht selbst geschrieben hatten – zum einen *Geh zu ihr* und dann noch *Wenn ein Mensch lebt*. Beide Songs entstammten nicht ihrer Feder, sondern vermeintlich von einem gewissen Peter Gotthardt. Angeblich sagen die Puhdys noch heute, dass es ein großes Glück war, dass sie die (angeblichen) Songs von Peter Gotthardt interpretieren durften. Bullshit! Ich hab gelesen, dass die Produzenten des Films ursprünglich zwei internationale Songs für den Soundtrack nehmen wollten, dass denen aber die Lizenzen zu teuer waren. Da hätten sie einfach zwei Songs genommen, neue Texte geschrieben, die Musik minimal verändert – und legten das dann den Puhdys vor. Staatstreu wie die damals anscheinend waren, spielten sie das brav ein, und fertig war der Diebstahl…

Das großartige *Look Wot You Don* von Slade verhunzten sie zu *Geh zu ihr*, und die Bee Gees haben sich gegen die Version von *Spicks and Specks* auch nicht gewehrt – und wer weiß, ob sie *Wenn ein Mensch lebt* jemals gehört haben.
In meiner Wahrnehmung gibt es drei Songs der Puhdys, die über die Grenzen der ehemaligen DDR hinaus auch in Restdeutschland zumindest eine gewisse Bekanntheit erlangten: Neben den beiden Verhunzungen aus *Paul und Paula* kennen viele bestimmt *Alt wie ein Baum* – diesmal laut den Credits aus ihrer eigenen Feder. Allerdings hören wir da eigentlich eine schlechte Version von *39* von Queen. Zum Kotzen!
Was mich daran so sauer macht, ist die Tatsache, dass sich die Puhdys da mit fremden Federn schmückten.

Ganz deutlich: Ich bin generell ein großer Anhänger von Coverversionen – dazu später noch mehr; ich hatte ja selbst mal einige Jahre eine Band, bei der Coversongs das Grundkonzept waren… Was mich an den Puhdys halt so

nervt, ist, dass die Info, wie es zu den Coverversionen kam, von der Band nie öffentlich erklärt wurde. Da die Plagiatsvorwürfe mittlerweile verjährt sind, können also auf diesem Weg weiterhin gute Taler gemacht werden.
In die andere Richtung – also von West nach Ost – hat das ja besser geklappt. Peter Maffay veröffentlichte *Über sieben Brücken musst du gehn* erst nach Rücksprache mit Karat, der Band aus Ost-Berlin, von denen der Song im Original war. Ich find den Song zwar komplett kacke, aber Peter Maffay hat nie so getan, als hätte er ihn geschrieben.

In Sachen Texte haben der deutsche Punk und seine Ableger für eine Veränderung gesorgt. So sind zum Beispiel die Toten Hosen, die Ärzte, Fehlfarben oder DAF für mich wichtige Beispiele dafür, dass die deutsche Sprache in der populären Musik hörbar wurde.

Playlist:
garantiert nichts von den Puhdys!
Slade – Look Wot You Don
Bee Gees – Spicks and Specks
Queen – 39

Ende '77/Anfang '78 wurde es dann immer mehr – wir wurden immer mehr. Damals, noch auf dem normalen Gymnasium, war da erst einer, dann zwei, und am Ende waren wir so was um sechs oder sieben Punks auf der Schule. So richtig gepackt hat es mich dann erst im September 1978. In der Neuen Welt in der Hasenheide. Das erste Konzert der Ramones in Berlin. Es war einfach nur großartig. Es war laut, schnell und heiß!
Sie waren so schnell und der Sound war ja sooooo schlecht – ich erkannte die meisten Songs gar nicht und sang trotz-

dem mit. Halt immer einen, der mir gerade einfiel und den ich zumindest lautmalerisch draufhatte.
Eine Offenbarung! Eine Erleuchtung für mich!
Dieses Konzert war gewissermaßen ein Erweckungserlebnis für mich, und die Ramones sollten für eine lange lange Zeit die wichtigste und bedeutendste Band für mich sein. Eigentlich sind sie das heute noch: Die beste Band der Welt – auch wenn mittlerweile alle Gründungsmitglieder tot sind.

Ich habe danach viele Bands erlebt, viele waren extrem geil und wichtig, aber eine ähnliche Bedeutung wie die Ramones hatten für mich eigentlich nur noch die Dickies. Die sah ich zum ersten Mal als Support für die Stranglers im Metropol. Damals hatte ich noch keine Ahnung, wie die Strukturen, Abläufe und Spielzeiten bei solchen Veranstaltungen waren. Die Stranglers mochte ich nie wirklich – außer *Nice And Sleazy*. Geiler Basslauf! Allerdings fand ich deren Basser Jean-Jacques Burnell richtig kacke. Er hatte in der Punk-Doku *Punk in London* von Wolfgang Büld gesagt, dass die Deutschen scheiße sind und nur alles nachmachen würden. Und nun kam er mit seiner Band nach Berlin. Warum, bitte? Wo wir doch seiner Meinung nach alle so scheiße waren. Und dann haben die Dickies nur eine halbe Stunde spielen dürfen. Völlig normal für eine Vorband, wie ich heute weiß. Aber damals verstärkte das nur mein Urteil über die Stranglers.
Diese Band musste scheiße sein – wenn meine Dickies nur dreißig Minuten randurften.
Unter wüstesten Protesten und Beschimpfungen speziell in Richtung von J. J. Burnell verließ ich das Metropol und traf vor dem Eingang – meine Dickies! Ich bekam zwar kein Wort heraus, aber ich bekam 'nen Badge und 'nen Aufkleber geschenkt! Also doch noch ein guter Abschluss des Abends.

Die Dickies haben neben den Ramones eine absolute Sonderstellung unter den Bands, die mein Leben beeinflusst haben.

Nun aber zurück zu meinem Beginn mit dem Punkrock. Waren wir wirklich Punks? Was waren eigentlich Punks? Jetzt könnten wir hier eine Diskussion starten, die wahrscheinlich so überflüssig ist wie ein Kropf! Die habe ich damals und bis heute schon so oft und so ermüdend geführt, dass ich jetzt sage, dass es mir schnurz ist.

Es gab und gibt keine allgemeingültige Definition vom Punk-Sein. Gerade diese Tatsache macht doch Punk aus – keine Regeln. Daher ist danach zu fragen, was Punk ist, schon mal so gar nicht Punk.

Klar, ein paar generelle Eckparameter gibt es schon. Politisch immer eher links, später dann wohl auch eher nirgends. Sozial eingestellt, wenn auch oft nicht übermäßig engagiert. Schon nach recht kurzer Zeit tauchten die ersten rechten Punks bzw. Skinheads auf, beziehungsweise Bands, die zum Teil rechtes Publikum anzogen, obwohl sie selbst nie rechts waren. Sham 69 war so eine Band. Und Cock Sparrer oder auch Peter and the Testtube Babies. Die waren selbst nie rechts, aber deren Publikum zumindest in Deutschland zu einem nicht unerheblichen Teil politisch schwerst diskutabel.

Am Anfang waren wir musikalisch aufgeschlossen und experimentierfreudig, aber eigentlich kann ich auch da nur für mich allein sprechen. Ich war zum Beispiel, ohne zu wissen, was mich erwartete, beim ersten Simple-Minds-Konzert im Kant Kino und besitze sogar eine Maxisingle von denen aus der Zeit. Ja – auch ich habe musikalische Leichen im Keller, und ich habe die Scheibe seit bestimmt dreißig Jahren nicht mehr gehört und werde sie auch bestimmt kaum wieder auflegen. Ich fand die Band ziemlich schnell ziemlich schlimm, aber das Konzert war eigentlich okay. Ich fand es irgendwie interessant – vom Hocker haben sie mich allerdings auch live nicht gehauen. Punk war das aber auf keinen Fall.

Für mich bedeutete Punk immer, dass das einzelne Individuum zählt. Was du alleine gemacht hast – nur das war wichtig. Dieses von den Medien verbreitete aus dem Müll kommend und dreckig sein ist Mumpitz! Ich war noch nie gern dreckig, und wenn ich mal stank, dann hatte ich einen harten Tag gehabt und freute mich auf eine Dusche. Das ist übrigens heute noch so.

Der Haufen, mit dem ich mich damals durch die Straßen trollte, war wohl eher ein Sammelsurium von Leutchen, die gerne mal laut waren und Musik hörten, Bier liebten und sich darüber freuten, wenn Omas einen Schreck bekamen und Opas uns ins Arbeitslager stecken wollten. Eigentlich waren wir eher so etwas wie rüpelhafte Bierhippies. Vielleicht laut, aber eigentlich harmlos. Aber wir waren nie gleichgültig – nicht uns und auch nicht der Gesellschaft gegenüber. Und der Anschein, dass wir total harte Jungs waren, wurde spätestens im Sommer '82 widerlegt. Zwanzig kleine Punker in den ersten drei Reihen im Kino am Rotz-und-Wasser-Heulen… bei *E. T. – der Außerirdische.*

Viele Leute setzen damals wie heute Punk mit Schrott gleich. Wenn ich es genau überlege, so ist da ein klitzekleines Bisschen was dran. Aus Schrott was machen – das ist irgendwie schon Punk. Schrott zu einer Bedeutung verhelfen. Insofern waren die Einstürzenden Neubauten also auch irgendwie Punk.

Du hast kein Instrument und du kannst auch keins spielen? Egal, das bekommen wir schon irgendwie hin.

Im Pinguin wollte einst ein Gast Punk so definieren:

»Punk ist, Vorhandenes zu zerstören und aus den Teilen was Neues zu bauen.«

Hmmm… nee… auch nicht… so destruktiv im Ansatz war ich nie… ich muss nicht erst was kaputtmachen, um dann daraus was zu schaffen.
Vielleicht trifft es da schon eher zu, wenn ich jetzt einfach mal behaupte, dass sich Punk rotzfrech in schon vorhandene Musikrichtungen drängelte und gehörig aufmischte und so oft für neuen Pepp sorgte.
Wie wäre es zum Beispiel mit dem klassischen, wenn auch zumindest angestaubten Rock'n'Roll? Als ein Mensch, der 1962 das Licht der Welt erblickte, konnte ich im Erscheinungsbild eines Bill Haley nun so gar nichts Rebellisches erkennen. Der Hüftschwung von Elvis mag Mitte der Fünfziger tatsächlich etwas Vulgäres gehabt haben. Aber ich saß 1980 an Wochenenden oft im Nachtprogramm im Marmorhaus, und als letzten Film, so um 2 oder 3 Uhr, gab es immer solche Meisterwerke wie *Liebesgrüße aus der Lederhose*. Auch freute ich mich bei *Klimbim* immer auf Ingrid Steegers Brüste. Nicht unerwähnt lassen möchte ich in diesem Zusammenhang auch die Gogo-Tänzerinnen vom *Musikladen*… und erinnert sich überhaupt noch einer an die Fa-Werbung?
Ich auf jeden Fall!
Sorry, aber da konnte Elvis the Pelvis nicht wirklich mithalten.
Little Richard war für seine Zeit vermutlich in der Tat verdammt verrückt. Aber in den 80ern war halt ein Shakin' Stevens für mich tatsächlich nur der nächste Act in dieser Reihe, und ich fand deren Erscheinungsbilder stets recht bieder. Das war mir alles zu fad und zu öde. Ich sage ja nicht, dass Shakin' Stevens irgendwie mit Elvis oder Little Richard vergleichbar wäre; ich meine nur, dass die Helden der 50er Jahre später nicht mehr sonderlich revolutionär erschienen. Frischen Wind in diese Schublade der Musik brachten dann Bands wie die Stray Cats – und richtig

stürmisch wurde es dank den Meteors, Demented Are Go und vieler anderer kleiner Bands. Das nannte sich dann Psychobilly und war wesentlich rauer, wilder und schneller. Allerdings war der ziemlich eigenwillige Tanzstil deren Fans bei den Konzerten im Loft auch nicht wirklich sexy. Beim ersten Mal wusste ich schon mal nicht – hau'n die sich da jetzt untereinander auf die Fresse, oder finden die das doch alles dufte…

Und in der Schublade des Heavy Metal waren die Einflüsse des Punk auch ziemlich schnell zu spüren.

Exploited veränderten im Laufe ihres Daseins ihren Stil langsam, aber sicher – weg vom Oi-Punk hin zum Speed Metal, den sie tatsächlich verdammt rasant zelebrierten. (Kleiner Haushaltstipp zwischendurch: Hört euch beim Fensterputzen mal *Beat The Bastards* von denen an – ich verspreche euch – ihr seid um einiges schneller fertig!)

Und Lemmy war ein Punk – obwohl er nie Punk spielte… Auf die ganze Metal-Chose komme ich aber später vielleicht noch mal zurück – das passt hier gerade nicht.

Selbst in den von Punks eigentlich verhassten Disco-Sound rumpelten einige erfolgreich rein.

Wot von Captain Sensible zum Beispiel oder *Dancing With Myself* von Generation X. *This Is Not A Love Song* von PIL darf heutzutage eigentlich auf keiner Ü50-Party fehlen, und selbst Killing Joke erschufen mit *Love Like Blood* einen veritablen Dancefloor-Füller.

Bei diesem Einbrechen von Punk in bestimmte Schubladen der Musikgeschichte stellte ich mir immer vor, dass da kleine Punk-Schelme mit kleinen Hörnern auf den Köpfen die jeweilige Schublade aufziehen, grinsend reinklettern und dann eigentlich immer schön Rabatz machen. Getreu dem Motto: »Jetzt komm doch mal endlich auf den Punk(t)!«

Respektlosigkeit war für mich ein extrem wichtiger Faktor im Bereich Punk. Als Paradebeispiel dazu sei *Nights In White Satin* von den Moody Blues genannt – aber eben in der Version der Dickies! Mag das Intro noch dezent an das Original erinnern, so haut es dem Edelschmachtfetzen-Fan des ursprünglichen Werkes beim eigentlichen Start des Songs sofort sämtliches Schmalz aus den Ohren. Überhaupt hatten sich die Dickies mit der Auswahl der Songs, die sie coverten, bei mir recht schnell einen fast schon gottgleichen Status erarbeitet. *Sound Of Silence* von Simon & Garfunkel war so ein Song. Und *Paranoid* von Black Sabbath war im Original schon verdammt okay – aber eigentlich ziemliches Valium, verglichen mit der Version der Dickies.

Anders war es beim Reggae: Hier war beim Einzug des Punk in die Reggae-Schublade von Anfang an zu spüren, dass da eine gehörige Portion Respekt vorhanden war. The Clash sind da natürlich als Speerspitze zu sehen, aber auch *Doesn't Make It Alright* von den Stiff Little Fingers oder *Jah War* von den Ruts sind prima Belege, dass es den Punks nicht nur um Krawall und Rumrüpeln ging.

Playlist:
Demented Are Go – Bodies In The Basement
Exploited – Beat The Bastards
Killing Joke – Love Like Blood
Dickies – Nights In White Satin
Ach – eigentlich alle grade im Text genannten Titel!

Punk hatte und hat viel mit Attitüde zu tun und vor allem: mit Glaubwürdigkeit. Das kann ich eigentlich an einem einzigen Song festmachen – und ich kann an diesem auch zeigen, dass es absolut unmöglich ist, Punk zu definieren und einem Nicht-Punk den ganzen Kram zu erklären.

1. *Jet Boy Jet Girl* von Chron Gen ist Punkrock...
2. *Ça Plane Pour Moi* von Plastic Bertrand ist – wie der Name schon sagt – Plastik, künstlich, nicht authentisch...
3. *Bin wieder frei* von Benny, die deutsche Schlagerfuzziversion, ist dann einfach nur noch entsetzlich...

Hört euch die drei Versionen am Stück an, und ihr wisst hoffentlich, was ich meine.
1 Song – 3 Versionen – 3 Welten – und das, obwohl sie bis auf die Sprache sehr ähnlich klingen.
Einem Menschen, der nun von Punk nichts weiß, die Unterschiede der einzelnen Versionen klarzumachen, das fällt schon schwer – nein – es geht eigentlich gar nicht.
Ich gehe davon aus, dass viele Großeltern damals glaubten, sie hätten mit Benny einen echten Punker in der Hitparade gesehen. Das tut mir heute noch sehr, sehr weh!

Und nun den Punk in Berlin zu definieren geht irgendwie auch nicht. Schon deswegen nicht, weil es damals viele verschiedene Miniszenen innerhalb der gesamten Szene gab.
Ganz grob gesagt gab es da die Kreuzberger und die Schöneberger, die Gropiusstädter, die Spandauer, die Charlottenburger, die Neuköllner und noch ein paar mehr aus dem Rest der Stadt. Und dann noch die unterschiedlichen Altersstrukturen. Es ging bei 13 los, und nach oben gab es keine Grenze. Bei so vielen Teilmengen eine Gesamtdefinition in wenigen Sätzen zu der Gesamtmenge zu finden – das ist dann doch ein Ding der Unmöglichkeit!

Die Kreuzberger waren wohl die politischsten. Richtig links und aktiv in der Hausbesetzerszene.

Die Schöneberger waren eher in Sachen Kunst unterwegs, aber auch in der Besetzerszene zu finden.

Die aus der Gropiusstadt und aus Neukölln wohnten zwar da, aber bis auf den Jugendclub in der Lipschitzallee ist mir nichts in Erinnerung geblieben, wo die sich treffen konnten – es waren aber viele, und die mussten halt zu Konzerten, Treffen oder sonstewas in die Stadt fahren. Einige Neuköllner drifteten zum Teil in den nicht so tollen Teil der Skins ab.

Die Charlottenburger hatten damals schon Geld, und die Spandauer waren halt Spandauer und fuhren immer nach Berlin, wenn sie nicht in ihr Ballhaus gingen.

Ach ja – das Ballhaus Spandau – da war ich nie – war mir immer zu weit…

Dann gab es noch diese und jene kleine Horde und ebenso Vermischungen einzelner Grüpplein. Bei Partys oder kleinen Treffen und bei Konzerten dann die große Zusammenkunft.

Und die Leute waren unterschiedlich – jeder für sich ein Unikum. Ja – das war es – das war der Punk, wie ich ihn kennenlernte und was mich daran reizte.

Eine der Baumarktketten hat es dann viele Jahre später geschafft, Punk in lediglich drei Worten eigentlich perfekt zusammenzufassen:

Mach Dein Ding!

Ich lernte schnell viele und vor allem spannende Leute kennen. Einige waren schon ordentlich was älter – für mich damals unglaublich alte 30 oder sogar noch älter. Ich startete dezent mit 14 und forcierte mit 15. Daher bin ich damals auch nie im Punk House gewesen – wohl die erste

Disse oder der erste Club, die/der sich dem Punk verschrieb. Hier spielten die Vibrators aus London als erste Punk-Band in Berlin überhaupt – wurde mir jedenfalls so erzählt.
Diejenigen Berliner, die damals schon fast uralt, also über 30 waren, werden sicher ein anderes Bild über den Punk in Berlin und speziell in seinen Anfängen liefern können – aber es muss deswegen nicht das richtige Bild sein.
Nicht mehr im Elternhaus lebend, vielleicht aus einer anderen Stadt kommend, eigenes Geld verdienend – das ist nun mal ein total anderer Start in ein Leben als Punk als ich ihn hatte. Selbst als gerade über die Zwanzig Gehüpfter war es ein anderer Start.
Ihr – die Alten – hattet bezüglich Punk keinen Streit und Stress im Elternhaus oder in der Schule. Eure Auseinandersetzungen waren ganz andere als die der Jung-Punks. So konnte ich damals mit PVC, der ersten Punk-Band Berlins, gar nichts anfangen. Die haben mir immer zu verstehen gegeben, dass sie richtig toll sind und dass wir eben nur die kleinen Punker waren. Das war arrogant und nicht gut! Ich habe viele viele Jahre später mit Gerrit Meijers (einst Basser bei PVC) einmal darüber gesprochen, und er musste schmunzeln und gab mir aber recht, dass das eigentlich nicht okay war. Leider ist er inzwischen verstorben – es ist aber gut, dass wir darüber noch mal reden konnten. Ich hoffe, Dir geht es gut – da, wo Du jetzt bist. Ich habe Dich in guter Erinnerung!

Anders war da Peter Radzuhn, Gitarrist und Sänger von Tempo. Auch 'nen ordentlichen Schluck älter als ich, half er mir in den ersten Minuten meiner übersichtlichen Karriere auf der Bühne. Wir lernten uns bei Ehres im ZIP kennen. Ehres war und ist ein wichtiger Mensch in meinem Leben. Er trug oft zwei Krawatten und war so etwas wie der König von Charlottenburg und verkaufte Platten

im ZIP Karl-Marx-Straße und im ZIP Schloßstraße. Stets die neusten, geilsten Punkscheiben am Start. Dort lernte ich Peter kennen. Der lud mich dann ein zum ersten Auftritt seiner Band Tempo im Keller vom Zensor in der Belziger Straße. Heute würde ich sagen, dass das nicht wirklich Punk war, was die machten, zumindest nicht der Punk, den ich damals hörte – aber sie hatten Attitüde und Style. Ich fand an dem Nachmittag alles toll – in einem Keller unter einem Plattenladen, der sich wiederum im Hinterzimmer von Armins Klamottenladen Blue Moon befand, mit 30, 40 anderen eine gute Band zu sehen und zu hören. Peter hab ich dann erzählt, dass ich auch eine Band gründen will. Da bestellte er mich für einen Tag in der Woche nach dem Gig in den Zensor und schenkte mir eine Gitarre. So eine billige Kaufhausklampfe mit sechs Pick-ups.
Wow! Er war viel älter. Er kannte mich kaum. Ich war einer der kleinen Punks. Und er schenkte mir eine Gitarre! Ich war hin und weg. Im Laden stand auch ein Sofa rum. Wir hockten da drauf, und er zeigte mir gleich die Griffe für *Blitzkrieg Bop*. Ein geiler Tag – ein geiler Typ!
Peter, ich hab Dir leider nie gesagt, wie sehr mich diese Aktion von Dir begeistert und beeinflusst hat. Du meintest ja, so abrupt und endgültig gehen zu müssen. Mist – aber vielleicht bekommst Du das ja doch irgendwie mit!
Ich danke Dir!

Und mit Ehres bin ich immer noch befreundet. Mensch – viele Tage habe ich bei ihm im Plattenladen die Schule geschwänzt und dufte Scheiben gehört. Einmal war er aber wirklich richtig sauer auf mich.
Ich saß eines Tages mal wieder bei ihm statt im Unterricht – im Plattenladen lernte ich eigentlich mehr fürs Leben als in der Schule – und er war total aufgeregt.

»Guck mal – das erste Aufklappcover vonna Punkband! Die Lurkers mit dem Debutalbum ›Fulham Fallout‹! Geil, oder?«
Nachdem ich das Cover betrachtet hatte, gab ich es ihm zurück und sagte nur: »Das von Plastic Bertrand ist doch aber schon länger raus…«
Zwei Wochen hat er nicht mehr mit mir geredet…
Ehres – Mann – das war ein Witz!

Ich lernte also, dass es keine Bedeutung mehr hatte, ob einer musikalisch talentiert ist oder nicht. Ich war auch schnell dabei, wenn es um die Gründung einer eigenen Band ging. Immer war da zuerst der Name. Meine erste Band hieß Tollwut – finde ich immer noch 'nen guten Namen für eine Punkband anno 1978/79. Ich glaube, wir haben sogar ein paarmal geprobt und standen sogar mal auf einem Plakat für einen bunten Abend im Jugendklub Lipschitzallee. Unter anderem mit der Beton Combo, Gegenwind und ich glaube auch Stromsperre, die alle ein bisschen fixer waren und da schon sogar sowas wie ein richtiges Programm mit vielen Songs hatten. Stromsperre waren nebenbei auch so die schnellsten…
Es gab auch ein Emblem für die Band: ein Kreis, rundrum gespickt mit Zähnen, an denen der ein oder andere Blutstropfen hing. Und in der Mitte stand TOLLWUT. Kleine Badges von doofen Bands wurden von mir mit Revell-Farbe umgestaltet, und Freunde mussten die Badges dann tragen. Ich selbst hatte mir das Emblem auf meine erste Lederjacke gemalt. Tollwut hat es aber nie auf irgendeine Bühne geschafft. Dabei hatte ich eine echt ergreifende Bandhymne gedichtet:

Toll toll tolle Wut…
Erst werden wir euch beißen…
Dann tun wir auf euch scheißen…
Toll toll tolle Wut…

Ich sag ja – deutsche Texte waren im Kommen!
Auch folgender Text von mir hat die Jahre irgendwie überstanden:

Hat es noch Sinn, etwas zu lernen
Hat es noch Sinn, dass du was wirst
Wie sind die Chancen zum Überleben
Wie sind die Chancen zum Weiterleben
Wie kommt's zum Ende?
Gibt's wieder Krieg?
Und fällt eine Bombe
Uns auf den Kopf?
Ich will leben
Überleben
Ich will leben
Überleben
Leben leben leben

Ich sollte da trommeln. Ich vermute, wenn es zu einem zwei oder gar drei Songs dauernden Auftritt in der Lipschitzallee gekommen wäre – wir hätten den Laden vielleicht nicht gerockt, aber dafür ordentlich gerumpelt. Die Farbe blätterte recht schnell wieder von den Badges und noch schneller von der Jacke ab – Tollwut war Geschichte, und weitere Bands sollten folgen.

Zu der Zeit waren wir also die kleinen Punks. Die Nervensägen, die immer auf irgendeiner Vernissage eines Künstlers aus dem Umfeld des schon älteren Volkes aus

der Punk-House-Zeit auftauchten und das Bier wegtranken. Und wenn es Schnittchen oder sowas gab – auch gut! Auch Wein und Sekt wurden nicht verpönt. Und wenn nix da oder alles alle war, dann gingen wir halt wieder.
Aber ob es bei solchen Anlässen war oder auch bei Konzerten irgendwelcher Bands aus dieser Szene – irgendwie waren wir nur geduldet, aber nicht respektiert. Wir sorgten gewissermaßen für die Fülle bei deren Veranstaltungen und konnten uns dafür für lau abfüllen… eigentlich ein komisches Agreement, oder?

In meiner ersten Zeit '78/'79 ging es am Wochenende immer in die Music Hall am Walter-Schreiber-Platz. Die machten um zwanzig Uhr auf, und der Freitag und der Samstag sahen in der Regel so aus bei mir: Gegen 18 Uhr fuhr ich mit der U-Bahn am Südstern los. Erst einmal Richtung Berliner Straße, umsteigen Richtung Steglitz. Da aber, wenn ich einstieg, das in der Gropiusstadt ansässige Proll-Volk leider schon fürs Wochenendvergnügen auf dem Weg zum Ku'damm in der Bahn saß, war oft Ärger im Anflug. Und fast immer war es der gleiche Ablauf: Ein Trupp Prolls in der Bahn, Männchen wie Weibchen. Ich steige ein und bleibe an der Tür stehen. Die Prolls gucken doof, und ich versuche, recht unbeteiligt auszusehen. Noch ist alles dufte. Gneisenaustraße dann erste kritische Momente. Ein Weibchen: »Guckt mal… ein Punker!«
Ich weiß zwar, dass sie mich meint, ignoriere es aber, weil ich ja schon damals eigentlich nicht weiß, was ein Punk ist – und der Begriff Punker ging schon mal gar nicht. (Heute bin ich da flexibler, aber damals hörte ich das gar nicht gern.)
Zwischen Gneisenaustraße und Mehringdamm übten die Männchen böse gucken.

Dann Möckernbrücke: für die Prolls umsteigen Richtung Zoo. Damals dachte ich immer: Passt ja irgendwie – nur schade, dass der da schon geschlossen hatte und die Prolls nicht mehr in ihre Gehege kamen!
Als die Prolls ausstiegen, bekam ich dann von einem der Männchen wahlweise 'ne Schelle, einen ordentlichen Knuff in den Magen oder was auf die Nase, die Tür schloss sich, und ich fuhr weiter.
Toll und extrem mutig – ich war immer allein, und die mindestens zu fünft. Eine echte Leistung der Männchen, und ein wirklich beeindruckendes Balzverhalten. Aber deren Weibchen waren dann vielleicht paarungsbereiter...
Denen, die mir auf die Nase gaben, verdanke ich aber die Bekanntschaft mit dem Zugabfertiger der nächsten Station, von denen es damals noch auf jedem Bahnhof einen gab.
»Yorckstraße! – Einsteigen! – Zurückbleiben!«
So schallte es damals über den Bahnhof.
Blutete die Nase, stieg ich aus, und der diensthabende Ansager versorgte mich immer mit Papiertüchern.
»Na? Wieder 'nen juten Start ins Wochenende erwischt?«
»Na klar... der Zoo hat wieder Freigang...«
Danke, lieber Ansager! War immer nett von und mit Dir!

Irgendwo auf dem dann ereignislosen Weg zum Walter-Schreiber-Platz hab ich in der Regel noch einen 10er-Träger Paderborner besorgt. Ein 10er-Träger war an sich ja schon komisch, aber die Form der Flaschen erst recht. Die sahen ein bisschen aus wie Eierhandgranaten. Und der Verschluss passte auch. Das war so ein Alu-Verschluss zum Aufreißen. Deswegen hab ich nach Ankunft Walter-Schreiber-Platz auch immer Eierhandgranatensaufen gespielt: Aufreißen... und wenn die Pulle nach 10 Sekunden nicht alle war, dann is' man halt explodiert!
Bumm!
Ist aber nicht oft passiert...

Meist war ich nicht der erste auf dem Bahnhof – speziell nicht an den Tagen, an denen ich mit blutender Nase einen Zwischenstopp einlegen musste. Jede haltende Bahn spuckte ein, zwei, drei Jugendgrüppler aus – die meisten ebenfalls mit mindestens einem Sechser-Träger ausgestattet. So um zwanzig Uhr sind dann alle nicht-explodierten Biertrinker peu à peu in kleinen Gruppen hoch inne Hall. Zwischen 20 und 22 Uhr gab es dann gute, laute Musik und weiteres Bier… und wenn die Kohle reichte, auch mal ein Gummibärchen – Southern mit Ginger Ale – da schüttelt es mich noch heute!
Es war dort damals schon immer zeitig gut gefüllt. Das lag in der Hauptsache daran, dass nach 22 Uhr kaum einer unter 18 Jahren mehr reinkam. An den meisten Abenden war es leider auch so, dass um 22 Uhr auch drinnen auf das Alter geguckt wurde. Schade, denn dann hieß es ab durch die Mitte. Manchmal hat ein 30-minütiger Aufenthalt auf dem Klo genutzt. Das war mir aber meistens nix. Wer allerdings nach 23 Uhr noch drin war, der hatte für den Rest der Nacht eigentlich seine Ruhe. Dieses System und dessen Sinn habe ich ehrlich gesagt nie verstanden.
Einmal kam ein auch noch nicht volljähriges Mädchen auf die grandiose Idee, immer dann, wenn die uns ja bekannte Security in Sichtweite war, in einer dunklen Ecke wild loszuknutschen. Wirklich eine großartige Idee! Das waren richtig spannende 30 oder auch 45 Minuten für mich – und es hat sogar geklappt! Zumindest mit dem Verweilen an dem Abend. Mir fiel in den kommenden Wochen auf, dass sich erstaunlich viele Jungs ab 21.45 Uhr in der Nähe dieses Mädchens aufhielten. Heute sage ich: Es hatte schon fast was von einem Paarungsritual eines Naturvolks – ähnlich der Bluesrunde sonntags um 18 Uhr im Cheetah am Hermannplatz ein paar Jahre zuvor.

In der Zeit war ich auch mal ganz kurz Skinhead; na ja – ich lief jedenfalls so rum.
Schuld war mein Vater. In den letzten Wochen und Monaten, bevor er meine Mutter verließ und auszog, bin ich morgens beim Frühstück öfter mit ihm aneinandergeraten. Immer wegen eigentlich nichts Besonderem und immer nur verbal. Eines Morgens gab es aber doch eine kleine Eskalation. Er sprang nach einer wohl doch zu patzigen Antwort meinerseits auf und zog mich an den Haaren. »Das hast Du nur einmal gemacht!«, keifte ich ihn an und verschwand mit knallenden Türen.
Den Tag über in der Schule dachte ich nun nach. Ich hatte eine Drohung ausgesprochen, und der wollte ich auch Taten folgen lassen. Abhauen?
Hmmm… hielt ich für übertrieben. Wohin auch? Und wovon? Und für wie lange? Bedeutete ein ein- oder auch zweitägiges Ausbüxen mit anschließender Heimkehr für mich nicht in Wirklichkeit einen Gesichtsverlust?
Hmmm…
Nach Schulschluss wusste ich, was zu tun war. Ich bin direkt zum Friseur, setzte mich auf den Stuhl und gab ihm die Anweisung: »Haare ab!« Der Friseur setzte die Schere an, und los ging es. Nach dem ersten Durchgang griff ich mir an den Kopf und konnte noch Haare greifen. »Kürzer!«
Der zweite Durchgang – diesmal mit Maschine – sorgte für das gewünschte Ergebnis. Mein Vater konnte mich nicht mehr an den Haaren ziehen.

Ich ging nach Hause, und meine Mutter schrie auf – war doch in der Vergangenheit jeder Gang zum Friseur meinerseits so lange wie nur irgend möglich hinausgezögert worden. Ich schnitt sie mir lieber oft selbst – mit entsprechend räudigem, aber gewünschtem Resultat. Diesen Abend verbrachte ich in meinem Zimmer und hoffte, mein

Vater würde, wie zu dieser Zeit eigentlich immer, erst spät heimkommen. Im Laufe des Tages hatte er mal angerufen, ob ich da sei. Meine Mutter bejahte das, er wollte da aber nicht mit mir sprechen.
Am nächsten Morgen saß ich dann am Frühstückstisch, mein Vater betrat das Zimmer, sah mich, erschrak sichtlich und kam auf mich zu. Er nahm mich in den Arm – und ich meine, er hatte feuchte Augen. Er sagte, dass er den ganzen Tag Schiss gehabt hätte, dass ich abhauen oder irgendwelchen Blödsinn verzapfen würde. Auf die Idee, dass ich mir die Haare abschneiden würde, sei er allerdings nicht gekommen. Für das Haareziehen hat er sich dann auch noch entschuldigt. Die Sache war also geklärt, und zwischen meinem Vater und mir gab es danach keinen Ärger mehr. Selbst das sonst übliche Gezeter seinerseits ob meiner Optik ließ spürbar nach.
Nur hatte ich nun ein Problem – ich fand, ich sah echt scheiße aus!
Ein Paar Armee-Stiefel hatte ich ja. Aber mir fehlte eine passende Windjacke, und Hosenträger besaß ich auch nicht. Dieses Problem schilderte ich meinem Vater, und beim Verlassen des Hauses steckte er mir Kohle zu… und am Nachmittag hatte ich dann Windjacke, ein kleinkariertes Hemd und Hosenträger. Ich krempelte die Jeans ein bisschen hoch und beobachtete die nächsten Wochen sehnsüchtig meinen Haarwuchs.
Skinhead sein – das war nicht mein Ding.
Und dass mein Vater kurz nach diesem Vorfall auszog, das hatte nichts mit mir und dieser Aktion zu tun.

Apropos Skinheads: Aus der Zeit in der Music Hall ist mir noch Steve in Erinnerung geblieben. Ein recht rustikaler Engländer und eher Skin als Punk. Bei irgendeiner Hauerei wurde ihm so heftig auf die Nase gehauen, dass das Nasenbein wohl nur noch Pulver und nicht mehr zu

retten war. Er hatte dafür eine Nasenbeinprothese drin. Wenn er die rauszog, lag die Nase irgendwie im Gesicht rum, und er sprach sehr ulkig. Eigentlich klang er immer etwas nasal, aber ohne die Prothese halt noch viel mehr. Er rannte dann auch ab und zu quiekenden Mädchen hinterher und näselte, dass er unbedingt einen Kuss wolle.
Lustig!
Viele Jahre später, am Einlass im Loft, bekam ich seine Zuneigung auch zu spüren. Hier und da ließ ich ihn ohne Ticket rein. Das klappte bei ihm prima, denn für Konzerte, die er wirklich sehen wollte, kaufte er sich immer eine Karte. Einmal kam er nun am Einlass an, und ich stand wie gewohnt auf der Treppe zwei Stufen über ihm. Wir sabbelten ein bisschen. Plötzlich griff er mich um die Hüfte und hob mich hoch. Er trug mich bis zum ersten Treppenabsatz hoch und biss mir dabei heftig in die Brust. Dann setzte er mich ab und näselte: »Chaos – ich hab' dich sooo lieb…«
Ich war echt gerührt und bekam nicht nur wegen der Schmerzen in der Brust feuchte Augen. Bei aller Rustikalität konnte dieser Typ echt weich sein – auch wenn er diese Weichheit und Zuneigung ziemlich eigen und für mich recht schmerzhaft zeigte. An dem Abend wollte er gar nicht auf das Konzert, sondern nur mal Hallo sagen.

Er ist auch so einer, von dem ich gern wüsste, was er jetzt so treibt…

Aber zurück zu meinen Wochenenden Ende der 70er. Nach der Music Hall ging es oft ins Schizzo am Breslauer Platz. Direkt gegenüber vom Rathaus Friedenau. Gut zu Fuß zu erreichen. Prima Kneipe mit super Leuten und einem guten Flipper. Auch wochentags hing ich da am frühen Abend oft ab. Irgendeiner zum Sabbeln war eigentlich immer da. Und wenn nicht, dann gab es ja noch den

Flipper. Ärger gab es da recht selten, oder ich hatte Glück, dann nicht da zu sein. Einmal aber tauchten die Burschen von so einem Steglitzer Moped-Club mit ihren Zündapps und Kreidler Floretts auf. Sie kamen rein, und es war klar, dass sie stänkern wollten. Ich bin schnell hinten raus und rüber über die Straße und hab von einer Telefonzelle (ja, die gab es damals tatsächlich noch!) die Bullerei angerufen von wegen Schlägerei in der Kneipe und so. Und sie sollten sich gefälligst beeilen. Danach bin ich wieder rein ins Schizzo. Die Stimmung war nicht gut, und es war abzusehen, dass es in Bälde knallen würde.
Dann hielten zwei Wannen und ein Bulli von der grünen Ordnungsmacht vor der Tür. Der Steglitzer Moped-Nachwuchs bekam 'nen ordentlichen Troppen inna Hose und machte ganz schnell auf Kumpel. Die Bullen kamen rein, fragten, was denn los sei… und nachdem alle sagten, es sei doch alles dufte, zogen sie wieder ab.
Die harten Rocker in spe fanden uns plötzlich richtig gut, und einer gab mir sogar ein Bier aus. Vom Schizzo-Personal, von meinen Kumpels und von den Moped-Jungs hat nie einer erfahren, dass ich die Ordnungshüter gerufen hatte. Aber danach waren die Jung-Rocker meines Wissens nie wieder da, zumindest nicht, um zu stänkern.

An den Wochenenden fuhr ich meist mit der letzten U-Bahn nach Hause. Die fuhr ja damals noch nicht die Nacht über durch. Im Sommer war das allerdings manchmal anders. Da ging es dann mit der letzten Bahn raus zur Krummen Lanke. Eine Nacht am See mit einem Haufen Kumpels. Mal waren wir zehn, mal zwanzig, manchmal auch mehr. Immer Bier und Schnaps dabei, machten wir am See eine kleine Party.

Da muss ich jetzt zwischendurch noch erklären, wie das bei mir zu Hause bezüglich der Uhrzeiten und wann ich wieder zu erscheinen hatte gehändelt wurde.
Ich lebte ja mittlerweile allein mit meiner Mutter, auch wenn sich mein Vater noch nicht komplett ausgegliedert hatte.
Meine Erziehung kann ich eigentlich so zusammenfassen: Es gab keine. Außer den Uhrzeiten. Die waren ihr stets heilig. Wenn ich um 1 Uhr nachts zu Hause sein sollte, dann hatte das auch so zu sein.
Das war Gesetz – nur ohne echte Folgen, sollte ich dieses Gesetz einmal übertreten. Allerdings waren mir die 2 bis 3 Tage nach solch einer Gesetzesübertretung dann zu nervig, was die Kommunikation mit meiner Mutter betraf. Sie hatte da eine sehr subtile Art der Missachtung meiner Person drauf, die dafür sorgte, dass mein Erscheinen in heimatlichen Gefilden meist mehr oder weniger im genehmigten Zeitfenster geschah.
Meine Nächte an der Krummen Lanke konnte ich nun aber entspannt managen. Ein Kumpel bzw. seine Eltern hatten damals einen Kleingarten, und dort übernachteten wir dann angeblich immer. Es war die gute alte Zeit ohne Handys. Im Garten gab es einfach keine Kontrolle – schon gar nicht, wenn keiner dort war, sondern an der Krummen Lanke. Dann gab es im Nachhinein ja auch keine Beschwerden von Parzellennachbarn wegen der Lautstärke. Herrlich!
Eine dieser Nächte sollte für mich aber recht unangenehm enden. Im Morgengrauen, als das letzte Bier längst getrunken war und es langsam Zeit wurde, Abschied vom See zu nehmen, kam einer auf die Idee, noch irgendwo zum Frühstück einzufallen. Die Idee wurde für gut befunden, und so fuhren wir los. Es ging zu Anne aus dem Schizzo. Dort war schon längst Feierabend, wir also zu ihr nach Hause.

Einer wusste, wo sie wohnte. Dass sie gerade beim Vögeln war, interessierte keinen – auch sie eigentlich nicht.
Wir also rein zu ihr, geguckt, was der Kühlschrank so hergab. Einem, der neu in unserer Jugendgrüpplerbande war, wurden die Haare geschnitten, und alles war schick. Langsam stellte sich aber bei allen eine gewisse Müdigkeit ein, und die Stimmung flaute merklich ab. Bis plötzlich einer auf die Idee kam, dass man ja noch zum Gottesdienst gehen könnte. Die Zeit stimmte, Sonntag so um neun Uhr, da sollte doch was gehen. Ein wenig wurde noch gestritten, ob nun zu den Katholen oder zu den Protestanten. Der Vorschlag, die erste Kirche, die kommt, sei unsere, war dann die Lösung, die von allen befürwortet wurde. Also alle los, und Anne wird vielleicht weitergevögelt haben.
Auf der Suche nach einer Kirche liefen wir durch den Kiez rund um das Sound in der Genthiner Straße. Zu der Zeit gab es da fast nur Möbelhäuser. Einer unserer Kollegen kam nun auf die glorreiche Idee, eine der Scheiben dort einschmeißen zu wollen. Er polkte einen Pflasterstein raus und schmiss – und nichts passierte. Er hatte auf die Mitte der Schaufensterscheibe gezielt, und die Scheibe hatte lediglich ein bisschen gewackelt. Er war völlig frustriert, und da er auch noch auf Pille war, brach er fast in Tränen aus ob seiner Unfähigkeit, eine Scheibe einzuschmeißen.
Zum Trost bekam er den Stein noch einmal in die Hand gedrückt und er solle es doch mal beim Auto, das am Straßenrand parkte, versuchen. Er schmiss, zielte echt kacke und verfehlte das Auto komplett. Nun war er richtig sauer und trat einen Blumenkübel um.
Die Meute lief dann tröstend weiter. Ich blieb zurück, stellte den Blumenkübel wieder hin und drückte sogar die Pflanzen noch an. Mir tat das Grünzeug leid. Irgendwie war ich im Herzen wohl doch ein kleiner Hippie!

Die ganze Aktion blieb aber nicht unbeobachtet. Ein Taxifahrer hatte das alles gesehen und alarmierte die damals noch grünen Freunde.
Schwupps war das eine Ende der Straße mit zwei Bullis blockiert – und schwupps auch das andere Ende. Und es war zu hören, dass Verstärkung im Anmarsch war. An ein Entkommen war nicht zu denken. Wir waren in einer reinen Geschäftsstraße, und die Durchgänge zu den Höfen waren alle abgeschlossen. Zwei von uns sprangen in einen großen Müllcontainer und zogen den Deckel zu. Die waren fein raus, haben danach aber vermutlich gut gestunken. Wir anderen wurden peu à peu in die wartenden Bullis verfrachtet, und ab ging es. Auf der nicht eben kleinen Wache standen wir erst einmal alle in einer Reihe, und ein Beamter marschierte vor uns auf und ab. Ich hatte damals einen Button an der Jacke vom Antifa-Festival mit einem durchgestrichenen Hakenkreuz drauf. Er sieht das und raunt mich an.
»Bist wohl ein Nazi…«
»Nee – so überhaupt nicht!« gab ich zur Antwort.
»Ah! Also Kommunist!«

Manchmal frage ich mich noch heute, ob das Leben nicht generell viel einfacher wäre, wenn es nur schwarz und weiß gäbe. Oder wie in diesem Fall braun und rot. Ein Leben ohne Nuancen. Vielleicht ja, es wäre wahrscheinlich einfacher, aber es wäre bestimmt auch langweiliger.

Wir bekamen dann alle Zimmer zugewiesen. Ich sogar ein Einzelzimmer. Da lag ich nun auf einer Holzpritsche mit einem Holzkopfkissen und starrte an die Decke.

Scheiße – die Kartoffeln!
Mit Muttern war abgemacht, dass ich pünktlich um 13 Uhr zum sonntäglichen Mittagessen zu Hause sein sollte. Das wurde knapp – verdammt knapp sogar.

Es gab im engmaschigen Gitter eine kleine Lücke zum Durchgreifen mit einem Klingelknopf. Ich klingelte und klingelte, und irgendwann öffnete sich die Tür zum Vorraum meines Verlieses, und ein ziemlich dicker, grummeliger Polizist erschien.
»Was willste denn?«
»Ich muss mal telefonieren!«, antwortete ich.
»Sonst noch Wünsche, der Herr?«
»Ist echt wichtig! Ich muss doch nur Bescheid sagen, dass ich was später komme!«
»Telefonieren kannste später!«
»Ich weiß aber, dass ich einmal telefonieren darf!«, gab ich zu bedenken.
»Guck weiter Petrocelli!« Und damit warf er die Tür zu. Auf meine Rufe »Kerkermeister! Kerkermeister! Nur einen Anruf!« wurde nicht mehr reagiert.
Petrocelli war damals übrigens eine recht tolle Anwaltsserie aus Amiland – daher mein Wissen von dem einen Anruf, der einem Inhaftierten zusteht.

Nachdem wir ein wenig geschmort hatten, die Personalien festgestellt und überprüft waren, wurden wir alle einer nach dem anderen wieder auf freien Fuß gesetzt. Die Schaufensterscheibe war ja ganz geblieben. Ebenso das verfehlte, parkende Auto… und durch meinen heldenhaften, hippiesken Pflanzenrettungseinsatz gab es nichts, was man uns hätte vorwerfen können. Ich selbst war als letzter dran – vielleicht dank meines Stunts mit dem Telefon und dem Kerkermeister.
Nun wurde die Zeit aber echt knapp. Wegen des Polizeieinsatzes hatte ich nun noch mehr Grund, pünktlich zu sein. Ich also raus aus der Wache – und ich befand mich auf einer Straße, die ich noch nie gesehen hatte… und von meinen Mithäftlingen war nichts zu sehen. Geld hatte ich

auch so gut wie keins. Somit war ein Taxi kein Thema. Also erst einmal zurück auf die Wache.
»Was willste denn noch?«, wurde ich angefahren.
»Wo bin ich hier, und wo ist die nächste U-Bahn?«
»Mach, dass Du rauskommst!«
»Danke, mein Freund und Helfer!»
Ich wieder raus, und lief erst einmal los… und was sah ich neben den Häusern auf der anderen Straßenseite, nur wenige hundert Meter entfernt? Eine Kirche! Unser eigentliches Ziel! Sicher nicht genau diese Kirche, aber in dem Moment war für mich ein Gotteshaus so gut wie jedes andere. Dort konnte ich vielleicht erfahren, wo ich mich überhaupt befand. Göttliche Hilfe, wenn die Polizei schon versagt hat! Ich also hin und an der Tür gerüttelt. Anscheinend schon wieder alles zu.
Mist!
Von der Kirchentreppe sah ich in einiger Entfernung aber ein Hinweisschild für eine U-Bahn-Station! Mit viel gutem Willen deute ich das noch heute als ein Zeichen Gottes – er wies mir den Weg.
Ich musste einmal umsteigen, und vom U-Bahnsteig versuchte ich per Münzfernsprecher meiner Mutter mitzuteilen, dass ich mich verspäten würde. Es war zwei Minuten nach eins. Ich war schon zwei Minuten drüber, hatte noch ein paar Stationen vor mir, den Weg von der U-Bahn zu unserem Haus und dann noch vier Etagen bis zur Wohnung. Noch nicht geschlafen und mit Restalkohol im Blut eine Herkulesaufgabe. Keine Chance!
Aber sie ging nicht ans Telefon. Aua! Nun kam ein weiterer Aspekt zu meiner ohnehin schon prekären Lage hinzu. Hatte die Staatsmacht meine Mutter informiert, und sie war auf dem Weg, mich zu befreien?

Wollte sie eine Kaution bezahlen? Vielleicht mit einer Kohorte von Anwälten im Schlepptau? Schließlich guckten wir ja oft Petrocelli zusammen…

Als ich dann um genau 13.17 Uhr ziemlich fertig die Tür unserer Wohnung aufschloss, war ich irritiert. Ich hörte aus der Küche die Abzugshaube über dem Herd rödeln. So überstürzt würde sie das Haus bestimmt nicht verlassen. Nicht einmal, um ihren jüngsten Sohn vor dem Zuchthaus zu retten.

Ich zog Jacke und Schuhe aus und machte mich auf den Weg in die Küche. Da saß sie am Küchentisch und hatte das Telefon wegen der Abzugshaube nicht gehört.

Sie saß also da, weinte vor sich hin, und vor ihr stand ein fast leergegessener Teller mit Resten von Kassler, Sauerkraut, Soße und Kartoffeln. Also nichts, was ich in dem Moment eigentlich sehen wollte.

»Wo kommst Du jetzt her?«, schluchzte sie.

Herr im Himmel – ich war siebzehn Minuten zu spät… Siebzehn Minuten! Und es klang, als stünde ich vor dem Großinquisitor…

Also musste ich schnell reagieren. Was wusste sie? Wusste sie überhaupt etwas? Ich wollte mir zukünftige Nächte im Garten des Freundes ja nicht versauen. Ich ging volles Risiko…

»Es ist was im Garten passiert… nix Schlimmes und nicht bei uns!«

»Und was, bitte?«

»Da, auf der Kolonie, hat irgendwer bei einem Nachbarn in der Nacht eingebrochen. Weit weg von uns. Aber die Polizei war da und hat uns verhört. Ob wir was gesehen oder gehört hätten.«

Boah – ich war dreist, aber wie ich fand, auch ziemlich gut.

»Und deswegen kommst Du zu spät?«

»Ich hab der Polizei auch gesagt, dass ich nach Hause muss… das Essen wartet… die ließen mich aber nicht gehen…«
Mittlerweile stand meine Mutter am Herd, weinte nicht mehr und machte mir einen unerträglich vollen Teller Sonntagsschmaus fertig. Da musste ich noch durch. Wortlos stellte sie mir den Teller hin und verließ die Küche. Ich quälte mir das Essen rein und verschwand in meinem Zimmer.
Die Strafe ihrerseits für mein zu spätes Erscheinen war, wie immer in solchen Fällen, Nichtbeachtung. Mir war das in diesem Fall aber sehr recht, kämpfte ich doch mit den Folgen der Nacht und nun auch noch mit dem aktuellen Inhalt meines Magens.
Nach zwei oder drei Stunden ging die Tür zu meinem Zimmer auf, sie kam auf mich zu, hielt mir die Hand hin und sagte tatsächlich: »Es ist wieder gut! Aber komm nicht noch einmal zu spät nach Hause!«
Au Mann – da hält einen, aus welchem Grund auch immer, die Staatsmacht fest und verhindert ein Erscheinen am Mittagstisch, und die Mutter fordert Pünktlichkeit. Sollte ich mir beim nächsten Mal vielleicht den Weg freischießen?

Das mit den Uhrzeiten sollte sich dann im Übrigen noch fortsetzen bis zum 29.12.1980 – meinem achtzehnten Geburtstag. Die Uhrzeiten, wann ich zu Hause zu sein hatte, waren für meine Mutter die einzige Möglichkeit, vermeintlichen Einfluss auf mich auszuüben. Für mich bedeuteten sie hingegen ein gehöriges Generve. Ich hatte mit sechzehn Ausgang bis 2 Uhr, und mit jeder Verlängerung kam eine halbe oder sogar eine ganze Stunde dazu. Mit Mitte siebzehn hatte ich dann Ausgang bis 4 Uhr früh.

Was für ein Schwachsinn! Ob ich nun um 3, um 4 oder 5 Uhr heimkam – es ging ihr nur darum, dass sie das bestimmen konnte. Auf meinen Hinweis, dass sie damals beim Queen-Konzert überhaupt nicht mitbekommen hatte, dass ich längst wieder da war und es ja zudem rein rechtlich keinen Unterschied machte, ob ich denn nun um drei, um vier oder um fünf Uhr noch unterwegs war, bekam ich immer das argumentativ sehr hochwertige Statement »Du hast nun einmal pünktlich zu sein – egal wann!« zu hören.
Sie stellte sich sogar nachts den Wecker, um zu kontrollieren, ob ich auch da war. Aua! Oft stand ich noch in der Kälte rauchend vor der Haustür – um nur ja keine Minute zu früh zu erscheinen. Im Gegenteil – stets 20 Minuten zu spät – nur um sie zu ärgern. Erst klingelte ihr Wecker um 4.00 Uhr, um dann noch 20 Minuten schlaftrunken auf mich warten zu müssen. Auf die Frage »Wo kommst Du jetzt her?« musste sie sich immer ein gelangweiltes »Von draußen!« anhören.
Jedes Wochenende das gleiche Spiel. Für meine unglaublichen Verspätungen gab es stets die gleiche Strafe – stundenlanges Nichtbeachten meiner Person am nächsten Tag. Eigentlich war mir das ganz recht – da ich die ersten Stunden des Tages nach dem Aufwachen sowieso nicht angesprochen werden wollte…
Aber ab dem 29.12.1980 wurde alles anders. Ich erschien am Frühstückstisch und empfing die Glückwünsche meiner Mutter zur Volljährigkeit und hörte mir geduldig was von Verantwortung, neuem Lebensabschnitt und so weiter an. Ich bedankte mich, band meine Armbanduhr ab und sagte ihr, dass ich die ja nun in Zukunft nicht mehr bräuchte.

In den folgenden Monaten wunderte sie sich, dass ich oft um 1 oder um 2 Uhr zu Hause war. Auf ihre Nachfrage

erklärte ich ihr, wie schon so oft in den Jahren zuvor, dass es mir nie darum ging, möglichst lange weg zu sein, sondern dass der Spaß im Vordergrund stand.
Ich hatte keinen Bock mehr? Die Stimmung war doof? Na, dann ging ich halt nach Hause.
Aber war der Abend oder die Nacht geil, dann wurde es halt später. Nur in den letzten Monaten vor der Volljährigkeit hatte ich den Abend bis zur letzten Minute ausgesessen – egal wie öde der Abend war und wie gerne ich in mein Bett wollte…

Überraschenderweise verbesserte sich dann das Verhältnis zu meiner Mutter, und es war nicht mehr so von gegenseitiger Gleichgültigkeit geprägt.

Es gab damals für die Abendunterhaltung aber nicht nur das *KZ36* (zu dem Laden später mehr), das *Schizzo* und die *Music Hall*. Die Mitglieder unserer Jugendgruppe waren stets auf der Suche nach Läden, in denen Punks willkommen waren. Sonntagabends war die erste Adresse zu der Zeit eigentlich das *Sound*, bekannt durch Christiane F. und die Kinder vom Bahnhof Zoo. Eigentlich kein Laden für uns, aber sonntagabends gab es immer mal wieder ein bisschen Punk auf die Ohren, und aus Mangel an Alternativen war ich dann zu der Zeit halt auch öfter da, allerdings immer nur sonntags. Richtig gut fand ich es da aber eigentlich nie.

Im *Linientreu* Nähe Breitscheidplatz war ich selbst vielleicht zwei oder drei Mal. Warum dies nie ein Laden für mich war? Keine Ahnung! Eigentlich immer gut, Jugendgrüppler vor Ort, und die Musik war auch ganz gut, vielleicht ein wenig zu wavig für mich. Aber irgendwie hab ich mich da nicht so richtig wohlgefühlt.

Beim Bezirkssondieren nach Kneipen kam einer mal auf die Idee, einen Schuppen namens *Sumpfblüte* im Wed-

ding anzutesten. Das sollte 'ne gute Kneipe sein. Wir verabredeten uns locker an einem Sonntag. Treffpunkt war recht früh gegen 17 Uhr am U-Bahnhof Pankstraße.
Also der Treffpunkt war schon mal gut, oder?
Knapp 20 Mädels und Jungs stapften dann unter der Führung eines Ortskundigen los.
Uff'm Wedding war ich bis dato noch nie gewesen. Also ein weißer Fleck auf meiner persönlichen Landkarte, der an diesem Sonntag ausgemalt werden sollte. Wir rechneten im Vorfeld aber nicht mit Eingeborenen, denen unser Erscheinen anscheinend nicht passte. Schon nach kurzer Zeit wurde unser Erkundungstrupp von knapp zehn jungen Männern überholt, und die stellten sich uns quer über den Bürgersteig in den Weg. Sie präsentierten uns Baseballschläger und recht schwere Ketten.
»Haut ab! Das ist unsere Straße!«, rief uns einer entgegen. Da ich noch nie besonderen Wert auf handgreifliche Konfrontationen legte, drehte ich mich also schon mal um.
Naja – das »Haut ab!« war nun allerdings nicht so einfach zu bewältigen, da sich hinter uns auch ein Trupp Eingeborener auf dem Gehweg verteilte. Dann hielt auch noch ein Typ auf einem Motorrad am Straßenrand. Ein Eingeborener ging zu ihm hin, redete irgendwas, und der Typ sagte für uns gut hörbar »Wir kommen gleich!«
Er brauste hinfort, die Sonne spiegelte sich in seinem verchromten Stahlhelm… und auch das Hakenkreuz auf dem Tank ließ nicht darauf schließen, dass er gleich mit einem Trupp Mediatoren oder Friedensaktivisten anrücken würde.
Es drohte also ordentlich Haue an einem Sonntagnachmittag. Keine gute Aussicht. Eins von unseren Mädels, recht imposant in ihrer Erscheinung – heute am ehesten vergleichbar mit Brienne aus Game Of Thrones – ging zum vermeintlichen Häuptling der Eingeborenen und begehrte

Durchlass, den sie natürlich verweigert bekam. Daraufhin fängt sie an, den Häuptling im Gesicht zu kratzen. Er fängt an zu schreien »Schick mir ’nen Jungen! Ich schlag keine Frauen!« Vergeblich versuchte er dabei, sich unserer Walküre zu entledigen, weiterhin am Kreischen »Schick mir ’nen Jungen!«

Mit jedem »Schick mir ’nen Jungen!« potenzierte sich in meinem Kopf die mögliche Haue-Dosis, und ich zog mit einem Kollegen, der wohl ähnlich dachte, unsere Brienne vom Häuptling weg.

Der silberne Stahlhelm nebst Kameraden war noch nicht wieder auf der Bildfläche erschienen. Somit blieb uns immerhin der Fluchtweg über den Fahrdamm. Todesmutig stürzten wir uns in den Verkehr (der sonntags dem Herrgott sei Dank sehr übersichtlich war!) und rannten Richtung U-Bahn Pankstraße zurück. Auf dem Bahnsteig stand tatsächlich ein Zug, und wir alle rein. Beim Schließen der Türen sahen wir die Eingeborenen die Treppe runterstürzen, und wir winkten ihnen bei der Abfahrt freundlich zu.

Zwei Dinge beschäftigen mich nun noch heute: Erstens würde die Geschichte heute aller Voraussicht nach anders enden, da von Eingeborenenhäuptlingen wahrscheinlich kein »Schick mir ’nen Jungen – ich hau’ keine Frauen!« mehr zu hören sein würde; und zweitens stellt sich mir immer noch die Frage, wie es zu einer Allianz der Eingeborenen, von denen ein Teil zweifellos einen Migrationshintergrund hatte, und dem Chromstahlhelmmotoradfahrer mit Hakenkreuz auf dem Tank und dessen Kameraden kommen konnte. Sehr bizarr, dieses Wedding!

Ich sah also vorerst keinen Grund, diesen weißen Fleck auf meiner Landkarte wirklich auszumalen, zumal sich die *Sumpfblüte* nach Aussage eines, der es dann mal allein versucht hatte, als Hippiekneipe mit wohl akzeptabler Musik herausstellte, sich ein erneuter Zusammenstoß mit den Eingeborenen aber keinesfalls lohnen würde.

Zusammenstöße mit Eingeborenen gab es allerdings bei einer anderen Kneipe.
Nahe der Möckernbrücke gab es eine Zeitlang das *Chaos*. Trotz des Namens hatte ich nichts mit dem Laden zu tun. Eine Punkrock-Kneipe, wie sie damals zu sein hatte: Nicht gemütlich, zusammengewürfeltes Mobiliar, und der Jugendgrüppler fläzte sich mit seinem Bier auf Tisch und Stuhl rum und die Musik war meist laut und grob. Ich selbst war nicht so oft da – es war mir zu laut für eine Kneipe. Sich immer nur schreiend mit seinem Gegenüber unterhalten zu können, war mir schon damals zu anstrengend.
In der Nähe gab es nun eine Kneipe mit Deutschtümlern. Der Wirt und seine Gäste störten sich gewaltig an dem Anblick der Jugendgrüppler, die auf dem Weg von und zur U-Bahn an deren Etablissement vorbeiliefen. Ab und zu gab es was vor den Kopf. Nicht schön, aber noch übersichtlich. Dann gründeten die in der Kneipe allerdings eine Bürgerwehr, mit dem Ziel, die Jugendgrüppler zu vertreiben. So kam es dann auch zu einem Überfall der Deutschtümler auf das *Chaos*, bei dem auch einige Knochen brachen. Ätzend!
Das *Chaos* schloss dann auch bald seine Pforten – aber die Kneipe der Deutschtümler auch.
Der Wirt und seine Gattin hatten es Gerüchten zufolge auf eine Versicherung abgesehen. Also steckten sie eines Tages ihren Laden in Brand, um mal so richtig abzukassieren. Nun hatten sie den Laden aber entweder am falschen Ende angezündet, oder aber sie waren mit dem Brandbeschleuniger etwas zu großzügig, oder auch beides… jedenfalls gingen die Deutschtümlerwirte mit ihrem Laden ge-

meinsam in Flammen auf. Ich wünsche Menschen eigentlich nie was dolle Schlechtes – eigentlich…

Eine recht spektakuläre Flucht gelang mir mit einigen Freunden auch mal aus der Gropiusstadt. Der Jugendclub Lipschitzallee war ja ein recht guter Treffpunkt und kleine Berliner Punk-Bands waren dort oft am Spielen. Die vielen ansässigen Prolls damals waren eigentlich nur bei U-Bahn-Fahrten ein Problem, aber Hertha BSC hatte zu der Zeit nun einen *Fanclub* namens Zyklon B mit Standort Gropiusstadt.
Naja – was für Kameraden das waren, kann sich wohl jeder denken. Eins war klar – wir mochten uns nicht, und es gab hin und wieder Reibereien!
Eines Tages erschienen sie aber in voller Stärke und waren richtig auf Stunk aus – aber Hauereien waren immer noch nicht mein Ding.
Ich tauchte an diesem Abend erst spät mit drei oder vier Genossen auf, und wir sahen die Kameradschaft vor dem Jugendclub krakeelen. Sie sahen uns leider auch, und ein lautes »Da sind Punker!« schallte uns zur Begrüßung entgegen.
Sie setzten sich in Bewegung und stürmten auf uns zu, deutlich, ja zu deutlich in der Überzahl.
Der Abstand war noch recht groß, und wir drehten direkt um Richtung U-Bahn, die Beine in den Händen. Wieder war das Glück auf unserer Seite, ein Zug stand abfahrbereit da. Wir rein, Türen zu – und wieder konnten wir den Zuspätkommern freudig zuwinken. Leider fuhr der Zug nach Rudow, also in die falsche Richtung. An der nächsten Station stiegen wir aus und überlegten, was wir machen sollten. Wir mussten, um aus der Gropiusstadt rauszukommen, ja noch einmal an der Lipschitzallee vorbei.

Der Zug in die richtige Richtung kam, und wir rein. Die wenigen »normalen« Fahrgäste guckten etwas irritiert, als wir fünf Hanseln uns flach auf den Boden vor die Sitzbänke legten. Dann die Einfahrt ins Feindesland.
»Lipschitzallee! Einsteigen! Zurückbleiben!«
Es waren ehrlich gesagt recht lange Sekunden des Bangens. Wir hörten die Stimmen der Kameraden.
»Ick kann die Punker nich' sehn…«
Gut so! Die Türen gingen zu – wir sprangen auf und winkten der Kameradschaft ein weiteres Mal freudig zu… Sie schienen nicht erfreut zu sein.
Im Jugendclub selbst gab es den Abend meiner Erinnerung nach keinen richtigen Ärger. Irgendwie war der Club für die eine Tabuzone. Drinnen knallte es eigentlich nie, immer nur draußen, vielleicht, weil die selbst öfter mal da waren und weil es zu der Zeit in der Gropiusstadt keine echten Alternativen gab.

Dass wir generell nicht auf Hauereien aus waren, zeigte sich an einem Abend in einer großartigen Art und Weise. Punks hatten eigentlich öfter mal Ärger mit Anhängern von Hertha, und nicht nur mit der Kameradschaft von Zyklon B, auch der normale Hertha-Proll war uns in der Regel nicht wohlgesonnen. Und das, obwohl einige von uns eigentlich auch Anhänger dieses Vereins waren.

Wir Jugendgrüppler hörten immer mal wieder von einer Party, zu der wir dann gingen. Diesmal war eine in Steglitz angesagt. Unser Treffpunkt, um da gemeinsam einzufallen, war auf dem U-Bahnhof Rathaus Steglitz. Wie immer lungerten wir schon eine Weile vor dem Abmarsch Richtung Party auf dem Bahnsteig rum und vertilgten die ein oder andere Handgranate. Im Laufe der Zeit versammelten sich vielleicht so um die zwanzig oder dreißig Jugendgrüppler. Irgendwann sind dann zwei Kumpels und ich schon mal los, die Treppe rauf. Der Rest würde schon nachkommen.

Wir also die Treppe rauf und am Absatz um die Ecke – direkt in die Arme von sechs Herthaprolls, die ihren Après-Spieltag ausgiebig feierten. Allesamt von recht beeindruckender Statur.

»Guckt mal… Punker!«, rief der eine.

Ich ohne Hauerei-Erfahrung und lediglich in Begleitung zweier recht schmaler Kollegen – das sah nicht gut aus für uns. Die Herthaprolls wurden damals eigentlich erst ab einem Verhältnis von 3:1 richtig eklig, und hier hatten wir ja gerade mal ein 2:1 pro Prolls, aber meine Begleiter und ich verbreiteten nun nicht wirklich Angst und Schrecken.

»Denen hau'n wa eine rein…«, hörten wir demzufolge als nächstes…

Nun gut – die Karten waren richtig schlecht gemischt für uns. Wir umliefen aber die Prolls ein wenig, sodass die Herren mit dem Rücken zur Treppe standen. Glücklicherweise taperten die nächsten Jugendgrüppler die Treppe rauf, blieben gleich stehen und gaben nach hinten Zeichen, dass sich der Rest ruhig verhalten sollte. Von uns dreien trat dann der Kleinste vor – direkt vor den größten der Prolls. Der überragte ihn um knapp zwei Haupteslängen.

»Du willst mir eine reinhauen?«

»Klar! Das mach' ich! Kannst mir sogar einen Arm auf den Rücken binden dabei!«

»Stimmt! Vermutlich kannste mir sogar eine reinhauen, wenn ich Dir beide Arme auf den Rücken binde… aber…«

Pause…

»Was aber?», fragte der Riesenproll.

»Dreh Dich vorher mal um!«

Freunde, das war ganz großes Kino! Ich meine mich sogar zu erinnern, dass sich einer unserer Freunde imaginär die Finger feilte, und ein paar hoben die Hand und grüßten freundlich. Das Verhältnis hatte sich ja nun innerhalb von Sekunden zu unseren Gunsten gedreht, und die Prolls

gingen eigentlich damals schon einem 1:1 aus dem Weg… und das Verhältnis war noch viel beschissener für sie. Noch nie hatte ich einen Menschen gesehen, dessen Gesichtsfarbe so schnell durch das gesamte Farbspektrum changierte. Heute, so in einem Film gezeigt, würde ich sagen: Gut ausgedacht! Aber genauso ist es passiert!
Der Proll stammelte etwas von »War ja nicht so gemeint« und so… – und als Höhepunkt hat unser kleiner Freund dem Hünenproll mit dem rechten Zeigefinger an die Nase geschnippst und ihm zum Abschied nur gönnerhaft zugeraunt: »Haut ab!«
Es tat gut, sie rennen zu sehen. Und ich fand die ganze Aktion auch deswegen so geil, weil: Sie ohne Haue rennen zu lassen war für die Prolls sicher schwerer zu händeln als wenn wir sie verdroschen hätten. Dann hätten sie in ihrem Kreis bestimmt noch geprahlt, dass sie zu sechst gegen mindestens einhundert verlauste Punker ja fast noch gewonnen hätten. So aber denke ich noch heute, dass sie über diesen Vorfall bestimmt absolutes Stillschweigen vereinbart hatten.

Bei zukünftigen Ausflügen von uns initiierten wir diesen Stunt noch gelegentlich in der U-Bahn, wenn wir von A nach B fuhren: Zwei oder drei von uns in einem U-Bahn-Waggon, und der Rest der Meute im nächsten. Die zwei, drei forcierten nichts, aber wenn welche Herren auf der Balz Ärger suchten, dann sagten sie denen immer, dass die Sache am besten ja auf dem nächsten U-Bahnhof zu klären sei und nicht gleich im Waggon.
Bei der Einfahrt im nächsten Bahnhof hat der Rest der Meute dann aus dem Waggon geguckt, und wenn unsere zwei, drei Jugendgrüpplerlockvögel ausstiegen, ist auch die Meute raus und hat die Prolls zum Teufel gejagt. Aber nie mit Haue.

Nach meiner Zeit in der *Music Hall* und im *KZ36* verbrachte ich auch viele Nächte im *Exxcess* in der Budapester Straße. Da gab es eine Bühne und dementsprechend öfter auch gute Bands zu sehen. Leider existierte der Laden nicht lange. Trotz aufwendiger Schallisolierung wummerte der Bass durch eine tragende Säule hoch in die oberen Etagen – und da war der Ruhesitz am Zoo.
Ein Altersheim ist nun wirklich nicht der geeignete Obermieter für einen Laden mit Tanzfläche und Livemusik, denn leider waren nicht alle Bewohner taub. Aber die Abschiedsparty war klasse. Sie ging über komplette 48 Stunden, und immer eine Band auf der Bühne. Ich war mit der Rucki Zucki Stimmungskapelle mittags um 14 Uhr dran – es waren zwar nicht viele da, aber es hat Spaß gemacht.

So also sahen meine Wochenenden und Wochentage in meiner Anfangszeit aus. Das mag auch den frühen Start der Abende erklären. Weil es damals halt oft recht zeitig für mich endete. Später dann, mit über achtzehn, habe ich mich aber oft nach dieser Zeit zurückgesehnt. Dann sah der Samstag nämlich völlig anders aus.
Vor 23 Uhr brauchte ich da gar nicht aus dem Haus zu gehen. Da war nirgends was los. Mit damals nur drei West- und zwei Ostfernsehprogrammen war es nicht leicht, den Samstag bis dahin vernünftig und ohne einzuschlafen zu gestalten.
Einen Vorteil hatte das späte Starten aber doch: Die Prolls aus der Gropiusstadt waren dann schon alle am Ku'damm, und ich bekam nicht mehr so oft was auf die Nase.

Einmal war auch die Internationale Funkausstellung ein echtes Highlight. So viel Spaß in so wenigen Tagen und dann auch noch tagsüber hatte ich eigentlich zu der Zeit nicht noch einmal.

Für die Jugend unter den Lesern: Damals gab es bei den öffentlichen Fernsehsendern noch Musiksendungen! Die Bands und die Solointerpreten waren dann tatsächlich vor Ort, um meist zum Voll- oder Halbplayback und manchmal sogar live einen Song zum Besten zu geben.
Im Sommergarten, im Schatten des Funkturms, wurde Open Air jeden Tag eine Folge *Rock Pop* mit Christian Simon aufgezeichnet. Ich war mit ein paar Jungs fast jeden Tag da, und wir versuchten uns immer so zu platzieren, dass wir auch ins Bild kamen.
Wenn nun die Kamera in unsere Richtung schwenkte, sprangen wir von unseren Plätzen auf und pogten rum – egal welcher Interpret da gerade zugange war. Unsere Höhepunkte im Sommergarten waren eindeutig Eddy Grant und Toyah.
Eddy stand so günstig, dass wir wohl fast die ganze Zeit durch das Bild sprangen und er ab und zu nervös nach hinten guckte. Ich schrie fortwährend: »Eddiiiiihhhh! Du bist der Bestäääääh!«
Hach ja – und dann war da Toyah… wir waren allesamt sofort total verliebt in sie und kreischten uns förmlich die Seele aus dem Leib und beömmelten uns gleichzeitig königlich.
Toyahmania!
Wir fingen sie dann sogar Backstage ab, und Kumpel Feinbein hat sogar ein Bussi bekommen. Da war ich schon recht neidisch. Allerdings war Feinbein in diesen Tagen eh gut in Form. Und wen der alles erkannte! Mildred Scheel war zu der Zeit nicht nur die Gattin von Walter und First Lady, sondern auch Schirmherrin der Deutschen Krebshilfe. Sie war auch auf der Funkausstellung, und Feinbein erkannte sie auf gut 100 Meter. Er stürmte auf sie zu und schrie aus Leibeskräften: »Mensch Mildred – wat krebst Du denn hier rum?«, dabei packte er ihre Hand und schüt-

telte sie, als ob er ihr den Arm auskugeln wollte. Ihr Blick war klasse… Hunderte von kleinen Fragzeichen, was das an ihrer Hand denn für ein Wesen sei, kreisten über ihrem Kopf.

Der *Musikladen* war auch so eine Sendung in der ARD. Manfred Sexauer war der Moderator. Früher war das der *Beat Club*, und da hatte er noch die tolle Uschi Nerke an seiner Seite, aber das war vor meiner Zeit. Bei meiner Funkausstellung nahm der Musikladen auch täglich eine Folge auf. Die Aufzeichnung war aber im Theater des Westens und glücklicherweise deutlich später als die von *Rock Pop* fürs ZDF. Konnten wir zeitlich also auch mal schaffen. Allerdings kamen wir da nicht ins Theater rein. Wir hatten keine Karten. Aber irgendwie schafften wir es in den Hof und lungerten da ein wenig herum.

Nach und nach trudelten die Akteure der Aufzeichnung ein. Zuerst Manfred Sexauer – wir haben ihn direkt bestürmt, dass er uns noch Karten besorgen sollte oder uns am besten gleich mit reinnimmt. Wir seien ja eh mit Toyah verabredet und dass alles seine Richtigkeit hätte. »Toyah war gestern hier…«, erwiderte der erstaunlich kleine Manfred.

Mist – verzockt.

Er verschwand, und wir blieben im Hof. Dann schwang das Tor zur Straße auf. Ein Taxi wartete auf die Einfahrt, und ein vielleicht 11-jähriges Mädchen ging zum Taxi und ein Jeans-Arm drückte sie aus dem hinteren Fenster heraus kurz, und das Mädchen fiel einfach um.

Wieder war Feinbein verdammt flink. Das Taxi fuhr auf den Hof, Feinbein legte einen kurzen Sprint hin, riss die hintere Tür auf, fiel auf die Knie und schrie: »Shaky! I love you! I want a baby from you!«

Ich und noch ein Kumpel hakten Feinbein unter den Achseln ein und zerrten ihn weg. Dabei kreischte er

fortwährend: »Shaky! Help me! I love you! Help me! Please! Shaky!« Aber auch er verschwand überraschenderweise recht umgehend im Gebäude.
Die anderen Akteure trudelten dann ein, aber entweder wussten wir nicht, um wen es sich handelte, oder sie interessierten uns nicht.
Auf einen Act warteten wir aber noch. Motörhead sollten ja an dem Tag am Start sein. Ich hab mich ja damals bei Lemmy immer gefragt, warum bei ihm der Bass so groß aussieht. Als Motörhead dann ankamen, bekam ich meine Antwort. Lemmy war nicht der Größte – zumindest was die Körpergröße angeht. Hätte ich auch selbst drauf kommen können. Suzi Quatro sah ja auch immer aus, als hätte sie da gottweißwas um den Hals hängen. Und wieder war Feinbein am schnellsten.
Motörhead fanden wir alle klasse, und da gab es keine blöden Witze. Feinbein, diesmal mit Zettel und Stift bewaffnet, also hin zu Lemmy.
»Can I have a autogramm?«
Er nahm aber nur den Stift, steckte ihn Feinbein in ein Nasenloch, zog ihn zu sich ran und sagte nur »Wot?«. Feinbeins Augen weiteten sich ein wenig, und er sagte nur »Ach… nichts… schon gut…« und trollte sich.
Tja – kein Autogramm von Lemmy – aber ein Bussi von Toyah! Feinbein – du warst trotzdem der Gewinner dieser Funkausstellung.
Lemmy lernte ich 2004 dann doch noch persönlich kennen und habe ihn entgegen der ersten Erfahrung auf dem Hof des Theaters des Westens als netten Kerl empfunden – um ein Autogramm habe ich ihn aber dann doch nicht gebeten. Sicher ist sicher…

Ich war damals nicht nur konsumierend unterwegs. Ich produzierte auch. Es gab zu der Zeit Bands in Berlin wie

Bierdosen beim Dead Kennedys-Konzert. Diese Bands existierten allerdings meist nur auf dem Papier – wenn überhaupt! Oft nur für Stunden in den Köpfen der beiden Gründungsmitglieder – und nur, um am Ende des Abends wieder aufgelöst zu werden. Mit meiner ersten Band, Tollwut, hab ich euch ja schon bekanntgemacht. Da gab es ja das Plakat, die Band-Hymne, ein Logo und sogar minimales Merchandising in Form der Badges.
Meine zweite Band hieß Gegenwehr und war ein komplettes Fantasieprodukt. Weitere Bands dieses Kalibers waren Projekte, die auf dem Klo der Music Hall gegründet wurden und eigentlich sofort und auch zu Recht in der Kanalisation verschwanden. Urinal Boys und Kackhaufen oder auch Bremsspur sind da nur eine kleine feine Auswahl... Bremsspur finde ich heute noch irgendwie gut.

Ferner existierten folgende Bands mit mir am Schlagzeug nur in Gedanken: Geschwür – Nörgeljugend – Geisterbahn (auf die Idee muss ich in der U-Bahn gekommen sein...) – Die Eierköppe – Pickelwixxer – Ausschlag und und und...

Es gab aber viele Bands, die es tatsächlich in einen Übungsraum schafften, Songs hatten und auftraten. Und einige davon spielten auch über Berlins Grenzen hinaus oder machten sogar Schallplatten. Hier nun eine kleine Auswahl der Bands, die mir in Erinnerung geblieben sind:
Stromsperre
Ätz Tussis
Katapult
Auswurf
Beton Combo
Powlak
Popgruppe Freundschaft
Ix-Toc 1
Actosin Pervers

Gegenwind
Vitamin A
Kaiserschnitt
Soilent Grün
Die Suurbiers…
…und natürlich die unglaubliche

Rucki Zucki Stimmungskapelle, kurz: RZSK.

Das war die erste Band, mit der ich probte, auftrat und sogar auf zwei Samplern vertreten bin. Ich landete aber nicht am Schlagzeug, sondern am Bass.
Ich hatte den Bass erst wenige Tage, und warum ich bei denen gelandet bin, weiß ich nicht mehr. Ich glaube, während einer Pause in der Schule hab ich erzählt, dass ich nun einen Bass hätte. Karsten, der Sänger von RZSK, hörte das, und – schwupps – ging ich zu einer Probe.
Es war die klassische Vier-Mann-Besetzung – Gitarre, Bass, Schlagzeug und Gesang. Der einstige Sänger Feinbein war raus und bei Ix-Toc 1 gelandet. Also wechselte der Basser Karsten, der im übrigen genauso wenig konnte wie ich, ans Mikro, und die Stelle am Bass war somit frei.
Ich war zwar kein Bassist – aber ich hatte einen Bass! Also war dadurch schon mal eine gewisse Grundvoraussetzung gegeben. Es gab schon ein paar Songs, und der Gitarrist konnte sogar Akkorde – ich nix!
Es lief so ab:
1. Saite (die oberste!), fünfter Bund 4 Mal anschlagen, dann 2. Saite, fünfter Bund 4 Mal, dann 2. Saite, siebter Bund 4 Mal, und zurück auf die 1. Saite fünfter Bund 4 Mal… und dann alles von vorn und insgesamt 4 Mal.
Ich spielte meine erste Strophe! Hurra! A – D – E – A!

Den Refrain schaffte ich dann auch noch, ohne mir die Zunge abzubeißen, und schon war ich Mitglied einer tatsächlich spielenden Band.
Zweimal die Woche ging es in den Übungsraum, und nach wenigen Wochen war unsere Livepremiere. Wir spielten mit zwei Bands aus Zürich im KZ 36. Mutterfreuden hieß die eine und TNT die andere. Mit *Züri brännt!* hatten die sogar so etwas wie einen kleinen Hit.

Und nun aber endlich ein bisschen was über das nun schon mehrfach erwähnte *KZ 36*.
Der Laden war in der Waldemarstraße 36 in Kreuzberg, und das KZ stand für Kommunikationszentrum. Es handelte sich um eine Fabriketage im Hinterhof. Politisch völlig korrekt, und das Kürzel… naja – heute würde es sicher einen anderen Namen tragen, aber damals war diese Form der Provokation irgendwie okay. Alle, die mit dem Laden etwas zu tun hatten, waren frei vom Verdacht, dass hinter dem Kürzel ein böser Geist stecken könnte.
Zu meiner ersten Zeit dort kann ich eigentlich nicht so viel sagen. Ich war oft zu Konzerten da und half auch schon mal beim Abbau mit oder brachte den Müll runter.

Der Hauptinitiator war für mich damals ein K. – ob das wirklich stimmte – keine Ahnung. Zu ihm aber gleich mehr…
Der Laden war geil, und ich war aufgeregt, dass wir dort spielen konnten. Von unserer Setliste hab ich noch einige Meisterwerke im Kopf: *Wünsch Dir was! – Hejo – Pogo 1 – Pogo 2…* wahrlich große Werke!
Wir spielten so 20 bis 25 Minuten, und schon war es vorbei. Sicher ist dieser Auftritt nicht mehr in den Köpfen der Besucher von damals, aber wir wurden mit Applaus verabschiedet und nicht von der Bühne gejagt.
Allerdings ist das damals eigentlich keiner Band wirklich gelungen, oder?

Kurz darauf folgte ein bunter Abend im KZ mit vielen Berliner Bands. Auch die Rucki Zucki Stimmungskapelle war wieder mit dabei. Dieser Abend sollte dann die Grundlage bilden für einen Sampler, den zweiten Sampler mit Bands aus dem KZ36. Die Bands des Abends sollten also auf einer richtigen Schallplatte veröffentlich werden. Und ich dabei! Ich hatte gerade mal wenige Wochen meinen Bass, hatte zwei Auftritte hinter mir und sollte nun in ein Aufnahmestudio gehen und Aufnahmen machen? Geil! Noch immer sagte mir der Gitarrist, welche Saite auf welchem Bund ich spielen sollte – noch immer konnte ich mit A – D – E – A nix anfangen – aber ich stand für Aufnahmen in einem Studio.
Dufte!

Insgesamt kamen neun Bands auf den Sampler. Jede Band bekam viereinhalb Minuten, die sie nach ihrem Geschmack füllen konnte. Wir wählten *Hejo*, *Wünsch dir was*, *Pogo 1* und *Niederschlag im Sonderangebot* aus. Man sollte meinen, dass wir mit vier Songs in viereinhalb Minuten zumindest den Titel der Band mit den meisten Songs auf dem Sampler gewonnen hätten… Aber nein – Stromsperre schafften tatsächlich fünf Songs in der Zeit! Respekt! Aber das auch nur, weil unser Top-Hit Niederschlag im Sonderangebot schon über zwei Minuten lang war! Ansonsten hätten wir bestimmt auch fünf geschafft – wenn nicht sogar sechs!
Irgendwann waren die Aufnahmen dann fertig, und die Veröffentlichung stand vor der Tür. Damit zurück zu K.

Wir waren jung – wir waren unerfahren – wir hatten von nix eine Ahnung – wir lehnten das Establishment ab – wir waren naiv…
Keiner von uns war in der GEMA. Es gab keine Verträge. Das war ja das Bullshit-System. Die mündliche, eigentlich super einfache Abmachung mit K. lautete: 9 Bands und er

als Zehnter – ergo nach Eindrehen der Kosten für jede Band 10 Prozent, und 10 Prozent für K. von dem, was dann übrigbleibt. Die Startauflage betrug 2000 Stück. Sie wurden an den Handel und im Handverkauf für 10,– DM verkauft. Die Kosten für die Startauflage waren nach 1000 Stück gedeckt. Also hätte jede Band 100 Scheiben oder 1000,– DM bekommen müssen – ebenso wie K. Ich fand das damals eine faire und vor allem klare Abmachung, die eigentlich keinerlei Interpretationsmöglichkeit lassen sollte…

Nun ja – ich sollte eines Besseren belehrt werden.

Als die Scheiben angeliefert wurden, standen wir im KZ auf der Matte. Jede Band bekam erst einmal 50 Scheiben in die Hände gedrückt…

Erst einmal? Das war es dann auch schon…

Schwupps-di-wupps von 10 Prozent auf 5 gefallen – beziehungsweise ging K.s Anteil von 10 auf 55 Prozent förmlich durch die Decke…

Tja – das üble Gesicht des Punk!

Auf Nachfragen an K. bekamen wir keine Antwort. Teils war er gerade nicht erreichbar, verhindert oder angeblich nicht da.

Nun gut – meine Zeiten im KZ waren dann natürlich vorbei. Ich wollte mit K. nichts mehr zu tun haben.

Ich war anfangs zwar schon sauer auf K., aber irgendwie waren mir die verlorenen Prozente auch egal. Sollte er doch glücklich werden mit seinen 550 Scheiben!

Das änderte sich allerdings bei einem Gig in Hannover. Mit zwei befreundeten Bands ging es dorthin zu einem Auswärtsspiel. Wir spielten im UJZ in der Kornstraße, und der Laden war rappelvoll – bestimmt so 400 bis 500 Leute. Damals waren es noch gute Zeiten für Berliner Bands, um im alten Wessi-Land zu spielen – du konntest unbekannt

sein, wirklich keiner kennt dich – aber trotzdem kamen gut Leute – weil – du warst ja Berliner!
Aber 400 bis 500 Leute? Das fand ich zwar super – dann aber doch ziemlich viel für Bands, die eigentlich kaum einer kennen konnte.
Als während des Gigs unser Sänger Daktari *Niederschlag im Sonderangebot* aus Quatsch als Top-Hit anpries und die Leute johlten und dann auch noch alle mitsangen, da stutzte ich. Nach unserem Auftritt fragte ich rum, wie es dazu kommen konnte, dass alle den Song mitgesungen hatten. Ich bekam immer die gleiche Antwort: »Na – wir haben alle den KZ-Sampler!«
Oha – aber dafür konnten ja die 2000 Stück Startauflage kaum gereicht haben. K. hatte anscheinend munter nachpressen lassen, und da wir nicht in der GEMA waren und er gerüchteweise zudem im Ausland hatte pressen lassen, hatten wir keine Möglichkeit, herauszubekommen, wie viele Exemplare tatsächlich gepresst und verkauft wurden. K. verweigerte damals auf Nachfrage jede Auskunft und jedes Gespräch. Angeblich hat er mal irgendwem irgendwas von um die 20.000 erzählt. Ob das so stimmt, weiß ich zwar nicht, es würde aber das fulminante Mitsingen im UJZ Kornstraße erklären.
Ein paar Jahre vergingen. Irgendwann erwischte ich ihn mal per Zufall auf der Straße. Ich fragte nur, wann wir denn mal den Sampler abrechnen würden. Er saß in seinem schicken weißen Mercedes Cabrio mit noch schickeren Ledersitzen, winkte nur ab und sauste davon…
Spätestens da wusste ich zumindest, was Punk nicht ist!

Aber ich habe daraus gelernt, und, hej – ich habe kein Geld bekommen… na und? Zumindest habe ich keins verloren. Und im Gegensatz zu K. kann ich noch in den Spiegel gucken.
K. – ich wünsche Dir von Herzen ein Scheißleben!

Nach der Zeit des Samplers spalteten sich also ein paar Bands vom KZ ab. Vitamin A, Ix-Toc 1, Stromsperre und Actosin Pervers gründeten recht schnell ein neues Aktionsbündnis. Jede der Bands gab ihren ersten Buchstaben, und es wurde die V I S A Tonkooperative gegründet. Actosin Pervers lösten sich aber recht schnell auf oder wollten nicht mehr mitmachen, und als viertes Rad am Wagen waren dann plötzlich wir dabei.

Als Rucki Zucki Stimmungskapelle hätten wir nun ein R im Angebot gehabt. Da V I S R aber scheiße klingt, blieb es bei V I S A. Wir haben dann ein paar Konzerte zusammen organisiert und auch einen Sampler in Angriff genommen. Den haben wir auch gut und schnell verkauft, aber eine Nachpressung gab es nie.

Einen richtig duften Auswärtstrip hatten wir aber in der Zeit noch. Mit Ix-Toc 1 ging es nach Holland nach Groningen ins *Simplon.* Zwei PKWs und ein VW-Bus mit dem Equipment fuhren los.

Wir waren mittlerweile zu einer echten Kapelle gewachsen, und unsere Besetzung war folgende: Gitarre – Schnulli; am Bass meine Wenigkeit; Gesang: Daktari, und das Saxophon blies Suz.

Und wir hatten mit Leo und Daffi tatsächlich zwei Schlagzeuger. Trotzdem klangen wir nie wie die Glitter Band und auch nicht nach Adam & The Ants.

Irgendwie waren die zwei musikalisch gar nicht nötig, und im Übungsraum galt es zudem nun gegen zwei Lärmbuden anzubrüllen, aber letztendlich fanden wir es ganz cool.

Es war mein erster Auftritt im Ausland. Es gab sogar einen Vertrag. Auch eine neue Erfahrung. Und da stand sogar drin, dass wir für die Nacht ein Hotel bekämen. Den VW-Bus haben wir uns von einer Band, mit denen mein Mathelehrer (der vom Electric Chairs-Konzert im Kant Kino!) befreundet war, ausgeliehen.

Die hießen Altbau, waren für mich Hippies oder auch Altrocker, und dementsprechend war der Bus. Der hat aber sogar bis Holland gehalten und auch noch fast zurück bis nach Berlin.
Um den Bus zu bekommen, musste ich mir Altbau allerdings zweimal in der Eierschale zum sonntäglichen Hippie-Frühschoppen angucken. Die hatten da oft zum Brunch aufgespielt. Das war so gar nicht meine Welt. Was die machten, nannte ich damals Bierbauch-Rock'n'Roll.
Die Musik hat mir einfach nicht gefallen, und die haben auch immer so lange gespielt und ich konnte mich nicht verpissen – mein Mathelehrer stand oder saß immer neben mir, und der war Fan von denen. Ich glaube, meine Mitstreiter und auch die Jungs von Ix-Toc 1 haben nie erfahren, was ich durchmachen musste, nur damit wir den Bus für umme bekamen.
Die Hinfahrt zog sich, verlief aber ohne Zwischenfälle. In Groningen angekommen, packten wir aus. Der Laden hieß Simplon und machte einen guten Eindruck. Naja – mit meiner damals sehr übersichtlichen Erfahrung hätte wahrscheinlich fast jeder Laden auf mich einen guten Eindruck gemacht.

Nach dem Soundcheck ging es dann ins Hotel. Das war eine echte Überraschung! Ich hatte ja im Vorfeld so meine Vorstellung beziehungsweise meine Träume.
Doppelzimmer mit einem kleinen Bad. Und hoffentlich mit Fernseher und deutschem Programm – es war schließlich Samstag, und ich wollte die Sportschau gucken. Und vielleicht konnte ich sogar die Bekanntschaft mit einer Minibar machen. Dass es so etwas gibt – einen kleinen Kühlschrank mit Getränken fast am Bett: Ich hatte davon schon mal gehört, aber war bis dahin noch nicht in den Genuss einer solch innovativen Erfindung gekommen.

Und morgens dann einen Weckdienst und vor der Abreise ein lecker holländisches Frühstück.
Wir bekamen keine Adresse, sondern Hermann, der Chef vom Simplon, brachte uns hin. Wir liefen 50 Meter die Straße lang und gingen in einen Hauseingang. Komisch nur, dass da nichts von einem Hotel draußen dranstand. Das schmale Treppenhaus stiegen wir dann hoch, bis wir auf dem Dach waren. Von dem einen Dach ging es rüber auf ein anderes Haus und dann auf das nächste. Von dort wieder in ein schmales Treppenhaus runter.
In der zweiten Etage – sowohl von unten als auch von oben – gingen wir einen Gang entlang. Von dem gingen einige Zimmer ab. In einigen lagen ein paar fleckige Matratzen. Von einem Bad, einem Fernseher oder gar einer Minibar war weit und breit nichts zu sehen. Mein erhofftes Frühstück konnte ich wohl auch vergessen. In einem Zimmer lag ein Stapel Schlafsäcke in undefinierbarem Zustand.
»Da könnt ihr euch bedienen…«
Ich beschloss, dass die Nacht bestimmt warm genug sei und es wohl reichen würde, sich einen der Schlafsäcke über die Beine zu legen. Reinkriechen würde ich da bestimmt nicht. Wer weiß, wer bis dahin schon da dringesteckt hatte, und vor allem, was die Vorgänger vielleicht da drinnen hinterlassen hatten…
»Sucht euch was aus… heute Nacht sind keine weiteren Leute hier.«
»Ist das hier das Hotel?«
»Klar! Hat lange leergestanden. Dann haben wir es besetzt. Die Eingänge unten sind zugemauert. Deswegen kommt ihr auch nur über die Dächer rein. Passt da nachts ein bisschen auf!«
»Wo is'n das Klo?«
Gute Frage!

»Hinten im Gang. Es gibt aber kein Wasser.«
Schlechte Antwort!
Aber wir waren jung, wir waren flexibel... und der lustige Dialekt des Holländers und die Selbstverständlichkeit in seinen Erklärungen hatte was...
Wir würden schon klarkommen, und so hatte es einen zwar anderen, unerwarteten, aber doch auch aufregenden Abenteueraspekt – meine erste Nacht in einem Hotel mit einer Band, auch wenn die Örtlichkeit besetzt war. Wirklich aufregend!

Wie aufregend, das sollten wir dann in der Nacht und am Morgen merken. Unser Saxophonist zog es allerdings umgehend vor, in seinem VW Käfer zu nächtigen.
Das Konzert war prima. Gut besucht, und die Stimmung war auch klasse. Bei unserem Auftritt stand die gesamte Zeit ein Typ in der ersten Reihe, der sichtlich Spaß hatte und auch gut am Pogen war. Allerdings brüllte er zwischen den Songs immer rum.
»Snelleeer – verdammt nochmal – snelleeer!«
Nach dem Gig kam er direkt zu mir.
»Ihr seid richtig klasse – aber ihr müsst snelleeer sein, verdammt nochmal!«
Dann tranken wir ein, eher zwei oder drei Bier. Das Bier ist übrigens die einzig wirklich schlechte Erfahrung, die ich in Holland gemacht habe. Heineken firmiert bei mir seither unter Schädelspalter. Noch heute versuche ich, diesem angeblichen Gebräu aus dem Weg zu gehen. Sollte das mit der Erderwärmung so weitergehen und die Niederlande stünden dann unter Wasser – um Land und Leute wäre es schade, aber nicht um das Bier!
Es war ein runder, guter Abend. Nachdem alles wieder eingepackt war, ging es mit einigen Schädelspaltern unterm Arm in unser Hotel. Zwei Häuser vor dem Hotel vier Etagen rauf und dann vorsichtig übers Dach. Daffi trat auf

dem Dach zwischen dem Aufstiegshaus und dem Hotel auf eine auf dem Boden liegende Glasscheibe. Leider lag diese Scheibe da nicht einfach nur so auf dem Boden rum, sondern ihr Dasein hatte einen Grund.
Es war ein Dachfenster.
Es knirschte und klirrte, und Daffi war weg. Es ging aber, dem Herrgott sei Dank, nicht tief runter, und ihm ist, bis auf ein paar Kratzer, nichts passiert. Diesen Stunt haben wir dann später auf dem V I S A-Sampler als kleines Hörspiel namens *Breaking Glass* verewigt.

Wir wussten ja, dass wir im Hotel kein Wasser haben werden – dass es auch keinen Strom gab, merkten wir dann auch sehr schnell. Aber es standen genug Kerzenstummel rum, und es hatte schon fast was Romantisches. Ich lag im Kerzenschein auf einer abgeranzten Matratze, einen Schlafsack mit unbekanntem Inhalt über den Beinen, meine Jacke als Kopfkissen und eine Flasche Schädelspalter in Händen. Dank der warmen Sommernacht konnten wir die Fenster offenlassen. Ein bisschen arg müffelte es schon in unserer Bleibe, und ich erwähnte es ja schon einmal: Punk hat bei mir nichts mit Dreck und Gestank zu tun. Irgendwann dämmerte ich dann ein, und der Rest der Nacht verlief ruhig…

Der von mir noch auf der Hinfahrt erträumte Weckdienst stellte sich dann ebenfalls etwas anders als gedacht dar. Ich erwachte durch ein zünftiges Gefluche und Gemecker eines Teilnehmers unserer Reisegruppe. Er nächtigte im Nebenzimmer am Fenster, und in der über uns liegenden Etage waren wohl doch noch irgendwelche Leutchen untergekommen. Ob die im dritten Stock nun am Ende des Ganges auch ein wasserloses Klo hatten und der Kollege über uns einfach nur zu faul war oder ob es da gar nichts gab, das weiß ich nicht. Er stellte sich jedenfalls zum Pissen einfach ans Fenster. Leider war sein Strahl

nicht über die komplette Entleerung seiner Blase stark genug, sodass etwa ab Ende Mittelstrahl alles auf das Fensterbrett unserer Etage tropfte – und von da auf die noch besetzte Schlafstatt unseres Mitmusikanten spritzte.
Guten Morgen!
Er stand jedenfalls verdammt rasant auf, und wir hatten gut was zu lachen. Da keiner wusste, wer sich da oben einquartiert hatte und wir keine Lust hatten, den Tag mit Stress oder gar einer Hauerei anzufangen, bei der wir ja auch durchaus den Kürzeren hätten ziehen können und ja sowieso nur einer betroffen war, sprachen wir dem Opfer gut zu, es sportlich zu nehmen und es auf sich beruhen zu lassen. Wir packten unsere Siebensachen zusammen und machten uns auf den Weg zurück ins Simplon.

Beim Einladen unseres Equipments passierte es dann. Die Herren von Altbau hatten uns wegen der seitlichen Schiebetür schon in Berlin gewarnt. Sie fiel beim Öffnen gern raus – und so auch in diesem Moment. Wir bekamen sie zwar wieder halbwegs rein, aber eben nur halbwegs. Wir hatten irgendwann alles Zeugs drinnen und die Tür recht ordentlich mittels diverser Seile festgezurrt.
Auf der nun folgenden Rückfahrt hatten wir an der Grenze zu Deutschland noch Glück. Überraschenderweise wollten die Deutschen den Bus nicht auf Drogen filzen. Dabei hatten wir fest damit gerechnet, ordentlich auseinandergenommen zu werden. Eine Band, die aus Holland kam, in so einem Bus – die müssen doch Zeugs dabeihaben.
Hach – wenn wir vorher gewusst hätten, dass wir die Grenze ohne Kontrolle passieren würden… Platz im Wagen hätten wir noch ordentlich gehabt! Keine Ahnung, ob die Herren keine Lust oder einfach einen laxen Tag hatten…
Die holländisch-deutsche Grenze war schon mal geschafft. Dank des damals ja noch vorhandenen Transitweges nach

Berlin kamen wir aber trotzdem nicht ungeschoren davon. Bei der Einreise in die DDR ging es rechts raus. Die Strippenkonstruktion der Tür sorgte zwar für Aufsehen, hielt die Grenzer aber leider trotzdem nicht davon ab, dass wir diese zu entfernen hatten. Nun war es vielleicht doch gut, dass wir keinen Dopevorrat an Bord hatten…
Nachdem wir durchsucht wurden und das Equipment wieder im Bus hatten, bekamen wir die Tür aber leider nicht wieder komplett fixiert. Das war wahrlich keine schöne Fahrt über den Transit.
Die komplette Strecke durfte ich die Tür mit dem Arm über die Rücklehne des Vordersitzes nach hinten gebogen festhalten. Wäre sie ins Rutschen gekommen, wäre sie wieder rausgefallen. Da der Bus nun zu allem Unglück auch noch als LKW angemeldet war, mussten wir uns bei dem Verlassen des sozialistischen Staatsgebiets in die entsprechende Schlange einreihen.
Prima – mit einem VW-Bus in blau mit gelben, handgemalten Altbau-Schriftzügen hinten und an den Seiten und mittenmang einer langen Schlange Trucks… und die Tür drohte noch immer rauszufallen.
Die DDR-Grenzer winkten uns bei der Einreise nach Berlin zügig durch. Die westlichen Grenztruppen musste ebenfalls mein gequältes Lächeln auf dem Beifahrersitz überzeugt haben. Sie bemerkten nicht den immer noch unnatürlich nach hinten gebogenen Arm… und auch nicht, dass ich verkrampft die Tür festhielt – wir waren wieder in Berlin-West!
Hurra!
Bei Rückgabe des Busses an Altbau brubbelte der Empfänger nur etwas in seinen zauseligen Hippiebart.
»Na? Jute Fahrt jehabt? Ach, die Tür… Dit kenn ick… macht nüscht… kriejen wa wieda hin.«

In Sachen Punkrock war das *SO36* zu der Zeit die Adresse überhaupt in Berlin. Dead Kennedys, Exploited, The Cure, Ruts D. C. und und und… Klasse Konzerte habe ich da erlebt! Zeitlebens hat die Rucki Zucki Stimmungskapelle versucht, dort mal zu spielen. Nie hat es geklappt. Den meisten Veranstaltern waren wir zu poppig – obwohl wir kaum spielen konnten. Oder wenn eine Band im SO36 spielte, bei denen wir gut als Support reingepasst hätten, hatten die meist schon eine Band im Gepäck.
So richtig stinkig war ich aber mal auf die Damned, beziehungsweise auf deren PA-Firma. Es gab noch keine Vorband, und der Veranstalter rief mich an, dass wir ja da mal rankönnten. Schön – hätte auch gut gepasst, da die Damned damals nicht nur Punk-Ur-Kracher wie *Neat Neat Neat* im Programm hatten, sondern auch schon ein wenig anfingen, mit Tasten rumzuschwurbeln.
Im Freundeskreis rührten wir schon eifrig die Werbetrommel. Dann kam der nächste Anruf des Veranstalters. Die PA-Firma, die die Tour der Damned fuhr, wollte von uns tatsächlich 500 Mark haben, damit wir deren PA benutzen durften.
Wir hatten nun nicht damit gerechnet, eine umwerfende Gage für unseren Auftritt einzustreichen – aber noch Geld mitbringen? Nee – das ging ja nun gar nicht! Also sagten wir beleidigt ab, was allerdings keinen so wirklich interessierte.

Dann gab es doch noch ein Festival mit sechs oder sieben Bands, und wir sollten eine davon sein. Es war zur Hochzeit der Hausbesetzer, und am Vorabend des Festivals kam ein Demonstrant bei einer Demo ums Leben. Da hatte am nächsten Tag in Kreuzberg und auch wir natürlich keine Lust auf ein lustiges Festival im SO36, und es wurde verständlicherweise ersatzlos abgesagt.

Somit hat die Rucki Zucki Stimmungskapelle nie im SO36 gespielt. Ich glaube aber nicht, dass das die Ursache für die gescheiterte Weltkarriere war...

Und noch so eine Verlierergeschichte: In der Zeit mit den zwei Drummern haben wir auch einmal beim damaligen Senatsrockwettbewerb mitgemacht.

Der Senat stellte damals ein Budget speziell zur Förderung von Rockmusik zur Verfügung. Es gab sogar einen Rockbeauftragten. In den ersten Jahren des Wettbewerbs schickten Bands, die keinen Plattenvertrag hatten, Tapes mit drei Songs ein, und eine Jury wählte dann zehn Bands aus. Die konnten dann im Studio Aufnahmen machen, und davon gab es dann Singles. 500 Stück? 1000 Stück? Keine Ahnung – hab ich vergessen. Zudem konnten sich die Bands dann (verteilt auf zwei Abende) im *Quartier Latin* dem Publikum vorstellen.

Im Jahr unserer Teilnahme saßen wir am Tag der Bekanntgabe der Gewinner gespannt vor dem Radio. Es wurden acht Bands genannt, und das war es dann. Und wir waren nicht dabei!

Wo blieben die anderen beiden Namen? Nix mehr!

Laut Jury gab es in diesem Jahr nur acht förderungswürdige Bands.

Pah! Ignoranten!

Nun hatte allerdings in der Zeit, in der die Jury ihr Urteil fällte, der Senat gewechselt, und statt der SPD war nun die CDU am Ruder. Deswegen verweigerte eine Band die Annahme des Preises. Von der CDU wollten die kein Geld. Wie doof war das denn bitte?

Erstens: Der Unterschied zwischen SPD und CDU war schon damals nicht so gewaltig. Und zweitens: Wenn schon Kohle kriegen – dann doch noch besser vom größeren Gegner...

Nun gut – ihre Entscheidung.

Eine weitere Band konnte den Preis nicht annehmen, da die Jungs mittlerweile einen Plattenvertrag hatten. Also waren noch sechs Bands übrig.
Das war dem Senat und der Jury nun doch zu wenig. Angeblich 1000 Bands in der Stadt – und lediglich sechs davon förderungswürdig? Also wurden schnell zwei Bands nachträglich mit dem Preis bedacht.
Nochmal zur Übersicht: Platz 1 bis Platz 8 = Plattenpreis minus 2 wegen Nichtannahme aus verschiedenen Gründen macht Platz 9 und 10 = Nachrücker
Somit noch immer acht von zehn möglichen Gewinnern.
Ich bin noch heute der Meinung, dass die Nachrücker entweder gleich den Preis hätten bekommen müssen oder dass es in diesem Jahr halt bei nur sechs förderungswürdigen Bands hätte bleiben müssen.
Fand ich alles doof und nicht konsequent.
Richtig maulig wurde ich aber erst ein gutes halbes Jahr später. Mein Telefon klingelte, und ein Mensch namens Jörg Duske war am Apparat. Er sei Veranstalter und wollte eine neue Veranstaltungsreihe ins Leben rufen.

Leider habe ich den Namen der Reihe vergessen. Vielleicht auch, weil es keine Reihe wurde und es bei einem einzigen Abend bleiben sollte.
Auf meine Frage, wie er auf uns gekommen sei, bekam ich zur Antwort, dass er in dieser Reihe – wortwörtlich – die Verlierer des Senatsrockwettbewerbs vorstellen wollte. Die Rucki Zucki Stimmungskapelle also im Verlierertopf – klasse! Auch ein Titel – aber erstrebenswert geht eigentlich anders.
Ach ja – und da wir bei der letzten Runde auf Platz 12 landeten, wären wir halt bei der Premiere dabei…
Moment mal – Platz 12? Bei konsequenter Verteilung der möglichen Preise wären wir eine der Nachrückerbands gewesen! AAAAARRRRRGGGGHHHHH!

Nun gut – Jörg Duske war nett, und wir sagten zu. Leider war er ein ziemlicher Amateur, und so eine Veranstaltungsreihe in einer Location wie dem Quartier Latin deutlich eine Nummer zu groß für ihn. Es gab keinen Techniker und an Licht drei Strahler pro Seite. Werbung war für ihn anscheinend etwas, das sich auf Fernseh- oder Kinospots beschränkte und er eh nicht bezahlen konnte. Auch was das Wort Catering bedeutet, wusste er nicht. Von Gage ganz zu schweigen.
Der Erfolg des ersten Abends mit drei Bands war daher auch sehr überschaubar, und von einem Jörg Duske hat wohl zumindest im Veranstaltungsbereich nie wieder jemand etwas gehört. Aber bemüht war er!

Einmal fühlte ich mich mit der Rucki Zucki Stimmungskapelle aber auch wie ein Gewinner. Und das dank eines Lehrers von der Schule, an der ich an meinem Abitur bastelte. Eddie war sein Name. Ich kannte ihn von kurzen Schwätzchen aus der Music Hall, von ein paar Konzerten und von der ein oder anderen Pause vor der Schule. Wir hatten aber nie ein Wort gewechselt, und ich wusste auch gar nicht, dass er dort Lehrer war.
Ich fand immer, dass er ziemlich cool aussah: Turnschuhe, Lederjacke, etwas längeres, weißblondes Haar und eine Sonnenbrille… irgendwie sah er wie die Albino-Version eines Ramone aus – also nannte ich ihn für mich immer Eddie Ramone.
Eines Tages warteten wir im Klassenraum auf einen uns unbekannten Lehrer, der die Vertretung für den erkrankten Rechtskundekollegen übernehmen sollte.
Dann kam Eddie rein.
»Nee, Eddie… falscher Raum! Wir sind heute hier!«, sagte ich.
»Ich weiß – ich bin die Vertretung!«
»Du bist Lehrer?«

Mir stand der Mund offen. Statt Unterricht kamen wir ins Gespräch. Und es stellte sich heraus, dass Eddie genau der Eddie war, von dem ich in den Radiosendungen von John Peel immer mal wieder was gehört hatte. John Peel leitete das dann immer so ein: »My friend Eddie from Berlin…«
Wenn ich diesen Typen nicht schon vorher cool gefunden hätte – spätestens jetzt war ich doch ziemlich beeindruckt. Die Radiosendungen von John Peel waren für mich ein nicht enden wollender Quell der Neuentdeckungen an guter Musik; und nun einen friend from Berlin meines Musikgurus kennenzulernen… Wie gesagt – ich war schwer beeindruckt.
Als mir Eddie auch noch erzählte, John Peel würde demnächst auf Besuch nach Berlin kommen und sie würden einen Abend was essen gehen und ich könnte ja mitkommen – ich war mehr als beeindruckt!
Teile der Band, meine Wenigkeit und Eddie gingen also tatsächlich ein paar Tage später mit John Peel zum Inder was futtern. Mein Englisch war und ist, schätze ich mal, immer noch auf mittelmäßigem Schulniveau. Für einen Smalltalk mag es immer reichen, und wenn der passive Wortschatz wieder aktiviert ist und ich meine Hemmungen, etwas Falsches zu sagen, vergesse, dann sollte sogar ein Gespräch möglich sein.
Damals war ich aber einfach zu aufgeregt. Ich bekam kaum ein Wort raus. Ich freute mich aber tierisch, dass ich per Zufall das richtige Outfit gewählt hatte.
Ohne es zu wissen, hatte ich mit meinem damaligen Lieblingsshirt genau den richtigen Ton getroffen. Als Fan des FC Liverpool kam das rote Hemd mit schwarzen Streifen bei ihm saugut an.
Ich überreichte ihm dann einen unserer VISA-Sampler, und er spielte dann ein, zwei Wochen später tatsächlich eine Nummer von uns.

»I'm John Peel and here's some of my music…« – so fing seine Sendung immer an. Und dann lief kurz danach eine Nummer von uns!
Da waren wir mit der Rucki Zucki Stimmungskapelle auch mal Gewinner – und es sind auch kleine Momente, die einen kleinen Punk glücklich machen können!
Fuck off Senatsrockwettbewerb! John Peel hat unsere Qualitäten erkannt – und sei es nur wegen eines Shirts in den richtigen Farben!

In der Zeit zwischen der Bekanntgabe der Gewinner des Senatsrocks und unserer Teilnahme am Verlierercup gab es gravierende Änderungen in unserer Besetzung. Erst verließ uns der eine Drummer, dann gingen Suz und sein Saxophon zurück nach Augsburg, und kurz danach hatte auch der zweite Drummer keine Lust mehr. Über eine Anzeige im tip-Magazin haben wir zumindest für das Schlagzeug Ersatz gesucht. Den fanden wir dann auch recht schnell.
Eines Abends klingelte bei mir das Telefon. »Hallo!«, schallte es mir fröhlich entgegen. »Ich bin der Kasper!«
»Klar! Und ich bin das Krokodil!«, antwortete ich und legte direkt wieder auf. Kurze Zeit später klingelte das Telefon erneut.
»Hallo!«, schallte es mir erneut fröhlich entgegen. »Ich bin der Kasper und rufe wegen der Annonce im tip an! Bitte nicht wieder gleich auflegen!«

Gott – das war mir nun doch peinlich. Er war mir aber nicht böse, und es sei nicht das erste Mal gewesen, dass ihm das passierte. Wir redeten kurz, verabredeten uns zu einer Probe, und alles war dufte.
Er war groß, stämmig, und hatte beeindruckend große Stiefel. An ein filigranes Schlagwerk war bei ihm wohl nicht zu denken. Also gute Voraussetzungen für die Rucki

Zucki Stimmungskapelle. Nach zwei, drei Proben war er an Bord. Ein wirklich freundlicher und fröhlicher Mensch mit einer Menge guten Humors.
Dann brachte er eines Tages noch einen Freund mit. Der spielte Saxophon und Cello. Saxophon hatten und kannten wir ja schon bei uns, und ein Cello fanden wir spannend. Also war auch Ulli schnell mit dabei.
Ulli war nicht nur deutlich älter, sondern auch so etwas wie ein Musiktherapeut und Musiklehrer. Also einer, der nun so gar kein Autodidakt war und somit ganz andere Voraussetzungen hatte als wir.
Er redete immer wieder vom Einsatz von Synkopen und Krebsen und solchen Sachen. Ich guckte ihn dann immer skeptisch an.
Okay – ich wusste ja mittlerweile, was ein A ist und wo ich dieses auf meinem Bass finden konnte. Auch die anderen Töne samt Halbtönen konnte ich mühelos finden. Ich hatte damals sogar ein eigenes System entwickelt, wie ich mir Tonfolgen notieren konnte.
Hej – ich fand mich klasse, da ich wusste, dass ich ein A sowohl auf der ersten Saite auf dem fünften Bund als auch auf der dritten Saite auf dem siebten Bund spielen konnte und dass dieses A dann eine Oktave höher war und dass das abwechselnde Spiel dieser beiden A's und weiterer Töne, ebenfalls im Oktavwechsel gespielt, den damals typischen Disco-Bass ergaben.
Synkopen hörten sich für mich aber verdammt medizinisch an, und Krebse gab es für mich immer nur im Wasser, im Horoskop oder auf dem Teller.
Und dann forderte er uns immer zu so komischen Sachen auf, die ich nie verstand: »Spiel doch mal Da-da-din-doi-daa-daa-ahh-dad…«
Bei mir schwebten dann nur Fragezeichen über dem Kopf – nie wusste ich, was der gute Mann von mir wollte…

Hätte ich da mal besser aufgepasst – mit was Ähnlichem hatte George Kranz ja nicht so sehr viel später mit seinem *Trommeltanz* einen beachtlichen Hit, selbst in den USA.
Din da da – do do do…
Naja – für uns gab es immerhin den Auftritt beim Verlierercup bei Jörg Duske im Quatier Latin.
Allerdings ging es dann mit der Rucki Zucki Stimmungskapelle doch recht schnell zu Ende, und die erste richtige Band meines Lebens war Geschichte.

Den zweiten KZ-Sampler hab ich übrigens zwischen 34 und 99,99 Euro bei discogs.com gesichtet, den Sampler der V I S A Toncooperative hingegen konnte ich nicht finden.

Playlist:
Rucki Zucki Stimmungskapelle – was ihr finden könnt!

Recht kurz nach Punkrock kam leider noch etwas Neues auf – die Neue Deutsche Welle!
Ein unsägliches Thema für mich – beziehungsweise eher ein unhörliches.
Die Anfänge und deren erste Vertreter mögen ja noch eine gewisse kulturelle Berechtigung gehabt haben, aber was dann wenig später Erfolg hatte, war – gelinde gesagt – unter aller Sau!
Bands wie DAF, Fehlfarben und eher als Kunst-Projekte zu sehende Bands wie der Plan aus Düsseldorf oder lustige Sachen wie Andreas Dorau aus Hamburg oder selbst Nena und Extrabreit aus Hagen waren zum Teil klasse oder hatten zumindest die erwähnte gewisse Berechtigung. Und sie verhalfen der deutschen Sprache zu zum Teil tollen Momenten in der populären Musik.

Bundesweit ging es ab – vieles davon eigentlich nicht meine Musik, aber plötzlich waren deutsche Texte nicht nur hörbar, sondern auch kommerziell erfolgreich.
Dass ich mit vielen dieser Bands nie so richtig was anfangen konnte, spielt dabei gar nicht mal eine so große Rolle. Das war und ist Geschmackssache, und darüber lässt sich ja schon immer vortrefflich streiten. Ganz nebenbei erwähnen möchte ich, dass ich einer der wenigen Jungs war, die nie in Nena verknallt waren. Achselhaare fand ich nämlich schon damals nicht reizvoll und die törnten mich eher ab.
Auch war aus Berlin nicht ein einziger NDW-Act dabei, den ich wirklich gut fand.
Was dann aber im Zuge der Kommerzialisierung hochschwappte, war hingegen das blanke Grauen! Das hatte mit Geschmack nichts mehr zu tun und ist musikhistorisch völlig irrelevant und ohne jede Bedeutung!
Bestenfalls als Beispiel dafür, wie absoluter Dreck kommerziell erfolgreich werden kann.
Hubert Kah – Fräulein Menke – Ixi… allein diese drei Namen lassen mich noch heute zutiefst erschaudern und ich kann sie auch nur schwerlich in die Tastatur meines Laptops hacken. Sowohl die klanglichen als auch die optischen Präsentationen dieser totalen Geschmacksverirrungen sind noch heute ein Fall für die Genfer Kommission!
Auch konnte ich einem pubertären Rumgequake von Menschen wie Markus nichts abgewinnen. Und Textzeilen wie *Kleine Taschenlampe brenn… schreib ‚Ich lieb dich' in den Himmel…* oder *Mach mir nur kein Knutschfleck… alles, nur kein Knutschfleck…* oder *Ich düse, düse, düse im Sauseschritt und bring die Liebe mit…* oder *Im Tretboot in Seenot* waren Faustschläge unter die Gürtellinie eines jeden, der sich eigentlich darüber freute, dass die deutsche Sprache Einzug in die Popmusik, egal welcher Couleur, gehalten hatte.

So eine gequirlte Scheiße! Solch dämlicher Hirnkleister! Ätzend!
Diesem Bengel Markus nehme ich zudem sehr übel, dass er sich tatsächlich erdreistete, viele viele Jahre später sein Schuljungenoutfit und sein dämliches Gehopse bei *Ich geb Gas – ich will Spaß* als Reminiszenz an Angus Young von AC/DC zu deklarieren.
PFUI!
Dafür hat er sich eigentlich noch heute Klassenkeile verdient!

Dankesgrüße schicke ich da z. B. lieber an DAF, Fehlfarben und das formidable Trio aus Großenkneten! Diese wirklichen Künstler tun mir unendlich leid, dass sie mit solch pestilenzverseuchter Ressourcenverschwendung in einen Topf geworfen werden.

Einzelne Darbietungen dieses Genres brachten und bringen mich noch immer auf die Palme, aber zumindest ebenso ärgerlich an der Neuen Deutschen Welle war und ist, dass damals wie heute kolportiert wird, die Wurzeln dieser Welle lägen im Punkrock und seien eine Weiterentwicklung desselbigen.
Was für ein unsagbarer hohler Quatsch!
Schon der Begriff Weiterentwicklung nervt mich in diesem Zusammenhang. Einfach nur scheiße aussehen wie Hubert Kah reicht nicht und ist ja wohl, wenn überhaupt, als Sprung in die Steinzeit anzusehen…
Ixi war eine pubertierende Poppergöre…
Frl. Menke passte seit jeher eher hinter einen Verkaufstresen in einem Billigheimer-Laden – obwohl ich damit sicher Kohorten von Verkäuferinnen unrecht tue – sorry dafür…
Diese schreiend bunten Klamotten waren immer ein Auslöser für Augenkrebs, und Labelbosse packten ihre Acts sicher immer nur in solche Gewänder, um von der Musik

abzulenken, die so interessant und farbenfroh war wie Leberwurst.
In diesem Kontext von Ursprung im Punk und Weiterentwicklung zu reden ist eine Frechheit ohnegleichen!
Hinzu kommt, dass Bands wie die Spider Murphy Gang unstrittig Rock'n'Roll seichten Gemüts spielten oder dass Geier Sturzflug alles waren, nur nicht Punk…
Da sind sie wieder – diese schlimmen Schubladen, die anscheinend nötig sind, um zu wissen, was man da gerade hört, oder? Oder auch nicht – weil auch hören muss gelernt sein!

Womit ich mich halbwegs einverstanden erklären kann, ist, dass der New Wave aus England oder auch Amerika eine gewisse Schnittmenge mit Punk hatte. The Cure zum Beispiel waren nie Punk, aber ihre Attitüde ging schon ein wenig in die Richtung. Wie auch bei vielen Bands, die dann in der Schublade Gothic landeten.
Debbie Harry und Blondie fehlen zurecht in keiner Doku über Punk, aber rein musikalisch gesehen: War das Punk? Irgendwie nicht. Die Attitüde war es aber.
Oder die verdammt adretten Jam um Paul Weller waren zeit ihres Daseins doch eher dem Sixties-Modtum verschrieben – und trotzdem pogte ich zu und mit ihnen einst im Kant Kino.
Oder die amerikanischen Devo machten für mich visuelle Kunst hörbar. Erstaunlich, oder? Kann ich mit Kunst doch eigentlich gar nichts anfangen.
Nur ein paar Beispiele dafür, dass es zwischen Punk und New Wave Berührungspunkte gab. Aber ich würde nie davon sprechen, dass die Wurzeln des New Wave im Punk liegen, und New Wave ist auch keine Weiterentwicklung.

Weiterentwicklung! Allein schon dieses Wort! Weiterentwickeln können sich Kinder auf ihrem Weg von der ersten Klasse bis hin zu einem Schulabschluss. Oder Fuß-

baller, die z. B. ihren schwächeren Fuß trainieren oder an ihrer Kopfballschwäche arbeiten. Also um eine Form der Verbesserung eines Zustands.
Das ist Weiterentwicklung.
Eine Musikrichtung als Weiterentwicklung einer anderen zu bezeichnen heißt für mich daher, die kommende über die ursprüngliche zu setzen – und diese Wertung ist schlicht saudumm!
Bands wie The Clash haben sich auch nicht weiterentwickelt – sie haben sich verändert. Auch haben sich die Toten Hosen für mich nicht weiterentwickelt – sie haben sich verändert.
Das Wort Weiterentwicklung mag jeder für sich selbst definieren, und vielleicht sagt ja Campino von den Hosen doch, dass diese sich weiterentwickelt hätten... Aber ich würde mal vermuten, dass die Vokabel »Weiterentwicklung« bei denen dann dafür steht, dass sie einen eingeschlagenen Weg einfach weiterbeschritten haben.
In diesem Kontext kann ich das Wort »Weiterentwicklung« halbwegs akzeptieren.
Aber ein Ding wie Punk weiterzuentwickeln geht einfach nicht.

Und wenn dann irgendwelche neunmalklugen Fuzzis behaupten, eine Marotte wie die Neue Deutsche Welle sei eine »Weiterentwicklung« von egal was, so ist das für mich eigentlich nur das Eingeständnis einer eigentlich komplett belanglosen und überflüssigen Scheiße und damit, sich selbst eine künstliche Bedeutung zu geben. Frei nach dem Motto: »Hej – ich mache da was, was eigentlich kacke ist, aber wenn ich sage, dass das eine Weiterentwicklung ist, dann ist das ja doch richtig prima!«
Blödsinn! Quatsch!

Jeder, der sich ernsthaft mit Punk beschäftigt hat, kann in der Neuen Deutschen Welle nichts finden, was auch nur im Ansatz Punk ist!
Aus! Basta! Amen!

Ich fühl' mich übrigens gerade ziemlich gut – ich kann mich noch so richtig aufregen!

Playlist:
Diesmal bitte selbst singen!
Den alten Fußballstadiongesang:
»Niemals… Deutsche Welle… niemals… niemals…«

Da ich mich gerade so vortrefflich aufgeregt habe, passt da noch was gut hier rein…
Die kurze Zeit der Popper!
Ihhhh – waren die eklig!
Alles, was Punkrock ausmachte, suchte der Jugendgrüppler dort vergebens. Denen ging es nur um Kohle, Karriere, Kaschmir. Nett und adrett, politisch, wenn überhaupt, streng konservativ. Sehen und gesehen werden war ihr Hauptanliegen.
Burberry, Lacoste, Lagerfeld, Diesel waren ihre Götzenbilder. Musikalisch waren ABC, Haircut 100 oder auch Spandau Ballet bei denen beliebt.
Bei uns herrschten Themen wie der NATO-Nachrüstungsbeschluss, Anti-AKW und Hausbesetzungen vor – bei denen der nächste Karriereschritt, wann die erste Million auf dem Konto ist, ob der Schampus schal wird und totaler Egoismus. Bäh… definitiv nicht meine Welt.

Einer deren Hauptstandorte war das Maxim in der Hasenheide. Dort wurde eines Tages ein internationales Poppertreffen ausgerufen. Große Worte für einen doch

recht kleinen Laden. International – und dann vielleicht 150 oder 200 schnieke Menschen?
Seltsam, aber uns dann erst einmal völlig egal. Um die 400 Punks waren auch vor Ort, und im Laufe der Zeit entwickelte sich eine formidable Straßenschlacht mit der anwesenden Polizei.
Ob die anwesenden Schnösel einen guten Abend hatten, weiß ich nicht... ich vermute eher nicht. Mich persönlich hat die ganze Aktion damals sowieso ziemlich genervt.
Ich empfand diese Popperszene als zu kreiert und künstlich. Das ganze Treffen dort erweckte bei mir eher den Anschein, dass da ein zweifellos vorhandenes Konfliktpotential speziell seitens der Springer-Presse künstlich hochgepusht wurde, damit am nächsten Tag die Auflage über die *Schlacht am Hermannplatz* stimmte.
Viele Pflastersteine flogen, viele Farbbeutel, viele Schaufenster gingen zu Bruch. Es gab Verletzte auf beiden Seiten und einige Festnahmen. Mir war das alles zu geplant und zu vorhersehbar. Deswegen war ich an dem Abend auch nicht lange vor Ort.
Danach hatte sich das Phänomen Popper eh schnell erledigt, und nachhaltig ist da meiner Meinung nach nicht wirklich was hängengeblieben.

...und nun zu Konzerten aus der Zeit, die ich nicht vergessen will.
Ich merke heutzutage immer mehr, dass die Festplatte zwischen meinen Ohren in die Jahre kommt und schon nachlässt. Ein paar Konzerte aus der Zeit will ich aber nicht vergessen und krame in verschütteten Dateien. Ein paar habe ich ja schon in den Texten vorher gesichert – aber halt noch längst nicht alle.
Damals gab es für mich in der Hauptsache zwei Orte, an den ich Konzerte erlebte. Einmal das *Kant Kino* und dann

natürlich das *SO36*. Hier und da ging es auch mal ins *Metropol*, in die *Music Hall* oder die *Neue Welt*. Andere Venues waren eher selten dabei.

The Ruts

Das Kant Kino war ein sauguter Ort für tolle Konzerte, obwohl es ja in erster Linie ein Kino ist. Der einzige Nachteil war, dass von der Bühne bis zur ersten Stuhlreihe nicht wirklich viel Platz war. Es gab also auch nicht wirklich viel Platz, wenn die Stimmung richtig gut war und alle pogen wollten. An dem Abend haben wir uns dann allerdings den Platz vor der Bühne selbst vergrößert. Wir rupften einfach Teile der ersten Reihen aus der Verankerung und reichten sie rauf auf die Bühne. Der Platz reichte aber immer noch nicht aus, und so landete ich mit einer Menge Mitstreiter auf der Bühne. Mein Abgang von dieser war dann nicht sonderlich heldenhaft. Ich bekam einen Schubs, flog runter und landete mit dem Magen auf einem Ellenbogen. Mir war sofort kotzübel, und das vorher genossene Bier suchte sich seinen Weg…

Von dem von der Natur vorhergesehen Weg Schlund – Magen – Blase gab es vor der letzten Station eine unappetitliche Umkehr… nicht so schön, und ich bin dann weiter nach hinten und nach Ende des Konzerts direkt nach Hause…

Trotzdem ein geiler Abend.

Playlist:

Ruts – Babylon's Burning

The Lurkers

Das Album *Fullham Fallout* hatte ich ja schon erwähnt – das erste Punkrock-Aufklappcover. Geiles Teil, und der

Gig war super. Da blieb mir aber eine Sache in Erinnerung, die ich heute echt nur schwer nachvollziehen kann. Irgendwie war spucken und Punkrock kompatibel. Warum? Keine Ahnung, und in der Rückschau auch verdammt unsinnig und auch ziemlich eklig. Aber irgendwie war das damals so.
Ich erinnere mich aber noch daran, dass ich es total klasse fand, dass ich es schaffte, Pete Stride, dem Gitarristen, eine Brosche auf die Kniescheibe zu setzen. Da frage ich mich heute wirklich, worin da der Sinn lag…
Viele Jahre später spielten sie im Loft, und ich kam endlich dazu, mich bei Pete dafür zu entschuldigen – allerdings weiß ich nicht, ob er da wirklich wusste, was ich von ihm wollte…

Playlist:
Lurkers – Ain't Not A Clue

Devo

Eine tolle, spannende Band, die ich aber damals eigentlich gar nicht wirklich verstanden habe. Ein paar Songs mochte ich sehr, aber irgendwie war das alles auch Kunst. Erst später hab ich einiges mehr über die Band erfahren. Zum Beispiel, dass der Name Devo darauf anspielt, dass die Evolution des Menschen abgeschlossen sei und dass es wieder rückwärts ginge. Auch deren Theorie, dass wir uns schon längst im Dritten Weltkrieg befänden, fand ich spannend. Die Waffen dieses Krieges seien nun nicht Raketen, Panzer, Chemiebomben oder ähnliches Zeugs – nein – die heutigen Waffen seien Billigflieger und Touristen. Wenn ich nun an Russen in Thailand, Deutsche auf Mallorca oder Engländer in Südspanien denke… recht haben sie!

Playlist:
Devo – Mongoloid

Die Zeit damals war großartig. So viele tolle Bands und Abende. Es war echt Wahnsinn, was damals so alles in Berlin spielte. Das Problem war damals für mich, dass meine Kohle oft nicht für den Eintritt reichte. Bei der einzigen Einnahmequelle Taschengeld waren zum Beispiel die Gigs von The Jam, den Stiff Little Fingers und den Buzzcocks innerhalb von nicht einmal zwei Wochen echt kaum zu stemmen. Also hab ich mich ab und zu vorm Kant Kino hingestellt und mir die Kohle für den Eintritt zusammengeschnorrt. Das hat meist auch recht gut geklappt, und es blieb meist sogar noch was für ein, zwei Bier übrig. Scheiße war es nur, wenn es ausverkauft war.
Also entschied ich immer schon vorher, was ich unbedingt sehen wollte und auf welche Band ich zur Not, wenn auch schweren Herzens, verzichten konnte. Da dachte ich schwermütig an die Geburtstage meines Papas zurück und vermisste das Trinkgeld doch sehr…

Dead Kennedys

Meine Herren – da war das SO36 aber mal so richtig voll! Ich erinnere mich an ein brachiales Konzert. Es war so heiß im Laden, dass die Suppe schon vorher in Strömen lief.
Besonders in Erinnerung ist mir aber ein Udo geblieben. Irgendwann während des Gigs machte mein Kreislauf schlapp und ich kippte um. Irgendwer half mir hoch und bugsierte mich Richtung Ausgang. Da gab es ein wenig Luft, und ich berappelte mich wieder. Den Typen, der mich aus der ersten Reihe durch den Mob rausschleppte, hatte ich zuvor noch nie gesehen. Als ich wieder halbwegs bei mir war, sind wir wieder rein und kamen tatsächlich

wieder nach ganz vorn. Nach einer Weile war es nun an dem Typen, schlappzumachen. Ich sah das und revanchierte mich. Also wieder Richtung Ausgang, Luft holen. Und dann natürlich wieder rein und nach vorn. Schon erstaunlich, was wir damals für eine Kondition hatten!
Nach dem Konzert sind wir beiden im Strom mit allen rausgeschwommen, und ich fragte ihn nach seinem Namen. Er hieß Udo und wir tranken noch ein, zwei Bier im Türken-Imbiss.
Ich fand es geil, wie er mich da gerettet hat – und das, ohne mich zu kennen. Die Nichtgleichgültigkeit seinem Pogo-Nachbarn gegenüber hat mich schwer beeindruckt.

Danke, Udo!

Playlist:
Dead Kennedys – Holiday In Cambodia

The Cure

Ich hab keine Ahnung mehr, ob es 1979 oder 1980 war, als ich die im SO36 sah. Was ich aber noch weiß, ist, dass es so verdammt heiß war, dass der kondensierte Schweiß von der Decke regnete… REGNETE – nicht tropfte.

Playlist:
The Cure – 10:15 Saturday Night

Duran Duran

Bei Bands, die mir eigentlich schnurz waren, habe ich nie den Eintritt aus eigener Tasche berappt. Schließlich klappte es meist recht gut mit dem Schnorren vor dem Veranstaltungsort, und nur selten reichte es nicht für den Eintritt. Die Simple Minds erwähnte ich ja schon – die waren mir eigentlich auch egal.

So kam ich tatsächlich eines Tages in den Genuss, den wohl ersten Auftritt von Duran Duran in Berlin zu sehen.
Was?
Bei denen war ich auch?
Jepp!
Damals ging gerade die Schublade *New Romantic* auf, und zumindest zu Beginn ihrer Karriere steckten die da drin. Ich fand deren Frisuren so ulkig und die Klamotten total bekloppt… Nicht ahnend, dass ich nur ein paar Jahre später – wenn auch aus anderen Gründen – auf dem Kopf annähernd genauso bescheuert aussehen würde. Sie spielten zudem im Pleasure Dome – und der Laden hieß Jahre davor noch Cheetah…
Ich wollte da auch deswegen hin – im hohen Alter von knapp 20 schon mal in Erinnerungen an Wiege-Runden mit angebeteten, verflossenen Eroberungen schwelgen.
Das Konzert war nun so schwach besucht, dass ich hart kämpfen musste, bis ich die Kohle für den Eintritt zusammenhatte.
Es klappte aber, und das Konzert war richtiger Mist – bis auf wenige recht flotte New Romantikerinnen mit lustigen Frisuren und entsetzlichen, wenn auch sexy Klamotten. Später fand ich von Duran Duran – bis auf den Gesang – *Wild Boys* aber ’ne coole Nummer mit einem schönen Video.

Playlist:
Duran Duran – Hungry Like A Wolf

Mud, Glitter Band, The Sweet

Gerne erinnere ich mich an ein Konzert in Joe’s Bierhaus am Theodor-Heuss-Platz. Eigentlich so gar keine Anlaufadresse für Punks, aber an dem Abend dann doch mal. Drei Bands sollten spielen – Mud, die Glitter Band und The Sweet. Das versprach eine Bombenparty ohne viel Nachdenken, dafür mit einigen Bieren. Die Hochzeit des Glamrocks war schon ein paar Jahre vorbei, und da reichte in der Regel ein Ort wie das Bierhaus aus. So viele Leutchen wollten das eigentlich nicht mehr sehen – außer an dem Abend… knackevoll war es.

Fast nur Punks, die recht feierwütig daherkamen. Das normale Publikum war sichtlich irritiert, was denn da für ein Volk gelandet war. Aber die kamen mir genauso außerirdisch vor wie wir denen.

Richtig gruselig war eine, die ein Shirt mit einem Katzengesicht in silbrigem Glitzer trug, flankiert von weißen Fransenstiefeletten und auftoupierter Dauerwelle.

(Ich stutze gerade, was für unwichtiges und hässliches Zeugs ich mir gemerkt habe und dass andere, weit wichtigere Dinge, in Vergessenheit geraten sind.)

Es spielten erst Mud, dann die Glitter Band, und zum Schluss die von mir ja lange Jahre hochverehrten Sweet… die allerdings lediglich mit einem da schon recht abgewrackten Brian Connolly als einzigem Mitglied der originalen Sweet.

Mud und die Glitter Band waren klasse – The Sweet einfach nur peinlich! Connolly beschwerte sich dauernd über die Punks, die schon recht knülle auf die Bühne purzelten, und wollte mehrfach abbrechen. Dabei war die Bühne eigentlich nur ein Podest und höchstens 30 Zentimeter hoch. Kein Wunder, dass wir da dauernd beim Pogen drauffielen. Außerdem sollte gerade er mal den Ball bezüglich Trunkenheit beim Gig ganz dolle flachhalten – waren The Sweet auch wegen seines Konsums nicht mehr zusammen.

Doof, dass er nie wieder die Kurve bekam und letztendlich an den Folgen seiner Alksucht gestorben ist.

Ein paar Jahre später hab ich The Sweet doch noch einmal gesehen. Die anderen, ohne Conolly, Sweet spielten im Quartier Latin, und zumindest Andy Scott und Mick Tucker waren dabei… der Abend war geil, und ich sang alles mit!
Playlist:
Mud – Tiger Feet
Glitter Band – Angel Face
The Sweet – Teenage Rampage

Bestimmt komme ich später im Buch noch auf die ein oder andere Band aus dieser Zeit zurück. Wenn ich die Geschichtchen jetzt schon schreiben würde, käme ich echt durcheinander und wüsste kaum noch, ob ich mich nicht mehr als unbedingt nötig wiederhole.
Erst Jahre später im Loft und dann auch in meinen Jahren bei den Toten Hosen kam ich zum Teil in Kontakt zu meinen Bands aus dieser Zeit und hab da meine Erinnerungen dran.

10 – Chaos studiert!

Nach mühevoll und ungewollt bestandenem Abitur wusste ich nichts mit mir anzufangen. Mittlerweile spielte ich in einer Band namens Imperial Dance Band und bekam Kontakt zum *Loft*, jenem legendären Veranstaltungsort am Nollendorfplatz mit seiner noch legendäreren Chefin Monika Döring. Ich fing an, dort zu jobben.
Ich schreibe jetzt trotzdem erst einmal über meine Studentenzeit. Keine Angst – es waren ja nur vier Semester, und bis auf wenige Momente war es auch keine besonders gute Zeit…
Jedenfalls keine, die ich als wirklich erinnernswert für mein Leben empfunden habe. Ich war vier Semester lang Karteileiche an der Freien Universität, Fachbereich Betriebs-WIRTschaft. Ich war es aber irgendwann leid, Pseudo-Student zu sein, und mit meinen Mitstudenten konnte ich ehrlich gesagt auch nicht wirklich viel anfangen. Ich strich dort alsbald die Segel.

Allerdings sind in der kurzen Zeit da doch ein paar Sachen passiert, die mir in Erinnerung geblieben sind. Das erste Semester war ja noch ganz okay. Ich kam mit drei Freunden von einer Schule, auf der wir bekanntlich ein auf Handelsberufe bezogenes Abitur gemacht hatten. Unser eines Pflichtprüfungsfach dort war Betriebswirtschaft gewesen, wir hatten Rechnungswesen, ein bisschen Wirtschaftsrecht und sogar Wirtschaftsmathe also schon während der Schulzeit kennengelernt. In den Vorlesungen und speziell in den Tutorien des ersten Semesters hörten wir vieles, was wir schon kannten. Ein Tutorium ist mir besonders in Erinnerung geblieben. Die Ankündigung des Tutors ließ Großes ahnen: »Heute was gaaaanz Spannendes: Geplante Obsoleszenz!«

Mir entfuhr nur ein: »Wow! Theoretisch kann man Autos bauen, die ewig halten und nicht rosten – nur tut das keiner, weil dann ja keiner mehr eins kaufen würde und die Gewinne der Industrie in den Keller gehen würden. Toll! Ich geh mal 'nen Kaffee trinken…«
Das war meinerseits nicht fair, das ist mir schon klar, aber so ging es mir andauernd. Gewiss war das tatsächlich spannend und interessant – wenn man es noch nicht wusste.
Dummerweise hat mich vom Kaffeetrinken keiner weggeholt, als es um Dinge ging, die ich noch nicht kannte. Darüber hatte ich dann recht schnell den Anschluss verpasst und ebenso schnell gewaltige Probleme. In der Zeit an der Uni hat es mir vielleicht ein wenig an Druck gefehlt.
Nee – nicht nur vielleicht, sogar definitiv…

Meine Mutter war allein mit mir, und ich konnte ihr damals tatsächlich weismachen, dass alle meine Vorlesungen und Tutorien frühestens gegen 11 Uhr begönnen und dass sie auch mal ausfielen oder verschoben würden. Bei Verschiebungen handelte es sich komischerweise immer um zeitlich noch spätere Zeitpunkte – und dann immer an Tagen, an denen ich in der Nacht zuvor lange unterwegs war. Und wenn ich dann mal los bin zur Uni, dann immer nur mit einem Hefter für Notizen und einem Stift. Wenig Gepäck war deswegen für mich wichtig, weil ich oft nicht in die Uni gefahren bin, sondern, wenn das Wetter passte, oft im Grunewald spazieren ging oder um einen See latschte.
Bei schlechtem Wetter besuchte ich Kumpels, stöberte in Plattenläden oder saß in irgendwelchen Cafés rum. Immer so lange, bis ich der Meinung war, dass ich für den Tag genug studiert hätte. Wieder zuhause, habe ich dann in den durchaus vorhandenen Fachbüchern ein paar Seiten weitergeblättert, alte Lesezeichen versetzt und neue Kritzelno-

tizen an den Rand geschrieben. Ich hatte meine Mutter nämlich mal dabei erwischt, wie sie in Büchern und meinen recht übersichtlichen Notizen herumstöberte. Da nun Fachbücher im Bereich Wirtschaft bestimmt nicht dazu geeignet sind, nur mal interessehalber darin zu blättern, wurde ich aufmerksam, und eine Alarmglocke klingelte leise. Und eines Tages sagte sie dann auch noch: »Also ich weiß ja nicht… Dein Bruder hat anders studiert als Du. Der war mehr an der Uni… vor allem früher. Und zu Hause hat er auch mehr gemacht.«
Die Alarmglocken klingelten nun nicht mehr, es erklang ein Sturmläuten! Deswegen also die Notizen auf Papier und die Kritzeleien in den Büchern.
Nein – in Sachen Selbstdisziplin war ich wirklich kein leuchtendes Vorbild, allerdings war ich im Kaschieren wohl recht talentiert.

In der Zeit als Studi war ich dann aber doch einmal total diszipliniert. Während eines Sommers in den Semesterferien. Mein Vater schanzte mir einen Job zu. Ich war Wache im Kraftwerk Reuter in Spandau.
Nein, nicht die Art Wache, die einem sofort in den Sinn kommt. Nicht mit Schlagstock und Funkgerät an einem Zaun patrouillierend. Das hätte ich auch nicht gemacht. Mein Job sah ganz anders aus.
In einem Umspannwerk innerhalb des Kraftwerks wurden die Schaltanlagen umgebaut. Und ich sollte Arbeiter, die da zugange waren, kontrollieren und diese quasi beaufsichtigen. Nicht in dem Sinne, dass sie ihre Arbeit richtig machten – da verstand ich eh nichts von – sondern, dass sie nur in diejenigen Bereiche gingen, in denen der Strom innerhalb der Umspannanlage abgeschaltet war. Die nicht freigegebenen Bereiche waren aber stets so gut gesichert und abgegrenzt, dass ich ziemlich überflüssig war und meine

Zeit dort eigentlich nur abgesessen habe. Zudem wäre von einem Arbeiter nur ein verkohlter Klumpen übriggeblieben, wenn es zu einem Unfall gekommen wäre.
Sollte dies hier ein fähiger Elektriker lesen: Ich bitte um Verzeihung, wenn mir die korrekten Bezeichnungen nicht geläufig sind. Elektriker war ich nie, und Strom sorgte bei mir schon immer für einen gehörigen Respekt.

Ich war also Wache und saß tagtäglich etliche Stunden am Ende eines langen Ganges. In diesem Gang waren kleine Zellen, in denen der Strom irgendwie umgespannt wurde. Was das bedeutete? Keine Ahnung! Dass die Spannung in den nicht abgeschalteten Zellen 110.000 Volt betrug, beeindruckte mich enorm – wo doch schon die normalen 220 Volt aus der heimischen Steckdose tödlich sein können und mir schon das immer eine Heidenangst einjagte.
Nun waren einige der Zellen abgeschaltet und andere nicht. In den abgeschalteten Zellen konnten die verschiedenen Gewerke (Maurer, Maler, Elektriker) diese nun gefahrlos umrüsten… und mein Job war es, darauf zu achten, dass die Arbeiter nicht aus Versehen in eine nicht abgeschaltete Zelle gingen. Da das aber Selbstmord gewesen wäre und die nicht abgeschalteten Zellen eh verrammelt waren, saß ich nun fast die gesamte Zeit an einem Ende des Ganges auf einem Hocker und langweilte mich zu Tode.
Ich durfte ja nichts machen. Ich sollte ja laut Vorschrift *in Griffweite des Arbeiters* sein, um ihm *gegebenenfalls in den Arm zu fallen* und so sein Leben zu retten. Hört sich ja eigentlich recht heroisch an, nur hatte ich ja nun so gar keine Ahnung, was ein falscher oder ein richtiger Handgriff des Arbeiters war. Außerdem waren in meinem Gang oft bis zu zwanzig Arbeiter am Werkeln. Aber Vorschrift ist Vorschrift – es hatte eine Wache im Gang zu sein.

So verbrachte ich sechs oder sieben Wochen in völliger Monotonie und intellektueller Ödnis. Jeden Tag ging es um sieben Uhr morgens los, und Feierabend war nie vor 18 Uhr. Auch samstags und sonntags. Die mit Abstand langweiligsten Wochen meines Lebens. Aber ich drehte in der Zeit ordentlich Geld ein, und das ließ mich durchhalten.

Die Kollegen rund um mich rum überzeugten mich zudem darin, dass mein Entschluss, nach der Schule nicht in einen normalen Beruf einzusteigen, richtig war. Mit einigen kam ich super aus. Die waren zwar aus einer anderen, mir recht unbekannten Welt, und sie kannten die meine nicht, aber in die jeweilige Welt des anderen zu schnuppern fanden wir schon spannend.

Ein anderer Teil der Herren dort war doch sehr schlicht im Gemüt. Hinzu kam, dass politisch nur ~~wenig~~wenige Leute da waren, die auf meiner Wellenlänge schwammen. Ganz im Gegenteil.

Schon meine erste Fahrt ins Kraftwerk zeigte mir, dass ein normales Arbeitsleben eher nichts für mich ist. Ich stieg frühmorgens in die erste U-Bahn. Es saßen nur wenige andere im Waggon. An der nächsten Station stieg ein weiterer Mensch ein und stellte sich sehr dicht und sehr direkt vor mich. Es waren nun noch viele Plätze frei, und ich war etwas irritiert. Auf meine Frage, ob ich ihm irgendwie helfen könne, sagte er nur: »Auf *dem* Platz sitze ich seit über 10 Jahren!«

Hmm… ich sollte also aufstehen und mich woanders hinsetzen, damit er auf seinem angestammten Platz sitzen könnte? Das fand ich dann doch ziemlich krank und blieb sitzen. Ich sagte lediglich: »In den kommenden sieben Wochen müssen sie wohl woanders ein Plätzchen finden!«

Er setzte sich dann direkt mir gegenüber hin und starrte mich tatsächlich viele Stationen an, wohl in der Hoffnung,

ich würde weich werden. An den kommenden Tagen versuchte er weiterhin mittels Starrens, seinen angestammten Platz wiederzubekommen. Ich konnte aber auch starren, und ab dem dritten Tag starrte er zwar weiter, ich verlegte mich dann aber aus Langeweile aufs Lesen.
Die ganzen Wochen schwankte ich zwischen Mitleid und Bedauern ob seines wohl extrem langweiligen Lebens. Mir war schnell klar – so wollte ich mein Leben nun wirklich nicht gestalten.

Ich war nie treuer Leser einer Tageszeitung, und wenn, dann las ich immer den Sportteil zuerst. In den Wochen im Kraftwerk kaufte ich mir aber jeden Tag die *taz* – trotz des sehr übersichtlichen, oft gar nicht existenten Sportteils. So war ich aber bei einigen Handwerkern fix als linke Socke bekannt und hab mein Image bei denen nur zu gerne mithilfe dieser Zeitung unterstrichen.
Die politischen Diskurse der meisten Handwerker waren nicht meins. Stammtischsprüche über »Linke, Ausländer und ähnliches Gesocks« gingen mir zum Teil gehörig auf die Nerven. Der schlimmste war ein Maler. Ein bekennender Hitler-Freund mit Standardsprüchen. »Damals war nicht alles schlecht!« oder »Diese ganzen arbeitsscheuen Hippies gehören ins Lager!« und »Das hätte es unter Adolf nicht gegeben!« Aua! Furchtbarer Typ!
Eines Tages zog er mal wieder über Arbeitslose ab. Er regte sich höllisch darüber auf, dass ein junger Mann, der arbeitslos ist, genauso viel Stütze bekäme wie einer, der zwanzig oder dreißig Jahre gearbeitet hätte.
»Hej!«, rief ich, »da gebe ich dir direkt mal recht!«
Tausend Fragezeichen über den Köpfen der anderen Arbeiter. Das aus meinem Mund? Unvorstellbar! Meine politische Einstellung und meine Meinung über den kleinen Hilfs-Adolf waren ja bekannt. Der Maler grinste und sagte:

»Na, dass du meiner Meinung bist… Es ist anscheinend doch noch nicht alles verloren bei dir!«
»Ja klar!«, entgegnete ich. »Ein Arbeiter, der erst fünf Jahre gearbeitet hat, hat ja noch nicht so viel sparen können. Also müsste der eigentlich deutlich mehr Stütze bekommen wie der, der schon zwanzig Jahre lang was hat zurücklegen können! Deswegen sollte der junge Arbeitslose echt mehr bekommen!«
Der Blick und die Gesichtsfarbe des Malers waren prima! Ein paar Arbeiter kicherten, und der Maler hat dann kein Wort mehr mit mir gewechselt. Das fand ich aber nicht so schlimm.

Einen guten Witz machte ein Maler aber ein paar Tage zuvor. Er fragte mich tatsächlich, ob ich Inder sei. Verständnislos guckte ich ihn an und fragte, wie er denn bitte darauf käme.
»Na, ich dachte, weil du immer am Ende des Ganges sitzt!«
Ehrlich – den Spruch finde ich heute noch gut!

Die sechs oder sieben Wochen gingen dann aber doch vorbei. Ich bin nicht an Langeweile eingegangen und hatte ein ordentliches Sümmchen auf dem Konto.

Zurück zur Uni… Ein Erfolgserlebnis hatte ich dort doch – und das ausgerechnet in Mathe! Ich kam zu spät zu einer Vorlesung, und es war nur noch ein Platz in der ersten Reihe frei. Das Thema der Vorlesung hatte irgendwas mit Hoch-Zahlen zu tun… also 3 hoch 2 gleich 9 und 3 hoch 3 gleich 27 und so weiter. Ich saß da, und der Prof wirbelte mit seinen Formeln über die Tafel, und es war eine schon fast balletthafte Choreographie, wie er von links nach rechts und zurück huschte und dabei leserlich, doch für mich trotzdem völlig unverständlich, die Kreide über die Tafel gleiten ließ. Im Laufe der Vorlesung beging ich

aber einen Fehler. Ich brubbelte etwas zu laut vor mich hin.
»Ich kann Kopfrechnen, aber keine Formeln… die brauche ich nich'!«
Der Prof hört das und guckt mich an.
»Wie ich höre, haben wir hier einen Kommilitonen, der keine Formeln braucht und alles im Kopf kann.«
Mist – so richtig erwischt hatte er mich…
»Nun gut… werden wir ja sehen…«
Was kam jetzt auf mich zu?
»Ein Mitstudent wird eine Aufgabe aus dem heutigen Themenbereich stellen, und wir werden sehen, wer schneller das korrekte Ergebnis ermittelt: Sie im Kopf oder ich mit Hilfe meiner Formeln…«
Hurra – wieder einmal eine Chance trefflich genutzt, mich zum Eimer zu machen. Er zeigte auf den Studenten drei Plätze neben mir und sagte: »Die Zahl 2 gebe ich vor! Ich will es ja nicht so schwer machen. Also handelt es sich um 2 hoch x… Wenn ich laut ‚JETZT!' sage, sagen sie eine weitere Zahl zwischen 10 und 20. Dann wissen sowohl Ihr Kommilitone als auch ich, um welche Aufgabe es sich handelt, und wir rechnen beide los. Mal sehen, wer schneller ist! Verstanden?«
»Ja!«, sagte mein Mitstudent.
»Und Sie auch?«, fragte er mich
»Ich glaube schon… also 2 hoch irgendwas zwischen 10 und 20…«
»Genau!«
Er stellte sich in Position vor die Tafel – ich sank auf mein kleines Pult und hoffte…
»JETZT!«, schallte es durch den Hörsaal.
»13!«, rief mein Mitstudent.

Der Prof hob die Kreide, ich richtete mich auf und rief laut: »8192!«

Es war ruhig im Hörsaal – sehr ruhig. Ich denke, dass das der einzige Augenblick in meinem Leben war, in dem die berühmte fallende Stecknadel zu ihrem Recht gekommen wäre und einen infernalischen Lärm gemacht hätte.
Der Prof ließ die Kreide sinken, ging ans Pult und fing an, auf einem Blatt Papier zu rechnen. Mittlerweile hatten ein paar Studenten anscheinend selbst gerechnet, denn vereinzelt war Applaus zu hören. Der Professor musterte mich, und als wieder Ruhe eingekehrt war, sagte er nur: »Gut! Weiter im Text…«
Die Vorlesung ging zu Ende, und ein paar Studis klopften mir auf die Schulter. Ich genoss den Moment zwar, aber wirklich nur im Stillen – weil ich wusste, dass ich verdammt großes Glück gehabt hatte. Als ich den Hörsaal verlassen wollte, rief mich der Prof an sein Pult.
»Normalerweise wird bei der Klausur zu diesem Kurs der Rechenweg mit bewertet. Bei Ihnen reichen mir die Ergebnisse!«
Ein guter Verlierer! Hut ab!
Natürlich hätte ich keine der Aufgaben in der Klausur im Kopf lösen können – ebensowenig wie 2 hoch 13 in dem Tempo.
Ich hatte den Mathe-Crack des Kurses eingeweiht und ein paar Bier ausgegeben. Er morste mir die Ergebnisse während der Klausur zu. Die schrieb ich dann auf eine extra besorgte schicke Ansichtskarte.
Aufgabe 1 = 2,34 und so weiter… die genauen Zahlen habe ich vergessen.

Und so bekam ich tatsächlich einen Schein – und dann auch noch in Mathe! Mit dem Schein bin ich in meine alte Schule, um sie meinem alten Mathe-Lehrer zu zeigen.
»Das glaub ich nich'! Wie hast Du das gemacht?«
Im Gegensatz zum Prof, der auch neugierig war, klärte ich meinen Lehrer auf: Als Kind war ich ja mit der Familie oft

in Dänemark im Sommerurlaub. Als kleiner Junge musste ich früher als alle anderen ins Bett. Nun sind dänische Sommerhäuser extrem dünnwändig, und ich hörte im Bett immer, was meine Eltern und die älteren Brüder erzählten und konnte nicht einschlafen. Auf meinen Einwand, ich könne bei der Lautstärke keinen Schlaf finden, bekam ich den tollen Tipp, Schäfchen zu zählen. Das war mir allerdings zu doof. Da ich aber damals gerne kopfrechnete und darin auch recht gut war, rechnete ich einfach los, anstatt Schäfchen zu zählen:

2 hoch 2 = 4
2 hoch 3 = 8
2 hoch 4 = 16
2 hoch 5 = 32
2 hoch 6 = 64
2 hoch 7 = 128
2 hoch 8 = 256
2 hoch 9 = 512
2 hoch 10 = 1024
2 hoch 11 = 2048
2 hoch 12 = 4096
2 hoch 13 = 8192
2 hoch 14 = 16384
2 hoch 15 = 32768
2 hoch 16 = 65536
…chrrr …chrrrr …chrrr

Da ich das dann auch im weiteren Verlauf meines Lebens noch eine Zeitlang fortsetzte, war diese Reihe schon bald nicht mehr das Ergebnis einer Rechnung, sondern ich wusste das einfach. Und damals im Hörsaal wusste ich eben, dass 2 hoch 13 = 8192 ist.

Ich glaube, ich konnte die Reihe bis 2 hoch 24 irgendwann auswendig… spätestens dann war ich wohl eingeschlafen…

Heute nutze ich diese Kolonne nicht mehr und habe sie auch vergessen… allerdings bin ich beim Schreiben dieses Absatzes zwei bis drei Mal eingenickt…

Dieses Wirtschaftsmathe – trotz des Scheines – sah ich nun auch als echtes Problem für meine Zukunft an der Uni. Dröge ist ein treffender, eigentlich zu schwacher Ausdruck dafür. Diese Probleme hätte ich ja vielleicht unter höchsten Anstrengungen noch in den Griff bekommen können. Semester, Kurse, Vorlesungen oder Tutorien wären ja zu wiederholen gewesen.

Ein anderes Problem wog da schon viel schwerer: Meine Mitstudenten!

Die Freie Universität war zu meinen Tagen die Berliner Universität, an der sich zum Großteil politisch eher links orientierte Studenten sammelten. Es war zudem die Zeit des auch von mir nicht begrüßten NATO-Nachrüstungsbeschlusses und der auch von mir nicht gewollten Stationierung der Pershing-Raketen in der Bundesrepublik. Als Protestaktion wurde eines Tages ein symbolisches Massensterben im Foyer unseres Fachbereichs veranstaltet. Proteste gegen diese auf jeden Fall bedrohliche Stationierung habe ich generell erst einmal begrüßt, damit das mal klar ist, doch hatte ich ein Problem damit, mich auf die kalten und dreckigen Fliesen in unserem Foyer zu legen und Atom-Tod zu spielen.

Ich sah schlichtweg nicht ein, mir vor einem eventuellen Atomtod noch eine Erkältung zuzuziehen, bloß damit ich Teil dieser Aktion bin. Auch bei der sozialen Struktur, die wir zu der Zeit an der Uni hatten, empfand ich diese Aktion als total albern. Etwa so sinnvoll wie den Verkauf von

Kühlschränken in der Arktis, da in unserem Fachbereich kaum einer erreicht wurde, dem der Nachrüstungsbeschluss nicht auch Angst machte und der diesem nicht zumindest kritisch gegenüberstand.
Auf meine Weigerung, mich auf den Haufen in naher Zukunft verschnupfter und später dann auch atomtoter Mitstudenten zu legen, wurde ich als reaktionärer Kriegstreiber beschimpft.
Das gab mir dann doch zu denken.
Als solch einen Menschen habe ich mich eigentlich nie empfunden, und ich kann wohl auch mit Fug und Recht behaupten, dass ich das auch nie war.
War diese Beschimpfung nicht nur eines Studenten in meine Richtung nun die eigentlich stets geforderte Toleranz gegenüber Andersdenkenden? Obwohl ich ja noch nicht einmal andersdenkend war. Im Grunde war ich ja einer Meinung mit dem Haufen bald real verschnupfter, imaginärer Atomopfer.

Dies war der erste von zwei Vorfällen, die mich in die Exmatrikulation trieben. Der zweite ereignete sich bei einer Vorlesung. Ich meine mich zu erinnern, dass es in Betriebswirtschaft war. Es handelte sich um eine große Vorlesung mit vielleicht 200 bis 250 Studenten oder sogar noch mehr. Der Professor, der die Vorlesung hielt, wollte uns die Kosten-Nutzen-Theorie nahebringen.

Für die, die jetzt nicht wissen, worum es geht, ein wahrscheinlich sehr amateurhafter Versuch, diese ganz kurz zu erklären: Es handelt sich um die Theorie, dass jedes Gut einen Nutzen erfüllt. Als Gut ist hierbei auch z. B. das Trinken eines Bieres oder das faule Aalen in der Sonne zu sehen. Beides erfüllt einen Nutzen. Das Glas Bier löscht den Durst und sorgt bei übermäßigem Genuss am nächsten Tag für einen dicken Kopf, und das Sonnen-

bad sorgt zuerst für Entspannung und später – bevorzugt bei Briten – für einen schmerzhaften Sonnenbrand.
Der Nutzen eines Gutes ist also absolut und total wertfrei zu sehen. Der Nutzen muss nicht zwingend positiv sein. Auch moralisch, gesellschaftlich und ethisch zu verurteilende Güter wie Vandalismus, Mord und Totschlag und Vergewaltigung erfüllen also nach dieser Theorie einen Nutzen für den, der dieses Gut erwirbt, begeht oder auf irgendeine andere Art erlangt.
Wie schon gesagt, jede soziologische, moralische oder ethische Bewertung bleibt bei dieser Theorie außen vor.
Natürlich bin auch ich ein Mensch, der die zuletzt genannten Güter verurteilt und nie und nimmer gutheißen würde, so wie erkennbar auch die der Vorlesung beiwohnenden Mitstudenten den Nutzen dieser Güter nicht befürworteten, aber erkannten.
Dinge zu zerstören kann befreiend sein, ist aber eigentlich doof, und Gewalt anzuwenden befriedigt lediglich niedere Instinkte, ist aber komplett zu verurteilen.
Der Professor erklärte es total schlüssig und verständlich, und es war allen Studenten anzumerken, dass sie kapierten, worauf es bei dieser Theorie ankommt.
Ich fand die Vorlesung ausnahmsweise sogar ziemlich interessant und spannend.

Nur wenige Plätze von mir entfernt erhob sich dann aber ein Mitstudent und brachte es tatsächlich fertig, folgende Frage zu stellen: »Und welchen Nutzen erfüllen Rüstungsgüter?«
Nein – das konnte nicht wahr sein! Der akzeptiert Mord und Totschlag und Vergewaltigung als Güter – und dann diese Frage? Mir stellten sich die Nackenhaare auf, und ich war entsetzt ob dieser dämlichsten aller dämlichen Fragen, die man in diesem Augenblick nur stellen konnte, fast schon sprachlos.

Aber ein herzhaftes »Mann, bist du blöd…« kam mir doch über die Lippen. Die Antwort des Professors war kurz und trocken und wurde von mir auch wegen des leichten Lächelns, das seine Lippen umspielte, lautstark bejubelt: »Zum Beispiel den Nutzen, sein Territorium zu schützen…«

Der Hörsaal tobte.

Leider waren aber fast alle der Meinung, der Professor und ich seien so ziemlich das Allerletzte. Der Student, der die Frage gestellt hatte, ging auf mich los. Ich sei ein Arschloch und verachtenswerter Kriegstreiber. Auf meine Frage, wieso er denn Mord und Vergewaltigung als Güter, die einen Nutzen erfüllen, akzeptieren könne, aber keine Rüstungsgüter, schleuderte er mir die seiner Meinung nach wohl schlimmste Beleidigung, die er kannte, entgegen: »Du Nazi!«

Die Vorlesung endete in einem Tumult. Der Großteil der Studenten wollte den Professor in Zukunft boykottieren. Ich aber ging direkt ins Immatrikulationsbüro und legte meinen Studentenausweis auf den Schreibtisch der dort tätigen Dame.

»Das war's dann! Ich bin ab sofort kein Student mehr!«

Das war ja nun auf der einen Seite schon sehr spontan, aber so richtig wohlgefühlt hatte ich mich in den zwei Jahren Mitgliedschaft im Studentenkörper eh nicht… und diese beiden Vorfälle waren lediglich für mich klar zu definierende Tropfen, die das Fass zum Überlaufen brachten.

Allerdings stand ich nun vor einem nicht ganz unbedeutenden Problem:

Was nun?

11 – …ein kleines Geständnis

Und nun komme ich mit meinen Erinnerungen so langsam in eine Zeit, in der ich hier und da in Kontakt mit Drogen kam, die nicht legal sind. Irgendwie habe ich das Bedürfnis, deswegen etwas Prinzipielles zu sagen.
Ja – auch ich konsumierte in der Vergangenheit illegale Substanzen. Süchtig war ich aber nie.
Ich mache diesen Einwurf hier jetzt eigentlich nur für meine Familie und für die Familie meiner Frau. Macht euch keine Sorgen… und verteufelt mich nun bitte nicht.
Die Erfahrungen, die ich machte, waren recht übersichtlich, und seit vielen vielen Jahren nehme ich eh nix mehr.

Campino von den Hosen sagte irgendwann einmal so etwas Ähnliches wie: Es ist okay, solange Du die Droge benutzt und nicht umgekehrt. Sowie die Droge das Leben bestimmt und es ohne nicht mehr geht – erst dann ist es scheiße.
Stimmt!

…ach ja… da ich nun im Loft lande und dort viel Englisch gesprochen wurde, noch eine kleine Bemerkung: Wörtliche Rede verfasse ich bis auf ein paar Ausnahmen besser auf Deutsch. Zum einen sollen es alle hier verstehen, und zum anderen bin ich zu faul, zumindest die Sätze meines jeweiligen Gegenübers in korrektem Englisch zu schreiben… kann ich ja auch gar nicht… Englische Sätze von mir gehen schon – so hab ich halt geredet und meinte eigentlich auch immer, dass ich zumindest sinngemäß verstanden wurde.
Wie sage ich noch heute:
»Me and my English is a very great adventure!«

12 – Die Zeit im Loft

Nun war ich also kein Student mehr. Eine Lehre zu beginnen kam mir wie schon gesagt überhaupt nicht in den Sinn. Noch immer hatte ich keine Vorstellung, was ich überhaupt hätte beginnen sollen. Und schon gar nicht hatte ich Lust, auf unabsehbare Zeit früh aufzustehen – und das auch noch für wenig Geld. Wenig Geld hatte ich ja schon… aber ich konnte wenigstens ausschlafen.

Zu dieser Zeit war ich aber schon im Loft angekommen. Ich war nicht nur zu den Konzerten da, sondern ich jobbte dort nun mittlerweile auch. Ich war mit der Crew befreundet, und auch die Chefetage war prima. In den nächsten Jahren sollten Monika, Heiner, Irmchen, Schäumer, Mark, Yuji und und und zu ganz wichtigen Leuten für mich werden.
Und Monika Döring! Diese Frau war und ist ein Unikum. Ich habe nie wieder einen Menschen kennengelernt, der so ehrlich und geradeheraus war wie Monika. Damals wie heute sage ich: Diese Frau kann man nicht einfach nur mögen oder gut finden und auf der anderen Seite irgendwie an ihr rumkritteln. Ich meine sogar, man kann sie eigentlich nur lieben oder richtig kacke finden. Irgendwas dazwischen ist nicht möglich.
Ich tat und tue ersteres!
Auf die Palme hat sie mich trotzdem des Öfteren gebracht.

Nach meiner Exmatrikulation stand ich wie schon gesagt vor dem Problem, dass ich nicht nur keine Ahnung hatte, wie und was ich in Zukunft machen sollte, auch meine monetäre Situation war eher ungünstig. Ich hatte keine Lust, meinem Vater weiter auf der Tasche zu liegen.

Er zahlte meiner Mutter Unterhalt und einen Teil dieses Unterhalts für mich.
Ich fragte also Monika, ob ich bei ihr eine Festanstellung bekommen könnte. Das war für sie kein Problem. Für die Mehrkosten, die das für sie bedeutete, ging ich fortan mit Schäumer plakatieren. Somit hatte ich ein kleines Einkommen, ich hatte eine Krankenversicherung, und ich konnte auf die Unterstützung meines Vaters verzichten.
Den rief ich dann an, um ihm meine neue Situation zu erklären. So gut es ging, erklärte ich ihm das Wieso und Warum meines Studienabbruchs. Ferner sagte ich ihm, dass ich eine Anstellung als Minijobber im Loft hätte und dass ich finanziell nun auf eigenen Füßen stünde.
Im Nachhinein glaube ich nicht, dass er mich damals komplett verstanden hat. Er hat als Kind des Wirtschaftswunders beruflich Karriere gemacht. Er hatte viel kämpfen müssen. Der Zweite Weltkrieg hatte ihm die Möglichkeit genommen, die Ausbildung zu machen, die er sich gewünscht hätte. Er hatte sich von einem einfachen Elektriker in die obere Etage eines mittelständischen Unternehmens heraufgeackert. Sein Arbeitsleben war stets strukturiert gewesen und an Hierarchien orientiert. Begriffe wie »örtliche Durchführung«, »Stagehand«, »Security« oder »Tourleitung« waren bis dahin in seinem Wortschatz nicht vorgekommen.

Dass ich als Minijobber im Loft Möglichkeiten hatte, eine Beschäftigung zu finden, die mich auch in Zukunft befriedigen und ernähren konnte, war für ihn nicht vorstellbar. Hätte ich damals die Möglichkeit gehabt, meinen gewünschten Lebenslauf mit Hilfe einer Lehre, eines Gesellenbriefs oder Ähnlichem zu definieren, hätte er sich sicher eher damit arrangieren können. Er war sich aber bewusst, dass er gegen meine Entscheidung nichts machen konnte. Und so startete ich in die bisher wohl spannendsten Jahre meines Lebens.

In den ersten Monaten vom Loft im Metropol war ich fast bei jedem Konzert vor Ort. Ich fand es immer spannend, Bands zu sehen, die ich nicht kannte und bei denen ich oft überhaupt nicht wusste, was mich erwartete. Allerdings war die Auswahl der Bands, die Monika Döring damals im Loft spielen ließ, ein Garant für eine gewisse Qualität, und die Wahrscheinlichkeit, dass zu der Zeit irgendwas aufspielte, das völlig daneben war, war sehr gering. Nicht alle Bands haben mir damals gefallen, aber nie hatte ich das Gefühl, völligen Schrott zu sehen.

Dass ich die beiden Einlasser Michael Schäumer und Mark Reeder persönlich kannte, war sicher ein enormer Vorteil für mich, da ich mir die Eintritte für so viele Konzerte nicht hätte leisten können. Ich revanchierte mich damit, dass ich nach Konzertende noch blieb und die Backline der Band mit runter in deren Bus trug. Nach kurzer Zeit wurde ich dann schon zum Aufbau am frühen Nachmittag bestellt und sollte das auch nicht mehr für umme machen. Nun hatte ich also einen Job im Loft. Ich wurde ein Lofti – die Koseform, mit der uns gelegentlich Monika und speziell das Umfeld bedachte. Ich bevorzugte es allerdings, dass Monika selbst fast immer von *ihren Jungs* sprach. Das gab für mich perfekt wieder, wie ich das damals dort empfand. Wir waren wirklich so etwas wie eine Familie.

Theatralisch und pathetisch gesagt: Die Familie, die ich in dieser Form nie gehabt hatte. Damit möchte ich meiner tatsächlichen Familie nicht zu nahe treten, aber mal ehrlich – ich lebte ja allein mit meiner Mutter, die Eltern waren getrennt, die Brüder lebten ihr eigenes Leben, und zu Onkels, Tanten, Cousinen und Cousins gab es so gut wie keinen Kontakt. Großväter hatte ich nie, und richtige Erinnerungen habe ich auch nur an eine der beiden Großmütter.

Mit Monika und ihrem Mann Heiner hatte ich also gewissermaßen Mama und Papa, mit Schäumer, Mark und Yuji Brüder, und mit Irmchen sogar so etwas wie eine große Schwester. Naja – nicht wirklich eine Schwester... schließlich haben wir einen Abend mal heftig rumgeknutscht, und sowas hätte ich mit einer Schwester nie gemacht. Irmchen – das Knutschen fand ich übrigens sehr schick damals!

So richtig stimmt das mit der Familie aber nicht... aber irgendwie doch... hach... richtig schwer, da die richtigen Worte zu finden... Irgendwie war es eine Freiwilligen-Familie. Der Begriff trifft es vielleicht am besten.

Durch Freunde von Monika und Heiner wie z. B. Renate und Wom, dem Zensor Burkhard Seiler und vielen anderen gab es ja auch Onkels und Tanten. Manche mochte ich mehr und manche weniger – also auch wie in einer richtigen Familie.

Die wichtigste Person im Loft war logischerweise und mit weitem Abstand Monika Döring. Sie hielt alles zusammen und war die Chefin und das Oberhaupt der Sippe. Was diese Frau so unglaublich machte, war ihr Enthusiasmus und ihre Neugier, was neue Musik betraf. Viele Bands, die später dann richtig erfolgreich wurden, wagte zuerst Monika zu veranstalten, und die spielten zuerst bei uns im Loft oder auch im Metropol.

Die Red Hot Chili Peppers standen noch ziemlich unbekannt, dafür aber total nackt mit Socken über ihren Dödeln auf der Treppe hoch ins Loft.

Eine Björk quietschte mit ihrer damaligen Band Kukl auf der Bühne des Metropol zum ersten Mal in Berlin.

Breakdance-Auftritte und die ersten HipHop-Gigs fanden natürlich im Loft statt – lange bevor irgendwer dieses

Genre mit Gangstern und ihren Möchtegernablegern in Verbindung brachte. Gangster waren für uns damals Al Capone, Bonnie & Clyde oder John Dillinger und Haarmann mit dem Hackebeilchen – aber nicht Kurtis Blow oder RUN DMC.

Und wo ich gerade beim HipHop, Rap und deren Ablegern bin – einmal war ich auf Schäumer ganz dolle neidisch! Run DMC spielten zusammen mit den Beastie Boys im *Tempodrom*. Das war damals noch das richtige Zelt im Tiergarten. Schäumer sollte nun am Nachmittag die Beastie Boys vom Flughafen abholen. Auf der Fahrt zum Tempodrom mussten sie am Reichstag vorbei, und Schäumer wurde von den Herren genötigt, anzuhalten. Die Beastie Boys sprangen aus dem Wagen und intonierten *Blitzkrieg Bop* von den Ramones und pogten dazu. Zu gern wäre ich dabei gewesen, nur um die Irritation des normalen Berlinbesuchers zu sehen. Schäumer war zumindest stark begeistert!

Monika war in ihrem Veranstalterleben auch deswegen so großartig, weil sie zu den Acts hielt, an die sie glaubte. Ted Milton mit seinem Projekt Blurt war zum Beispiel ein solcher Act. Es gab in Berlin eine recht übersichtliche Schar Menschen, die die Liebe zu diesem Projekt mit Monika teilten. Trotzdem gab es jedes Jahr einmal Blurt auf die Ohren. Eigentlich logisch, dass er dann auch zu ihrem fünfzigsten Geburtstag als Ehrengast am Start war. Ein netter Typ – allerdings einer der wenigen, auf die ich aus musikalischer Sicht gut verzichten konnte.

The Fall waren auch so eine Band von Monika. Während die Zeit um Ostern immer für Blurt reserviert war, waren kurz vor Weihnachten nicht Adventskerzen und -kalender angesagt, sondern The Fall – jedenfalls in meiner

Erinnerung. Sicher mache ich mich nun bei dem ein oder anderen unbeliebt – aber mir ging das Genöle von Mark E. Smith immer gehörig auf den Geist. Eine Coverversion von Sister Sledge – We're Lost In Music – war für mich der einzig hörbare Song von The Fall. Aber live habe ich den leider nie gehört.

Psychic TV sind mir auch definitiv nicht wegen ihrer Musik in Erinnerung geblieben. Aber Monika war mal echt sauer auf mich wegen denen. Deren Mastermind Genesis P. Orridge war ein netter Kerl. Als sie mal bei uns im Loft spielten, trug er sein Haar raspelkurz mit einem sehr langen, sehr dünnen, mit einem Wollfaden verwobenen Zöpfchen. Monika Döring wollte diesen immerzu anfassen, was er aber nicht zuließ. Dann sah er mich, beziehungsweise meine damalige Zuckerwattenfrisur, und er wollte recht schnell ranlangen. Meine Haupthaarzuckerwatte wollte ich nun aber auch nicht gerne betatscht bekommen. So hatten wir recht schnell einen Deal. Er durfte meine Zuckerwatte befühlen, und ich im Gegenzug sein Zöpfchen – ein in der Tat intensiver und ausgesprochen intimer Moment, um den mich Monika beneidete und weswegen sie den ganzen Tag nicht mehr mit mir sprach.
Wie gesagt – Genesis war ein netter Kerl. Nur musikalisch funktionierte Psychic TV bei mir halt gar nicht. Stopp – auch von denen fand ich eine Nummer klasse, und es war auch hier wieder eine Coverversion: *Good Vibrations*, im Original von den Beach Boys, haben sie klasse hinbekommen. Und seine Frau Paula war auch nett. Insgesamt ein Duo mit gewissem Humor. Sie nahm es mir auch nicht übel, dass ich sie mit »Mrs. Porridge – on stage, please!« ansprach. Sie schenkte mir ein Lächeln, das ich sehr schick fand. Dieses Lächeln versprach eigentlich mehr und brannte sich in mein Hirn ein. Doch sie ging nur an mir vorbei

auf die Bühne. Eigentlich fand ich Paula prinzipiell verdammt schick.
Leider ist Humor und eine gewisse Lockerheit in dieser Sparte der Musik nicht so häufig anzutreffen. Immer war und ist mir in diesem Genre zu viel Ernsthaftigkeit und zu viel scheinbare Bedeutung mit im Spiel. Zumindest in diesem Bereich waren Psychic TV anders und gefielen mir.

Da gerade meine Frisur kurz zur Sprache kam – ich sah damals schon komisch aus, und heute frage ich mich schon, welcher Teufel mich einst ritt, mit so einer komischen Haartracht rumzurennen.
Wie beschreibe ich die wohl am besten? Hmmm... vom Schnitt her am ehesten eine Poppertolle... wobei die Tolle mir nicht das eine Auge verdeckte und ich einäugig durch die Welt taperte. Nach dem Waschen rubbelte ich den Teil des Haares kräftig auf, und so entstand etwas Ähnliches wie ein mittelgroßer Zuckerwattebausch. Den – und nur den – färbte ich immer weißblond. Damit unterstrich ich gewissermaßen den Zuckerwatteeffekt.
Oder anders: Nina Hagen sagte am Tresen mal zu mir, ich sähe aus wie ein frischgezapftes Bier, und meine Haare wären die Blume. Hej – die Frau hatte ja doch Humor! Und da ich schon immer ein großer Anhänger frischgezapften Bieres war, konnte ich mit diesem Vergleich wunderbar leben.
Fixiert habe ich dieses Ungetüm mit viel Haarspray. Das hatte zur Folge, dass sowohl Regen als auch Wind ernstzunehmende Gegner in meinem Leben wurden. Damals prägte ich den Satz: »Kleine Kinder sind die größten Feinde der Punks – nach Wind und Regen!« (Nebenbemerkung: Da kein kleiner Mann mit Stift und Tafel hinter mir herrennt, muss ich bedeutende Aussagen von mir halt selbst für die Nachwelt festhalten!)

In der U-Bahn standen oft Kinder vor mir und guckten mich ungläubig an – um sich nach einem kurzen Moment köstlich über meine Optik zu amüsieren. Hat schon mal einer versucht, sich gegen solches Kindergefrotzel zu wehren? Vergesst es einfach – ihr werdet genauso wie ich immer verlieren! Die können einen sogar ungestraft gegen das Schienenbein treten! Ich weiß, wovon ich rede – ich habe es am eigenen Schienbein erlebt.
Regen zerdetschte meine Wolke und Wind wehte sie oft nach oben, was dann nicht nur noch alberner aussah, sondern auch ein wenig qualvoll war. Auch das abendliche Auskämmen war nicht wirklich schmerzfrei. Alles in allem eine ziemlich bescheuerte Idee, so rumzulaufen.

Zu der Zeit kam es allerdings zu einem erneuten, diesmal persönlichen Aufeinandertreffen mit J. J. Burnell von den Stranglers. Ihr erinnert euch: Einst durften meine innig geliebten Dickies ja nur eine gute halbe Stunde bei denen als Vorprogramm ran, und ich hatte noch immer seine Aussage aus *Punk in London* im Kopf… und dann veranstaltete Monika diese Kapelle im Metropol! Kein Konzert, auf das ich mich wirklich freute.
Nach Aufbau und Soundcheck liefen wir uns dann im Treppenhaus über den Weg, und ich versuchte, bewusst grummelig und miesepetrig zu gucken und so mein Missfallen ihm gegenüber auszudrücken. Da packte er mich bei der Hand und zog mich in den Backstageraum, wo der Rest der Band hockte. Dort präsentierte er mich beziehungsweise meine Frise. Nach ein paar Minuten hatten sie mich dann tatsächlich zur Frisur der Tour gewählt und fragten *mich*, ob ich einen Lieblingssong von ihnen hätte. Ausgerechnet *mir* so eine Frage zu stellen! Naja – ich sagte schließlich: »I don’t like your music – but unfortunately: I love ›*Nice And Sleazy*‹!«

Beim dann folgenden Auftritt sagte J. J. Burnell ebendiesen Song folgendermaßen an: »The next song is *Nice And Sleazy* and it's dedicated to Chaos – the haircut of the tour…«

Okay – die Stranglers mochte ich weiterhin nicht, *Nice And Sleazy* ist aber immer noch ein Song, den ich in meinen persönlichen Top 100 verankert habe – und die Widmung hat mir schon geschmeichelt (ich soll doch hier nicht lügen…)

Playlist:
Stranglers – Nice And Sleazy

Nun aber zurück zu Monika. Sie hat mir sogar einmal ein Konzert geschenkt. Ganz für mich allein eine Band, die ich auch noch verdammt gut fand und für deren Auftritt im Loft letztendlich ich gesorgt hatte.
Es ging damit los, dass Monika im Urlaub war und Irmchen das Büro hütete. Ich war ab und zu auch da und sortierte Poster und was sonst so anfiel.
Eines Tages fragte mich Irmchen: »Kennst du Girlschool? Sagen die dir was?«
Meine Alarmglocken klingelten gewaltig. Ich fand die großartig. Guter Hardrock von vier schicken Mädels aus England. Definitiv eine Band für einen Jungen in meinem Alter! Aber Vorsicht war geboten. Damals lief Headbanger's Ball auf MTV, und ich war bei Monika und Irmchen verschrien, dass ich ein Anhänger dieses Breitschwanzrocks sei. Weil die Jungs dieser Bands sehr gerne breitbeinig auf der Bühne stehen und zum Teil ein ziemliches Machogehabe hatten, mutmaßte Monika immer, dass die breite Pillermänner haben müssten und deswegen die Beine nicht zusammenbekämen. Dass ich die Videos von Bands wie W.A.S.P., Manowar, Iron Maiden, Twisted Sister etc. eher als Comics sah, hatten sie nie verstanden.

Nun waren Girlschool als reine Frauen-Band ja schon mal über den Verdacht erhaben, breite Schwänze ihr Eigen zu nennen. Ferner wollte Monika zu der Zeit unbedingt Gary Glitter veranstalten.
(Und bevor jetzt ein Sturm der Entrüstung losbricht: Damals war noch nichts über seine Pädophilie bekannt!)
Das letzte, was ich zu der Zeit von Girlschool hörte, war eine Neuveröffentlichung von *I'm The Leader Of The Gang* – eben zusammen mit Gary Glitter. Damit hatte ich also zwei Pluspunkte: keine breiten Schwänze und eine Zusammenarbeit mit Gary Glitter.
Ich sollte am nächsten Tag ein paar Songs mit ins Büro bringen. Beim Anhören sagte Irmchen dann nur schwer naserümpfend: »Das is' ja Metal!«
»Nee, Irmchen. Das is' Hardrock!«
Den Unterschied zwischen Metal und Hardrock konnte ich ihnen nie komplett erklären. Das war für die beiden eins wie's andere – und dazu noch kacke...
»Wie viele Leute kommen denn da?«, fragte Irmchen als nächstes.
»Ich schätz mal 500 bis 600 sollten da schon am Start sein...«
»Hmmmm....«
»Wie viele Zahlende müssen kommen?«, fragte ich.
»Gute 500 müssten schon kommen...«
»Na dann – zusagen und buchen«, sagte ich.

Irmchen zierte sich, und das nicht ganz zu unrecht, da Girlschool tatsächlich nicht so richtig ins Programm vom Loft passten. Mit meiner Schätzung lehnte ich mich zudem ordentlich weit aus dem Fenster: »Irmchen – ein Vorschlag: Nimm die Buchung an, und wenn Monika aus dem Urlaub wieder da ist und sie die partout nicht machen will, dann mach ich sie im Quartier Latin!«
Ich wollte Girlschool echt sehen UND kennenlernen.

»Meinste? Du?«
»Warum nicht? Block mir nur den Termin im Quartier. Absagen können wir da auch in ein paar Tagen noch, wenn Monika wieder da ist.«
Gesagt – getan! Girlschool sollten nach Berlin kommen. Die Frage war nur, ob sie im Loft oder im Quartier Latin spielen würden.

Wenige Tage später kam Monika aus dem Urlaub zurück, und am ersten Bürotag sortierte ich völlig überflüssigerweise Plakate und harrte der Dinge, die da kommen sollten. Monika kam ins Büro, sprach ein wenig mit Irmchen und sah dann wohl auf die Monatspläne an der Wand. Was hatte Irmchen denn in ihrer Abwesenheit so alles gebucht?
Aha – The Fall im Dezember…
Soso – Blurt im April…
Dann Schweigen… eine fatale Ruhe… dann erschallte ein kräftiges Fluchen aus dem Büro.
»WAS IST DENN DAS FÜR EIN SCHEISS? GIRLSCHOOL? IRMCHEN – BIST DU IRRE? ICH MACH DOCH KEINEN METAL!«
Aber hallo – Monika wusste immerhin, wer Girlschool ist! Da war ich ehrlich gesagt schon ein wenig überrascht.
»Chaos hat gesagt, das ist kein Metal…«, sagte Irmchen.
»CHAOS, DU PENNER… KOMM SOFORT HIERHER!«

Diese Penner-Beschimpfung ihrerseits erscheint hier schlimmer, als sie tatsächlich gemeint war – trotzdem hieß es bei dieser Titulierung: Kopf einziehen und Vorsicht walten lassen. Als ob ich nichts gehört hätte, ging ich ums Eck ins Büro.
»Hallo Monika… na? Schönen Urlaub gehabt?«
»WAS SOLL DER SCHEISS MIT GIRLSCHOOL?«

»Na – ich dachte, die sind prima, und die letzte Single hamse gemeinsam mit Gary Glitter aufgenommen…«
»Echt? Mit Gary Glitter? …hmmm…«
Sie wurde ruhiger – ein gutes Zeichen! Pluspunkt eins erfolgreich eingesetzt!
»Aber das ist doch Metal… und Metal veranstalte ich nicht!«
»Das ist kein Metal, sondern Hardrock! Und breite Schwänze haben die Mädels nun ganz sicher nicht!«
Pluspunkt zwei gesetzt…
»Das ist allerdings richtig…«

…und auch diesen anscheinend mit Erfolg! Ich war verdammt nah am Ziel.
»Außerdem musste die gar nicht machen. Der Termin ist auch im Quartier geblockt, und wenn du sie nicht machen willst, dann mach ich halt mal ein Konzert…«

Schweigen…

»Wo ist der Break-even?«
»Bei circa 500…«, sagte Irmchen.
Schweigen…
»Wie viele kommen?«
»Zwischen 500 und 600 schätze ich…«, sagte ich.
Langes Schweigen…

»Okay! Bevor *du* die machst, mach *ich* die! Aber wehe, es kommen keine Leute!«

Geschafft! Girlschool im Loft! Nun hatte ich aber ein echtes Problem. Ich hatte ja auch zwei, drei Nächte darüber geschlafen und war mir mit der Schätzung, was die Besucherzahl anging, gar nicht mehr so sicher. Wir hatten damals eine große Schar Leute, die das Loft-Programm zu schätzen wussten. Girlschool fiel nun aber komplett aus dem Rahmen... und ob wirklich 500 bis 600 Zuschauer kommen würden? Ich hatte dann doch einen ordentlichen Troppen inna Hose, was das betraf.

Dann kam auch noch eine echte Hiobsbotschaft: Ein anderer Veranstalter bekam den Zuschlag für Gary Glitter. Der sollte nur zwei Wochen nach Girlschool im Metropol spielen. Und nicht nur das – Girlschool sollten bei dem Gig auch Teile der Glitter Band stellen und ihre eigenen Songs während Atemholpausen des schon damals recht betagten Herrn spielen.

Also stand im Metropol gewissermaßen ein Doppelkonzert an. Ich hatte echt Schiss, dass sich nun bei Girlschool nur wenige Leute im Loft verlaufen würden. Zwei Wochen später noch einmal die gleiche Band, und dann noch Gary Glitter mit dabei?

Nicht ohne Grund hatte ich die Befürchtung, dass diese Buchung Monika richtig viel Geld kosten würde.

Ich habe in meiner kompletten Laufbahn nie wieder so viele Plakate für ein Konzert geklebt!

Nie wieder habe ich Presseleute und Radiomenschen angefleht, Girlschool anzupreisen wie das größte Ding überhaupt.

Andauernd fragte ich nach Vorverkaufszahlen. Ich ging davon aus, dass wir im Loft an diesem Abend ein komplett anderes Publikum haben würden und dass dieses Publikum sich die Karten eher im Vorverkauf als an der Abendkasse besorgen würde.

Die Zahlen waren tatsächlich nicht schlecht – sie waren verheerend! Zwei Tage vor dem Konzert waren noch nicht einmal 20 Karten verkauft. Ich war verzweifelt und sagte das auch Monika.

Aber Monika wäre nicht Monika, wenn sie nicht wieder einmal auf eine unnachahmliche Art reagiert hätte.

»Chaos, mach dir keinen Kopf! Ich hab' ja mal Schäumer die *TV Personalities* zum Geburtstag geschenkt. Dir schenke ich jetzt Girlschool. Das ist *dein* Konzert! Aber erwarte in den nächsten 100 Jahren keine weiteren Bands von mir!«
Ich liebe diese Frau übrigens immer noch!

Dann der Tag des Konzerts. Monika hatte mir am Vortag noch gesagt, dass der Vorverkauf nun doch schon bei mehr als 30 Karten wäre. Sie wünschte mir viel Spaß und ich solle den Tag genießen. Sie würde aber nicht vorbeikommen, weil die Band halt nicht ihr Ding sei. Noch einmal entschuldigte ich mich für meine immense Fehleinschätzung, doch sie sagte nur, dass es nun gut sei und dass es ist, wie es ist.
Trotz der Aussicht, dass Monika an diesem Abend einen Haufen Kohle verlieren würde, freute ich mich auf die Band. Sie kamen pünktlich an, waren total nett, und die Crew baute das Equipment auf. Gerade als die Mädels beim Soundcheck waren, kam Monika doch ins Loft. Ich stutzte und guckte sie verwundert an.
»Ich dachte, du wolltest zuhause bleiben…«
»Ich hab' was im Büro vergessen…«
Mir war klar, dass das nicht stimmte, sondern eine Ausrede war, und dass Monika lediglich ihre Neugier nicht im Zaum halten konnte. Sie verschwand kurz im Büro. Als sie wieder rauskam, spielten Girlschool gerade einen kompletten Song. Monika kam zur Bühne, wippte kurz und fing dann an zu tanzen.
»Chaos! Die sind ja geil! Gib mir das Konzert zurück!«
»Vergiss es! Das ist meine Band!«
Monika blieb also doch zum Konzert, und das freute mich tierisch.

Monikas Erscheinung war ja immer schon eher auffällig, und das fiel auch den Mädels auf der Bühne auf. Ver-

anstalter mit einer solchen Optik kannten sie bis dato wohl nicht. Nach dem Soundcheck bekamen sie von ihrem deutschen Tourleiter nun die komplette Geschichte erzählt, wie es überhaupt dazu kam, dass sie einen Gig im Loft hatten. Dass Monika zwar die Veranstalterin sei, ich aber derjenige wäre, der sich für die Buchung der Band eingesetzt hätte.
So bekam ich von Monika nicht nur das Konzert geschenkt – nein – Girlschool widmeten mir das komplette Konzert!
Ha – J. J. Burnell – die Frise von 'ner Tour zu sein und einen Song dafür zu bekommen – okay – aber eine komplette Show? Und auch noch von vier schicken Mädels? Nimm dir daran mal ein Beispiel, du Geizhals!

Bevor die Mädels aber ihr bzw. mein Konzert spielten, passierte noch was. Kurz bevor die Türen für das Publikum aufgehen sollten, kam Heiner nach oben. Wie fast immer saß er an der Abendkasse.
»Chaos… kommst du mal bitte mit runter?«
O Gott… wollte etwa einer meiner Freunde nun auch noch auf die Gästeliste und den Eintritt sparen? An dem Abend hätte ich mich nicht getraut, auch nur eine Person für umme reinzuholen. Ich ging mit Heiner die Treppe runter – und was soll ich sagen… da stand eine Riesenschlange an, um aufs Konzert zu gehen. Ehrlich, da standen wirklich unglaublich viele Leute an – und das auch noch zu einer Uhrzeit, zu der sonst so gar keiner da war. Am Ende waren es über 600 Zahlende! Sogar noch mehr als mein erster übermütiger Tipp! Ein Abend mit Happy End für alle!
Der Gig war großartig – das Publikum gut drauf – Monika nicht in den Miesen – und ich in allerbester Laune!
Und zu meinem großen Finale bekam ich nach Showende backstage von allen Girlschoolmädels einen Kuss – von

Kim sogar mit Zunge! Nur schade, dass sie overnight in die nächste Stadt fuhren.
Ach ja – wenn Jungensträume wahr werden – herrlich!

Achso: Zwei Wochen später war ja dann der Gig mit Gary Glitter im Metropol. Girlschool haben vor und während des Auftritts des Herrn tatsächlich einen Haufen ihrer eigenen Songs gespielt, und beim Einmarsch auf die Bühne haben mich drei der Mädels abgeklatscht – die vierte musste ja hinterm Schlagzeug sitzen. Sie hat aber gewunken.
Und noch ein Achso: Mir wurde zugetragen, dass nur etwas über 500 Leute Eintritt gezahlt hätten…

Playlist:
Girlschool – Emergency

Bezüglich Kohle, Geld und Verdienst habe ich bei Monika immens viel gelernt und dies auch in mein weiteres Leben mitgenommen. Ich hatte sie, bis auf eine Ausnahme, nie gefragt, was es zu verdienen gibt. Stets hatte ich Monika da zu einhundert Prozent vertraut. Wir Jungs bekamen am Konzerttag einen Umschlag mit unserem Geld für den vergangenen Gig. Fast immer die gleiche Summe; und die Höhe war abhängig davon, ob es ein kleiner Gig im Loft war oder eine Nummer größer im Metropol oder im Tempodrom oder sonstewo. Da war der Arbeitstag immer länger und dadurch das Kuvert dementsprechend besser gefüllt.
Zwei Ausnahmen, die mir in Erinnerung blieben, gab es aber. Diese beiden Gigs beschreiben perfekt, warum ich Monika auch in Sachen Kohle immer blind vertraute und warum es mir eigentlich immer egal war, was ich im Kuvert vorfand.

Da war zuerst das Konzert von New Order. Ich weiß nicht mehr, ob *Blue Monday* schon raus war oder nicht. Wenn ja, dann war es jedenfalls noch kein Hit. Sie spielten im Metropol und waren richtig teuer für Monika. Das Metropol musste fast ausverkauft sein, damit die Show wenigstens plus/minus null lief. Also gab es selbst bei einem ausverkauften Haus nicht wirklich was zu verdienen. Ein Konzert, bei dem Monika nur verlieren konnte. Der Vorverkauf war bescheiden, und an der Abendkasse passierte auch nicht viel. Es zeichnete sich ein richtig teurer Abend für Monika ab, und das trübte die Stimmung dann doch ein wenig. Beim Konzert war aber alles toll, und wir hatten einen guten Abend. Mein Arbeitstag begann um 11 Uhr morgens mit dem Aufbau, dann Einlass und Security, und dann noch der Abbau bis so gegen 1 Uhr nachts. Gute 14 Stunden Arbeit also…

Beim nächsten Konzert bekam ich dann mein obligatorisches Kuvert in die Hand gedrückt – ohne Kommentar. Ich machte es auf und war herzlich am Lachen – drinnen steckten 10 Mark und ein Zettel mit der Aufforderung: »SOLIDARITÄT, JUNGS!« Cooler Stundenlohn, oder? Meiner Solidarität konnte sich Monika aber gewiss sein! Ich liebte diese Frau ja!

Der zweite Beispiel-Gig war das erste Konzert der Bangles in Berlin bei uns im Loft. Deren erste Tour wurde von der Plattenfirma gesponsert, damit die Damen in unseren Gefilden erst einmal bekannt würden. Sie kosteten also nichts an Gage, und lediglich die lokalen Kosten blieben an Monika hängen.

Das Timing war perfekt! *Manic Monday* schoss kurz zuvor in die Charts, und das Loft war schon Tage vorher rappelausverkauft. Ich bin nachmittags hin, hab die Backline hochgetragen und dann vielleicht eine halbe Stunde den Einlass gemacht. Als alle drin waren, konnte ich mir die

Band in Ruhe angucken. Danach der Abbau der Backline und den Abend wie gewohnt beim Inder mit der Band ausklingen lassen. Also schon einmal ein wirklich toller Arbeitstag.
Beim nächsten Gig empfing ich wieder mein Kuvert. Ich machte es erst irgendwann später auf – war ja (fast) immer das gleiche drin. Diesmal sollte ich allerdings stutzen... Ich dachte erst, ich sei Erpresser und hätte gerade das geforderte Lösegeld erhalten. Viele kleine, gebrauchte Scheine... Ich fragte Monika dann aber doch, ob da ein Fehler passiert sei.
»Nö – war ja ein guter Abend!«, war ihr Kommentar dazu...
Hab ich eigentlich schon erwähnt, dass ich diese Frau liebe?

Schon nach meinem ersten Jahr im Loft hat mich Monika, noch vor New Order und den Bangles, verdammt verblüfft. Wir saßen Anfang Dezember zur Weihnachtsfeier im Loft und feierten gemeinsam mit den Angestellten des Metropol und deren Chef, Jacques Ihle.
Doch bevor ich diese Geschichte weiter erzähle, besser erst mal ein paar Sätze, wer dieser Jacques Ihle überhaupt war.

Er war zuerst einmal – nun ja – kein einfacher Charakter, und Monika und ihn verband, sehr freundlich gesagt, eine Zweckgemeinschaft. Er war zu der Zeit, als Monika anfing, in der Music Hall zu veranstalten, der dortige Geschäftsführer, und aus Erzählungen weiß ich, dass es schon damals oft und heftig knallte zwischen den beiden. Nun war Jacques nach seiner Zeit in der Music Hall der Geschäftsführer des Metropol und somit gewissermaßen der Vermieter für das Loft. So sollte also auch ich über Jahre

in den Genuss der sonderbaren Anwandlungen dieses Menschen kommen.
Mal schloss er ohne einen Grund irgendwelche Türen nicht auf oder verweigerte uns den Schlüssel für den Fahrstuhl hoch ins Metropol, sodass wir die PA und die Backline zwei Etagen hätten rauftragen müssen – nur um nach Flehen und einer verschenkten Stunde den Schlüssel doch an uns rauszugeben. Oder er verweigerte den Zugang zu den Klos. Es war oft nicht leicht, ihm nicht einfach mal trocken eine auf die Zwölf zu geben und umzuhauen. Seine Willkür war immens anstrengend und völlig unverständlich. Irgendwann hatte ich mir dann einfach mal eine Kopie des Fahrstuhlschlüssels gemacht, und so war zumindest das schon mal kein Problem mehr.
Komisch nur, dass ihm nie auffiel, dass wir, wenn ich da war, den Schlüssel nicht mehr von ihm brauchten.

Dann hatte er wieder Anwandlungen in die komplett andere Richtung, die allerdings auch keiner verstand. Die beiden Konzerte von King Kurt sind ein gutes Beispiel dafür.
Beim ersten Gig der Combo im Loft wussten zwar alle, was da so in etwa auf uns zukommen würde, aber es wurde noch etwas heftiger. Diese Band war recht pubertär, und bei deren Konzerten wurden immer Schlachten mit Mehl, Bier und Bananen gefeiert – eine komplette Sauerei.
Helmut Wittler, der auch einer der Loft-Jungs war, meinte, ganz pfiffig zu sein und kam in kompletter Anglermontur zum Konzert. Gummistiefel, so eine Anglerhose, mit der man bis zur Hüfte im Wasser stehen kann, passendes Oberteil, und sogar einen großen Plastikhut mit Ablaufrinne. Wie gesagt – er fand sich pfiffig.
Bis zu dem Zeitpunkt, als Monika ihn sah.
»Prima! Dann machst du heute die Bühne!«

Somit war Helmut die Zielscheibe des Abends! Er nahm es aber sportlich!
Nach der Show im Loft war also eine komplette Renovierung angesagt. Der Fußboden und die mit Teppich überzogenen Podeste waren komplett mit einer ekligen Masse bedeckt, und die Wände sahen auch nicht viel anders aus. Jacques war dementsprechend am Austicken. So bekam das Loft einen neuen Anstrich und einen neuen schicken Teppichbezug für die Podeste.
Dann sollten King Kurt wieder nach Berlin kommen. Monika hatte eigentlich keine Lust auf eine erneute Sauerei und die Folgen und wollte sie zuerst nicht veranstalten. Jacques bekam das mit und bot an, dass die Band ja oben im Metropol spielen könnte.
Okay – da gab es zwar keinen Teppichbelag, aber das Parkett des Tanzbodens und die Wände einfach so freizugeben? Ich verstand ihn nicht…
Also spielten King Kurt beim zweiten Mal im Metropol. Wir sollten am Einlass das Mehl einsammeln. Ich sagte Jacques, dass wir niemals alles Mehl einsacken würden. Das war ihm egal. Drei oder vier Kilo seien schon nicht so schlimm. Das meiste Mehl haben wir tatsächlich eingesammelt bzw. die Jungs, die das mit ins Konzert nehmen wollten, machten ihre Schlacht einfach vor dem Konzert auf dem Nollendorfplatz. Es sah danach rund ums Metropol sehr weihnachtlich aus – und das im Mai!
Das Mehl, das an uns vorbeigeschmuggelt wurde, reichte aber trotzdem aus, den Fußboden amtlich einzusauen. Zusammen mit verschüttetem Bier und zermatschten Bananen hatte die entstandene Substanz etwas von Fensterkitt.
Noch viele viele Stunden nach Konzertende schrubbte das Scheuerlappengeschwader des Metropol in Kompaniestärke den Boden – ich meine, einige haben geweint. Jacques

fand dies alles hingegen superulkig. Nach seinem Austicken nach dem ersten Konzert war das nicht wirklich zu verstehen, aber so war er eben…

Aber nun zurück zur Weihnachtsfeier und vor allem: den Folgen.

Das zweite Geschäftsjahr des Loft war vorbei und ich nun auch schon ein gutes Jahr ein fester Teil der Crew. Wir haben ein lustiges Julklapp gemacht, und jeder bekam irgendein unnützes, aber meist lustiges Geschenk aus dem Sack.

Jacques bekam von seinem Scheuerlappengeschwader ein Paar weiße Handschuhe zum Kontrollieren geschenkt. Alle fanden das eigentlich lustig – nur er nicht. Irgendwie typisch!

Dann stand Monika auf und stellte vor jeden ihrer Jungs eine kleine Pappschachtel. Darin war eigentlich ein kleines Flugzeug aus Metall. Das aber klebte auf der Schachtel drauf. Wir guckten alle etwas irritiert. Monika stand am Ende der Tafel und sagte: »So, Jungs… das Jahr lief gut, und wer mir die Kohle im Februar wiedergibt, fliegt im März mit nach New York!«

Noch immer ratlos, was das sollte, guckte einer nach dem anderen in die Pappschachtel. In jeder steckte ein Haufen Kohle. Genau die Summe, die Monika bereits mit der Lufthansa ausgedealt hatte, damit wir alle gemeinsam nach New York fliegen konnten.

Wow!

Bis auf einen gaben alle die Kohle zurück, und die Vorfreude auf einen wahrlich einmaligen Betriebsausflug war riesig! Der eine, der das Geld nicht zurückgab, war schon ein wenig traurig, aber wegen einer BTM-Geschichte hätte er eh kein Visum bekommen.

Monika trug die Geschichte nun auch rum – ein Betriebsausflug nach New York war auch was wirklich Einmaliges! Sie erzählte es auch Bettina Köster. Sie war früher Mitglied bei Malaria und eine Freundin des Hauses. Zu der Zeit lebte und arbeitete sie in New York. Soweit ich es mitbekam, war sie in der Danceteria im Büro angestellt und in diesem Winter mal wieder auf Besuch in der Stadt. Irgendwie ist meine Erinnerung an sie aber sehr dunkel. Wenn nicht sie es war, dann eben jemand anderes – ändert jedenfalls nichts am Endergebnis unseres Ausfluges.
Als sie die Geschichte hörte, meinte sie gleich, dass wir Jungs ja alle in einer Band spielten und es doch eine super Idee wäre, wenn wir einen bunten Abend mit den Bands in der Danceteria veranstalten würden. Monika war natürlich hellauf begeistert. Ich eigentlich auch, ebenso wie die anderen Jungs der Crew. Ich spielte damals mit Daktari und Patricia in der Imperial Dance Band.
Nun hatten wir aber ein nicht wirklich kleines Problem. Meine beiden Mitstreiter waren ja nun keine Loftis und somit auch nicht in den Genuss des exorbitanten Weihnachtsgeschenks gekommen. Genauso wie bei Tennis Boy Blues, der Band von Schäumer und Yuji, und Shark Vegas, der Band von Mark. Diesen Trip nun aus eigener Tasche zu finanzieren, war den anderen nicht möglich. Wir sollten in der Danceteria zwar eine Gage bekommen, die für unsere damaligen Verhältnisse auch nicht klein war, doch hätte sie niemals ausgereicht, um die Flugkosten der anderen Bandmitglieder zu decken… und das Monika auch diese noch übernehmen würde, das ging dann doch viel zu weit.
Für Monika gab es aber keine Probleme, sondern nur Lösungen! Zu dieser Zeit gab es seitens des Senats ja noch einen Geldtopf für Rock. Daraus wurde zum Beispiel der schon erwähnte Wettbewerb finanziert, und es gab auch einen Rockbeauftragten. Diesen kontaktierte Monika und

überzeugte ihn, dass ein Auftritt der Bands ihrer Jungs in New York eine gewaltige Werbung für die *Rock City Berlin* wäre. Es wurde ihr tatsächlich ein ordentlicher Batzen zugesagt – und schwupps-di-wupps hatten die Nicht-Loftis die Flüge finanziert, und jeder von uns bekam sogar noch ein wenig Taschengeld vom Senat. Zusammen mit der Gage der Danceteria war der Trip, der ja für zwei Wochen angesetzt war, dadurch für alle realisierbar.
Zwischendurch kam aber noch eine schlechte Nachricht aus New York. Bettina hatte sich wohl etwas weit aus dem Fenster gelehnt. Ihr Chef in der Danceteria fand die Idee, diverse Bands aus Berlin zu präsentieren, nicht so prickelnd wie sie und wir.
Zu der Zeit gab es den Begriff *Berliner Krankheit* für viele Berliner Bands, und der Beiname kam nun nicht von ungefähr und hatte auch eine gewisse Berechtigung, da Bands aus dem Bereich nicht gerade leicht zu konsumieren waren und schon recht anstrengend sein konnten. Die Danceteria war nun kein Laden, in dem viel wirklich anstrengende Musik geboten wurde. Daher hatte der Chef wohl Angst, dass der ganze Abend ziemlich ätzend werden würde. Tennis Boy Blues, Shark Vegas und meine Imperial Dance Band sagten ihm nichts, und er wusste auch nicht, dass wir alle drei mit der *Berliner Krankheit* nichts zu tun hatten, sondern eher der gesunden Fraktion angehörten, die auch Spaß machen und verbreiten konnte. Fast wäre der Gig gekippt worden, aber ein paar Demos haben ihn dann doch überzeugt. Puh!

Das erste wenn auch kleine Abenteuer unseres Ausflugs war aber schon die Beantragung eines Visums. Dazu mussten wir in die US-Botschaft in die Clay-Allee pilgern. Diverse Zettel ausfüllen, Pässe dalassen, und nach etwa zwei Wochen wieder hin zum Abholen.

Ich war damals mit Schäumer und Yuji vor Ort. Wir bekamen drei verschiedene Visa ausgestellt. Schäumers war ein Jahr gültig mit beliebig vielen Einreisen und meines immerhin drei Monate mit maximal drei Einreisen. Yuji bekam aber nur einen Monat mit einer Einreise. Es war ja eigentlich egal, aber die Unterschiede ließen Yuji auf dem Gang fragen, warum er nur so ein kurzes bekommen hätte. Schäumer daraufhin trocken: »Vielleicht wegen Pearl Harbor?«

Ich musste herzlich lachen, und Yuji sagte nur: »Stimmt! Da waren wir gut!«

Anwesende Amis auf dem Gang, die das hörten, lachten eher weniger, und ich hatte kurz Angst um meinen japanischen Freund.

13 – Der Betriebsausflug

Alle bekamen ihr Visum für den Ausflug, und so machte sich im März 1987 eine ziemlich bunte Truppe auf den Weg Richtung Big Apple. Neben der Loftcrew zählten natürlich die übrigen Mitglieder der Bands zur Reisegruppe. Hinzu kam noch ein mit Monika befreundetes Projekt namens Fräuleinwunder, unter anderem mit Margita Haberland, die irgendwann mal bei Abwärts spielte. Auch MC Lücke war dabei, der damals noch nicht lange beim Radio tätig war und als DJ für die Pausen zwischen den Bands eingeplant wurde.

Mein erster Interkontinentalflug. Was rede ich – bis auf einen Rundflug mit einer einmotorigen Cessna in Dänemark war ich bis zu diesem Tag noch nie geflogen. Ich kann mich nicht an viel erinnern… nur dass Monika von der Lufthansa zwei Plätze in der ersten Klasse für sich und Heiner rausgeholt hatte und wir ihnen diesen Luxus von Herzen gönnten.

Ach ja – damals durfte im Flieger noch geraucht werden, und nach gut zwei Stunden waren die Aschenbecher voll und die Luft entsetzlich. Ich bin ja selbst Raucher, aber schon damals beschloss ich, nie wieder im Raucherabteil zu fliegen.

Bei der Ankunft in New York dann eine erste Panne. Wir sollten eigentlich mit einem alten Schulbus abgeholt werden. Dann sollte es zur Danceteria gehen und dort sollten private Schlafplätze auf die Teilnehmer der Reisegruppe verteilt werden. Nur stand am Flughafen niemand von der Danceteria, geschweige denn ein Schulbus. Nach einigen Telefonaten per Münzfernsprecher (Handys gab es damals noch nicht wirklich!) war eine gewisse Eigeninitiative angesagt. Ein paar Leute fuhren mit der Subway los.

Das war für mich kleinen Neuling mit Bass und Koffer in einer wirklich großen Stadt keine echte Alternative. Zusammen mit gut der Hälfte des Reisetrupps fiel die zwar teure, aber sichere Wahl auf ein paar Taxis, die uns nach Manhattan bringen sollten. Wir nahmen aber den falschen Ausgang und standen plötzlich vor einer Schlange von Stretchlimos.

Die bekam man inklusive Fahrer zu mieten, und da mehr Leute reinpassten als in ein Taxi, waren die am Ende auch nicht teurer. Also mieteten wir zwei Limos anstatt uns auf drei oder vier Taxis zu verteilen.

Ich fand das alles super schick und aufregend. Eine Limo in schwarz mit weißem Fahrer und eine in weiß mit schwarzem Fahrer, aber beide mit Anzügen und Hemden mit immensen Schmetterlingskragen, aufgeknöpft bis fast zum Bauchnabel und jeweils eine üppige Goldkette um den Hals.

Ich kam mir vor wie bei *Kojak* oder *Starsky und Hutch.* Das perfekt tolle Outfit der Szene wurde nun aber durch uns selbst ziemlich versaut. Nein, wir selbst sahen allesamt schon schick aus, aber unser Gepäck passte kaum in die Kofferräume, und die Fahrer mussten diese mit Gummibändern sichern. Es sah schon etwas albern aus. Der Kofferraum stand halb offen, und dadurch zerteilte die darauf montierte Fernsehantenne auch nicht mehr schnittig die Luft. So rollten wir dann los Richtung Manhattan. Im Wagen selbst gab es viele Knöpfe. Ich drückte erst den einen, dann den anderen. Mal ging ein Teil des Daches auf, mal erschien ein kleiner Fernseher aus dem Nichts. Einen Knopf, den ich drückte, beförderte gar eine Minibar in unser Sichtfeld, und der Fahrer sagte nur: »Cost extra!« Also einfach einen weiteren Knopf gedrückt, und die Minibar verschwand wieder.

Wir rollten weiter Richtung Danceteria. Heute vermute ich, dass James Cameron unseren Wagen gesehen haben muss und ich ihn inspiriert habe. Wir rollten gerade über eine Brücke nach Manhattan rein, als ich aufstand und durch die hintere Öffnung im Dach den Oberkörper reckte und Richtung Skyline schaute. Ich stand also da, breitete meine Arme aus und rief laut ein langgezogenes

»GEEEIIIIIIILL!«.

Das muss er gesehen haben – allerdings machte er für Leonardo dann später ein »I'm the king of the world!« draus, und statt einer Stretchlimo gab es die Titanic… und Tantiemen habe ich dafür auch nie bekommen. Dafür ist Leo im Gegensatz zu mir aber untergegangen!

Die Ankunft bei der Danceteria wäre mit einem alten Schulbus zwar mehr Punkrock gewesen, aber mit den Limos – trotz der halboffenen Kofferräume – natürlich sehr viel stylischer.

Leider war die Danceteria in einer nicht sonderlich stark frequentierten Seitenstraße gelegen, und so hat unsere Ankunft eigentlich keiner mitbekommen. Wirklich schade. Koffer raus – Fahrer bezahlen, und weg waren sie. So blieb dieser Moment eher ein persönlicher Augenblick für uns.

In der Danceteria dann wieder einmal ein Bild, das unlöschbar auf der Festplatte meines Hirns eingebrannt ist: Ein Horde Berliner mit Koffern stehen etwas ratlos vor der Bühne im Erdgeschoss, und auf der Bühne machten The Fall ihren Soundcheck. Ausgerechnet The Fall! Musste ich tatsächlich 6.381 Kilometer fliegen, um mir dieses Genöle wieder anhören zu müssen?

Nach einiger Zeit trudelten auch die Subway-Fahrer ein, und unser Trupp war wieder komplett. Und nun sollte es an die Verteilung der privaten Schlafplätze gehen. Das zog sich aber hin. Irgendwie schien sich keiner für uns zu interessieren, und es entstand bei einigen sogar so etwas wie

Unmut. Erst kam der Bus nicht, und nun passierte auch nichts. Wenigstens entdeckte ich ein Plakat, auf dem wir angekündigt waren. Also musste ja wer wissen, dass wir kommen, und das Konzert würde wohl in ein paar Tagen stattfinden. Aber die angekündigten Schlafplätze gab es erst einmal nicht.

The Fall hatten mittlerweile ihren Soundcheck beendet, und wir standen alle auf der Gästeliste für den Abend. Wie toll – aber mir wäre ein Schlafplatz zu diesem Zeitpunkt um einiges lieber gewesen. Ein paar genervte Reisegruppenteilnehmer machten sich auf den Weg, sich ein Hotel zu suchen. Das gab mein Budget für die zwei Wochen allerdings nicht her, und so wartete ich mit den meisten anderen weiter. Im Vorfeld hatten Yuji und ich schon ausgemacht, dass wir beiden die zwei Wochen gemeinsam Quartier machen würden.

Nach einer gefühlten Ewigkeit tauchte dann doch eine Liste mit Adressen auf, bei denen Leute unterkommen könnten. Yuji und ich schrieben uns zwei, drei raus und machten uns auf den Weg. Die erste Unterkunft war ein Flop – da war gar nichts und auch niemand, den wir hätten ansprechen können. Bei der zweiten handelte es sich eigentlich um einen Keller. In dem waren diverse Matratzen auf dem Boden verteilt, und augenscheinlich waren hier schon uns unbekannte Reisende oder Gestrandete untergekommen.

Einige Matratzen waren augenscheinlich besetzt, und es lag einiges an Wäsche rum. Es war keiner da, aber in der Wohnung darüber, die wohl die des Inhabers des Kellers war, gab es einen Menschen, der uns den Keller aufschloss und uns das Versteck für den Schlüssel zeigte, damit wir später wieder hereinkönnten. Er verlangte dann noch »20 Bucks each!« und hielt die Hand auf. Da der Tag sich dem Ende zuneigte und wir auch von der Reise ein wenig

kaputt waren, beschlossen wir, dass dieser Keller zumindest für diese Nacht unser Quartier sein sollte.
Wir okkupierten zwei Matratzen und signalisierten mit Shirts und Wäsche, dass diese nun ebenfalls belegt seien. Todesmutig deponierte ich meinen Bass unter meiner Matratze, inständig hoffend, diesen später wieder vorzufinden. Nachdem wir bei einem sehr leckeren Koreaner was gefuttert hatten, stapften wir zurück zur *Danceteria*. Der große Teil unseres Reisetrupps war auch schon wieder da. Außerdem war der Laden ziemlich voll, obwohl The Fall erst in etwa zwei Stunden auf die Bühne gehen sollten. Es lief Musik aus der Konserve und es wurde viel getanzt. Ich schaute mir in aller Ruhe alles an.

Die Danceteria war ein mehrgeschossiges Gebäude. Unten im Erdgeschoss lag der Raum, in dem die Konzerte stattfanden und in dem auch die Disco angesiedelt war, mit einer Kapazität von um die 700 Besucher. In den darüberliegenden Etagen gab es Lounges, die eine oder andere Bar, eine weitere kleine Tanzfläche und Räume mit Fernsehern. Ich empfand das alles als sehr aufregend. Nicht dass ich den ganzen Komplex nun total außergewöhnlich fand, nee, das nicht, aber das Wissen, dass das hier New York war und ich in ein paar Tagen hier auftreten sollte, beeindruckte mich aber doch schon sehr. Kurz nachdem ich mich wieder unserem Trupp angeschlossen hatte, gingen The Fall auf die Bühne.
Und dann passierte etwas, das ich so noch nie erlebt hatte. Der wirklich satt gefüllte Raum leerte sich schlagartig. Das bis dahin fröhlich tanzende Publikum verließ in Scharen den Ort des Geschehens, und übrig blieb unser Reisetrupp und vielleicht noch um die 100 andere Gestalten, um sich die Band anzugucken. Ich erfuhr, dass das immer so sei. Die Leute kämen, um Spaß zu haben, und nicht, um sich eine Band anzugucken. Sobald die jeweilige Band anfange,

zöge sich der Großteil der Besucher in die anderen Etagen der Danceteria zurück und wartete, dass die Band wieder aufhörte und sie dann weitertanzen konnten. Nun gut – ich begann, mir Sorgen um unseren Auftritt zu machen. Was konnten wir an Zuschauern erwarten? Okay – die anderen Teilnehmer der Reisetruppe würden da sein – aber wenn The Fall gerade mal knapp 100 Leute zogen, wer sollte sich dann bitte einige Berliner Bands, die so gar kein Mensch in New York kannte, angucken wollen?

Nach der Show ging es aber erst einmal mit Yuji zurück in unseren Keller. Mein Bass war noch da und unser Gepäck auch noch. Unsere Leichtsinnigkeit wurde nicht bestraft. Es lagen zwei, drei andere Gestalten auf den Matratzen rum und schliefen, zumindest machte es den Eindruck. Da ich im Kellerbereich kein Klo gefunden hatte, suchte ich draußen nach einem Baum. In Manhattan ein schwieriges Unterfangen, jedenfalls in der Straße unseres Kellers, und so musste eine Laterne herhalten. Ich zog mich dann auf meine Matratze zurück und hoffte, die Nacht nicht überfallen oder sonstewie angegangen zu werden. Aber ganz doll hoffte ich, nicht aufs Klo zu müssen!

Als ich am Morgen erwachte, war ich zuerst etwas orientierungslos. Ich hörte Geschnarche und Gebrumme. Als ich mein eines Auge öffnete, sah ich direkt vor mir eine große schwarze Fellwand mit zwei Scheinwerfern. Direkt neben mir auf dem Kopfkissen lag eine beeindruckend große schwarze Katze, die mich mit ihren Augen fixierte. Vielleicht lag ich ja auf ihrem angestammten Platz – erinnerte ich mich doch, dass mir gestern Nacht ein gewisses Aroma im Keller aufgefallen war. Da sie schnurrte, ging ich allerdings davon aus, dass sie mir nicht feindlich gesonnen war. Ich drehte mich um und sah Yuji neben mir liegen und noch schlafend. An seiner Seite ruhte eine nicht minder große Katze, allerdings eine getigerte. Die weiteren

Genossen unseres Nachtlagers waren schon weg, und das Geschnarche, das ich beim Aufwachen hörte, entstammte also folglich Yuji und den Katzen. Respekt, was aus zwei Katzen und einem Japaner so für Geräusche kommen können. Ich weckte Yuji, wir packten unser Zeug zusammen und machten uns auf die Suche nach einem Frühstück und vor allem nach einem Klo.

Wir waren kaum ein- oder zweihundert Meter gelaufen, da stießen wir tatsächlich auf drei Mitglieder der Reisegruppe Loft! Ich fand es sehr verrückt, in einer so großen Stadt sofort Bekannte zu treffen, aber es war ein Glücksfall für Yuji und mich. Die anderen waren in einem billigen Hotel in der Nähe vom Washington Square untergekommen. Der Preis war günstig, und so beschlossen wir, zumindest für ein paar Nächte dort Quartier zu nehmen. Ein kleines Zimmer mit zwei Betten, einem Schrank und einem Fernseher. Das Klo und die Dusche waren zwar auf dem Gang, aber nach der letzten Nacht waren meine Ansprüche ehrlich gesagt nicht besonders hoch und ich empfand das eher als kleinen Luxus. Dann konnte auch unser Touri-Programm starten. Ich bin den ganzen Tag rumgelatscht und war von den Häuserschluchten echt beeindruckt. Der Geruch war irgendwie besonders. Auch der Verkehr beeindruckte mich. Und ständig waren Feuerwehr- oder Polizeisirenen zu hören. Nicht das nervige Lalü-lala wie bei uns, sondern der Sound, den ich bisher nur aus Filmen kannte.

Unser Hotelzimmer war im fünften Stock, und ich guckte aus dem Fenster direkt auf eine Kirche – und trotzdem hatte ich wegen der umliegenden Wolkenkratzer das Gefühl, ich befände mich bestenfalls im Hochparterre. Unser Zimmer war nicht im obersten Stockwerk, aber die Häuser um uns herum waren halt deutlich höher.

Der Ausblick war alles in allem großartig. Gegenüber die besagte Kirche, links und rechts Hochhäuser, und geradeaus war in einiger Entfernung das obere Fünftel des Empire State Buildings zu sehen. Wir hatten ja einen Fernseher, und es war Zufall, dass auf einem Sender gerade *King Kong* lief. Ich stellte den Fernseher ans Fenster und wartete auf das Ende des Films. Als King Kong dann gerade dabei war, sich an der Antenne des Empire State Buildings festzuhalten und einige Flieger vom Himmel zu holen, machte ich ein Foto vom Fernsehbild mit dem echten Empire im Hintergrund. Es ist sogar etwas geworden – nur finde ich es heute nicht mehr!

Nach dem ich nun fast den ganzen Tag – bis auf die Stunde mit King Kong – durch Manhattan gelatscht war, war ich abends richtig kaputt. Yuji war hingegen noch fit und schwärmte aus, und ich beschloss, die Vielfalt der Fernsehprogramme zu genießen. Ein bisschen Futter und was zu trinken aus dem Drugstore besorgt und vor die Glotze geknallt. Ein dufter Abend. Ich zappte hin und her, was ein wenig anstrengend war – es gab keine Fernbedienung – und ich fühlte mich wohl.

Dann hörte ich neben meinem Kopf im Schrank ein Geräusch. Ein Kratzen.

Hmmm… war es das, was ich dachte? Vorsichtig öffnete ich den Schrank… und tatsächlich guckte mich eine Ratte an. In Berlin hätte ich bestimmt anders reagiert, und ich glaube heute, dass ich damals halt einfach noch jünger und toleranter war. Jedenfalls machte ich mir nicht wirklich Sorgen. Ich nahm mein Zeugs aus dem Schrank raus, und währenddessen verschwand die Ratte durch ein Loch an der Rückseite. Dann legte ich mich wieder auf mein Bett und wartete. Die Schranktür ließ ich offenstehen. Es dauerte nicht lange, und die Ratte erschien wieder und guckte

erst vorsichtig durch das Loch und kam dann wieder in den Schrank.
»Hej Ben – my name is Chaos. Nice to meet you!«, begrüßte ich sie, und sie guckte mich an und ließ dabei ihr kleines Näschen tanzen. Ich erzählte ihr ein wenig von mir und von Berlin, was ich in New York noch vorhätte, und hoffte, dass sie Deutsch konnte. Mein Englisch war nich so dolle. Es war halt Schulenglisch und reichte eigentlich nur für ein wenig Smalltalk. Deswegen sabbelte ich sie eben auf Deutsch zu.
Ob es nun an meinem Monolog oder den reingeworfenen Brotkrumen lag, weiß ich nicht, auf jeden Fall blieb sie im Schrank. Sie machte weder einen Versuch, ins Zimmer zu kommen, noch zog sie sich in das Loch zurück, sondern mümmelte das Brot. Irgendwann wurde ich aber müde. Ich sagte ihr gute Nacht, machte den Schrank zu und stellte den Koffer davor. Ich hörte sie noch eine Weile im Schrank knuspern, dann war Ruhe, und ich schlief ein…

Am nächsten Morgen fand ich die recht stattliche Zahl an Kakerlaken in der Dusche im übrigen um einiges unangenehmer als meinen Abend mit Ben.

Während unseres kompletten Aufenthaltes in New York war die Danceteria die Anlaufadresse, um mit unserer Reisegruppe in Kontakt zu bleiben. Handys gab es ja wie gesagt noch nicht. Als Yuji und ich nach drei Tagen im Hotel mal wieder vor Ort waren, wurde uns eine andere Privatunterkunft angeboten. Da unser Budget zwei Wochen Hotel nicht verkraftet hätte, nahmen wir das Angebot dankend an. Ein Brüderpaar in der Avenue A bot uns für ein paar Dollar ihr Schlafsofa an. Wir gingen hin, machten alles fest, zahlten die ersten zwei Tage und stapften zurück ins Hotel. Ich erwähnte ja schon mehrfach, dass mein Englisch übersichtlich war, und ich hatte bis dato ja auch noch keine Auslandsaufenthalte in meiner Vita. Nun hatten wir das Zimmer dort eigentlich für eine Woche gebucht. Zwar locker und nicht fest, aber zumindest hatten wir es so angesagt. Da stand ich nun vor einem Zwei-Meter-Hünen, tiefschwarz und mit stoischem Gesichtsausdruck, und wollte ihm mitteilen, dass wir schon jetzt ausziehen würden. Dummerweise hatte ich mir über den korrekten Terminus dies betreffend im Vorfeld keinerlei Gedanken gemacht und fing an zu stammeln und bekam eigentlich nicht wirklich was raus.

»What can I do for you?«, fragte er mich höflich.

»ähem… ähhh…«

»Sir?«

»I'm not sure, but…«

»Yes, Sir?«

»Ähhhh… I don't want to live here any longer!«

Puh – geschafft – nun war es raus, so dachte ich jedenfalls.

Der Zwei-Meter-Hüne guckte auf mich herab, schüttelte ungläubig den Kopf und schmiss sich dann lachend auf seinen Bürostuhl und rief immer wieder: »Suicide! Suicide!«

Ich hingegen stand da wie ein Eimer. Ein anderes Mitglied unseres Reisetrupps, des Englischen eher mächtig als ich, grinste mich an.

»Ich denke mal, Du willst nicht wirklich Selbstmord begehen… wenn du ausziehen willst, reicht es, wenn Du *Check out, please* sagst…«

Gut – wieder was gelernt. Ich fand meinen Versuch aber eigentlich ganz respektabel.

Also checkten wir erfolgreich out und zogen in die Avenue A. Die beiden Brüder waren irischer Abstammung und verdammt ulkig. An den Wänden hingen Plakate der IRA, der eine war tagsüber ständig am Trainieren für den Marathon, der andere klimperte zupfte unentwegt auf seiner Akustikgitarre rum.

Wir bekamen auch ein paar Verhaltenstipps. Die Avenue A sei eigentlich zu jeder Zeit sicher. Die Avenue B hingegen nur tagsüber, und die Avenues C und D sollten wir besser immer meiden – und offen getragener Schmuck und Uhren seien speziell bei Dunkelheit auch in der A keine tolle Idee. Hörte sich spannend an. Aber in den nächsten Tagen stellte sich raus, dass mit diesen Tipps im Rücken unser Aufenthalt dort sicher war. Diese vier Avenues sind heute angeblich nicht mehr so wie damals. Auch dort soll meines Wissens das Geld eingezogen sein und die Struktur der Bewohner sich gewaltig verändert haben.

Nach Einbruch der Dunkelheit die Avenue A langzulaufen hatte damals aber was Aufregendes. In jedem zweiten oder dritten Hauseingang stand ein Mensch wie aus einem Krimi entsprungen, und wenn ich auf seiner Höhe war, hörte ich stets ein gewispertes »Drugs… – Drugs?«.

Für die Spaßversorgung wäre also im Fall der Fälle auch gesorgt gewesen. Das war für mich aber kein Thema. Ich wollte New York komplett pur und unbeeinflusst erleben.

Ein Hauseingang hatte es mir aber besonders angetan. Dort stand eine imposante schwarze Walküre, eingezwängt in ein neonfarbenes, viel zu enges Kleidchen. Ihr Hintern sah aus wie ein großer rosa Wasserball mit dem Ansatz einer Kerbe, und ihre Brüste machten mir eher Angst, zumindest erzeugten solche Dimensionen bei mir kein Gefühl der Vorfreude. Ihre Schenkel hatten die Ausmaße eines Sumo-Ringers und wiesen etliche Dellen auf. Die Arme waren auch beachtlich. Ein gutgesetzter Schwinger hätte viele bestimmt auf die andere Seite der Straße befördert. Die Höhe der Absätze ihrer Schuhe ließen bestimmt nicht mehr als drei, vier Schrittchen zu, und ich war beeindruckt, dass sie sich mit den Dingern überhaupt aufrechthalten konnte. Die Wimpern waren so lang, dass eine or-

dentliche Brise durch die Straße wehte, wenn sie der Meinung war, sie würde lasziv blinzeln. Diese Frau war ein quietschebuntes Monument!
Als ich an ihr vorbeilief, hörte ich ein gezischtes, eigentlich stimmloses »Sex… Sex…«. Beim ersten Mal dachte ich noch, ich hätte mich verhört. Also ging ich noch ein zweites Mal vorbei. Tatsächlich! Ich hörte es wieder! »Sex… Sex…«, zischelte das Monument. Und das zu jeder Tages- und Nachtzeit. Nach zwei oder drei Tagen wusste sie anscheinend, dass ich nicht ihr Kunde werden würde. Ab da zwinkerte sie mir immer zu, und mich riss die Bö ihrer Wimpern fast zu Boden. Zudem begrüßte sie mich mit einem sonoren »Hey, man…«.
Irgendwie fand ich sie schon sympathisch, auf näheren Kontakt legte ich aber doch keinen Wert. Da ich sie immer vor ihrem Hauseingang stehen sah, ging ich davon aus, dass ihr geschäftlicher Erfolg recht übersichtlich war.

Die direkte Umgebung unserer Wohnung war wirklich prima. Ein Drugstore zwei Häuser weiter, und schräg gegenüber gab es das Odessa, ein russisches Restaurant mit tollem Frühstück und guten Preisen. Unser Brüderpaar schleppte mich am ersten Abend in eine Kneipe, die auch klasse war. Der Name lautete Beirut. Den Namen hatte ich nicht so ganz verstanden.
Als ich dort zum ersten Mal die Tür aufmachte, fiel mir zwar ein rotbeschopfter Irokese entgegen und grunzte, und drinnen war es ziemlich laut und stickig.
Sicher – es hatte schon was von einem belebten Schlachtfeld, aber Beirut erschien mir dann doch etwas weit hergeholt. Die Drinks waren dafür bezahlbar und die Stimmung gut.

Dann unser großer Abend in der Danceteria! Mit Shark Vegas, Tennis Boy Blues und meiner Imperial Dance Band die drei Bands der Loft-Jungs, und als Abschluss des Abends dann noch Fräuleinwunder, das Projekt von Monikas Freundin Margita. Am Nachmittag machten wir Soundcheck, und alles ging den Gang, den ich von Berlin her kannte. Der Chef der Danceteria war noch immer skeptisch, ob dieser Abend wirklich eine gute Idee war. So etwas wie Vorverkauf gab es überhaupt nicht, und selbst eine Abendkasse und Eintritt waren nicht üblich. Das hatte ich schon in den Tagen zuvor gelernt. Eigentlich musste man entweder irgendwo in der Stadt in irgendwelchen Klamotten- oder Plattenläden einen Flyer aufsammeln, der freien Eintritt versprach, oder man rief einfach im Laufe des Tages beim Veranstaltungsort an und ließ sich auf die Gästeliste setzen – warum und weshalb, war dabei wohl ziemlich egal. Genauso hatte ich es bei Foetus ein paar Tage zuvor in einem anderen Club gemacht. Die finanzierten sich dort tatsächlich nur über den Tresen. Nur wer vergessen hatte, anzurufen oder keinen Flyer hatte, musste ein paar Dollar zahlen. Also wussten wir nicht, wie der Abend werden würde…

Die Türen gingen irgendwann auf, es füllte sich recht schnell, und die Stimmung der Besucher war gut. Es wurde gesabbelt, getrunken und früh schon zu Konservenmusik viel getanzt. Tennis Boy Blues waren als erste Band dran, auf die Bühne zu gehen. Es gab einen Vorhang, und wie wir es bei The Fall schon erlebt hatten, ging der Vorhang einfach auf, der DJ fuhr die Lautstärke der Konserve zurück, und die Band fing übergangslos an. Also kein Bruch – keine Pause – keine Ansage – einfach weitermachen. Tennis Boy Blues als Discoband zu bezeichnen wäre wohl nicht ganz richtig, aber dank Sequencer, Drumcomputer und Synthis war deren Musik schon sehr tanzbar – und zur Überraschung aller tanzte das Publikum einfach weiter. Prima! Keiner verließ den Saal, um das Ende des Auftritts in einer anderen Etage abzuwarten. Das Publikum kümmerte sich zwar auch nicht wirklich darum, was da auf der Bühne passierte, aber sie hatten Spaß, und das war ja die Hauptsache.

Mit der Zeit gab es zwei Fraktionen im Publikum. Der vordere Teil tanzte ein bisschen weniger und guckte auf die Bühne, der hintere Teil tanzte mehr und guckte irgendwo hin. Mir gefiel das, allerdings machte ich mir ein wenig Sorgen, ob das bei uns auch so funktionieren würde. Wir hatten zwar auch einen Drumcomputer, aber ansonsten mit Gitarre, Bass und Gesang eine normale Rockbesetzung. Ich hatte also Schiss, dass die Leute bei uns dann rausrennen würden. Da wir als Zweite dran waren und die Pause zwischen den Bands nicht so wahnsinnig lang sein sollte, trollte ich mich schon mal hinter die Bühne. Tennis Boy Blues spielten ihr Set zu Ende, und schon beim Verklingen des letzten Songs setzte wieder die Konservenmusik ein und der Vorhang schloss sich. Der Umbau war dank nichtvorhandenem Schlagzeug schnell erledigt, und nachdem Gitarre und Bass gestimmt waren konnte es unserseits eigentlich losgehen.

Soooo kurz sollte die Pause dann nun aber doch nicht sein, und wir standen zwei, drei Konservensongs lang auf der Bühne und warteten auf das Zeichen vom Mischpult, wann es losgehen sollte. Ich fand es nicht verwunderlich, dass meine Nervosität stieg und stieg.

Dann kam das Zeichen… nach dem laufenden Song sollte der Vorhang aufgehen und wir direkt loslegen. Mit *Jump* von Van Halen hatte der DJ einen Song ausgewählt, der mir zwar nicht gefiel, aber für ordentlich Stimmung im Publikum sorgte. Ich schmulte noch einmal kurz durch den Vorhang. Scheiße – 500 bis 600 Leute hatten da gerade richtig viel Spaß und jumpten bei jedem Jump hoch… und wir sollten direkt im Anschluss die Stimmung hochhalten? Nun hatte ich endgültig ziemlich viel Schiss, das kann ich euch sagen!

Der Vorhang ging auf – ein letztes, leiser werdendes Jump tönte durch den Raum, und unserer Drumcomputer nahm seine Arbeit auf. Wir setzten mit Gitarre und Bass ein, und zu meiner totalen Erleichterung tanzten die Leute weiter und kümmerten sich nicht wirklich um uns. Und wie zuvor bei Tennis Boy Blues tanzten sie hinten weiter; vorne wurde zwar auch getanzt, aber es wurde uns auch bei unserem Schaffen zugeguckt.

Meine beiden irischen Brüder waren in der ersten Reihe und hatten sichtlich Spaß an dem, was wir da verzapften. Und wir auch! Und wie!

Mann – das hat bolle Spaß gemacht, und die Spannung fiel von mir ab. Schade nur, dass der Spaß so schnell ein Ende hatte. Nach unserem letzten Song ging der Vorhang zu und die Konserve setzte wieder ein.

Shark Vegas konnten danach eigentlich entspannt an den Gig gehen. Hier standen nun wirklich ordentliche Disconummern auf dem Programm, und auch hier hatten alle ihren Spaß. Während des Auftritts von Shark Vegas lief mir der Chef des Hauses über den Weg und grinste. »Mann, da kommen ja heute Leute aus den anderen Etagen runter, anstatt dass alle rausgehen. Das hab ich hier noch nie erlebt!«

Dann erfuhr ich noch, dass Joey Ramone da war. Joey Ramone hat mich mit meiner Band gesehen – KREISCH! Ich war begeistert!

Einen solch euphorischen Abend hatte ich bis dahin echt noch nicht erlebt!

Fräuleinwunder als letzter Act des Abends hatten es allerdings nicht leicht. Ihre Show mit Schwarzlichtneonröhren, komischen Zeichen, die sie sich mit Leuchtfarbe ins Gesicht gemalt hatten und nicht so tanzbarer Musik ließen dann doch einige Besucher in die oberen Etagen verschwinden. Der Veranstalter sagte mir, dass er eigentlich mit vier solchen Bands gerechnet hätte, als er das erste Mal von der Idee eines *Berliner Abends* gehört hatte. Eine, zumal als letzte des Abends, fand er nun nicht so schlimm. Fräuleinwunder haben ihm sogar auch gefallen, nur das feierwütige Publikum war halt nicht so begeistert. Er erklärte mir, dass das immer so sei. Sie wollten nicht großartig nachdenken, wenn eine Band spielt. Sie wollten halt einfach nur ihren Spaß haben. Das fand ich damals legitim und tue das auch noch heute. Kopf- und Nachdenkmusik war auch für mich nie wirklich interessant – und schon gar nicht live. Bei solcher Musik muss ich, wenn ich sie überhaupt höre, allein sein und dabei sitzen können.

In den folgenden Tagen bin ich dann noch eine Menge durch Manhattan gelatscht, und was ich besonders spannend fand, waren die abrupten kulturellen Wechsel. Eben noch war ich in Little Italy – eine Pizzeria neben der anderen, und eigentlich fast nur Italiener auf der Straße. Es wurde auch Italienisch gesprochen. Dann plötzlich Chinatown. Überall Pagoden und chinesische Schriftzeichen. Und auch hier: Die Hauptsprache war Chinesisch. Und so war es auch in Irland, in Indien usw. Toll, so eine kleine Weltreise zu Fuß!

Ich habe auch meine kleine private Ramones-Tour gemacht. Ich hatte ein wirklich feuriges *Chicken Vindaloo* in der 2nd Avenue (Song: *I Just Wanna Have Something To Do*) und besuchte auch die *53rd and 3rd* (auch ein Song der Ramones), wo sich Dee Dee in der Vergangenheit ja ein wenig Geld dazuverdienen musste.

Höhepunkt der Tour aber war ein Ausflug mit einem Mietwagen. Monika, Heiner, Schäumer und ich (und wer noch, hab ich vergessen) mieteten einen Wagen. Ich ent-

deckte auf einer Karte, dass es den *Rockaway Beach* tatsächlich gibt, und somit war das Ziel ja wohl klar. Da musste ich unbedingt hin.
Bei der Ankunft bin ich ausgestiegen, hab mich hingekniet und wie der Papst den Boden geküsst. In dem Diner, in dem wir was futterten, hab ich gleich mal die Speisekarte geklaut. Die sollte nicht lange danach in Berlin noch eine Rolle spielen. Meine spezielle Ramones-Tour hatte nichts mit Heldentum zu tun – ich fand es irgendwie lustig, dass ich an den Orten, die ich aus deren Songs schon kannte, einfach so rumstehen konnte.
Auf der Fahrt zum Rockaway Beach hatte Monika noch einen ihrer unnachahmlichen Auftritte. Der Sprit ging uns aus, und wir waren gerade mitten in einem tiefschwarzen Viertel. Wir fuhren nun bei einer Tankstelle vor, und wir Herren der Schöpfung saßen etwas hilflos im Wagen. Um uns herum nur Schwarze, die zum Teil komisch guckten. Aus Erzählungen und Filmen meinten wir ja so einiges zu wissen und trauten uns tatsächlich nicht, auszusteigen. Monika sagte nur »Ihr Pfeifen!«, stieg aus und betankte den Wagen.
Da stand sie nun an der Zapfsäule mit ihrer Schaffellweste, den Schädel rasiert mit einem weißblond gefärbten Nest oben drauf und der grellen Lippenstiftgeometrie als Kotelettenersatz im Gesicht… die Schwarzen in der Nähe machten zum Teil ein Gesicht, als wäre da eine Außerirdische gelandet. Ganz falsch lagen sie damit ja nicht – diese Frau war tatsächlich nicht von dieser Welt!

Aufregende Tage waren das. Unsere irischen Herbergsbrüder wollten auch kein Geld mehr von uns, und so kam ich auch finanziell gut über die Runden. Mal verbrachte ich eine Nacht mit einigen Frozen Margaritas und hatte des-

wegen keinen so guten nächsten Tag, oder ich saß im Beirut.
Nie konnte ich mich an den Häusern und Straßenschluchten sattsehen und fand den Sound von Polizei- und Feuerwehrsirenen noch immer wunderbar.
Mit der rumpelnden Subway zu fahren war auch toll, und den speziellen Geruch auf den Stationen hab ich irgendwie immer noch in der Nase.
Auch war ich sehr erstaunt über die Anzahl der Pornokinos auf der 42nd Street. Leider lief in keinem dieser Kinos *Indiana Joan*. Ich hatte in einem Stadtmagazin eine Anzeige gesehen, und zu gerne hätte ich mal die Schwester von Harrison Ford gesehen und erfahren, ob sie auch solche Angst vor Schlangen hatte.

Den gesamten Trip werde ich bestimmt nie vergessen!
Danke Monika und Danke Berliner Senat!

Nur ärgerlich, dass es so gut wie keine Fotos von dem Ausflug gibt…

14 – Spanier und Russen

Einmal hatte ich Monika im Vorfeld doch mal gefragt, was es zu verdienen gäbe. Es stand ein mehrtägiges Festival im Tempodrom vor der Tür, und ich wollte danach mit einem Freund zwei Wochen Urlaub machen und brauchte deswegen mal eine Ansage. Ich musste halt wissen, mit wie viel Kohle ich würde planen können… Wir machten was aus – das Festival lief gut – ich bekam meine abgemachte Kohle… alles dufte!
Nur – die anderen Jungs bekamen mehr, weil das Endergebnis so prima war… aber abgemacht war ja abgemacht, kein Problem – allerdings habe ich es mir gemerkt und nie wieder vorher gefragt!

Das besagte Festival nannte sie übrigens *Mythen – Monster – Mutationen.* Ein Sammelsurium komischer Bands, von denen ich mir bis auf die Einstürzenden Neubauten wohl kaum eine freiwillig angeguckt hätte. Diamanda Galas, Minus Delta T, die Frank Chickens aus Japan, Frieder Butzmann, Vágtázó Halottkémek (zu Deutsch: Die Rasenden Leichenbeschauer) aus Ungarn und Konsorten waren mir dann doch zu speziell.

Dann war da aber noch ein spanisches Projekt angesagt. Im Vorfeld kam bei mir an, dass das eine Theatertruppe mit Musik sein soll. Irgendwie klang das spannend, und ich sollte nicht enttäuscht werden.
La Fura Dels Baus – *Ungeziefer aus dem Müll!*
Die kannte damals kaum jemand, und wir Jungs wussten nicht wirklich, was uns da erwarten würde. Es war von vornherein klar, dass der Abend anders als gewohnt ablaufen würde. Vor der Show mussten wir ihnen diverse Kohlköpfe, ein paar Kilo Innereien und so Zeugs besorgen.
Außerdem wurde der Zuschauerbereich auf die Manege beschränkt, und es durfte keiner auf die Ränge des Zirkus-

zelts. Es war dadurch nur Platz für wenige Zuschauer. Ich glaube, es waren maximal 500, wenn nicht noch weniger.
Bei Ankunft der Truppe war uns dann endgültig klar – das wird nun wirklich etwas anderes als was wir bis dato kannten. Es waren schon mal echt richtig viele Leute, die zu denen gehörten! Es gab eine kleine Band auf der Bühne, etliche Schauspieler und einige Helfer.
Und einen Direktor, der ständig in sein Megafon schrie, selbst wenn der eigentlich Angesprochene direkt neben ihm stand.
Der Großteil des Equipments waren Bestandteile von Installationen in der Manege. Viele Metallstangen, Reifen, Holzkonstruktionen, Werkzeuge, Kettensägen und viel undefinierbares Zeugs. Also kaum etwas, was man bei einem normalen Konzert erwarten würde.
Die Show war gewaltig – fast schon gewalttätig!
Und sie spielte sich zum erheblichen Teil zwischen und über den Zuschauern ab. Die Kettensägen waren zwar entschärft und der Sägeteil nicht dran, aber im Dämmerlicht sorgte allein das Geräusch der Motoren dafür, dass einige Zuschauer leicht panisch aus dem Zelt sprinteten.
Die Akteure rannten mit den großen, schweren Reifen durch das Publikum und auch mit Eisenstangen. Das alles aber sehr kontrolliert und dadurch zu keinem Zeitpunkt gefährlich für das Publikum. Selbst die umherfliegenden Innereien und Kohlköpfe landeten auf den Rängen, die ja nicht besetzt waren.
Insgesamt alles sehr martialisch. Ich fühlte mich ein bisschen an Mad Max mit Musik erinnert.
Klasse Abend mit einer geilen Show. Ich war begeistert und freute mich schon auf den nächsten Tag. Der ganze Aufwand hätte sich ja auch für nur einen Auftritt nicht gelohnt.

Bei Shows im Tempodrom war ich gern schon früh auf dem Platz. Es lohnte sich immer, unter den Zuschauerrängen auf den Boden zu gucken. In solchen Zirkuszelten sind die Zuschauertribünen ja aus Holzbrettern mit Spalten zwischen den einzelnen Planken. Münzen, manchmal auch Scheine, die den Zuschauern aus den Taschen fielen, landeten nun unten, und am nächsten Tag lohnte sich also immer ein Inspektionsgang. Da kam manchmal ordentlich was zusammen.

Nur leider nicht nach La Fura Dels Baus… es waren am Vorabend ja keine Zuschauer auf den Rängen, und somit hatte auch niemand etwas verloren. Dafür hatten die Hunde, die damals auf dem Gelände des Tempodrom lebten, ihren großen Tag. All die Innereien, die am Vorabend durch die Gegend geflogen waren, waren ihnen willkommen, und sie ließen es sich sichtlich schmecken. Insgesamt also tolle Tage mit tollen Shows für alle.

Im Nachhinein aber auch ein Beispiel dafür, dass Monika ein Gespür für Acts mit großem Potential hatte. Diese Theater-Aktions-Truppe sollte viele Jahre später auch für ein großes Publikum ein Begriff werden. Die Orgienszene mit ihren vielen Teilnehmern am Ende der Verfilmung von *Das Parfum* wurde inszeniert und dargestellt von La Fura Dels Baus, und ebenso hatten sie bei der Eröffnungsfeier der Olympischen Spiele in Barcelona einen beeindruckenden Auftritt.

Und nun habe ich das erste Mal beim Schreiben ein echtes Erinnerungsproblem. Ich bin mir eigentlich sicher, dass noch ein anderes Projekt bei *Mythen – Monster – Mutationen* stattfand, konnte aber bisher keine Bestätigung dafür bekommen. Was ich aber mit Sicherheit weiß, ist, dass dieses Event im Tempodrom stattfand. Schließlich war ich aktiv beteiligt.

Es handelte sich um ein Projekt von einem Russen namens Sergey Kuryokhin.
Popularnaja Mechanika nannte sich die Geschichte, und Westbam hat später eine Single mit ihnen produziert.
Ob es nun bei diesem Festival zu diesem Auftritt kam oder bei einem anderen Anlass, ist eigentlich egal – wichtig für mich ist nur: Es fand statt, und ich war dabei! Es muss entweder 1986 oder 87 gewesen sein.
Sergey Kuryokhin tourte damals mit einem Schlagzeuger, einem Gitarristen und einem Bassisten durch Europa und sollte nun auch in Berlin aufschlagen. Es lief bei ihm immer so ab, dass der örtliche Veranstalter eine oder auch zwei Handvoll Musiker für seinen Auftritt engagierte, die dann nach nur einer einzigen Probe gemeinsam das Konzert bestreiten sollten.
Dieses Konzept schrie nun förmlich nach einer rigiden Verhaftungswelle durch Monika Döring. Wir mussten eines Tages alle bei ihr in der Wohnung erscheinen, und sie präsentierte uns ein Video eines Mitschnitts solch einer Show aus Schweden.
Da waren also die vier Russen und unzählbare, meist schon recht betagte Schweden, die optisch und akustisch eher dem Jazzbereich entsprangen. Viele Bärte, Zöpfe und Lederwesten, die sich über bier- und köttbullargeformte Bäuche spannten. Dem Eindruck nach allesamt Menschen, die mit Harmoniezirkeln aufgezogen wurden und auch mit den mir immer noch unbekannten Synkopen und Krebsen etwas anzufangen wussten. Für mich waren das immer noch böhmische Dörfer.
Die Schweden waren Musiker – wir zum größten Teil Autodidakten. Ich war mehr als skeptisch, ob das wirklich funktionieren würde. Im Loft? Okay – sich vor 400 oder 500 Leuten zum Eimer zu machen, wäre nicht mein Prob-

lem gewesen. Aber im Tempodrom? Vor eventuell 2000 bis 3000 Zuschauern – mit nur einer Probe?
No way!
Da sah ich keine Chance, ein hörbares Ergebnis hinzubekommen, das mich ohne Peinlichkeiten davonkommen lassen würde.
Aber Monika wäre nicht Monika, wenn das nicht in Angriff genommen worden wäre. Wer also nicht schnell genug auf einen Baum kam, wurde schanghait und musste mit ran – also auch ich. Mit der Zeit freundete ich mich dann aber doch mit dem Gedanken an. Ein wenig zumindest, bekam ich doch mit, dass der ein oder andere Berliner dabei war, der richtig spielen konnte – im Gegensatz zu mir.

Es kam dann der Tag der Probe im Tempodrom. Auf der Bühne versammelten sich alle und plauderten ein wenig rum. Es war eng! Ich erinnere mich wohl nicht mehr an alle Teilnehmer.
Zuerst natürlich mal Sergey und die drei Russen plus einem Dolmetscher. Am Bass neben mir noch Edgar von MDK und noch einer, von dem ich den Namen nicht mehr weiß. Jakob (Gitarre) von Element Of Crime war dabei und Margita Haberland mit ihrer Geige. Dann noch Westbam mit seinen Turntables und Eastbam mit zwei Bandmaschinen. Ich meine auch ein paar Bläser gesehen zu haben und mindestens einen weiteren Gitarristen.
Wenn meine Erinnerung nicht komplett versagt, waren neben dem russischen noch zwei Berliner Schlagzeuger dabei. Am Bühnenrand noch zwei Russen, die für irgendwelche Showeinlagen dabei waren, bei der Probe aber noch nicht zum Einsatz kamen.
Wie gesagt – anwesende Personen und das dazugehörige Equipment sorgte für eine ziemliche Dichte und Gemütlichkeit auf der Bühne. Fast wie auf einer gut gefüllten

Tanzfläche – nur, dass ich statt einer Tanzpartnerin einen Bass in Händen hielt. Zumindest hatte ich diese Assoziation – ich tanze ja bekanntlich nicht!
Gut, dachte ich mir, Lautstärke runterdrehen und sich zum Beispiel hinter Edgar verstecken war eine Option, den Abend des Konzerts ohne Gesichtsverlust zu überstehen.
Die Probe begann mit einer einleitenden Erklärung von Sergey bzw. des Dolmetschers.
Folgende Regeln: Eigentlich war ihnen alles egal – nur wenn Sergey, der die Position des Dirigenten übernahm, auf einen von uns zeigte, sollte dieser vortreten und einen Solopart oder was Ähnliches spielen.
Edgar und ich traten augenblicklich zwei Schritte zurück! Sergey sah das und zeigte uns zwar lächelnd, aber doch irgendwie drohend, seinen Zeigefinger. Ich spürte die erste kleine Panikattacke.
Dann kamen wir zu den einzelnen Stücken des Sets. Nur gut, dass ich mittlerweile wusste, wo ich ein A, ein F oder ein D auf dem Bass fand. Kurze Ansage seitens Sergey für den ersten Song. Welche Akkorde für die Strophe und welche für den Refrain.
Rumms! Song 1! Los ging es.
Ich kritzelte mir die Chords in eine mitgebrachte Kladde. Beim ersten Spielen hielt ich mich schwer zurück und versuchte mir so viel wie nur irgend möglich zu merken.
Wie oft Strophe – wie oft Refrain – evtl. Übergänge und Zwischenparts, um das dann für mich halbwegs nachvollziehbar in der Kladde festzuhalten…

So ging das dann mit dem zweiten Song und mit dem dritten und so weiter.
Schnell merkte ich, dass da was gehen konnte. Die Songs waren einfach gestrickt und bekamen über den Rhythmus Leben eingehaucht. Die Russen am Bass, Schlagzeug und Gitarre hielten dabei alles zusammen. Es begann, Spaß zu

machen. Nachdem wir alle Songs einmal gespielt hatten bzw. die Russen sie uns vorgestellt hatten, gab es einen kompletten Durchlauf aller Songs – ohne Pause. Als wir mit diesem durch waren, sagte Sergey sogar einmal was auf Englisch.

»Okay! That was fine! See you tomorrow!«

Damit verließen die Russen die Bühne, und wir standen ziemlich doof rum. Edgar und der andere Bassist fragten mich dann, ob sie sich meine Notizen abschreiben könnten.

»Viel Glück!«, sagte ich beim Überreichen meiner Hieroglyphen, von denen ich nicht wusste, ob ich sie am nächsten Abend noch würde entziffern, geschweige denn verstehen können. Sie gaben recht fix auf…

Dann der große Tag des Konzerts! Ich war ziemlich aufgeregt und nervös. Es war richtig voll im Tempodrom – nicht nur auf der Bühne. Knapp 3000 Leute waren gekommen. Ein Fernsehsender nahm die ganze Show auf. Eine gute halbe Stunde, bevor es auf die Bühne ging, bot mir ein Mitstreiter ein paar Pilze an, und ich dachte mir: Okay – wenn ich mich schon zum Eimer mache, dann wenigstens mit viel Spaß dabei – und nahm sie dankend an.

Showtime!

Die erste Nummer spielten wir erstaunlich diszipliniert. Ich selbst war tierisch verkrampft und unlocker. Am Ende johlte das Publikum, es schien ihnen zu gefallen.

Die Spannung fiel von mir ab – ob wegen der Pilze oder der Reaktion des Publikums oder ob beides schuld war? Keine Ahnung – es wurde ein richtig geiler Auftritt, und ich hatte eine Menge Spaß. Die Lautstärke regelte ich an meinem Bass auch nicht runter. Ich fing sogar an, zu hoffen, dass Sergey bei einem Song mal mich auffordern würde, hervorzutreten. Das passierte dann auch. Er zeigte plötzlich auf Edgar und mich. Vielleicht ja auf uns beide zur gleichen Zeit, weil wir ja am Vortag zugleich zwei Schritte nach hinten getreten waren. Wir lieferten uns einen kleinen, aber satten Bass-Battle am Bühnenrand. Euphorie und Adrenalin gepaart mit Lautstärke und wohl auch ein wenig Pilzen – eine wunderbare Kombination! Herrlich!

Die beiden Russen, die am Probentag noch nicht in Erscheinung getreten waren, kamen auch zum Einsatz. Ab und zu marschierten sie über die Bühne und schwangen dabei auch mal Eisenstangen. Das verstand ich zwar nicht, war mir aber auch ziemlich egal. Nur Jakob von Element of Crime an der Gitarre spürte die Herren deutlicher. Eine Eisenstange traf ihn leicht am Kopf. Die Platzwunde war aber nicht so dolle, und er konnte weitermachen…

Es war einer der schönsten Auftritte meines Lebens – zumindest der außergewöhnlichste!

Auch dafür: Vielen Dank an Monika für das Verhaften zu diesem Anlass!

Massenweise Minuspunkte sammelte hingegen RIAS TV, die zu der Zeit ein regionales Fenster bei Sat.1 hatten. Die nahmen die komplette Show auf, nur um sie ein paar Tage später aus Versehen zu löschen. AARRRGGGHHH! Zu gern hätte ich mir die Show auch mal angeguckt.

Leider ist Sergey dann 1995 an Krebs verstorben.

15 – Drei Brüder und duschen mit BAP

Drei der Loftjungs waren für mich damals immens wichtig: Michael Schäumer, Mark Reeder und Yuji Kimura. Die drei waren mir am nächsten, und meine Gefühle ihnen gegenüber extrem tief. Aus der Zeit vor dem Loft kannte ich schon Michael Schäumer. Er ist ein paar Jahre älter als ich und noch heute ein guter Freund. Meinerseits kann ich sagen: So wie uns einst die Musik und die Arbeit im Loft verbunden hat, so verbindet uns heute der Fußball. Ich freu mich immer, wenn er mit zu meinen Tennis Borussen ins Mommsenstadion kommt, und wir haben auch schon die ein oder andere Auswärtsfahrt gemacht. Ihn hatte ich wie gesagt schon vor meiner Loftzeit kennengelernt.
Er war Ende der 70er/Anfang der 80er selbst Veranstalter und hat mich mal durch einen Hintereingang in die Neue Welt zu einem Konzert von Siouxsie & The Banshees reingelassen – so lernte ich ihn kennen. Das fand ich sehr nett und hat mich damals ziemlich beeindruckt. Jedenfalls so sehr, dass ich das heute noch weiß.
Mit ihm habe ich neben den Konzerttagen viel Zeit im Dienste von Monika verbracht. Wir haben immer für die Konzerte plakatiert – zumindest sollten wir das. Monika hat die ganzen Jahre nicht eingesehen, dass das Plakatieren für ihre Konzerte im Loft eher überflüssig war. Das Programm, das sie anbot, war für ein bestimmtes Klientel, das interessiert und informiert war. So trafen Schäumer und ich und sein VW Golf uns oft, wir haben Plakate bei Monika abgeholt, um dann meist im Café Swing einen Campari-Soda zu schlürfen. Im Sommer waren wir auch ab und zu Minigolf spielen anstatt zu plakatieren. Da erfuhr ich auch, dass Schäumer sogar mal in irgendeiner Minigolf-Liga bei Turnieren gespielt hat.

Tja – so mancher hat komische Sachen gemacht in seiner Vergangenheit…

Wegen der vielen Plakate im Kofferraum war der Golf zumindest hinten immer etwas tiefergelegt und sah sehr sportlich aus, und ab und zu sind wir dann zur BSR zum Entladen gefahren. Wir hatten schon ein schlechtes Gewissen, doch die Besucherzahlen gaben uns ja recht. Nur Monika hat nach dem Abfragen von Vorverkaufszahlen immer bei uns angerufen.

»Jungs, ihr müsst ballern! Der Vorverkauf für Soundso ist ganz schlecht!«

Aber bei einer Band, die die Masse nicht kennt, nutzen nun mal auch Tausende von Plakaten nix. Um Monika davon zu überzeugen, dass gerade für die kleinen Gigs im Loft Plakate wenig Sinn machten, hatte ich mir dann mal zwei Beispiele für sie rausgesucht.

Ich sagte ihr, dass wir für Wall Of Voodoo nur rund um den Nollendorfplatz kleben würden, die Show aber definitiv schon vorher ausverkauft sein würde, wir hingegen für die Meteors wirklich jedes Plakat, das sie uns gibt, in ganz Berlin aufhängen, es aber trotzdem nicht mehr als 250 bis 300 Besucher dafür gäbe… und genauso kam es auch, und danach bekamen wir von ihr relativ freie Hand, was Anzahl und Streuung der Plakate betraf.

Hinzu kam bei unseren Touren, dass wir wilde Plakatierer waren. Wir überklebten lediglich Plakate der Konkurrenz an nichtgemieteten Stellen. Das hatte nun zur Folge, dass die Plakate eh nicht lange hingen und wiederum ziemlich fix von anderen überklebt wurden. Also war das Plakatieren irgendwie ziemlich sinnlos und überflüssig.

Bei einer Tour durch die Bezirke kann ich mich noch gut daran erinnern, dass wir den Tapetenkleister sparten. Der Kollege der Konkurrenz fuhr direkt vor uns. Wir warteten im Wagen, bis er fertig war und hängten dann unsere Pla-

kate über seine gerade frisch aufgebrachten und brauchten die Fläche vorher wenigstens nicht einzukleistern. Die nächsten Standorte waren klar, und wir ihm also einfach hinterher.
Einmal kam ein böser Brief bei Monika an. Eine Firma, die professionell klebte, beschwerte sich, dass Monikas Plakatierer *im Schutze der Nacht* vorhandene und vor allem gemietete Plakatflächen der Firma überkleben würden… also mal ehrlich: Wir haben nie auf gemieteten Stellen plakatiert – es gab wirklich genug wilde Stellen, und schon gar nicht waren wir im Schutze der Nacht unterwegs – zumindest nicht mit Plakaten… da hatten wir echt Besseres zu tun!

Bei Minusgraden war der Job nun wirklich blöd, aber dafür kam ein bisschen Wissen aus dem Physik- und Chemieunterricht zur Anwendung. Den Tapetenkleister mussten wir mit Salz anrühren, da uns das Zeugs sonst eingefroren wäre.
Hin und wieder plakatierten wir auch für andere Auftraggeber. Das hat sich zumindest finanziell gelohnt. Und bevor Monika jetzt aufschreit: Nein! Nie haben wir ein Loft-Plakat überklebt! Versprochen!
Einer dieser Fremdjobs hat mir mal einen schönen Urlaub beschert. Genesis standen vor der Veröffentlichung eines neuen Albums, und die Plattenfirma schickte uns über einen Freund aus Solingen 200 Plakatstreifen à 7 A1-Plakaten, die zusammengesetzt irgendsowas wie *GENESIS – NEW ALBUM OUT NOW!* ergaben. Also ein recht großes Plakat, und mit 10,– Mark pro Streifen war der Preis eigentlich okay – aber 200 Streifen von diesem Format mussten auch erst einmal untergebracht und vor allem vorsortiert und geklebt werden. Zudem sollten wir als Beleg für die Plattenfirma noch Polaroids von den geklebten Streifen machen.
Sollte das etwa wirklich in Arbeit ausarten?

Wir bekamen das aber gut hin – brauchten wir ja schon einmal nicht alle Streifen abzulichten, sondern nur ein paar, um zu belegen, dass wir überhaupt unterwegs gewesen waren. Wir haben die geklebten Streifen einfach ziemlich geschickt aus mindestens zwei Perspektiven fotografiert und uns so eine Menge Arbeit erspart. Aber geklebt haben wir – wenn auch längst nicht alle… dass alles dufte war, bekamen wir dann sogar noch von der Plattenfirma bescheinigt: Keiner in Deutschland hätte so toll geklebt wie wir… Nun gut…

Auch hatte ich das Vergnügen, ein gutes Jahr mit Wolfgang Niedecken zu duschen! Ich wohnte damals in Kreuzberg und hatte einen Badeofen, den ich immer anheizen musste. Für eine Show von BAP in der Deutschlandhalle bekamen wir so um 1000 Plakate geschickt. Wir klebten ein paar, und dann war der Abend aber ziemlich schnell ausverkauft. Wegen der kurzen Hängezeit an unseren Stellen war der Job ja eh schon fragwürdig, aber Plakate für eine ausverkaufte Show zu hängen entbehrte nun erst recht jeder Logik.

Es waren also massenweise Plakate übrig, und schnell merkte ich, dass circa 40 Plakate genug Wärme für eine Dusche hergaben…

Dass die Show dann wegen Krankheit verschoben wurde, die Tickets aber ihre Gültigkeit behielten, bescherte mir weitere 500 Plakate und entsprechende Duscherlebnisse – weil ausverkauft ist ausverkauft und bleibt ausverkauft. Der, der uns den Job damals zugeschanzt hatte, wusste davon, aber es war ihm egal… und mir auch!

Für andere Firmen habe ich so 2 bis 3 Jahre lang plakatiert. Immer habe ich die Ansage gemacht, dass ich nicht sagen kann, wie lange die Plakate hängen werden. Vielleicht ein oder zwei Tage – vielleicht aber auch nur ein paar Stunden. Ich könne da keinerlei Garantie geben – immer war es den Auftraggebern egal… verstanden habe ich dies nie, aber das Duschwasser war warm…

Ich glaube, dass Schäumer froh war, dass ich fest im Loft war – konnte er deswegen doch unproblematisch früher ins Bett!
Nach den Konzerten war ich derjenige, der mit den Bands und deren Begleitpersonal noch loszog, um das ein oder meist auch andere Bier zu trinken; er konnte und durfte früher ins Bett, und ich hatte meist Spaß mit den Bands. Was sicher auch daran lag, dass mein aktiver Wortschatz im Englischen zu der Zeit annähernd so groß war wie mein passiver…
Noch heute habe ich guten Kontakt zu Michael. Musikalisch verbindet uns nicht so wahnsinnig viel. Seine Tipps zu neuen Bands sind in den Jahren selten Tipps für mich gewesen. Zudem war und ist er auch Anhänger von Techno, Tekkno, Trance, Goa und wie die Untergenres noch so heißen mögen.
Und erinnert sich noch wer an *Right On Time* von Black Box? Nicht wirklich Techno oder so, aber für mich ungläubigen Nicht-Techno-Möger leicht in die Richtung gehend.
Ich hatte nie verstanden, wie ein Song, der lediglich aus einem Beat, einer simplen Piano-Linie und einem dauernden Angebrülle einer Dame ein Nummer-Eins-Hit werden konnte… bis ich den mal im Metropol mit Unterstützung einer Ecstasy hörte! Ich wetzte zu Schäumer und sagte nur: »Jetzt weiß ich, warum der auf Platz eins ist!«

Diese Sparte mit all ihren Ablegern zündet bei mir damals wie heute überhaupt nicht. Musik, die eigentlich nur mit chemischen Hilfsmitteln funktioniert, ist definitiv nicht meine Welt.

Michael Schäumer hatte vor seiner Zeit im Loft auch schon einiges erlebt und gemacht. Ich wusste aus der Vergangenheit, dass er Konzerte veranstaltet hatte. Und zumindest halbprofessionell Minigolf gespielt und in frühester Jugend eine Konditorlehre gemacht hatte, keine Tomaten mochte und nicht schwimmen konnte. Das kann er wohl heute immer noch nicht. Beim Minigolf und als Tortenmacher mochte er ja gewisse Erfolge gefeiert haben, als Veranstalter ritt er allerdings in die Pleite.

Er verließ das Loft auch schon einige Zeit vor mir und war dann viel als Tourleiter unterwegs. Auch bei anderen Veranstaltern in der Stadt war er tätig, und noch heute macht er zum Teil komische Sachen. Kürzlich erst hat er ein Festival im Sudan organisiert, war dienstlich eine Zeit in Baku, und demnächst soll es vielleicht für ein Jahr nach Dubai gehen. Langweilig klingt nun wirklich anders. Dabei beschwerte er sich oft bei mir, dass er dieses Hamsterrad ziemlich satt hätte. Naja – unter Ödnis im Job stelle ich mir eigentlich was anderes vor. Mit den Anekdoten, die er mir so hier und da auftischte, ließe sich bestimmt auch ein schönes und unterhaltsames Buch füllen.
Na los, Schäumer, ran an die Tastatur! Ich fände es toll!

Und dann Mark Reeder – meine Herren – was für eine Marke! Ein Typ für sich! Kein anderer Mensch auf dieser Welt hat es geschafft, mich derart oft auf die allerhöchsten Palmen des Universums zu bringen; und trotzdem fand ich ihn gut und hab mich mit ihm wohlgefühlt. Mark ist und war immer ein extrem freundlicher Mensch. Seine Macken – nun ja – die waren für mich manches Mal allerdings schwer zu händeln.

Er war damals z. B. so gut wie nie pünktlich. Bei Konzerten, die nicht im Loft, sondern im Metropol, im Tempodrom oder auch im Quartier Latin stattfanden, kam er

fast immer mindestens eine halbe Stunde zu spät zum Aufbau, und wir mussten dann immer für ihn mit anpacken. Das Angeschnauze unsererseits interessierte ihn aber nie wirklich, und seine Ausreden, wenn er überhaupt welche hatte, waren stets hanebüchen.
Einmal gab es aber mal einen Anlass, an dem wir von der Crew uns für sein permanentes Zuspätkommen revanchierten – wenn auch von uns überhaupt nicht geplant. Zu Monikas fünfzigstem Geburtstag wollten wir ihr natürlich ein Ständchen bringen. Yuji komponierte dazu das großartige Werk *Halbes Huhn* – eine Nummer, in der sich eigentlich das gesamte Spektrum der von Monika im Loft präsentierten Musik widerspiegelte.
Der Text völlig sinnlos dadaistisch, Stromgitarren, Schlagwerk verschiedenster Couleur, und beim Auftritt ein heilloses Durcheinander auf der Bühne. Ich bearbeitete für den Auftritt meinen Bass sogar mit einem elektrischen Rasierapparat.
Die Nummer sollte wenigstens einmal geprobt werden. Nun galt es, uns Jungs mal außerhalb des Lofts unter einen Hut zu bringen. Wir fanden einen Tag um die Mittagszeit für zwei Stunden. Das sollte eigentlich auch reichen. Allerdings gab ich im Vorfeld zu bedenken, dass Mark ja immer unpünktlich war. Also sagten wir ihm, dass wir uns um 12 Uhr bei Yuji treffen würden; für alle anderen galt 13 Uhr. Konnten wir ahnen, dass Mark auch mal pünktlich sein würde? Uiii – war der sauer. Insgeheim lachte ich mir allerdings ins Fäustchen – erfuhr er so auch mal, wie es ist, pünktlich zu sein und dann warten zu müssen…

Eine Begebenheit mit ihm brachte mich allerdings fast dazu, ihm gegenüber handgreiflich zu werden. Wir teilten uns damals einen Übungsraum. Schlagzeug und Amps standen da immer rum und wurden von allen benutzt. Bei den Kleinteilen wie Mikros, Kabeln und Effektgeräten war

das anders. Die verschwanden einfach zu gerne im Nirvana, und so hatte jeder sein Kleinzeug separat am Start. Mark wollte dann mal im Übungsraum ein paar Demos aufnehmen und borgte sich dafür unser Mikrofon. Eigentlich kein großes Ding – aber ich sah das Mikro dann lange Zeit nicht wieder. Auf Nachfrage, wann ich denn mein Mikro wiederbekäme, lautete seine Antwort: »Das hab ich doch im Übungsraum liegenlassen!«
Also machte ich mich am nächsten Tag auf die Suche, aber erfolglos. Also wandte ich mich wieder an ihn.
»Mark, das Mikro liegt nicht im Raum! Wir brauchen es aber wieder!«
»Das kann nicht sein! Ich weiß, dass ich es im Raum liegengelassen habe! Auf der Gesangsanlage!«
Auf meinen zarten Einwand, dass ER sich das Mikro geliehen hätte und ich der Meinung sei, ER müsse nun auf die Suche gehen, bekam ich die Antwort: »Nein! Ich habe es da hingelegt und es muss da sein!«
»Ist es aber nicht!«
»Nicht mein Problem!«
»Mark! Du hast es dir ausgeliehen, und es ist nicht da! Also irgendwie doch dein Problem!«
»Nein! Es ist nicht mein Problem, sondern deins!«
Zu diesem Zeitpunkt war ich zwar stinksauer auf Mark, hatte aber noch nicht das Bedürfnis nach einer körperlichen Attacke auf ihn – das kam dann ein paar Wochen später.
Das Mikro blieb verschwunden, und da ich nun aber wirklich eins brauchte, telefonierte ich die in unserem Übungsraum tätigen Mitmusikanten ab, und es wurde beschlossen, die Kosten für ein neues Mikro auf alle zu verteilen. Zwar ärgerlich, da ja Mark das Mikro verschlampt hatte, aber die für alle erträglichste Variante. Ich kaufte also ein neues

Mikro und wollte dann beim nächsten Konzert im Loft von Mark seinen Beitrag für ebendieses Mikro eintreiben. Und was soll ich sagen – Freund Mark drückte mir tatsächlich mein altes Mikro in die Hand… mit den Worten »Sorry – lag zu Hause unter meiner Dreckwäsche!«, und die Sache war für ihn erledigt. Natürlich wollte er auch seinen Anteil am neuen Teil nicht bezahlen. Das Mikro sei ja wieder da und damit ja auch alles dufte. So jedenfalls seine Argumentation, und ungerecht wäre es nur, wenn ER jetzt was zahlen müsste. Die anderen Mitmusikanten – hier meinerseits verständlicherweise – zahlten nun aber auch nicht. Ich hatte also zwei Mikros und außerdem ein ziemliches Loch in der Kasse.
Danke, Mark!
Das war dieser eine Moment, in dem ich ihm gegenüber fast handgreiflich geworden wäre. Mark, noch heute sage ich: Es war ganz knapp!
Marks Gerechtigkeitsempfinden, zumindest was diesen Fall betrifft, war schon – ich sag mal so – ziemlich diskutabel, aber trotzdem hatte ich ihn die ganzen Jahre ins Herz geschlossen und schätze ihn auch heute noch.
1989/90 waren wir sogar eine Zeitlang Geschäftspartner im Pinguin Club, und wenn ich diese Mikrofongeschichte überbewertet hätte, wäre es dazu wohl kaum gekommen. Vergessen habe ich sie zwar nicht, kann aber heute darüber lächeln.

Mark war zu der Zeit auch der einzige Vegetarier im Loft. Außerdem trank er nicht und rauchte auch nicht. Komisch fand ich damals und auch in seiner Zeit im *Pinguin Club*, dass, wenn einer krank war, es meist er war. Also all meine Sünden wie rauchen, trinken und ein ordentliches Steak empfand ich durch ihn als ausgesprochen gesund.

Und nun ein Geständnis meinerseits: Dass er Vegetarier war und jede Form von totem Fleisch ablehnte, stellte

uns hier und da vor ernste Probleme. Wenn wir im Tempodrom eine Veranstaltung hatten, wurde die Versorgung der Crew mit belegten Broten gelegentlich in externe Hände gelegt, und wir bekamen was geliefert. Bei einem Aufbau nahm ich die Brote entgegen und sah gleich ein irres Konfliktpotential. Viele Salami-Käse- und Schinken-Käse-Baguettes, aber nicht eines nur mit Käse. Die Vorstellung, nun den ganzen Tag einen nörgelnden und zeternden Mark Reeder über den Platz laufen zu sehen, der zudem spätestens nach drei Stunden völlig ausgezehrt dem nahenden Hungertod entgegensah, war nicht schön. Das hatte ich bei einem Konzert in der Vergangenheit schon einmal erleben müssen.
Ich packte also zwei Schinken-Käse-Baguettes aus, nahm den Schinken runter und packte die so entstandenen Käse-Baguettes wieder ein. Der Schinken wanderte zu einem der umherlaufenden Tempodromhunde. Dem Herrgott sei Dank wurde ich bei der Baguettemodifizierung nicht erwischt. Ich bin dann mit dem Tablett Baguettes zur Crew und sagte zu Mark: »Hej, die zwei unten links sind deine – diesmal haben sie dran gedacht!«
Mark war dankbar und der Tag gerettet – und er merkte nicht, dass seine Käse-Baguettes vorher mit Schinken in Berührung gekommen waren.
War ich da gemein gewesen? Oder unfair? Ich glaube nicht. Und schon gar nicht hinterhältig. Ich glaube noch heute, dass ich sowohl ihm als auch seiner Umwelt den Tag gerettet habe.

Aber trotz dieser paar Kleinigkeiten hatte ich diesen Typen wie gesagt echt ins Herz geschlossen und war froh, dass er zu meinen Freunden zählte. Leider ist in jüngerer Vergangenheit etwas passiert, das mich zu dem Schluss kommen lässt, dass meine freundschaftlichen Gefühle ihm gegenüber wohl doch eher eine ziemliche Einbahnstraße waren. Ob ich später noch einmal darauf zurückkomme, weiß ich noch nicht – mal sehen.

Yuji Kimura – unser Quoten-Japaner. Mit ihm habe ich oft und lange telefoniert. Warum, das weiß ich nicht mehr, aber Gespräche über zwei Stunden waren nicht selten und haben mir immer Spaß gemacht.
Ob ihm auch? Keine Ahnung – Japaner sollen ja extrem geduldig sein. Ich glaube aber, dass unser Verhältnis schon so war, dass er was gesagt hätte, wenn es ihm nicht gepasst hätte. Und die Telefonate waren ja auch nie – Achtung, Wortschöpfung! – Einsprachstraßen!

Er hatte eine Eigenart, die wir Kollegen gern übernahmen. In komischen, peinlichen oder auch erstaunlichen Momenten führte er seine rechte Hand immer an die Nase, um diese dann imaginär in die Länge zu ziehen, und dabei gab er ein recht kehliges, gutturales »hooooooooooo« von sich. Dieses kehlige, gutturale »hooooooooooo« machte er eh oft auch ohne die Nasenziehgeste. Dann entsprach dieses »hooooooooooo« etwa dem deutschen »äääääh«.

Wir Loftis waren in der ersten Zeit vielleicht nicht die profitionellste Stagehandcrew, aber wir waren ambitioniert. Das zeigte sich perfekt in Yujis Outfit, in dem er zum Job erschien. Meist in Jackett und Stoffhose, und als Höhepunkt seine rosafarbenen Wollhandschuhe!
Nicht wirklich geeignet, um schwere Kisten zu stemmen, aber sauschick!
Ein bisschen was über Japan habe ich von ihm auch gelernt. Zum Beispiel die Legende mit dem R. Mir fiel bei ihm recht schnell auf, dass er tatsächlich hin und wieder ein Problem hatte, das R auszusprechen. Manchmal kam ein lupenreines L raus und manchmal auch eine ziemlich undefinierbare Mischung aus beidem. Nicht R, nicht L,

halt irgendwas dazwischen. Die rrrrichtigen rrrrunden Rs – die hörte ich tatsächlich recht selten von ihm.
Aber ich habe ihn immer gut verstanden. Einmal sogar bei einer Fahrt im Auto. Er fuhr, und ich guckte ins Leere, und plötzlich fragte er: »FL? Was ist das denn für ein Kennzeichen?«
Ohne hinzugucken antwortete ich »Freiburg« – und ich hatte recht! Hätte ich neben Schäumer gesessen – ich hätte wahrscheinlich genauso selbstverständlich »Flensburg« gesagt.

Mein lustigstes R-Erlebnis hatte ich mit ihm aber direkt vorm Metropol. Für die Konzerte hängten wir links und rechts immer Plakate an den Wänden auf. Für manche Bands gab es nun aber keine Poster, und wir nahmen dann andere, unverheizte von früheren Konzerten und klebten sie falschrum an die Wand. Auf die weiße Fläche wurden dann der Bandname und das Datum gesprüht.
Die Fleshtones waren nun so eine Band ohne eigenes Plakat. Yuji stand auf der Leiter, und ich sicherte unten ab, damit er nicht runterfiel. Erst weiß abgeklebt und dann losgesprüht. Ich hielt derweil die Leiter fest und guckte nicht hoch. Ein Stammgast des Loft lief vorbei, guckte hoch, stutzte und fing an zu lachen – und zwar herzhaft! Ich schaute ihn an und fragte, was denn so lustig sei.

»Ausgerechnet ein Japaner! Ausgerechnet ein Japaner!«, bekam ich zur Antwort. Ich guckte hoch und fing auch sofort an zu lachen und stimmte zu: »Ausgerechnet ein Japaner!«
Das Datum stimmte – allerdings würden dank Yuji nun nicht die *Flesh-*, sondern die *Freshtones* im Loft gastieren. Dass ausgerechnet er diesen Buchstabentausch vollzog, fand ich klasse. Da es leider tatsächlich eine Band namens *Freshtones* gab, haben wir nochmal von vorn angefangen und diesen Fauxpas leider fix überkleben müssen.

Einmal war ich ihm gegenüber vielleicht etwas diskriminierend. Wir hatten mal wieder eine Band zu Gast im Loft, und ich bin zu einem Bandmitglied und fragte, ob sie nicht angesagt werden wollten. Er guckte etwas irritiert und sagte, dass sie nie angesagt würden. Das war bei Bands im Loft sowieso nicht üblich und eher die Ausnahme. Ich kann mich nicht daran erinnern, das dort einmal erlebt zu haben. Aber bei dieser Band fand ich, dass es eine gute Idee wäre. Als er mich fragte, wer das denn machen solle, zeigte ich auf Yuji.

»Brilliant idea – but he can't be your friend!«

Er war einverstanden, und ich bin dann zu Monika gewetzt.

»Hej, Monika… ich hab da eine Idee! Yuji sagt heute die Band an. Die finden die Idee auch klasse!«

»Chaos – du bist ein Arsch…«, entgegnete sie. »Aber die Idee ist echt spitze!«

»Wir müssen nun nur noch Yuji überzeugen…«

»Yuji! Komm doch mal eben her!«, rief sie ihn herbei.

Sämtliche Überredungsversuche von Monika, mir und der Band nutzten aber leider nichts – er ließ sich nicht davon überzeugen, dass das eine gute Idee war, und so musste die Band ohne Ankündigung unseres Japaners auf die Bühne…

…achso – die Band hieß _**R**_ed Lo_**rr**_y Yellow Lo_**rr**_y…

…und meinen Wunsch, mir einmal eine japanische Version von _**R**i-**R**a-**R**utsch… wir fahren mit der Kutsch_ zum Geburtstag zu schenken, hat er mir leider auch nie erfüllt.

16 – Bekanntschaften, Tequila, Nebenjobs

Die berühmte bucklige Verwandtschaft in der Loft-Familie gab es allerdings auch. Das waren für mich die, die ständig als Nassauer zum Konzert kamen, dreist ins Büro schlurften, den Kühlschrank plünderten und dann meist hinten am Mischpult standen, um als Musikerpolizei über die Bands zu lästern, nur um direkt nach dem Konzert zu mosern, dass der Sekt warm oder das Bier alle sei. Diese von mir nicht geschätzte Verwandtschaft, also die bösen Tanten und unangenehmen Onkels, waren am Einlass auch oft ein kleines, aber nerviges Problemchen. Klar, sie waren sozusagen Gäste des Hauses, aber es wäre schon angebracht gewesen, beim Vorbeistapfen nicht nur Heiner an der Kasse zu begrüßen, sondern auch uns eines Blickes, wenn nicht sogar eines Wortes zu würdigen. Zum einen fand ich es immer etwas respektlos, so grußlos an uns vorbeikommen zu wollen, und zum anderen waren da stets Leute am Einlass, die ebenfalls umsonst reinwollten und dann fragten, warum denn der eine oder die andere einfach so vorbeimarschieren konnte, er aber nicht.
Versuchten diese normalen Schnorrer dann einfach an uns vorbeizukommen, mussten wir ihnen den Einlass verwehren. Ein oft recht nerviges und vor allem überflüssiges Prozedere. Die guten Tanten und die lieben Onkels ließen sich hingegen von Heiner immer ein Ticket geben. Das hat uns den Einlass echt erleichtert. Aber einige kamen sich halt irre wichtig und toll vor…

…aber eigentlich nur die, die keine enge Freundschaft mit dem Loft verband.

So richtig positiv ist mir hingegen Anja Caspari in Erinnerung geblieben. Mittlerweile Leiterin der Musikredaktion bei Radio Eins, lernte ich sie kurz nach ihrer Ankunft in Berlin kennen. Frisch angekommen, stand sie des Öfteren recht schüchtern bei mir am Einlass, und ich musste sie förmlich überreden, für umme aufs Konzert zu gehen. Sehr sympathisch. Und dass sie mich dann gewissermaßen als Dankeschön einmal bekocht hatte, war ein weiterer Pluspunkt. Sehr angenehm, solch bescheidenes Verhalten. Damals dachte ich – schön, die Position der lieben Cousine ist in meiner Loft-Familie nun auch vergeben.

Es gab noch etwas, was den Tag eines Konzerts für mich so attraktiv machte. Das, wofür Schäumer es eben auch schätzte, mich in der Loft-Familie zu haben. Bei Konzerten in der Größenordnung Loft (so bis zu 600 bis 700 Besucher) war es damals üblich, dass den Bands nicht nur ein kaltes Buffet (Wurst, Käse, Salate) plus Getränke bereitgestellt wurden, sondern sie wollten und sollten ja auch was Warmes in den Bauch bekommen. Nun konnten wir im Loft die Bands nicht wirklich bekochen. Deswegen gab es oft den sogenannten *buy out*. In diesem Fall zahlt der örtliche Veranstalter, also Monika, pro Mitglied der Reisegesellschaft einen Betrag, von dem die Band vor oder nach dem Konzert meist in die nächste Pizzeria schlurfte.
Nun war Monika aber geil auf die Bands und wollte sie auch ein bisschen kennenlernen. Also gab es kein buy out, sondern nach dem Konzert ging es oft zum Inder um die Ecke – und ich natürlich mit, und Schäumer durfte schon ins Bett. Unser Stamm-Inder in der Fuggerstraße wusste, dass wir kommen würden und ließ dann immer länger auf. Hat sich ja für ihn auch gelohnt. Die Band plus Crew plus Lofties plus ein paar Leute Rattenschwanz. Das war ja nochmal ordentlich Umsatz.
Diese Essen beim Inder waren für mich wirklich wichtig. Bei den Crews waren oft Leute dabei, die nicht nur mit einer Band unterwegs und öfter mal in Berlin mit verschiedenen Bands am Start waren. Ich lernte während dieser

Stunden einige Leute kennen, die dann auch Freunde wurden.

Dirk Fleck zum Beispiel war ein Tourleiter aus Wuppertal, der oft in Berlin war. Er hatte einen wunderbar trockenen Humor, und zudem war er auch verdammt trinkfest. Da ich damals auch eine ordentliche Menge vertrug, waren wir ein richtig gutes Paar. Er hatte auch eine eigene Band. Es war irgendwie so eine Art Hardrock von der Sorte, wie ich ihn nicht mochte. Die Band nannte sich *Mama*, und ich fand den Namen eigentlich genauso doof wie die Musik, die sie machten.

Nachdem klar war, dass wir beide gerne mal den ein oder anderen Tequila verhafteten, begrüßten wir uns immer gleich. Der eine rief laut fragend mit Betonung auf der letzten Silbe »TEQUILAAAA?«, und der andere antwortete mit einem sehr bestimmten »TEQUIIILA!«, Betonung auf dem »-QUI-«.

Tranken wir zum Beispiel nach dem Konzert im Café Swing direkt gegenüber vom Metropol, dann holten wir eigentlich immer gleich zehn Tequila. Dann mussten wir nicht so oft aufstehen.

Eine schöne Nacht endete einmal im Schwarzen Café in der Kantstraße. Die Tour der Band, mit der Fleck unterwegs war, endete in Berlin, und es hieß für ihn am Morgen nach der Show mit dem Flieger heimzufliegen. Da klar war, dass wir ein wenig feiern würden, hat er von vornherein auf sein Hotelzimmer verzichtet. Nach einem ordentlichen Zug durch die Gemeinde landeten wir also im Schwarzen Café, um etwas zu frühstücken, bevor es für ihn zum Flughafen ging. Ich war recht breit und hatte keine Lust auf Nahrung. Fleck war zwar mindestens genauso stramm, wollte aber partout etwas essen. Er orderte ein Weizenglas mit Milch und zwei Croissants. Damit nun allerdings ein Rentnerfondue zu machen, sprich die Croissants in die Milch zu stippen, war keine wirklich gute Idee. Logisch, dass sich die Croissants fix in ihre Blätterteigschichten auflösten und in der Milch schwammen und versanken. Während Fleck so auch ein drittes Croissant langsam aber sicher den Fluten der Milch übergab, ärgerte ich mich, dass ich keine Kamera dabeihatte. Es war ein Bild für die Götter, wie Fleck nun mit den Fingern in der Milch Teigfetzen zu erhaschen versuchte und sich dabei fast die Zunge abbiss. Immer wieder schwappte dabei ein wenig Milch über. Erfolgreich war er aber nicht wirklich. Zum großen Finale setzte er dann das Glas an, trank die Milch, nahm das Glas dabei immer höher und höher. Es kam, was kommen musste – der im Glas befindliche Klumpen aus Milch und Blätterteig platschte im satt auf die Nase. Er sah ziemlich dämlich aus, und sein Platz war ebenfalls eingesaut. Wir wurden dann vom Personal gebeten, doch besser zu gehen. Da Flecks Abflug eh nahte, war das kein Problem. Später erfuhr ich, dass ihn das Bordpersonal erstaunlicherweise mit an Bord nahm und er wohlbehalten sein Ziel erreichte.

Ein weiterer Trinkabend mit Fleck sollte allerdings meinerseits eine gewisse Koordination im Vorfeld erfordern. Zu der Zeit arbeitete ich zwar schon nicht mehr im Loft, sondern war im Pinguin Club zugange, aber die Kontakte zu den Crewleuten aus der Loft-Zeit schliefen nicht sofort ein. Eines Vormittags klingelte mein Telefon. Ich nahm am ab und hörte nur ein »TEQUILAAAA?«.

»TEQUIIILA!«, antwortete ich, wohlwissend, dass ich vor einem großen Problem stand.

Ich hatte Schicht im Pinguin, und ich wusste, dass meine damaligen Partner Gosto und Mark abends auf der Gästeliste der Pet Shop Boys standen, die an jenem Tag ebenfalls in der Stadt weilten. Ich musste nun schnell für mich einen Ersatz aus dem Hut zaubern. Freund Samir, der

damals hier und da aushalf, hatte abends zwar ein Essen mit Freunden geplant, sprang aber trotzdem ein. Nur nicht gleich am Anfang, er würde so gegen Mitternacht den Tresen übernehmen. Passte – die Band, mit der Fleck in der Stadt war, hatte mich eh nicht interessiert, und er musste ja bis zum Einladen der Backline auch was arbeiten. Also verabredeten wir uns gegen null Uhr im Pinguin.
Ein kleines taktisches Problem hatte ich aber immer noch. Ich wusste, dass Fleck über den Tag und den Abend schon das ein oder andere Gläschen heben würde. Ich hatte nun aber schon immer Schwierigkeiten mit Menschen unter Alkoholeinfluss, und ich selbst war noch nüchtern. Wenn ich nicht den gleichen Pegel wie mein Trinkpartner hatte, waren mir der Abend und mein Trinkkumpan dann meist sehr schnell zu anstrengend. Das ist heute noch so. Ich nüchtern und mein Gegenüber schon recht stramm bedeutet für mich einfach keinen Spaß.
Also musste ich ab 21 Uhr immer mal wieder einen Tequila schlürfen, damit ich und Fleck um null Uhr in etwa den gleichen Pegel haben würden. Hat alles gut geklappt. Gegen halb zwölf kam Samir und löste mich ab, und tatsächlich traf um null Uhr ein ganz leicht angeschickerter Fleck auf einen ganz leicht angeschickerten Chaos. Wir setzen uns an den Scooter-Tisch und sabbelten und tranken drauflos. Schon bald war es Samir zu doof, alle paar Minuten mit zwei Tequila bei uns anzutreten.

Er stellte uns einfach die Flasche auf den Tisch, und dazu einen Teller mit ein paar aufgeschnittenen Orangen. Außerdem noch einen Gastroblock und einen Stift. Ich wollte notieren, wie viele Tequila wir hatten, um den dann die Tage mal nachzukaufen.
Wir tranken und sabbelten und sabbelten und tranken. Danach haben wir wohl gesabbelt und getrunken… Da die Natur stets ihren Tribut fordert, verschwand ich doch mal

auf dem Klo, und ab dann wusste ich vorerst nichts mehr. Irgendwann bin ich aufgewacht, zuerst ohne jede Orientierung. Der schwache Lichtschein erleuchtete den Raum, in dem ich lag, nur unzureichend.
Mit der Zeit kam ich zu mir, und ich merkte, dass ich im Hinterzimmer des Pinguin lag. Auf einer der Autorückbänke, die wir damals im Laden hatten. Und ich war zugedeckt mit meiner Notfalldecke, die ich mal für Nachmittage zum Powernapping im Laden deponiert hatte. Neben meiner Schlafstatt stand ein kleiner Tisch, und darauf entdeckte ich einen Tequila mit Orangenscheibe drauf, eine Flasche Mineralwasser, ein Einmark-Stück und einen Zettel mit vielen Strichen.
Die Striche waren am Anfang noch in adretten 5er-Blöcken gemacht. Mit steigendem Pegel hatte ich aber zuerst die 5er-Blöcke aufgelöst, und im Laufe des Abends waren die einzelnen Striche dann deutlich länger geworden, und ganz gerade waren sie auch nicht mehr. Ich zählte letztendlich über fünfzig Striche. Machte also etwas mehr als fünfundzwanzig für jeden von uns.
Nu mal ehrlich – am Ende eines solchen Abends ein paar Gedächtnislücken zu haben, finde ich auch heute nicht sonderlich verwunderlich. Ich stand auf und wunderte mich noch, dass es mir eigentlich ganz gut ging.
Vorn im Laden war alles dunkel und ruhig. Gut! Es war also schon spät und alle Gäste und auch Samir waren weg.

Ich taperte durch den Laden und schloss die Tür auf. Gleißendes Sonnenlicht empfing mich – und dummerweise auch der Briefträger, der gerade an unserem Haus auftauchte.
»Boah – siehst du scheiße aus! Lange Nacht gehabt?«
»Du mich auch… wie spät isses?«
»Moment… genau 13 Uhr 12!«

Dem seine permanent gute Laune ging mir in solchen Momenten einfach nur tierisch auf den Sack, obwohl ich ihn sonst wirklich gut leiden konnte.
Grunzend machte ich die Tür wieder zu. Wieder an meinem Nachtlager angelangt, verweigerte ich den Tequila, der da ja noch stand. Lieber nahm ich das Mineralwasser. Dieses Mark-Stück, das da noch lag, konnte ich mir nun immer noch nicht erklären… aber erst mal war mir das egal… besser nach Hause fahren, duschen und noch ein paar Stunden ruhen.
Abends rief ich dann Samir an und fragte, wie der Abend denn so gewesen war…
…und was es mit diesem Markstück auf sich hatte…
…und wie ich zu der Decke kam…
…und zu meinem Nachtlager…
…und ob ich schlimm war…
…und wie es Fleck ergangen war…
…und überhaupt…
Er beruhigte mich und schloss meine Gedächtnislücken. Ich sei aufs Klo gegangen und von da aus direkt in das dunkle Hinterzimmer. Dort hätte ich wohl versucht, Aufmerksamkeit zu erregen, und das mit Hilfe ebendieses rätselhaften Einmark-Stückes. Ich hätte es aus dem Dunkel des Hinterzimmers in den kleinen Vorraum vorm Klo geworfen. Samir hörte es klimpern, ging zum Markstück und hob es auf. Da hörte er aus dem Hinterzimmer ein »Pssst-pssst… Sa-am…«, und ich stand da, etwas wankend, und bat um meine Notfall-Powernapping-Decke, die in der Küche lag. Er brachte sie mir, und ich begab mich auf die Autorückbank und beendete so den Abend.
Nach Feierabend hat mir Samir dann einen Tisch neben mein Nachtlager gestellt und darauf den Tequila, das Markstück, den Zettel mit den Tequila-Strichen und das

Mineralwasser. Und das Beste war: Er ließ mich schlafen und ist einfach gegangen.
Habe ich eigentlich schon erwähnt, dass Samir ein echt guter Mensch ist? Nein? Okay – dann jetzt: Samir – Du bist ein echt guter Mensch! Danke!
Und in der Rückschau betrachtet: Mit meinem Gang in das Hinterzimmer bewies ich auch ein recht gutes Timing, denn Samir sagte mir, dass Fleck genau zu diesem Zeitpunkt an dem Tisch, an dem wir eben noch getrunken und gesabbelt hatten, ebenfalls eingeschlafen war. Er hat ihn dort erst einmal schlafen lassen und nach Feierabend dann in ein Taxi gesetzt… mit der doppelten und dreifachen Versicherung, dass es mir gut gehe und ich gut schlafen würde. Samir, Du bist wirklich ein guter Mensch!
Als Resümee kann ich sagen, dass ich damals mit Fleck gut trinken und sabbeln konnte und dass ich allerdings nach diesem Abend mit Tequila nicht mehr auf allerbestem Fuß stehe.

Und ich lernte auch Frank Schreiber aus Solingen, Kiki aus Berlin und vor allem Uwe Faust aus Wanne-Eickel kennen und schätzen. Die sollten dann später während meiner Zeit bei und mit den Toten Hosen noch eine viel intensivere Bedeutung bekommen. Frank Schreiber allerdings schon vorher. So schanzte er mir den ein oder anderen Plakatier- (z. B. die Genesisaktion) oder auch Merchandiserjob zu.

Merchandising, also das Verkaufen von Fandevotionalien bei Konzerten, habe ich immer gern gemacht, und Frank Schreiber brauchte hier und da in Berlin Crews, die den Verkauf übernahmen.
Der erste Einsatz, der über ihn lief, war Pink Floyd vorm Reichstag, und zwei Tage später Michael Jackson an gleicher Stelle. Bei großen Veranstaltungen lief es oft nach

dem gleichen Schema ab: Eine meist englische Firma, die die Rechte am Verkauf der Fanartikel hatte, kam mit ein oder zwei Leuten und einem LKW angefahren, und eine lokale Crew verkaufte das Zeug dann vor Ort.
Da wurden aus diversen Kisten die T-Shirts, Plakate, Mützen und was es halt sonst noch so im Angebot gab, herausgezählt und die Stände bestückt und die Sachen verkauft. Nach Showende wurden die Reste gezählt, und so war klar, wie viel verkauft worden ist und wie viel Kohle in der Kasse sein musste. Oder besser gesagt: sollte!
Merchandising bei Konzerten ist ein Stoßgeschäft – viel Abverkauf in kurzer Zeit. Da kann es leicht passieren, dass ein Verkäufer mal falsch rausgibt. Zudem klebten die Shirts gern aneinander, sodass es auch passieren konnte, dass mal zwei statt eines Shirts rausgegeben wurden. Keine Absicht des Verkäufers, und der Kunde merkte es vielleicht auch erst später. Auch kann es passieren, dass mal ein Shirt von Kunden geklaut wird.
Unser Deal mit der englischen Firma war vorher klar abgesprochen gewesen: Unsere Crew bekommt nach Stunden ein paar Mark bezahlt – keine Unsummen, aber genug, dass alle zufrieden waren. Sollte es nun einen Fehlbetrag in der Kasse geben, so war dies das Risiko der englischen Company.

Hier und jetzt sage ich: Unseren Leuten im Verkauf bescheinige ich absolute Ehrlichkeit, und keiner hat da in die Kasse gegriffen.

Bei Pink Floyd, dem ersten Job, den wir machten, lief es genau so ab. Eine richtige Großveranstaltung, und ich glaube, wir hatten vier oder fünf Verkaufsstände mit jeweils drei bis vier Leuten. Also waren viele meiner Freunde und Freundinnen am Start. Allen war die Kohle, die es zu verdienen gab, willkommen, allerdings war keiner total drauf angewiesen, und daher machten alle den Job, weil sie

Bock darauf hatten, und nicht, weil sie mussten. Wir bekamen die Ware an die Stände geliefert und verkauften recht ordentlich. Das Pink-Floyd-Publikum war damals schon etwas in die Jahre gekommen und hatte anscheinend in der Mehrzahl ein ordentliches Einkommen. Was die da alles für einen Schrott gekauft haben…

Die verschiedenen Shirts kosteten so um die 35 bis 60 Mark, und ein dusseliges Konzertplakat, das ich ja gern verheizte, um zu duschen, schlug mit 10 Mark zu Buche. 10 Mark, um bei Konzertende wahrscheinlich gut zerknittert zu sein.

Der Höhepunkt war aber ein Sweatshirt für satte 120 Mark. Es war in einem wirklich schlimmen Grün mit seltsam aussehenden gesteppten, wattierten Schultern und einem kleinen Pink-Floyd-Logo plus einem kleinen Bett auf der Brust. Und die Qualität war unter aller Sau. Überall hingen Fäden raus, und gehalten haben dürfte das Teil von zwölf bis Mittag – aber es wurde gekauft.

Nun gut – wir haben ja keinen dazu gezwungen.

Nach Showende zählten wir die restliche Ware, und Schäumer verschwand mit der Kohle und dem Engländer in deren Reisebus zum Abrechnen. Wir standen draußen und warteten…

Nach einer Weile kam Schäumer raus und war sichtlich angefressen. Er sagte aber nix, rauchte eine und ging wieder in den Bus. Alles er wieder rauskam, zahlte er der Crew die Kohle für den Tag aus und erzählte mir dann von der Abrechnung.

Es wurde über den Tag Zeugs für circa 170.000 Mark verkauft. In der Kasse fehlten dann sage und schreibe 120 Mark – und diese 120 Mark wollte der Engländer doch tatsächlich von der Kohle für die Crew abziehen! Zuerst dachte Schäumer, der Typ würde scherzen, aber nein – er meinte es ernst. Daraufhin sagte ihm Schäumer, dass er

mal eine rauchen gehen würde und in der Zeit könne er noch einmal darüber nachdenken, was er da gerade gefordert hat.
Mal abgesehen davon, dass der Deal war, dass ein eventuelles Manko nicht zu Lasten der Crew gehen sollte, sollte er auch darüber nachdenken, dass 120 Mark bei gut 170.000 Mark Umsatz ja wohl lächerlich seien… gerade bei den Preisen, die die aufgerufen haben…
Der Engländer bezahlte dann ohne weiteres Murren korrekt… aber versuchen kann man es ja mal…
Idiot!

Zwei Tage später bei Michael Jackson gestaltete sich der Verkauf dann etwas anders. Es war zwar die gleiche Company aus England, aber mit 'nem anderen Kollegen. Der Umsatz war längst nicht so hoch… kein Wunder, standen doch oft kleine Teens mit den kärglichen Resten ihres Taschengelds am Stand und fragten, ob es was für 5 Mark gebe. Traurig mussten sie von dannen ziehen – auch bei Michael Jackson gab es nichts für unter 10 Mark. Die Abrechnung an dem Tag lief ohne Zwischenfälle ab, und das Manko lag an dem Tag noch deutlich unter 100 Mark.

Der Engländer vom Pink-Floyd-Tag sollte mir aber noch einmal über den Weg laufen. Ich und meine Crew hatten einen Einsatz bei Chris de Burgh in der Waldbühne.

Musikalisch war das für uns eigentlich die Höchststrafe. Allen guten Mächten im Dies- und im Jenseits möchte ich noch heute dafür danken, dass die Stände recht weit von der Bühne entfernt waren! *Lady In Red* war trotzdem gut zu hören, und wir waren bei der Arbeit schwer genervt von dem Iren. Gruselig!

Nach Konzertende war ich dran, die Abrechnung mit dem Engländer zu machen. Er erkannte mich noch von Pink Floyd, sagte aber nichts weiter. Ich saß also mit einem Koffer voll Geld in seinem Bus, und er rechnete aus, was er denn an Kohle von mir haben wollte. Chris de Burgh verkaufte längst nicht so viel pro Kopf wie Pink Floyd oder auch Michael Jackson, aber ich hatte doch ordentlich Knatter im Koffer. Es waren so um die 20.000 Mark. Er rechnete und rechnete… dann fragte er, wie viel ich denn im Koffer hätte. Ich fragte ihn aber, wie viel er denn haben wolle. Zu meiner Überraschung meinte er so um die 17.500 Mark.
Hmmm… gute 2.500 Mark mehr in der Kasse als gefordert? Das war zu viel… ein bisschen im Plus mag ja in Ordnung gehen, aber nicht 2.500 Mark.
Er musste einen Fehler in seiner Abrechnung haben. Sollte ich ihm nun die gewünschte Summe geben, und die Crew und ich könnten uns über ein ordentliches Trinkgeld freuen?
Nee – nicht mein Ding. Außerdem würde ihm irgendwann auffallen, dass er sich bei irgendeinem Posten verrechnet hatte.
»Okay – you know the game… I go out, smoke a cigarette, and when I come back, you will tell me what you want and that's it…«
Er stutzte, und noch während ich den Bus verließ, fing er erneut an zu rechnen. Als ich nach der Kippe wieder reinkam, grinste er leicht verlegen.
»Thank you!«
Er nannte dann eine Summe um die 20.000 Mark, und ich zählte ihm das Geld auf den Tisch. Ich weiß noch heute, dass genau 10 Mark fehlten… 10 Mark bei gut 20.000 Mark Umsatz – ich finde, ein Traumergebnis für jede Merchandising-Crew!

Bei seiner ersten Rechnung hatte er schlicht eine komplette Kiste Shirts vergessen, die ich während der Show als Nachschub von ihm geholt hatte.
So ganz ohne Fehltritt seinerseits konnte er den Abend allerdings dann doch nicht beschließen, obwohl dieser Fauxpas nicht böse gemeint war. Er schob mir tatsächlich einen Stapel Shirts für mich und die Crew rüber. Als Erinnerung… eine Erinnerung an Chris de Burgh! Für die Crew und mich!
Nicht einmal zum Renovieren würden wir so etwas Scheußliches anziehen! Es gelang mir, ihn davon zu überzeugen, dass es für uns sinnvoller wäre, den Verkauf der Shirts runterzurechnen und uns den Gegenwert in bar auszuzahlen.

In der Waldbühne hatte ich noch zwei lustige Einsätze. Die australische Brüderschar *The Bee Gees* spielten dort zwei ausverkaufte Shows. Musikalisch zwar auch nicht meins, aber längst nicht solch eine Ohrenverletzung wie Chris de Burgh. Für die Tage wurde bei mir eine Crew für drei Verkaufsstände geordert. Das fand ich ziemlich optimistisch, konnte ich mir doch so gar nicht vorstellen, dass das in die Jahre gekommene Publikum viele T-Shirts von denen kaufen sollte, aber es wurde darauf bestanden. Nun gut – nicht mein Geld, das das kostete. Das Warensortiment war recht gewöhnlich.
Ein paar teure Shirts, Poster und ein Schlüsselband für den nicht so dicken Geldbeutel und so Sachen. Und ein Programmheft zur Tour.

Das hatte zwar irgendwie so gar nichts mit der Tour zu tun, es waren aber schicke Bilder der drei Brüder drinnen, und ich glaube mich zu erinnern, sogar eins von der Begleitband. Recht dünn das Ganze, aber schön bunt, Format DIN A4, und schon für 20 Mark zu haben.

Merchandising ist echt eine üppige Geldquelle!
Beim Bestücken der Stände drückte mir der Engländer 30 Exemplare in die Hand. 30 Stück für über 20.000 Zuschauer? Bei allem Pessimismus meinerseits hielt ich die Zahl dann doch für zu gering. Auf Nachfrage bekam ich zur Antwort, dass die Teile kaum gekauft würden. Und ein flüchtiges Durchblättern und der Preis schienen mir auch eine gute Erklärung dafür zu sein. Naja – ich bin nun allerdings so gestrickt, dass ich in solchen Situationen einen vielleicht überflüssigen, wenn nicht sogar hirnrissigen Ehrgeiz entwickle, und ich forderte 100 Exemplare, die er mir auch gab – allerdings konnte er sich den Kommentar nicht verkneifen, dass sowieso fast alle zurückkämen.
Abwarten!

Wie von mir erwartet, war an den Ständen nicht viel los, und gerade die Heftchen lagen rum wie Blei. Da kam ich auf die Idee, dass es da noch eine Möglichkeit gab, die Teile an die Besucherschar zu bringen. Ich und meine Crew hassten es, wenn es langweilig war, und das war es an den Tagen mit den Bee Gees in der Tat. Also hatte keiner ein Problem damit, durch die schon üppig besetzten Reihen zu marschieren, einen Stapel Hefte auf dem Arm, um die Teile vor Konzertbeginn direkt an den Besucher zu bringen. Ganz nach dem Motto: Kommt der Prophet nicht zum Berg, muss sich halt der Berg auf den Weg machen. Und es funktionierte! Nach nicht einmal 30 Minuten waren die 100 Exemplare vertickt und wir brauchten Nachschub.

Ich stapfte ins Backstage und suchte meinen Engländer. Auf meine Aufforderung, mir weitere 200 Heftchen aus dem LKW zu geben, dachte er wohl erst an einen Witz. Als ich ihm dann allerdings erzählte, wie wir die Teile losgeworden waren, lachte er und fand die Idee brillant.

Klar – uns konnte es eigentlich schnurz sein, ob sich die Dinger verkauften oder nicht, aber der erwähnte Ehrgeiz hatte seinen Reiz. Es war zudem ein lustiges Gefühl, den Leuten 20 Mark für ein paar bunte Seiten aus der Tasche zu ziehen und dass sie das dann mit Freude, Begeisterung und gern taten. 5 Hefte blieben dann aber doch übrig… Mist!

Ein paar Tage später klingelte bei mir zu Hause das Telefon. Am anderen Ende hörte ich eine tiefe, bayrische Stimme, die mich fragte, ob ich der Depp sei, der auf die wahnsinnige Idee gekommen sei, mit den Programmheften durch die Reihen zu laufen. Am anderen Ende hatte ich den Crew-Chef aus München. Irgendwie hatte er irgendwoher meine Nummer bekommen und wollte sich nun persönlich bedanken. Seine Crew war stinksauer – freuten sie sich doch auf einen recht geruhsamen Arbeitstag, den ich ihnen mit meiner Idee nun zum Teil versaut hätte. Naja – ich konnte ihn und seine Crew verstehen, aber wir waren halt anders und sicherlich irgendwie auch dezent bekloppt. Da stimmte er mir komplett zu.

Zu meiner Arbeitseinstellung passt wohl auch, dass Hartmut, der technische Leiter des örtlichen Veranstalters, der zufällig mal am Stand rumlungerte, folgendes Verkaufsgespräch meinerseits verfolgte. Ein Kunde steht am Stand, zeigt auf eines der T-Shirts und verlangt nach Größe S. Von dem Shirt hatten wir nun aber leider nur die Größe M am Start.

»Die gibt es nur in M… weil die so klein ausfallen!«

»Echt? Na gut – dann halt in M.«

Er zahlt und geht. Direkt hinter ihm der nächste Kunde, der den Kauf vorher mitverfolgt hatte.

»Ich will das gleiche Shirt, aber in L!«

»Die gibt es nur in M… weil die so groß ausfallen!«

»Echt? Dann gib mir halt so eins.«

Auch er zahlt und verschwindet.

Ich mochte es kaum glauben, aber es passierte genau so… selbst schuld, meine ich. Hartmut grinste und mutmaßte, dass ich in einem früheren Leben wohl ein recht erfolgreicher Herrenschneider gewesen sein müsse…
Kumpel Carsten brachte auch einen guten Stunt bei den Bee Gees. Er hängte seine stinknormale, private, olle Jacke auf einen Bügel, schrieb ein Schild: »Tour Jacket – 250 Mark!« und platzierte sie am Rand des Displays mit den eigentlichen Artikeln. Tatsächlich gab es einige Interessenten, die sich die Jacke ausgiebig anguckten. Es gab deutliche Gebrauchsspuren, und es stand nirgendwo auf der Jacke irgendetwas von den Bee Gees. Trotzdem hätte er die Jacke ein paar Mal verkaufen können – an einen sogar für mehr als die aufgerufenen 250 Mark. Komische Leute gibt es…

…mehr zum Thema Merchandising dann im Kapitel über meine Jahre mit den Hosen in Band 2 meines Triptychons. Allerdings habe ich mir schon jetzt eine Sache fest vorgenommen: Sollte dieses Buch je veröffentlicht werden und ich dann ein überaus erfolgreicher Autor sein und sollte es dann eine unüberschaubare Fan-Schar geben…

…dann wird es eine gute Auswahl an Fanartikeln geben! Zum Beispiel all die Kaffeetassen, die ich beim Verfassen meines epochalen Werkes geleert und in weiser Voraussicht ungespült eingelagert habe…

17 – Kleine Geschichtchen im Loft

Es gab in meiner Zeit im Loft viele kleine Begebenheiten und Begegnungen, die dafür sorgten, dass es eigentlich nie langweilig wurde. Nichts Großes oder Bewegendes, aber eben kleine Sachen, an die ich hin und wieder mal denken muss. Oft reicht ein Satz, den ich irgendwo aufschnappe, oder dass ich irgendeinen Gegenstand sehe, und in den Tiefen der Festplatte meines Hirns wird eine Datei freigegeben. Plötzlich ist eine Erinnerung da. Keine dollen Geschichten, aber Situationen, die ich nicht vergessen will, und Erinnerungen, die ich nicht missen möchte. Folgend nun ein paar solch kleiner, eigentlich unwichtiger Anekdoten:

David Thomas und der Schokokuchen

Sehe ich heute einen Schokokuchen, dann denke ich oft an David Thomas, den Sänger von Pere Ubu, der zu meiner Loftzeit ein paar Mal solo auf der Loft-Bühne stand. Sein erster Auftritt bei uns ist mir musikalisch nicht in Erinnerung geblieben. Pere Ubu und auch sein Solozeugs waren mir stets zu anstrengend und ich sortierte ihn immer unter Kopfmusik ein, und da war ich nie ein Anhänger von. Aber als Person fand ich ihn überraschend spaßig und sehr nett. Und er war ein großer Fan von Schokokuchen. Das ist mir von seinem ersten Auftritt in Erinnerung geblieben.

Bei seinem zweiten Gig im Loft zauberte ich also vorher in meiner heimischen Küche ein wenig und beschenkte ihn mit einer selbstgemachten Schokotorte. Er schien mir echt ein Stück weit gerührt zu sein und freute sich sehr.
Was mich hingegen so richtig freute, war, dass er seine Torte tatsächlich bewachte und nur wenig abgab und den

Großteil selbst futterte. Dass er seine Schokokuchen wohl generell nur ungern teilte, sah man ihm allerdings auch an – seine Erscheinung zumindest war ziemlich … präsent! Auch dass er vor jedem Soundcheck darauf bestand, eigenhändig die Bühne zu fegen und das auch mit sichtlicher Begeisterung tat, ist mir in Erinnerung geblieben.

Die Feelies und ihr Catering

Wenn Bands auf Tour sind, schicken sie dem örtlichen Veranstalter einen sogenannten *Rider*. Dabei handelt es sich um eine Liste, was die Band und die Crew so an Getränken und Verpflegung für den Tag wünscht und braucht. Eigentlich nicht meine Baustelle, aber mir fiel eine gute Woche vor dem Auftritt der Feelies deren Rider in die Hände. Ich las da, dass sie unter anderem eine Platte mit Rohkost und fünf verschiedenen Dips haben wollten. Ich war damals wie heute gern in der Küche aktiv, und das nicht nur für David Thomas und seinen Schokokuchen. Also sagte ich Monika, dass ich für diese Platte sorgen würde. Rohkost und vegetarisch war zwar eigentlich nie mein Metier – aber ein Mann wächst ja bekanntlich an seinen Aufgaben.

Am Vortag des Gigs kaufte ich ein und verbrachte den kompletten Tag mit Anrühren, Würzen und Abschmecken von am Ende sogar sechs sehr unterschiedlichen Dips und schaffte diese dann am nächsten Tag ins Loft.

Auf einer großen Platte arrangierte ich dann Chicorée, Möhren, Gurken, Tomaten, Champignons und was das Gemüsebeet sonst noch so hergibt, und diese Platte wurde das Zentrum des Caterings im Backstage der Feelies.

Dieses – ja, ich nenne es noch heute so – Kunstwerk wurde flankiert von meinen sechs wirklich gelungenen und leckeren Dips. Drumherum standen die zwar auch immer

leckeren, aber eben in diesem Augenblick total gewöhnlichen, ich würde fast sagen, banalen, belegten Wurst-, Schinken- und Käsebrote. Also Sachen, die beim Catering auch sonst immer dabei waren.
Die Band kam, und wir machten den Aufbau. Es folgte der Soundcheck und später dann die Show.
Lange nach Showende, die Band war schon weg, ging ich ins Backstage und sah, dass meine Rohkostplatte und meine Dips völlig unberührt geblieben waren. Die normalen belegten Brote hingegen waren alle weg.
Boah – war ich sauer! Ich zitierte sofort Bodo, den noch anwesenden deutschen Tourleiter, heran und fragte ihn, was das solle: So viel Mühe – und dann das! Ein Skandal! Ich war in meiner Ehre als Küchenschabe zutiefst getroffen!
Er erklärte mir dann, dass die Band bei jedem Gig das Catering inspiziere und eben auch nach der Rohkostplatte und den fünf verschiedenen Dips Ausschau halte. War irgendwas dann nicht da oder waren es nur vier Dips, machten sie einen Riesenaufstand und moserten den ganzen Tag rum, wie scheiße alles sei und dass der örtliche Veranstalter ein unfähiger Idiot wäre. Fanden sie aber alles so vor, wie sie es wollten, blieb es immer unberührt.
Diese unwürdige Kapelle hatte nicht einmal die Klarsichtfolie abgenommen oder einen der Dips gekostet. Total unberührt und jungfräulich stand da mein Kunstwerk. Ätzendes Verhalten! Pseudokünstler!
Ich fand die Feelies noch nie gut – aber ab da fand ich die nur noch saudoof!

Das Grünzeug welkte nach den vielen Stunden trotz der Folie schon fast, und da blieb nur der Weg in die Tonne. Die Dips aber kamen wieder nach Hause, und in den nächsten zwei Tagen bekochte ich Freunde. Allerdings gab es zu den Dips was Ordentliches aus der Pfanne! Noch heute mache ich zum Beispiel gerne Lammhackröllchen mit einem formidablen Joghurt-Dip, gewürzt unter anderem mit Kreuzkümmel. Als Genugtuung denke ich noch oft: Wenn die wüssten, was sie da einst verpasst hatten!

Joey, Dee Dee und die Kartoffelpuffer

Bleiben wir doch gleich in der Küche. Nicht lange nach unserem Ausflug nach New York spielten die Ramones mal wieder in Berlin, und zwar im Tempodrom. Da ist ja wohl klar, dass ich mich darauf wahnsinnig freute. Der Aufbau lief wie immer, und einen wirklichen Soundcheck gab es nicht.

Johnny tauchte vor der Show gar nicht auf, Marky sah ich auch nicht. Nachmittags waren nur Joey und Dee Dee auf dem Platz.

Dee Dees Dad war in frühen Jahren bei der Army und auch mal in Berlin stationiert gewesen. Laut einem Artikel in der *Bravo* viele Jahre zuvor hatte sich Dee Dee zu der Zeit in einem Musikgeschäft in der Hauptstraße in Schöneberg einen Bass gekauft. Übrigens schräg gegenüber von dem Haus, in dem David Bowie mal für ein paar Monate wohnte. Also für mich wäre ja eine Gedenktafel, dass sich Dee Dee dort mal aufhielt und einen Bass kaufte, sehr viel mehr wert als die an dem Wohnhaus, in dem David Bowie ein paar Wochen oder auch Monate verbrachte!

Dee Dee erinnerte sich nun an seine frühe Jugend und an ein typisch deutsches Essen, das er wohl in den USA nicht bekam: Kartoffelpuffer!

Und er würde sie gerne mal wieder essen. Klar, dass er damit bei Monika offene Türen einrannte. Beim Runner bestellte Monika dann flugs Kartoffeln, Schmalz, Apfelmus und was sonst noch benötigt wurde. Kurze Zeit später stand ich dann zusammen mit Monika am Herd, und

wir brieten tatsächlich Kartoffelpuffer für Joey und Dee Dee. Er war begeistert, und ich brachte auch Joey zwei Puffer an den Tisch. Auch er fand sie gelungen und ließ es sich sichtlich schmecken. Nach unseren Puffern wollte ich nun die in New York geklaute Speisekarte vom Diner am Rockaway Beach anbringen. Ich dachte mir, wenn ich die Band darauf unterschreiben lasse, ist das eine großartige Erinnerung für mich. Nachdem Joey fertig war, legte ich ihm die Karte samt Edding hin und bat ihn um ein Autogramm.
Das bekam ich auch, allerdings ging Joey überhaupt nicht darauf ein, was er da signierte. Er unterschrieb einfach und das war es.

Ich hatte nun schon damit gerechnet, dass es wenigstens etwas Aufmerksamkeit verdient hätte, in Berlin auf einer geklauten Speisekarte vom Rockaway Beach zu unterschreiben, aber es gab keine Reaktion.
Nichts. Keine noch so kleine Bemerkung. Das fand ich richtig doof. Starallüren oder was… nicht mit mir!
Dee Dee und später dann Marky und Johnny hab ich gar nicht mehr gefragt. Die Speisekarte hab ich dann irgendwann auch weggeschmissen. Ich war echt enttäuscht. Später hörte ich dann, dass Joey fast so blind war wie ein Maulwurf und so gar nicht sehen konnte, auf was er da unterschrieb. Dumm gelaufen für mich.

Ach ja – und bei meinem Auftritt in New York hat er mich zwar doch nicht gesehen – aber immerhin gehört!

Playlist:
Ramones – Rockaway Beach

The Jesus And Mary Chain und das Bier

Diese Band war, was das Catering anbetraf, eine völlig andere Baustelle. Bei ihrem ersten Auftritt im Loft kamen sie noch im Rahmen eines Packages ihres damaligen Plattenlabels, Creation Records. Zusammen mit Jasmine Minks und Biff! Bang! Pow! (einer der wohl besten Bandnamen überhaupt!) spielten sie ein kleines Set. Bei diesem Set schafften es der eine Gitarrist, trotz infernalischer Rückkopplung betrunken vor seinem Amp einzuschlafen, und der Stehtrommler, trotz eines ebensolchen Alkoholpegels tatsächlich NICHT samt Schlagzeug umzufallen.
Deren Rider zur ersten Show, bei der sie allein auf Tour waren, sah nun so aus: für die Crew gemischte belegte Brote, Softdrinks, Kaffee, Tee und ein paar Bier. Also das Standardprogramm. Für die Band: 72 Dosen Bier!
Und sonst nix!
Und nach der Show waren die auch alle!
Beeindruckend – selbst für die Zeit, in der ich noch deutlich trinkfester war als heute.
Sie spielten ihre damals normalen 20 Minuten. Das wussten im Vorfeld alle – auch das zahlende Publikum. Es wurde überall so angekündigt. Trotzdem regten sich alle höllisch auf und es hätte fast geknallt. Hab ich nicht verstanden. Eben weil es ja vorher jeder wusste – nur hat es wohl keiner geglaubt.
Aber mal ehrlich – 20 Minuten Rückkopplungen und ziemlicher Lärm waren genug, und länger hätte genervt. Live haben aber diese 20 Minuten tatsächlich gereicht, und ich fand sie richtig gut. Deren Platten waren gespickt mit ziemlich guten Popsongs, und später, bei einer dann normalen und kontrollierten Show im Metropol, fand ich sie allerdings recht öde. Aber das mit den 72 Dosen Bier hab ich mir gemerkt!

Playlist:
The Jesus And Mary Chain – Just Like Honey

Vor den nächsten Geschichtchen muss ich was Generelles zu Reggae, den dazugehörigen Bands und im Besonderen zu den speziellen Besuchern der Konzerte dieses Genres loswerden.
Ab und zu höre ich Reggae ganz gerne, wirklich Fan und begeistert war ich aber nie. Bob Marley und Freunde fand ich immer ziemlich langweilig.
Johnny Was von den Stiff Little Fingers und *Jah War* von Ruts sind zwar in meinen All Time Favourites vertreten, und die Reggaezitate der Clash und der Pork Dukes mag ich noch immer sehr, doch ist das weißer Reggae, dessen Punkwurzeln deutlich zu hören sind.
Und die verschärfte, schnellere Variante, den Ska, find ich klasse, aber das ist eben kein Reggae.
Ab und zu mal ein intelligenter Dub macht mir viel Spaß. Also Songs, in denen ein bisschen Reggae ist, aber eben nicht nur. Aber der reine Reggae? Nee, nie so ganz meine Sache.

Und ganz nebenbei bemerkt: Ich halte den Job des Rhythmusgitarristen in einer Reggaecombo für den so ziemlich langweiligsten Job in der gesamten Musikbranche. Mal ehrlich – immer nur abgestoppte Abschläge auf der Zwei und auf der Vier kann doch eigentlich nicht die Erfüllung sein, oder etwa doch?
Allerdings respektiere ich dieses Genre und habe auch eine große Wertschätzung für deren Acts.

Aaaaaaber das Publikum… brrr… so gar nicht meins! Ich weiß, ich begebe mich jetzt auf verdammt glattes und dünnes Eis. Jeder, der mich kennt, kennt mich eigentlich als einen Menschen, der auch Dinge rechts und links des eigenen Weges gelten lassen kann – sicher nur bis zu einer gewissen Grenze, aber immerhin. Und rechts des Weges ist hier ausschließlich als Richtungsangabe zu sehen und links eigentlich auch. Politisch geht rechts gar nicht, und links bei mir auch nur bis zu einer gewissen Grenze. Radikalismus finde ich in jeder Form doof. Außer bei Cola! Da gibt es nur Coca-Cola! Alles andere ist bestenfalls ein koffeinhaltiges Süßgetränk. Bei Cola bin sogar ich Fundamentalist! Und bekanntermaßen bei der Currywurst, die ja nur mit Darm wirklich genießbar ist! …und natürlich bei Platten von Supertramp!

…wo war ich gerade? Achso… das spezielle Reggae-Publikum.

Ungern erinnere ich mich diesbezüglich an das Konzert von Yellowman im Metropol und an eine Geburtstagsparty der *taz*, ebenfalls im Metropol.
Das Gros der Besucher dieser Konzerte war eigentlich wie sonst auch. Nur die speziellen Kandidaten fielen halt negativ auf.
So hatte zum Beispiel fast jeder damals in Berlin ansässige Schwarze mit Rastalocken angeblich auf Jamaika mit Yellowman die Schulbank gedrückt. Das sagten jedenfalls nacheinander drei der Besucher zu mir am Einlass und verlangten freien Eintritt.
Und wenn das mit der gemeinsamen Vergangenheit stimmen sollte, dann hätte er die betreffende Person ja bestimmt als alten Freund auf die Gästeliste gesetzt.
Das sagte ich so den betreffenden Herren. Einen verwies ich an ein zufällig rumstehendes Mitglied der englischen Crew, der allerdings nur abwinkte.
Die Reaktion der drei Herren war dann durchaus ähnlich: Bei dem einen war ich ein dreckiger Nazi… Der nächste wollte mir nach dem Konzert die Augen ausstechen… Der

dritte, den ich zurückhielt, weil er einfach an mir vorbeilaufen wollte, raunte mir zu: »Fass mich nicht an oder ich bring dich um!«

Nein – nicht meine Welt, und vor allem keine Umgangsformen, die ich schätze. Es fiel mir schwer, da nicht komplett auszurasten, und ich bin froh, dass die drei Situationen nicht in Hauereien endeten. Mir ist schon immer klar gewesen, dass ich am Einlass generell ein ziemlich dickes Fell haben musste und dass so mancher Spruch abprallen sollte. Und dass es in jeder Anhängerschaft sowohl korrekte als auch unkorrekte Leute gibt.
Aber diese drei Herren übertrieben es gewaltig. So richtige Arschlöcher gibt es halt überall.

Nach diesem Konzert bat ich Monika, dass ich in Zukunft bei Konzerten, bei denen mit Besuchern dieses Schlages zu rechnen sei, nicht mehr am Einlass stehen musste.

Die Geburtstagsfeier der *taz* im Metropol war auch ziemlich nervig – zumindest was Teile des Publikums anbetraf. Mein Platz während der einzelnen Acts war oben auf dem Rang. Von dort führte eine Treppe direkt auf die Bühne. Die große Holzbox, die am oberen Teil der Treppe stand, hielt nun leider nicht alle Besucher davon ab, drüberzuklettern und somit nach ein paar Stufen auf der Bühne zu stehen. Also musste da immer einer stehen, der die Kletterer aufhielt, und an diesem Abend war das halt meine Wenigkeit. Meist unproblematisch, aber nervig, da es direkt vor der PA auf Höhe der Boxen verdammt laut war.
Während eine Band ihren Reggae zum Besten gab, kam es bei mir oben zu einer speziellen Begegnung. Eine Besucherin meinte nun partout, dass der Weg über Holzbox und Bühne der einzige für sie gangbare Weg sei und sie unbe-

dingt da lang müsse. Erst versuchte sie, die Box wegzuschieben, und als ich dagegendrückte, zeigte sie mir einen Vogel und begann draufzuklettern. Auf Höhe der Boxen war es nun aber wirklich zu laut, um ein Wort zu wechseln. Ich hielt sie zurück, und da gerade ein Song der Band endete, war sogar eine kurze Kommunikation möglich.
»Sorry – hier geht es nicht weiter!«, rief ich.
Sie: »Ich muss aber da runter!« und zeigte dabei auf das vor der Bühne befindliche Publikum.
»Falscher Weg! Hier kommste nur auf die Bühne!«, entgegnete ich.
»Is' mir egal! Ich muss da lang!«
»Nein!«, konnte ich noch sagen, und der nächste Song begann. Sie versuchte es noch ein paar Mal mit Klettern und Drücken, zog dann aber doch ab, mir den Stinkefinger zeigend.
So weit, so undramatisch, wenn auch leicht nervig.
Richtig albern wurde die Situation aber danach, als sie in die Arme ihres Freundes zurückkehrte, der wenig entfernt auch auf dem Rang stand. Sie beschwerte sich wohl über mich, denn sie zeigte auf mich.
Och nööö! Musste da nun das kommen, was ich schon ahnte? Ja – es musste wohl so sein!

Er warf seine Brust mit Inbrunst in den oberen Teil seiner Latzhose, die ihn eher als Bewohner einer ländlichen Region Deutschlands auswies, gespickt mit Badges gegen Atomkraft, Nazis und vergleichbaren Aussagen – alles Badges, die ich politisch jederzeit komplett unterstützte, bis heute. Ferner warf er seine Rastalocken nach hinten und kam auf mich zu. Als wäre ich nicht anwesend, versuchte er über die Box zu klettern. Ich hinderte ihn einmal, ich hinderte ihn ein zwei und auch noch ein drittes Mal daran…

Er gab dann auf und baute sich, mich echt total finster fixierend, vor mir und der Box auf und fing ein Wettstarren an.
Ich musste grinsen – ich konnte nicht anders. Ich fand das alles, was er da machte, einfach nur absurd. Es hatte was von Revierkampf und Balzverhalten. Aber noch eher entsprach sein Habitus dem eines Cowboys auf der Mainstreet eines Westernkaffs auf dem Weg zum täglichen Duell – nur war klamottenmäßig deutlich Luft nach oben, sah er mit der Latzhose eher nach friedlichem sauerländischem Farmer aus.

Bei der nächsten Songpause brüllte er mich dann an. »Warum gehst du nich' zu den Bullen, wenn du so scheiße bist?«
Wow! Der Spruch hat mich echt betroffen gemacht...
»Konzerte sind öfter als Demos!«, rief ich zurück, und der nächste Song startete.
Ich musste anfangen zu lachen – richtig herzhaft. Sein Gesicht war klasse. Mein Lachen war zwar nicht zu hören, aber er muss mir angesehen haben, dass ich mich wirklich köstlich amüsierte. Erneut sah ich einen Stinkefinger, und er verschwand.

Ich sollte aber noch ein zweites Mal einen guten Lacher haben, der auf seine Kosten ging. Es ist nicht schwer zu erraten – jawollo – bei einem Reggaekonzert kurz nach seinem Auftritt bei der *taz*-Party, diesmal im Loft! Er erkannte mich wohl nicht wieder, jedenfalls ließ er sich nichts anmerken. Ich war auf der Treppe gerade mit einem mir bekannten Rasta, übrigens tatsächlich auf Jamaika geboren, seit jungen Jahren aber in Berlin lebend, am Sabbeln. Netter Typ wohlgemerkt, und ich kannte ihn locker vom Sehen. Mein Latzhosen-Freund, der Farmer aus dem Sauerland, kam runter, an mir vorbei und fiel meinem Gesprächspartner um den Hals.

»Hej, Bruder! Schön dich zu sehen!«, rief er aus.
Mein Bekannter schüttelte ihn leicht erbost ab.
»Ich wüsste nicht, dass wir verwandt sind. Ich glaube das auch nicht. Die Farbe stimmt schon mal nicht!«, erwiderte er.
»Manna – wir sind doch Brüder im Geiste!«
»Bestimmt nicht! Ich kenne dich noch nicht einmal!«
Damit drehte er sich wieder zu mir und ließ die Latzhose bedröppelt stehen.

Nachdem dieser sich dann trollte, sagte mein Bekannter nur: »Diese blassen Betroffenheitspseudorastas gehen mir gewaltig auf den Sack! Eine Frechheit, meiner Mutter oder meinem Vater zu unterstellen, sie wären mal fremdgegangen! Und selbst dafür ist der zu blass!«
Wir grinsten beide.

Nach dem Konzert von Yellowman entspannte sich mein Verhältnis zum Reggae. Ich verzog mich ab Einlass bis Konzertende fast immer hinter die Bühne. Gut so! Für alle! Bei Reggaekonzerten hatte ich halt ein Problem mit einem kleinen, aber spürbaren Teil des Publikums, und dem war ja auf diese Art leicht aus dem Weg zu gehen.
Probleme mit den Bands hatte ich nie. Die waren immer okay, und mir ist eigentlich nur eine Sache bei denen in schlechter Erinnerung geblieben, die allerdings mein ganz eigenes und persönliches Problem ist – das Kiffen!

Ich selbst war nie Kiffer. Klar, hab ich damals auch mal gemacht, aber es war nie meine Kiste. Hatte ich mal in Gesellschaft gekifft, dann drehte ich immer zu sehr auf. Ich war der felsenfesten Überzeugung, ich sei plötzlich die Stimmungskanone vor dem Herrn. Total witzig, spritzig und unterhaltsam… Bis zu dem Tag, als ein Freund mich mal zur Seite nahm und mich bat, das Kiffen sein zu las-

sen. Ich würde alle nur wahnsinnig nerven und der Umwelt tierisch auf den Keks gehen.
Das nahm ich mir echt zu Herzen.
Und kiffte ich mal allein, bin ich sofort eingeschlafen. Hinzu kommt für beide Konsumvarianten, dass ich den Geruch nie leiden konnte.

Aber zurück zu den Reggae-Acts im Loft. An dem Gerücht oder auch Vorurteil, dass gerade dieses Genre viel kifft, ist schon was dran. Immer war es eine Herausforderung für mich, wenn ich mal in den Backstage zur Band musste. Die Dunstglocke, in die ich dann einzutauchen hatte, war mir immer zu dick. Und lange die Luft anhalten und dabei eventuell noch reden zu müssen ging auch nicht. Also hatte ich auf Reggae-Gigs eigentlich nichts verloren. Die Musik war auf Dauer nicht meine Sache, das Publikum ging zum Teil gar nicht, und es wurde mir zu viel gekifft. Zudem war ich stets ein Anhänger von Konzerten, die nach einer Stunde zu Ende waren. Ich kann mich an keinen Reggae-Act erinnern, der es schaffte, unter zwei Stunden die Bühne zu verlassen. Also alles zusammen keine guten Voraussetzungen, um sich an einem Arbeitstag unter dem Motto Reggae wohlzufühlen.

Ich merke gerade, dass nach meiner Definition von Arbeit die Konzerte dieses Genres – neben Konzerten von Chris de Burgh – noch am ehesten als reine Arbeitstage zu sehen waren.

...jetzt aber weiter mit den kleinen Begebenheiten...

Burning Spear und der Schinken

Einer dieser Reggaearbeitstage ist mir wegen etwas völlig anderem in Erinnerung geblieben: Bei Konzerten im Loft tauchte die Band meist gegen 15 Uhr auf. Das ließ uns Örtlichen immer genügend Zeit, um alles vorzubereiten – die Bühne samt Technik für Ton und Licht und auch das Catering. Burning Spear standen nun aber schon scharrend an der Tür, als wir gemütlich gegen 12 oder 13 Uhr eintrudelten. Sie pflanzten sich sogleich in den noch kargen Backstageraum neben der Bühne und bauten erst einmal ein oder eher zwei bis vier dicke Hörner und dampften ordentlich vor sich hin. Wir Jungs kümmerten uns um die Technik auf der Bühne und schleppten die Backline der Band aus dem Bus hoch.
Ein Mädel widmete sich dem Catering und bereitete die Brote für Crew und Band vor. Alles ganz normale Arbeitsabläufe, wie an so vielen anderen Konzerttagen. Auch das Mädel arbeitete wie immer – auch ihr Ablauf war derselbe, wie schon so oft zuvor: Zuerst schmierte sie die Brote für uns, die Crew. Wie immer lecker Teile mit Wurst, Käse und Schinken. Danach kam dann das Zeug für die Band dran. Auch wie immer – was laut Rider halt so alles gewünscht war.

Burning Spear waren Vegetarier, und entsprechend war ihre Wunschliste. Dazu sei gesagt, dass ich überhaupt nichts gegen Vegetarier habe, und solange sie mich nicht bekehren wollen und einen Kreuzzug aus ihrer Überzeugung machen, ist alles dufte.
Es gab für die Band viel Käse und Grünzeug. Nichts Dramatisches und schon damals auch nichts wirklich Besonderes. Nun macht Kiffen ja bekanntlich auch hungrig, und die Band guckte immer mal wieder in die Küche, um zu sehen, wann es denn was zu futtern gäbe. Als das Mädel

dann mit allem fertig war und die lecker aussehenden Platten im Backstage drapierte, gab es aber doch einen ziemlichen Aufstand. Seitens der Band wurde laut gebrüllt. Ich bin dann in den Backstageraum und fand den englischen Tourleiter mit rotem Kopf sichtlich echauffiert vor deren Futter stehen.

Auf meine Frage, wo denn das Problem sei, bekam ich tatsächlich zu hören, dass sie das alles nicht würden essen können. Weil das Mädel zuerst die Schinkenbrote für die Crew geschmiert hatte und erst danach die der Band, sei alles ungenießbar.

Er hätte extra darauf geachtet, und da sie ja beim Belegen unserer Brote Wurst und Schinken angefasst hätte, sei nun auch das Catering der Band verseucht und nicht mehr vegetarisch.

Aha! Der Begriff »Wurstfinger« hatte bis dahin eine völlig andere Bedeutung für mich gehabt und hatte doch so gar nicht zu den eher zierlichen Händen unserer Kaltmamsell passen wollen.

Ob ich das nachvollziehen könne? Eher weniger…
Ob ich dafür Verständnis hätte? Ebenso eher weniger…
Ob ich das übertrieben fände? Schon eher…
Ob ich das albern fände? Ein deutliches Ja!
Ob ich mich aber deswegen streiten wolle?
Da allerdings ein klares Nein!

Ich gab ihm recht und bot an, sie sollten sich erst einmal noch ein Hörnchen bauen, und ich würde mich um alles kümmern. Also sammelte ich alles zusammen und schaffte es zurück in die Küche und schickte das Mädel zum Händewaschen. Ich schloss die Tür der Küche und ordnete den Käse und das Grünzeug auf den Platten neu an. Dann stellte ich mich hinter die Tür, damit keiner reinkonnte, und rauchte in Ruhe eine oder auch zwei Zigaretten. Ich musste ja Zeit überbrücken.

Nach vielleicht einer halben Stunde brachte ich genau das schon vorher dargereichte Grünzeug und den Käse zurück, aber halt alles offensichtlich neu arrangiert. Alles sah nun ein bisschen anders aus. Die Band dankte und stürzte sich mit Begeisterung auf das Buffet, und es schmeckte ihnen. Und eingegangen ist meines Wissens auch keiner.

...ich erwähnte doch schon, dass mir jedwede Form von Fundamentalismus schwer zuwider ist, oder?
Ja-a, ich weiß – bis auf Currywurst und Coca-Cola...

Alien Sex Fiend und Vergnügen auf der Bühne

Die Bühne im Loft war nicht wirklich groß, sie bot aber genug Platz, um auch Bands mit fünf oder sechs Mitgliedern ausreichend Raum zu geben. Erst ab so etwa sieben wurde es dann doch sehr gemütlich oder von mir aus auch eng.

Nach oben sah es aber schon anders aus. Das Loft war an sich kein hoher Saal, und wenn man nun noch etwa die einen Meter zwanzig Bühnenhöhe in Betracht zieht, so blieb nicht mehr viel Luft bis zur Decke. Deswegen war unser Schlagzeugpodest auch nur höchstens 30 Zentimeter hoch.

Platz für Liebe ist nun aber wirklich in der kleinsten Hütte – das zumindest muss sich ein Roadie von Alien Sex Fiend gedacht haben.

Ich stand während des Konzerts am Mischpult im hinteren Teil des Raumes und guckte mir die Band an. Da bemerkte ich, dass sich der eine Roadie unter das Schlagzeugpodest quetschte. Der Raum darunter war eigentlich frei, bestenfalls lief das ein oder andere Kabel der PA dort lang.

Na, dachte ich, da wird ihm oder dem Drummer irgendwas runtergefallen sein. Als dann aber noch ein Mädel dem Roadie hinterherkrabbelte, war meine Neugier geweckt.

Ich sah keinen Grund, warum auch sie darunterkriechen sollte.
Ich ging in den Backstageraum. Von dort konnte man gut auf die Bühne und auch unter das Podest gucken. Die beiden suchten dort nun aber offensichtlich nicht nach einem runtergefallenen Gegenstand – nein – sie suchten eher nach einem Moment des Glückes und der Zweisamkeit.
Auf die Idee wäre ich nun wirklich als letztes gekommen. Auf der Seite liegend waren sie doch tatsächlich am Vögeln. Ich war ziemlich beeindruckt – bot der nichtvorhandene Raum kaum Möglichkeiten für ein abwechslungsreiches und wirkliches wildes Liebesspiel. Das gegenseitige Beglücken fand somit recht beschaulich in der Löffelchenstellung statt. Auch habe ich die Beschallung des Aktes nicht als wirklich stimmungsfördernd in Erinnerung.
Ich überließ die beiden ihrem Glück und kommentierte das auch nach dem Konzert nicht.
Meine gedachte Abänderung von *Gelegenheit macht Diebe* in *Bei Gelegenheit mach Liebe* find ich heute noch schön, ich alter Romantiker… …seufz…

Stiv Bators und der Galgen

Stiv Bators war mir ja schon von den Dead Boys her ein Begriff. Mit einer anderen Kapelle sollte ich ihn aber auch einmal live erleben. Die Lords Of The New Church spielten auch im Loft. Die Band wurde einst als Supergroup of Punk gegründet. Einige ehemalige Mitglieder von The Damned, Generation X, den Barracudas und den Clash waren irgendwie und irgendwann mal involviert. Aber wer da im einzelnen damals im Loft mit dabei war, weiß ich nicht mehr. Ist eigentlich auch egal, denn was mir von dem Konzert in Erinnerung geblieben ist, ist weniger die Musik oder die Band als die Tatsache, dass ich gewissermaßen zwischendurch mal eben dem Stiv sein Leben verlängert habe.

Er war bekannt für seine ziemlich extrovertierte Bühnenshow. Und die guckte ich mir von der Seite der Bühne an, und es ging in der Tat gut ab. Bei uns im Loft konnte er wegen der geringen Höhe auch die Decke mit einbeziehen – und das tat er auch. Bei einem Song wickelte er sein Mikrokabel um eine Lichttraverse, knüpfte eine ordentliche Schlinge und hing sich daran auch auf.

Der Gitarrist war in einem Solo vertieft, der Bassist war gedanklich irgendwo, und der Schlagzeuger saß halt so rum und trommelte.

Keiner bekam mit, dass Stiv in der Schlinge hing und keinen Kontakt mehr zum Boden hatte. Ich fand nicht, dass das geplant aussah, wetzte zu ihm, hob ihn an den Beinen an und hoffte, dass noch irgendwer aufmerksam werden würde. Ein Roadie der Band knüpperte ihn dann ab, und die Show ging weiter. Bis auf ein paar Striemen am Hals war alles dufte…

Anscheinend so dufte, dass nach der Show kein Wort darüber verloren wurde. Ich hatte ja keinen Orden erwartet oder so was, aber dass der Stunt weder von ihm noch von jemand anderem bemerkt worden war, fand ich schon komisch…

Nicht lange danach ist er leider in Paris nach einem Autounfall an einem Schädel-Hirn-Trauma verstorben. Ich hörte, dass er nach dem Unfall, scheinbar nur leicht verletzt, keinen Bock hatte, lang im Krankenhaus zu warten und nach Hause gegangen, sich hingelegt und nicht mehr aufgestanden ist. Scheiß Ende für ihn!

Playlist:
Dead Boys – Sonic Reducer

Die Ungarn und das Gulasch

Eins vorweg: Ein guter Grund, sich angesoffen in der Kneipe völlig sinnlos zu streiten, ist die Beantwortung der Frage, ob es nun *das* oder *der* Gulasch heißt – und nun zur Enttäuschung aller: Laut Duden geht beides!

Ich bitte jetzt um Nachsicht – aber bei der nächsten Story weiß ich den Bandnamen wirklich nicht mehr. Die hießen *Bihozak* oder *Bihoizak* oder so ähnlich. Ist auch nicht so wichtig… Wichtig ist dagegen, dass die Band aus Ungarn kam. Ich glaube, das waren neben den *Rasenden Leichenbeschauern* die einzigen Ungarn, die mir jemals als Band über den Weg gelaufen sind. Musikalisch ist mir auch so überhaupt nichts in Erinnerung geblieben.

Nur eine Sache ist mir anscheinend erinnernswert. Keine Ahnung, ob sie dem deutschen Catering nicht trauten oder ob es eine sehr spezielle Sucht war, aber bei denen stand eine Pappkiste mit lauter Tuben im Backstage rum. Bestimmt so 20 bis 30 Stück.

Der ungarischen Sprache nun so überhaupt nicht mächtig, fragte ich den Tourleiter, was denn in der Schachtel bzw. den Tuben sei. Ich war dann doch sehr überrascht, dass es sich dabei um Gulasch handeln soll.

Ich war fasziniert! Das Gulasch in die Tube reinzubekommen, konnte ich mir ja noch vorstellen. Hab das mal bei der Sendung mit der Maus und der Zahnpasta und den Streifen gesehen – die werden von hinten befüllt und dann zugefalzt… Aber wie sollten denn die Gulaschstücke jemals wieder durch das kleine Loch passen? Rätselhaft! Ich war sehr neugierig und bekam dann echt eine Tube geschenkt – und schnell löste sich das Rätsel! Die Gulaschstückchen waren so klein gefasert in dieser Paste, dass es

sich eher um eine Gulaschcreme handelte. Als Brotaufstrich ganz passabel…
Ich bin aber noch heute sehr froh, dass ich den frühkindlichen Berufswunsch, Astronaut zu werden, nicht ernsthaft verfolgt habe – spätestens bei der Bordverpflegung wäre ich dann doch ausgestiegen…

Zwei Amis oder so und das Wurstpfannenklo

Da ich gerade bei Anekdötchen bin, bei denen ich nicht mehr alles zusammenbekomme, bleibe ich doch gleich mal dabei. Irgendeine Band – aus England oder den USA – zu Gast im Loft. Ich bin irgendwann vor dem Soundcheck aufs Klo, um Kaffee wegzubringen. In einer Kabine hörte ich zwei Stimmen unserer Gäste und dachte mir, dass da vielleicht Andenken aus Kolumbien verköstigt wurden.
Aber denkste! Sie mussten mich gehört haben, denn die Tür ging auf und sie zerrten mich mit in die Kabine. Wollten sie mich nun auf eine Line einladen? Nein – sie zeigten mit Interesse und Begeisterung auf die Kloschüssel!

Damals war zumindest in Berlin noch die Kloschüsselvariante normal, bei der die ausgeschiedenen Exkremente, gewissermaßen vor der Verabschiedung in die Kanalisation, erst einmal zwischengelagert wurden.
Das direkte Abtauchen der Ausscheidungen in das Wasserbad, so wie es heute eigentlich normal ist, kannte ich zwar schon aus Dänemark, aber in Berlin war halt noch die Version Wurstpfanne populär.

Jedenfalls waren die beiden sehr verwundert darüber, dass sich die Deutschen anscheinend nicht so ohne weiteres von ihrer Scheiße trennen könnten… jedenfalls nicht, ohne sich noch einmal von Menge und Konsistenz zu überzeugen und auch nicht, ohne ihr noch ein vielleicht sogar wehmütiges »Bye bye« oder ein »Good luck!« mit auf den Weg zu geben.

Ich war in diesem Moment sehr froh, dass die beiden nicht zur eigentlich gedachten Benutzung der Schüssel vor Ort waren und das Klo nicht benutzt und die Pfanne leer war.

In dieser Situation empfand ich es als sinnvoller, ihnen nicht zu gestehen, dass ich als kleiner Steppke beim täglichen Gang stets mit Begeisterung versuchte, die Wurst bis zum Ende nicht abreißen zu lassen und mich bei solch einer geglückten Sitzung tierisch freute, wenn ich ein Hufeisen schaffte oder gar einen kompletten Kreis, im Idealfall sogar mit Zipfel nach oben!

Ich bin mir ehrlich gesagt nicht sicher, wie ich mich heutzutage auf einem Wurstpfannenklo verhalten würde. Würde ich solche Versuche aus der Erinnerung heraus erneut starten? Da es diese Klos bei uns ja mittlerweile kaum noch gibt, ist die Antwort allerdings rein hypothetisch. Aber weiß einer, wo es noch so eines gibt? Ich bin für Infos dankbar...

Aber warum schildere ich das alles nun hier und jetzt, und dann auch noch schriftlich? Naja – ein bisschen Hose runterlassen ist schon in Ordnung, oder?

Die Beat Farmers und die Kuhfladen

Da wir gerade bei Exkrementen sind... Es tauchten immer mal wieder Bands im Loft auf, bei denen ich im Vorfeld nicht wirklich wusste, was mich erwarten würde. So auch bei den Beat Farmers aus den USA.

Als die Band am Nachmittag im Loft ankam und Richtung Backstage stapfte, sah ich breitkrempige Hüte...

Ich hörte die Absätze von Cowboystiefeln klackern...

Und ich hatte in meiner Einbildung plötzlich den zarten Duft von Kuhscheiße in der Nase und konnte mir ein sattes »Yeh-ha« nicht verkneifen.
Besonders ein Mitglied der Band erregte meine Aufmerksamkeit. Gute einsfünfundneunzig groß, langer, schwerer Ledermantel, einen hellen Stetson auf dem Kopf und imposante Boots an den Füßen… und wenn er etwas sagte, dröhnte ein beeindruckender Bass durch das Loft. Als ich dieses Monument von Mann beim Soundcheck dann am Schlagzeug sitzen sah, war ich beeindruckt. Auch davon, dass er beim Trommeln noch immer die großen Cowboystiefel trug. Ich konnte mir kaum vorstellen, dass ein präzises Spiel der Bassdrum und der Hi-Hat mit den Teilen möglich ist. Es klappte aber wunderbar.
Und dann noch sein Name! Country Dick Montana! Super! Ein Name wie ein Programm!
Der Gig später war okay. Einige Songs sind mir aber in Erinnerung geblieben.

Der Roadie der Band hat vor der Show Handtücher an die Monitorboxen auf der Bühne geklebt.
Wozu wohl?
Ab und zu flitzte er zwischen zwei Songs über die Bühne und deckte die Boxen ab.
Aber warum?
Bei diesen Songs stand Country Dick Montana auf, verließ sein Schlagzeug, zog sich den Ledermantel an und stapfte mit einer Dose Bier Richtung Mikro des Sängers. Dort gab er mit seiner sonoren Stimme Anekdoten zum Besten und untermalte seine Ausführungen mit ausschweifenden Gesten. Das Bier aus der Dose spritze gut in der Gegend rum, und deswegen machten die Handtücher auch richtig Sinn. Nach der Geschichte gab es dann noch einen Song, den er sang, und der eigentliche Sänger trommelte.

Nach dem Konzert erwischte ich ihn im Raum hinter der Bühne, in dem unsere Haustechnik stand. Er hockte vor einer Box und hackte sich gerade eine Linie Koks. Er bemerkte mich nicht. Ich stellte mich hinter ihn und hüstelte dezent. Er guckte hoch, zuckte die Schultern und legte eine zweite Line. Er sniefte zuerst, und ich rollte derweil schon mal einen Geldschein. Er stand auf, sah meinen Geldschein und schüttelte den Kopf. Er hielt mir seine Dollarnote hin und sagte mit tiefer Stimme: »Take a buck… taste better…«

Und er fragte mich, wie ich die Show fand.

»Als ihr vorhin ankamt, hatte ich den Duft von Kuhmist in der Nase, und ich fragte mich, warum es eigentlich mal mit dem Punkrock losging…«, antwortete ich.

Er lachte schallend.

»Das frage ich mich jeden Morgen, wenn ich meine Band beim Frühstück sehe!«

Dann gab es noch ein bisschen Smalltalk. Welche Bands wir mögen würden und so. Er nannte die üblichen Verdächtigen, die immer zuerst genannt werden: Ramones, Pistols, Clash usw.

»Eine der besten Bands für alle Zeiten sind und bleiben aber die Dickies!«, ergänzte ich seine Liste.

Da schnappte mich diese imposante Erscheinung, klemmte mich unter den Arm und trug mich quer über die Bühne ins Backstage.

»Jungs – er kennt die Dickies!«, verkündete er lauthals. Und dann wieder zu mir gewandt: »Wir durften einmal Vorband sein für die!«

Weitere Biere mit den Beat Farmers schmeckten außerordentlich gut, und Dick gab noch einige lustige Storys zum Besten. Ein wunderbarer Mann!

1995 erreichte mich dann die schlechte Nachricht, dass Country Dick Montana tot sei. Er starb auf der Bühne. Bei einem Gig mitten während eines Songs erlitt er einen Herzinfarkt. Viel zu früh – wie bei so vielen. Ich vermute aber, dass er auf der Liste der möglichen Abgänge diese Variante als eine bevorzugte gewählt hätte. Höre ich heute eine Nummer von ihm, wird mir noch immer schwer ums Herz und die Augen werden feucht.

Playlist:
Country Dick Montana – Indigo Rider

Sham 69 – und alle ab auf die Bühne

Sham 69 waren schon Ende der 70er aktiv und lieferten mit *If The Kids Are United* den Soundtrack dafür, dass sich die diversen Jugendgrüpplerfraktionen doch besser zusammentaten anstatt sich gegenseitig an den Kragen zu gehen. Spitzenidee, nur sollte es nie so richtig klappen. Im Laufe der Jahre versuchten rechte Gruppen, Sham für sich zu vereinnahmen, obwohl sich Sänger Jimmy Pursey immer von der National Front und ähnlichen Gruppierungen distanzierte.

Als dann ein Gig von Sham im Metropol angesagt war, freute ich mich zwar darauf – es war aber auch klar, dass der Abend mit einer gewissen Wahrscheinlichkeit nicht ohne Probleme abgehen würde. Gerade die Berliner Skins waren zu dieser Zeit schon zu einem nicht kleinen Teil ins rechte Lager abgedriftet.

Ich sag mal so: Ein gewisses Konfliktpotential war an diesem Abend tatsächlich nicht ausgeschlossen. Ein paar der Kandidaten waren uns am Einlass zwar bekannt, aber halt nicht alle. Und alle ohne Haare nicht reinzulassen war auch keine Option.

Wir hatten die Bühnensecurity für die Show verstärkt, und so fanden auch Freund Schäumer und ich uns am Bühnen-

rand ein. Im Vorfeld hatte ich mit ein paar nicht-rechten Skins, von denen ich aber wusste, dass ihre Stimme ein gewisses Gewicht in ihrer Szene hatte, gesprochen. Ich bat sie darum, gegebenenfalls beruhigend einzuwirken, und dies schien zuerst auch gut zu funktionieren.
Im Laufe des Sets schaukelte sich die Stimmung aber hoch und in eine uncoole Richtung. Immer mehr Jungs enterten die Bühne, und wir kamen kaum noch nach, die Herren wieder von der Bühne runterzubekommen.
Kurz vor einem Abbruch stand der Gig dann, als ein Depp meinte, er müsste ins Schlagzeug springen. Immer mehr kletterten auf die Bühne, und die ganze Chose stand kurz davor, ein richtiges Desaster zu werden. Auch Schäumer und ich zerrten an diversen Kerlen und schubsten sie zurück ins Publikum. Glücklicherweise schauten wir beide uns vor einem Zurückschubser an – um festzustellen, dass er mich am Kragen hatte und ich ihn… ging gerade noch mal gut, dass wir nicht gemeinsam von der Bühne fielen. Die Roadies der Band hatten derweil das Schlagzeug wieder notdürftig aufgestellt, und Jimmy Pursey brüllte so etwas wie »STOP THAT STUPID FIGHT!« ins Mikro. Dann stimmten sie *If The Kids Are United* an. Gute Idee! Die kommenden etwas über vier Minuten reichten tatsächlich aus, dass alle Friede Freude Eierkuchen feiernd die Bühne verließen und der Gig doch noch regulär beendet wurde.

Playlist:
Sham 69 – If The Kids Are United

Die Pogues an einem eigentlich unpassenden Termin

Der Termin für den Gig der Pogues war echt scheiße! Es war der 20. April 1984. Ich hab ja schon in einem vorigen Kapitel erzählt, dass einige eigentlich so gar nicht rechts-verdächtige Bands zum Teil von rechtem Publikum vereinnahmt wurden. So auch die Pogues.
Warum, blieb mir immer ein Rätsel.
Irischer Folk und rechtes Gedankengut? Seltsam, aber bei ihren Konzerten ließ sich immer gut Bier trinken, und wahrscheinlich war das der Grund. Bier in den Kopp und die – falls überhaupt noch vorhanden – restlichen Gehirnzellen ausschalten.
Ein Konzert der Pogues nun am 20. April zu veranstalten war vor diesem Hintergrund eine bekloppte Idee. An Hitlers Geburtstag – da war der Gig für einige Hirnis der perfekte Rahmen, um den Führer zu feiern. Verdammt eklig!
Und tatsächlich stimmten in einer Songpause ein paar Idioten ein Happy Birthday an.
Sie hatten aber anscheinend nicht mit Cait O'Riordan gerechnet, der damaligen Bassistin der Pogues. Sie sprang von der Bühne, pflügte mit über dem Kopf erhobenen Bass durchs Publikum und haute diesen in die feiernden Hirnis. Das Ständchen war beendet, die Hirnis flogen raus, und das Konzert ging weiter. Klasse Aktion! Vielleicht war der 20. April doch ein guter Tag für dieses Konzert – diesen Tag einfach einer anderen Bedeutung zuzuführen ist gut, und jede andere Bedeutung ist besser als der Geburtstag Hitlers.

Playlist:
The Pogues – Fiesta

Chelsea und Angelic Upstarts

Chelsea und die Upstarts waren Bands der ersten Punkrockstunde, und die beiden zusammen auf einem Konzert zu sehen, war schon ein Highlight für mich. Es muss so etwa 1984 oder 85 gewesen sein. Aber eigentlich ist es auch egal, wann genau. Am Einlass machten wir eine etwas schärfere Kontrolle, da auch an diesem Abend mit härteren Jungs zu rechnen war.
Was wir da alles eingesammelt haben! Haufenweise Reizgas, Messer, ein paar Schlagringe und so Zeugs. Ich dachte mir – gehen die auf ein Konzert oder ziehen die in die Schlacht? Ich hatte nach dem Gig die Aufgabe, abgenommenes Zeugs, sofern nicht illegal, wieder rauszugeben. Die Zivis der Polizei guckten zuvor alles durch, und zumindest die Schlagringe landeten bei denen. Drei Jungs blieben mir besonders in Erinnerung. Ineinander eingehakt kamen sie an meinem Kabuff vorbei. Alle drei ziemlich voll, und der in der Mitte war blutverschmiert und so voll, dass er nicht mehr alleine laufen konnte. Auf meine Frage, ob er einen guten Abend gehabt hätte, antwortete er nur: »Voll geile Show…« Nun gut… jeder hat halt andere Ansprüche an stimmungsvolle Feierei.
Gene October, Gründungsmitglied und Sänger von Chelsea, wurde an diesem Abend kein Typ, den ich ins Herz schloss. Während der Show der Upstarts war er im Publikum, und dann wollte er zurück ins Backstage. Ein junger Punk fragte ihn, ob er mit hinter die Bühne könne.
»If you give me a blowjob!«, gab er zur Antwort…
Nee – das war nicht Punk, was er da sagte. Fand ich doof und eklig.

Playlist:
Angelic Upstarts – I'm An Upstart

Stagediving mit den Lurkers und Killing Joke

Campino als Fan der Lurkers war schuld, dass sie Mitte der 80ger wieder live spielten. Er hatte sie letztendlich dazu breitgeschlagen. Neben meinem schon von mir erwähnten ich-hab-dir-einst-im-Kant-Kino-auf-die-Kniescheibe-gespuckt-Geständnis an Pete Stride ist mir eben Campi an dem Abend in Erinnerung geblieben.
Bei Gigs im Loft von alten Bands sah ich immer zu, dass ich während der Show nix zu tun hatte, um mir die Bands anzugucken und vorne mit zu pogen. So halt auch bei den Lurkers. Bei einer Nummer kam Campi auf die Bühne und sang mit. Am Ende des Songs guckte er ins Publikum, sah mich und zeigte kurz auf mich. Dann sprang er ab – und mannhaft blieb ich stehen. Autsch! Ach nee – irgendwie war Stagediving nicht mein Ding, aber ich fing ihn trotzdem auf.

Bei einem Gig von Killing Joke durfte ich dann einmal erleben, dass solch ein Stunt auch anders ausgehen kann. Ein recht stabiler Kerl enterte die Bühne und sprang sichtlich euphorisiert ab. Nur dumm, dass die Zuschauer in den ersten paar Reihen sahen, was da auf sie zukam und mehr als bereitwillig Platz zur Landung machten. Bumm! Er rappelte sich zwar recht schnell wieder auf, ich bin mir aber recht sicher, dass es bei irgendeiner Meßstation im Schwarzwald für Erdbeben einen Ausschlag gegeben haben muss.

Playlist:
Killing Joke – The Wardance

Ryuichi Sakamoto und fotografierende Japaner

Bands aus Japan waren nicht oft im Loft. Außer den Frank Chickens fällt mir eigentlich nur Ryuichi Sakamoto ein. An das Konzert selbst habe ich keine Erinnerung, dafür an die japanische Reisegruppe.

Ich stand gerade vor dem Loft, als der Bus ankam. Ich war begeistert, wie viele Japaner da aus dem Bus kletterten.

Ich finde Vorurteile ja eigentlich recht doof, glaube aber, dass nicht nur ich Bilder im Kopf habe, die einfach da sind, wenn ein bestimmtes Wort fällt oder eine bestimmte Situation eintritt. Das sind dann doch keine Vorurteile, sondern eher Assoziationen, oder?

Jedenfalls bot sich mir beim Anblick des Trupps solch ein Bild, das ich schon vorher in meinem Kopf hatte, obwohl ich noch nie zuvor eine japanische Reisegruppe gesehen hatte. Alle hatten die gleiche Frisur, lächelten freundlich, redeten recht schnell und hektisch und ich verstand natürlich nix.

Und jeder von ihnen, wirklich jeder, hatte mindestens zwei Fotoapparate und knipste wie irre rum. Ob nun ein Vorurteil oder eine Assoziation – nennt es, wie ihr wollt, aber meine bildliche Vorstellung von einer japanischen Reisegruppe hatte ich in diesem Augenblick live und in echt genau vor mir…

Da ich mich recht schnell als Teil der örtlichen Crew zu erkennen gab, fand ich mich flugs in der Schar wuseliger Japaner wieder und wurde so oft fotografiert wie nie zuvor in meinem Leben. Wahrscheinlich haben sich einige Japaner, zurück in der Heimat, beim Entwickeln der Filme gefragt, wer denn dieser komische Typ mit der noch komischeren Frisur ist…

Patti Paladin und mein Herzschmerz

Hach – Patti Palladin… seufz… schmacht… schwelg…

Eines Tages sollte Johnny Thunders mit den Heartbreakers im Loft spielen, und an diesem Abend brach tatsächlich ein Herz – nämlich meines…
Nicht lange vor seinem Konzert im Loft veröffentlichte Johnny Thunders zusammen mit Patti Palladin ein wunderbares Coveralbum namens *Copy Cats*. Auf dem Album befand sich auch eine Version von *She Wants To Mambo*, im Original von den Chanters aus den 50ern.
Bei uns im dritten Programm lief Mitte/Ende der 80er zudem eine Musiksendung namens *Dr. Mambo*. Also kamen die von der Redaktion auf die grandiose Idee, ebendiesen Song mit Johnny Thunders im Loft aufzunehmen.
Doch Johnny Thunders war damit nur einverstanden, wenn Patti Palladin mit dabei wäre. Also wurde sie extra für diesen Gig aus London eingeflogen. So wurde das Konzert ein zumindest in Deutschland einmaliges Ereignis. Patti kam nicht nur für den Fernsehclip angeflogen, sie spielten zusammen auch einige Songs vom Album bei uns.
Am Tag des Gigs war ich recht früh im Loft und noch allein. Ihr Flieger aus London war recht zeitig in Berlin angekommen, und sie war schon vor den Heartbreakers im Loft.

Da stand sie also plötzlich mutterseelenallein mit mir im Loft. Ich war begeistert! Sie sah genauso gut aus wie auf dem Plattencover! Googelt das mal – es lohnt sich!
Und nett war sie auch noch. Wir schwatzten ein wenig – jedenfalls so gut, wie es mein immer noch recht mieses Englisch hergab, und sie half mir beim Catering.

Mit Patti Palladin Stullen schmieren – das war tatsächlich noch viel besser als Kartoffelpuffer für die Ramones zu braten… vor allem war es romantischer.
Leider kamen immer mehr Leute ins Loft, um das Konzert vorzubereiten, und unsere Zweisamkeit fand ein jähes Ende.
Das Konzert war okay – aber Patti war grandios! Ich fühlte mich wie ein kleiner Teenie, der schwer am Anhimmeln war. Nach dem Gig bewachte ich die Backstagetür, und Herr Thunders raunte mir zu, ich solle alle Girls reinlassen. Ich war entsetzt!
Nein – der hatte keine Zeit mit *meiner* Patti verdient.

Irgendwann waren alle – auch Patti – leider weg, aber ich hatte eine schöne Erinnerung.

Doch die Geschichte zwischen Patti und mir sollte noch nicht zu Ende sein. (Ich gebe jetzt ausnahmsweise mal ein bisschen an und übertreibe mit der Formulierung – aber ich war nun mal schwerstens begeistert!)

Patti hatte eine Freundin in Berlin und nutzte den Trip, um ein paar Tage länger zu bleiben. Am Tag nach dem Gig, es war ein Samstag, war ich schon mittags mit Freunden im *Café Swing* am Nollendorfplatz verabredet.
Wie alle zwei Wochen wollten wir zum Fußball ins Stadion. Ich saß gerade mit 'nem Milchkaffee rum. Da ging die Tür auf, und es kam tatsächlich Patti rein. Sie guckte einmal in die Runde, und ich winkte ihr zu.
Sie winkte nicht zurück, sondern steuerte den Tresen an und bestellte irgendwas. Ich wartete ein wenig und fand sie plötzlich doch ziemlich doof. Nach dem Tag gestern wollte ich schon wiedererkannt werden und eine Reaktion ihrerseits haben. Aber von ihr kam nichts…
Das ließ mir dann doch keine Ruhe und ich bin rüber zu ihr. Als ich vor ihr stand und »Hi!« sagte, lächelte sie dann

doch und schien sich echt zu freuen. Ich bekam dann auch gleich die Erklärung für ihren Auftritt geliefert.
Sie hatte ihre Kontaktlinsen nicht drin und mich auf die Entfernung schlichtweg nicht erkannt. Sie sah nur schemenhaft jemanden winken und wusste noch nicht einmal, ob sie gemeint war oder irgendwer anders. Wir schwatzten dann ein wenig, und fast hätte ich sie so weit gehabt, dass sie anstelle des eigentlich geplanten Besuchs einer Bauhaus-Ausstellung mit ins Stadion gekommen wäre.
Aber eben nur fast... Und da mir meine Samstage im Stadion heilig waren, trennten sich unsere Wege schon bald wieder.
Das Spiel war, wie so oft, recht mau, und ich dachte anschließend, dass die Ausstellung mit Patti die bestimmt bessere Wahl gewesen wäre.

Nach dem Spiel war ich dann noch in einer Kneipe auf ein, zwei Bierchen. Irgendwann hatte ich genug und war nur noch müde und machte mich auf den Heimweg. Als ich aus der Kneipe rausging, kam Patti gerade rein. Jetzt hatte sie anscheinend die Linsen drin, denn sie erkannte mich sofort und lachte.
So eine große Stadt, und wir liefen uns dauernd über den Weg...
Kurz überlegte ich noch, ob ein längeres Bleiben vielleicht noch schick wäre, aber ich war echt durch und wollte nur noch nach Hause. Tschüss, liebe Patti...

Am Sonntag gönnte ich mir mal ein aushäusiges Frühstück mit 'ner Tageszeitung. Und wieder passierte es! Ich zahlte und war im Aufbruch, da kam Patti mit ihrer Berliner Freundin in den Laden rein. Wieder ein großes Hallo und ein Kopfschütteln ob der kleinen Großstadt Berlin.
Und abends war ich noch kurz in einer Kneipe bei mir ums Eck und trank ein Bier.

Wie sollte es anders sein – Patti ließ nicht lange auf sich warten. Diesmal aber, bevor ich gehen wollte. So saßen wir lachend eine Weile zusammen. Wir scherzten und alberten rum, und ich holte aus meinen übersichtlichen Englischkenntnissen raus, was der Wortschatz nur hergab.
Dann sagte sie etwas, was ich nie vergessen werde.

...die ganzen zufälligen Treffen innerhalb von zwei Tagen...

...immer war ich da, und sie kam rein...

...da müsse es ja so aussehen, als ob sie mir hinterherrennen würde.
Eine wunderbare Vorstellung.
Leider musste sie am nächsten Morgen früh den Flieger nach London nehmen, und deswegen war diesmal sie es, die zuerst ging...

...aber nicht, ohne mir zum Abschied einen wundervollen Kuss zu schenken.

Hach – Patti... seufz... schmacht... schwelg...

Playlist:
Johnny Thunders & Patti Palladin – Baby It's You
(Logisch, dass ich diesen Song ausgesucht habe – bei dem Titel – und außerdem singt nur Patti!)

John Cale und das CP 70

Das CP 70 von Yamaha ist ein elektrisches Klavier. Die Saiten werden wie bei einem normalen Piano angeschlagen und die Töne dann in elektronische Signale umgewandelt – oder so ähnlich.
Entscheidend ist aber, dass in dem Teil eben richtige, analoge Saiten für den Sound unabdingbar sind und die Beziehung zwischen CP 70 und Chaos nie eine gute war.

Ich habe dieses Teil gehasst!
Es war immer in zwei Boxen verpackt, und das Case, in dem die Saitenmechanik steckte, hatte ein blödes Maß. Es war schwer, recht hoch, recht lang, dafür aber sehr, sehr schmal. Es ließ sich zwar ganz gut rollen, aber der Schwerpunkt war total doof.
Und es war damals ziemlich beliebt, sodass ich des Öfteren in den Genuss kam, es mit der Backline aus- und einladen zu dürfen. Die ersten vier Aufeinandertreffen mit dem CP 70 endeten immer gleich. Ich rollte das Teil Richtung Bühne, und irgendeine Unebenheit im Boden ließ das Case umkippen. Groß und schwer krachte es um, und ich war der Depp. Danke, CP 70!

Das vierte Mal war es besonders schlimm. John Cale sollte im Metropol spielen. Und er war bekannt dafür, kein wirklich einfacher Charakter zu sein.
Und ich warf sein geliebtes CP 70 um. Dufte…
Diesmal krachte es aber nicht nur um, sondern es sprang dabei auch noch die Saitenführung aus der Verankerung. Noch dufter…
Die Crew setzte die beiden Komponenten wieder zusammen, schloss es an einen Verstärker an – und nix kam raus. Die Hämmer erreichten nicht die Saiten. Kein Ton! Einer aus der Crew versuchte alles Mögliche, aber die Saitenführung kehrte nicht an ihren angestammten Platz zurück.

John Cale war noch nicht vor Ort – eine Gnadenfrist hatte ich also noch. Ich telefonierte einen Instrumentenverleih nach dem anderen ab, aber an dem Tag gab es in der Stadt kein freies CP 70.
Mit einem gemieteten Ersatz wäre ich zwar nicht dem Zorn des John Cale entronnen, hatte ich doch sein Teil geschrottet, aber zumindest hätte das Konzert stattfinden können.
Monikas Laune war auch nicht die beste.

Rettung nahte schließlich in Person des Berliner Klavierstimmers, der zu den Konzerten mit einem dieser Horrorteile immer am Start war. Wie immer wurde der fast blinde Herr von einem Freund in die Halle und auf die Bühne geführt. Ungefragt setzte er sich an das Instrument und schlug eine Taste an. Natürlich passierte nix.
Er schlug noch mal eine Taste an. Klar – wieder nix.
Da machte dieser Mann eine Klappe an dem Teil auf, griff kurz rein, es klickte kurz, er machte die Klappe wieder zu und spielte munter drauflos. Zwar verstimmt, aber es ging.

Irritiert hat ihn allerdings mein unüberhörbarer Jubelschrei, und meine Dankesbekundungen ihm gegenüber wollten an diesem Tag kein Ende nehmen.
Und gestimmt hat er dieses Werkzeug des Teufels auch noch! Das Konzert ging wie geplant über die Bühne, und meines Wissens hat John Cale nie von dem Fast-Desaster erfahren. War auch besser so! Danach habe ich übrigens nie wieder ein CP 70 angefasst! Die Teile müssen verflucht sein!

18 – Unsere Türpolitik

Die Jungs vom Loft und damit auch ich waren eigentlich nie die typischen Einlasser und Securities. Wir haben da nicht nur gejobbt. Durch die Begeisterung für die Musik und vielleicht auch, weil wir fast alle in irgendwelchen Bands spielten, waren wir ein Teil des Ganzen. Das Loft war ein großer Organismus, und jeder von uns war ein Teil dieses Gebildes. Es war eben nicht nur ein Veranstaltungsort mit ständig wechselnder Belegschaft. Dadurch bekamen die Konzerte dieses von mir genannte familiäre Flair.

Wir kannten viele der Besucher mit Namen, lernten sie manchmal besser kennen und tranken mit ihnen in Kneipen Bier oder waren mit ihnen auch mal beim Fußball oder anderen Veranstaltungen. Medienvertreter, egal ob Presse, Funk oder Fernsehen, kannten uns und wussten, wen sie da vor sich hatten.

KaDe Schacht, damals bekannt für seine Kolumne *Inside* im Stadtmagazin *tip*, sei da als Beispiel genannt. Mit ihm ließ sich vortrefflich über das Leben im Großen, besser aber noch im Kleinen tratschen. Alle zwei Wochen stand er mit gezücktem Notizblock bei uns am Einlass und wollte für seine Kolumne Klatsch und Tratsch erfahren.

Oft dachten wir uns Meldungen aus – mit absolut null Wahrheitsgehalt, aber immer lustig und glaubwürdig. Er wusste das, aber es war ihm egal. Hauptsache, die Meldung war realistisch und tat keinem weh. Es war immer spaßig, sich neue News aus der Szene auszudenken – aber ihm auch immer wieder wahre Neuigkeiten zu stecken.

Am Einlass waren wir auch so gestrickt, dass auch dort ein wenig Spaß immer guttat. Standen wir zu zweit am Einlass, dann sammelte immer einer die Karten ein und der andere verpasste dem Besucher einen Stempel auf den Handrücken. Auch dabei machten wir uns unsere Späß-

chen. Ich besorgte einmal so eine Kinderpost, bei der ich einen Haufen Buchstaben hatte. Damit wurden neue Stempel gebaut. Praktisch, wenn es mal an zwei aufeinanderfolgenden Tagen Konzerte gab.
Mein Lieblingsstempel war damals ***toidilloV***.
Einige unserer Spezies, also die, die immer wieder versuchten für umme reinzukommen, kamen stets zu zweit zum Konzert. Einer kaufte ein Ticket, ließ sich einen Stempel geben, nur um schnell rauszuflitzen, um den noch feuchten Stempel auf den Handrücken des anderen abzudrücken. Immerhin 2 für 1 gleich halber Preis.
Und nun darf der Leser rätseln, warum ***toidilloV*** mein Lieblingsstempel war.

Stempel mit Leuchtfarbe waren auch eine Zeitlang beliebt bei uns. Mit dem Stempelset Bauernhof leuchteten uns unter Schwarzlicht dann entweder eine Kuh, ein Pferd, ein Huhn oder ein Schwein entgegen. Es gab damals aber auch ganz doll schicke Lippenstifte mit diesem Leuchteffekt. Besonders eifrige Konzertschnorrer guckten nach dem an dem jeweiligen Tag angesagten Motiv, um sich dann gegenüber im Café Swing mühevoll ein kleines Schwein auf den Handrücken zu malen. Irgendwo im Laden gab es da nämlich eine Schwarzlichtbirne. Pech für sie, dass der Lippenstift in einer anderen Farbe leuchtete. Zudem sahen die nachgemalten Bewohner eines Bauernhofs oft eher wie Wolpertinger aus.
Eines Tages kam einer und präsentierte uns auf seinem Handrücken einen viel zu großen Smiley in der falschen Farbe.
Klasse Idee, die ich mit einem »Is' ok – kannst durch…« belohnte.
Wir nahmen es halt sportlich an der Tür, und ich fand, der Typ hatte es sich verdient. Besonderes Lob an ihn nun aber viele Jahre später noch dafür, dass er diesen Stunt

kein zweites Mal versuchte… da wäre der Witz öde gewesen, und ich hätte ihn abgewiesen und an die Kasse geschickt.

Wirklich sportlich und zudem sehr witzig fand ich auch den Gast, der tatsächlich auf allen Vieren an uns vorbeirobbte und dabei immer wieder sagte »Sie sehen mich nicht – sie sehen mich nicht…«. Natürlich kam er an dem Tag umsonst rein, und wir beömmelten uns köstlich.

Viele kamen auch zu uns, um einfach nur ein Schwätzchen zu halten. Die wollten die Bands nicht unbedingt sehen. War aber gerade viel los und wir hatten keine Zeit zum Sabbeln, dann schickten wir sie einfach hoch ins Loft, ein bisschen gucken. Meist kamen sie nach einer Weile zurück zum Tratschen, manchmal nicht, weil sie die Band doch geil fanden, aber sie legten es nie drauf an, für umme reinzukommen.

Mit einer Ausnahme und zu dieser Ausnahme komme ich jetzt.

Wir standen auf der Treppe zum Loft immer auf der zweiten oder dritten Stufe. Der ankommende Besucher stand somit leicht unter uns, und wir gucken zu ihm runter. Gerade im Sommer bot sich uns da hin und wieder ein Anblick, der schon sehr, sehr schick war.

Sorry – aber ich war und bin nicht aus Holz und finde es nicht schlimm, ein schönes Dekolleté zu bewundern. Nicht mehr, aber eben auch nicht weniger. Beeinflusst, welches Mädel umsonst reinkonnte und welches nicht, hat mich das aber nie.

Wenn mir jemand solche Gedanken unterstellen würde, dem kann ich nur sagen: Ich wäre ja doof gewesen, so ein Mädel reinzulassen, aber die hochgeschlossenen Outfits nicht.

Ich habe auch nie stumpf in einen Ausschnitt gestiert, ihn aber schon ab und zu bemerkt. Wie gesagt: Ich bin weder blind, noch aus Holz, glaube aber von mir zu wissen, dass ich weiß, wo die Grenzen sind und ab wann es unangenehm wird.

Mit einem dieser Dekolletémädels meinte ich eigentlich ein wenig befreundet zu sein. Oft schwatzten wir an der Treppe oder tranken im *Caledonia* bei Freund Eddie nach den Konzerten gelegentlich ein Bier. Ich hegte keinerlei Ambitionen ihr gegenüber. Sie sah zwar gut aus, war aber nicht mein Typ. Bei Konzerten stand sie oft eine Weile bei uns an der Treppe, und wenn es voll wurde, schickte ich sie halt hoch.

Nun rief eines Tages ein Freund bei mir an, um mir zu erzählen, dass er am Vorabend ein interessantes Gespräch ebendieses Mädels mitbekommen hätte. Sie hätte einer Freundin erzählt, dass sie im Loft nie zahlen müsse. Sie würde kurz vorher einfach einen Knopf mehr aufmachen, und das hätte immer funktioniert. So weit, so unschön…

Beim nächsten Konzert, von dem ich wusste, dass sie kommen würde, kam dann mal wieder mein Poststempelselbstbauset zum Einsatz. Sie kam und präsentierte ihren Ausschnitt. Dieses eine Mal guckte ich länger, als es sich eigentlich geziemt, und machte keinerlei Anstalten, sie umsonst reinzulassen. Ich wusste ja, dass sie die Band unbedingt sehen wollte. Irgendwann wurde es ihr anscheinend zu doof, und sie fragte mich, ob sie hochkönnte. Noch einmal versank mein Blick in den Tiefen ihres Ausschnitts, und über meine Lippen leckend antwortete ich recht laut und für alle hörbar: »Na klar – aber nur, wenn ich dir den Stempel auf einen Körperteil meiner Wahl geben kann… und du ihn bis Konzertende nicht abwäschst.«

»Kein Problem!«, sagte sie, und drückte mir dabei ihren Ausschnitt noch etwas mehr entgegen. Genüsslich versorgte ich den Stempel mit genug Farbe – und ganz, ganz vorsichtig…

…mit einer Zartheit, die einer empfindlichen Blume zugestanden hätte…

…wie bei einem rohen Ei, das es bei einem Erdbeben zu retten gilt…

…und jeden Augenblick dieses herrlichen Moments weidlich auskostend…

…setzte ich ihr den Stempel auf die Stirn, und er war prima zu lesen.

Etwas irritiert ging sie dann hoch und (ich vermute mal) direkt aufs Klo. Da konnte sie dann im Spiegel lesen:
!foob nib hcI
Ich denke, sie hat ihn schnell abgewaschen, aber ein paar Leute werden es zuvor noch haben lesen können, und eben nicht in Spiegelschrift.
Und wenn sie in Zukunft nackt vor mir gestanden hätte – mit den freien Eintritten hatte es sich für sie erledigt.
Geredet hat sie nie wieder mit mir – fand ich aber auch nicht schlimm.

Bei Konzerten im Loft kamen die Tickets meist von der Rolle, so wie im Kino. Ab und zu und vor allem im Metropol oder im Tempodrom gab es aber gedruckte Karten. Bei diesen Gigs galt es bei dem ein oder anderen Besucher, den Abriss gaaaanz vorsichtig zu entfernen – sollte das Ticket ja am Ende des Tages den Weg ins Poesiealbum finden.
Liebes Tagebuch, heute war ich bei den Cramps und Poison Ivy. War richtig schick und sie hat mir – obwohl stark kurzsichtig und ohne Brille – sogar zweimal zugezwinkert… und das, obwohl ich in der dreiundzwanzigsten Reihe stand…
Und da drunter klebte dann bestimmt die Karte.
Ich selbst hab so was nie gesammelt.

Heute denke ich oft: Hättest du mal – es wären schöne Erinnerungen. Der Akt des Abrisses war stets mit leichten Schweißperlen des Gastes verbunden… bloß nicht zu viel abreißen… Aber als Erinnerungsstütze sicher nicht das Verkehrteste.

Ich hingegen sammelte lieber die Pässe, die es bei den Shows für die Crew gab. Da waren mir die Klebepässe auch immer lieber als die laminierten. Laminierte waren zwar irgendwie wichtiger und seltener, aber ich sammelte die ja nicht wegen des immateriellen Wertes, sondern um sie auf die heimische Küchentür zu kleben. Doof nur, dass ich die Tür beim Auszug aus der Wohnung nicht mitnehmen konnte.

Eine Küchentür als Poesiealbumersatz war echt 'ne Scheißidee…

19 – Joboptionen

Der Trupp der Loft-Jungs hatte während meiner Jahre keine große Fluktuation, und die meisten blieben über viele Jahre fester Teil der Crew. Schäumer allerdings hörte irgendwann leider auf. Er war aber nicht wirklich weg, wechselte er doch in den Bereich des Tourleiters und war auch so ab und zu mit verschiedenen Bands zu Gast bei uns und immer gern gesehen. Durch seinen Weggang entstand zwar ein riesiges Loch für mich, doch mein Job sollte nun ein wenig abwechslungsreicher werden.
Bis zu seinem Abschied hatte Schäumer immer die örtliche Durchführung gemacht. Er sorgte für genug fleißige Hände beim Auf- und beim Abbau, teilte die Security für den Abend ein und war erster Ansprechpartner für den auswärtigen Tourleiter. Auch der zeitliche Ablauf, also wann wer und wie lange auf die Bühne geht, war sein Job. Der Job nannte sich dann Technischer Leiter oder kurz TL.
Bei Gigs im Loft war das eigentlich ein Selbstläufer. Es gab nur wenig Crew vor Ort, die Tourleiter kannten den Laden meist zur Genüge, und es gab wenig Rennerei. Aber Monikas Veranstaltungen im Metropol, im Tempodrom, im Quartier Latin und selbst mal in der alten Messehalle wurden häufiger, und da war die Position des Technischen Leiters tatsächlich nötig. Nach Schäumers Weggang schmiss ich dann den Job und wurde so gewissermaßen zum TL befördert – und das, ohne dass das jemals ausgesprochen wurde, und ohne, dass ich das wirklich bemerkte. Ich hatte ein paar andere Aufgaben, sicherlich ein bisschen mehr Verantwortung, aber eigentlich war alles wie immer. Gerade bei den Gigs im Loft.

Bei den größeren Konzerten außerhalb vom Loft spürte ich schon eher eine Veränderung. Da hab ich keinen Einlass mehr gemacht und hatte meist auch keine feste

Position als Security während der Show. Dafür gab es noch mehr Kontakt mit den Bands und vor allem mit den mitreisenden Crews – und auch nach einigen Jahren fand ich das immer noch spannend und meist auch sehr spaßig.
An einen Tag mit den Sisters Of Mercy im Tempodrom mit mir als TL denke ich gern zurück. Die Combo war bekannt dafür, dass sie das Bühnenlicht am liebsten von hinten bekam und mit reichlich Nebel für das Publikum meist nur als Silhouetten zu sehen waren. Die Lichtanlage, die sie dabeihatte, war nun für den hinteren Bereich der Bühne einfach zu hoch ausgelegt. Das Zeltdach fiel stark ab, und die Traversen konnten nicht hoch genug gehängt werden. Der Tourleiter, Michael Löffler aus Freiburg, kam nun auf die grandiose Idee, dass wir ja das Dach aufschneiden könnten. Dann würde es super passen, und die Wettervorhersage war auch dufte und kein Regen in Sicht.
Es dauerte echt eine Weile, bis ich merkte, dass er das tatsächlich ernst meinte. Ich kannte den Herrn Löffler ja schon eine Zeitlang und auch seinen von mir immer geschätzten recht trockenen Humor. Deshalb nahm ich seine Idee zuerst nicht für voll… und bemerkte gerade noch rechtzeitig, dass sich die Crew tatsächlich daranmachte, Leitern und Werkzeug zu organisieren.
Mein Veto war ihnen dann doch sicher, und mit Argusaugen achtete ich auch darauf, dass die einzelnen Lampen nicht zu dicht am Zeltdach hingen. Damals gab es noch nicht diese schicken LEDs, und die alten Kannen wurden verdammt heiß… Das Dach wäre bei direkter Berührung einfach geschmolzen, und reingeschnittene oder eingebrannte Löcher hätten nicht so einfach mit Gaffa-Tape geflickt werden können.

Beim nächsten Unwetter hätte der Ausspruch *nach uns die Sintflut* eine ziemlich realitätsnahe Bedeutung bekommen. Also blieb dank meines Einsatzes und meines Vetos als TL das Zeltdach intakt. Das Licht konnte am Ende doch noch so gehängt werden, dass die Sisters sicher sein konnten, dass sie keiner wirklich sehen konnte und sie ihr Konzert als rockige Version eines Schattenrisstheaters spielten.

Zu dieser Zeit bekam ich dann Angebote für andere Jobs. Die Tourleiter der Bands, die auch öfter mal die Chefs der veranstaltenden deutschen Agentur waren, boten mir an, ich solle doch auch mal eine Tour begleiten und mit einer Band durch die Lande ziehen. Einerseits waren das schon lockende Angebote und irgendwie reizte mich der Job auch. Andererseits kannte ich den normalen Arbeitstag eines Tourleiters, und mit dieser Aussicht konnte ich mich nicht wirklich anfreunden.

Der Hauptjob eines Tourleiters: Er muss nach dem Konzert mit dem örtlichen Veranstalter abrechnen, und die Deals, die ich mitbekam, sahen im Normalfall so aus: Es gab eine Summe X als feste Gage. Und dann gab es den Break-even – die Summe der Einnahmen, bei der die Kosten des örtlichen Veranstalters gedeckt waren. War das Konzert voll und es war mehr Geld in der Kasse, als der Abend gekostet hatte, gab es meist einen Prozentedeal. Sagen wir einfach mal, 50 Prozent des Überschusses an den Veranstalter und 50 Prozent an die Agentur.

In den Kosten des Veranstalters waren nun viele Punkte zusammengefasst. Es gab die schon erwähnte Festgage. Es gab anteilige Werbungskosten für Anzeigen, Flyer und Plakate. Es gab anteilige Bürokosten. Es gab die lokalen Kosten wie Saalmiete, lokale Crew, Strom etc.

...und und und...

Ein örtlicher Veranstalter muss nun zusehen, dass der Break-even möglichst hoch ist, der Tourveranstalter ist hingegen an einem möglichst niedrigen Break-even interessiert. Je niedriger, umso eher kommt ja der Prozentedeal ins Spiel. Der Örtliche listet nun alle seine Posten auf. Da stehen dann zum Beispiel 50 gewaschene Handtücher für die Band und deren Crew auf der Liste... Oder 500 geklebte Plakate für das Konzert... Oder 10 Helferlein zum Auf- und Abbau...

...und und und...

Alles Posten, die den Break-even hochtreiben. Der Tourleiter muss das nun eigentlich alles kontrollieren.

Nur – wie soll das gehen?

Die Helferlein am Anfang und am Ende zu zählen mag ja noch gehen, und wenn die Agentur 10 bestellt hat, sollten auch 10 da sein. Da geht es ja nicht nur um Kosten, sondern auch um zu schaffende Arbeit.

Aber wer zählt denn bitte vor Beginn Handtücher? Und die 500 angeblich geklebten Plakate in der Stadt? Wenn wir wussten, in welchem Hotel die Band hockt, dann haben Schäumer und ich deren Weg ins Loft schon mal erst am Konzerttag plakatiert – aber 500 Stück? Nee – dann hätte ich ja nur noch kalt duschen können.

Ab und zu hatte ich nach dem Konzert das Geschachere im Büro miterlebt, und das war nicht meine Welt. Zumal Monika und die jeweiligen Agenturen oft mehr miteinander verband als ein reines Geschäftsverhältnis. Wenn es nun aber schon unter befreundeten Parteien solch ein Basarverhalten gab: Wie war das erst, wenn keine Freundschaft mit im Spiel ist? Darauf hatte ich keine Lust.

Übrigens: Die Zahl X, mit der ein TL in solch einer Rechnung immer erscheint, hab ich so gut wie nie gezahlt bekommen...

Am meisten schreckte mich bei diesem Job aber etwas ganz anderes ab. Die Bands bei uns im Loft waren oft mit einem Doppelstockbus unterwegs, einem sogenannten Nightliner. Da wurde bei der Fahrt unten gehockt und oben in Kojen gepennt. Wenn am Veranstaltungsort keine Möglichkeit bestand zu duschen, gab es ein Duschzimmer in einem nahegelegenen Hotel. Für ausreichende Hygiene während einer Tour war also eigentlich gesorgt, doch der ein oder andere Bus, den ich kurz besuchte, hatte ein schon heftiges Aroma. Und in diesen Bussen kommt man sich nahe – sehr nahe sogar… und die Vorstellung solch einer Nähe mit Leuten, die ich nicht kannte, schreckte mich ebenfalls. Ich kann nicht jeden auf dieser Welt mögen, und ich erwarte auch nicht, dass mich jeder klasse und toll findet. Und dann vielleicht zehn Tage unterwegs mit Stinkstiefeln? Und dabei spielt es keine Rolle, ob im tatsächlichen oder im übertragenen Sinne…

Ich sollte vielleicht zehn Tage mit J. J. Burnell und den Stranglers in einem Bus sitzen? So lange kann ich auch heute gar nicht böse gucken…

Und wie oft hatten sich Tourleiter über ihre Bands oder über einzelne Mitglieder bei mir beklagt. Freund Kiki hat mir da mal eine herrliche Geschichte mit den Bad Brains erzählt. Deren Kopf, H. R., war kein einfacher Charakter. Auf einer Fahrt von Stadt A in die Stadt B löste er wie schon öfter zuvor die Band nach einem Streit an einer Tankstelle mal wieder auf und bestand darauf, dass der Bus ohne die gerade gefeuerten Mitglieder weiterfuhr. Mit Engelszungen durften sie zumindest mit in die nächste Stadt fahren. Dort angekommen, existierte die Band dann aber wieder, und der Gig und der Rest der Tour konnte wie geplant stattfinden.

Im Backstage der Halle stand auch das bestellte Catering für die Band bereit. H. R., der sich gerade erst wieder beruhigt hatte, saß nun da mit einer Schüssel Knabberzeug, mampfte und war total begeistert.

»Hej Kiki – what is this? It's delicious!«

Hätte Kiki dem Vegetarier H. R. in diesem Moment gesagt, dass es sich um leckere Schweinekrusten handelte – die Tour wäre beendet gewesen, und die Band mal wieder aufgelöst… und für Kikis körperliche Unversehrtheit hätte keiner garantieren können! Ich hätte jedenfalls nicht drauf gewettet… so futterte er die Schüssel alleine leer… und Kiki hoffte, dass er nie erfährt, dass er da gerade leckere Schweinehaut verzehrt hatte!
Nein – solche Geschichten schreckten mich trotz einer gewissen Komik zu sehr ab, und ich blieb lieber bei Mutti im Loft…

…ich wurde allerdings auch nie gefragt, ob ich eine Tour von Patti Palladin begleiten wollte… da hätte ich allerdings sofort zugesagt, und es hätte mir gar nicht eng genug sein können im Bus…

20 – Alles hat ein Ende

Zum Jahreswechsel 1986/87 gab Monika dann das Loft ab und zog sich zurück. Eine für mich nicht schöne Entwicklung. Sie und Heiner fehlten mir bei den Konzerten und an den Tagen dazwischen doch sehr. Ihre Begeisterung und ihr Enthusiasmus, ja selbst ihr manchmal ziemliches Generve, wenn wir ihrer Meinung nach mal wieder nicht genug plakatiert hatten, waren durch nichts, was da kommen sollte, aufzufangen.

Irmchen übernahm dann die Führung, und neu dazu kam Axel Knabben. Den kannte ich zuvor nur flüchtig, und ich war über die Installation seiner Person als Co-Chef etwas irritiert. Ich verband mit ihm und dem Loft fast nichts.

Warum war er da? Ich wusste es nicht und erfuhr es auch nie. Ich hätte es gut gefunden, wenn ich zumindest gefragt worden wäre, ob ich nicht Lust hätte, ebenfalls als Veranstalter in Erscheinung zu treten und nicht nur als Angestellter.

Diese ganze Geschichte damals mit der Abgabe von Monika und der Übernahme von Axel war auch das einzige, was ich in der Nachbetrachtung als etwas fahl, schal und schade empfinde.

Jahrelang war ich ein Lofti, einer der Jungs, so wie ein paar andere auch. Das spielte aber bei der Neubesetzung anscheinend keine Rolle. Die einzige Ansage, an die ich mich erinnern kann, war, dass sich für mich nichts ändern würde.

Und genau das war ja mein Problem.

Warum sollte sich denn für mich nichts ändern? Traute mir keiner zu, dass ich in Aufgabenbereiche hineinwachsen konnte, die ich bisher nur am Rande mitbekommen hatte? Auch das bekam ich nicht gesagt. Gut – ich hatte auch nicht nachgefragt. Mein Fehler.

Der Grund dafür war aber nicht, dass ich gefragt werden wollte, dass ich also zu stolz war und es irgendwie doof fand, selbst aktiv zu werden. Nee – deswegen nicht. Eher war es mein ganz eigenes Problem und eine Schwäche, mich selbst anzupreisen und ins Spiel zu bringen. Darin hatte ich noch nie Talent. Auch heute noch nicht.

So zogen die nächsten Monate ins Land. Ich wurde in dieser Zeit nicht so richtig warm mit Axel. Ich mochte ihn schon, aber es war nicht mehr so wie vorher.
Monika und Heiner fehlten mir zu sehr – und damit das Familiengefühl. Mit Axel wurde alles viel businessmäßiger und damit auch unpersönlicher. Auch das Programm war irgendwie nicht mehr so ganz meine Baustelle. Das hatte nichts mit dem Loft und Axel zu tun, aber die Zeit der Aufregungen und Überraschungen war anscheinend vorbei. Es kehrte so etwas wie Routine ein, und die Tage im Loft entwickelten sich immer mehr zu Arbeitstagen.

Also wurde es Zeit, dass sich etwas änderte. Ich beschloss, dass meine Tage im Loft gezählt wären und dass es an der Zeit wäre, zu gehen. Ich wollte nun aber nicht zwischen Tür und Angel abziehen, es ergab sich aber keine Gelegenheit, mit Irmchen und Axel mal über meinen Kündigungswillen zu sabbeln. Es zog sich noch einige Zeit hin, und irgendwann hatte ich genug.

An einem normalen Konzerttag nachmittags war es dann so weit. Beim Plakateankleben draußen – ausnahmsweise stand ich mal trotz meiner Höhenangst auf der Leiter und Axel hielt sie fest – sagte ich zu ihm, dass ich im Loft aufhören wolle, weil ich keinen Bock mehr hätte. Das nahm er erst einmal so hin. Später sagte er mir mal, dass sie auch mit mir hatten reden wollen… um mir eine Teilhaberschaft anzubieten!
Ich hab trotzdem gekündigt und ich fand, der 1. April '89 war ein gutes Datum dafür.

Einer der Jungs vom Loft zu sein – das war dann vorbei. Leicht fiel mir diese Entscheidung nicht. Später gab es dann nochmal Kontakt. Ich war hier und da bei Konzerten, und alles war dufte.
Und ich bekam sogar noch einmal ein Angebot von Axel.

Zu der Zeit war der Metal nicht mehr der Metal, der er einmal war. Schon in den Jahren zuvor gingen neue Schubladen auf, und da guckten Bands wie Living Colour, Faith No More, Jane's Addiction, die Red Hot Chili Peppers, Fishbone, 24-7 Spyz und und und raus.
Zudem krachten Bands wie Slayer oder Suicidal Tendencies durch die Landschaft. Die Schubladen nannten sich dann Crossover, Funkmetal, Nu Metal, Trash und vieles mehr…

Vieles davon passte in das Programm des Loft, einiges aber auch nicht. Zudem gab es einen Schub an reinen Metalbands, die überhaupt nicht in das Konzept und in die Bandbreite des Lofts passten. Axel kam dann auf die Idee, dass ich eine eigene Konzertagentur in Angriff nehmen sollte. Diese zwar unter dem Dach des Loft, aber losgelöst und eigenständig.
So weit, so gut. Es hörte sich interessant an und ich hatte eigentlich auch Bock drauf. Mit *Chaos Konzerte* stand der Name des Kindes sofort fest, und ich schlief dann ein paar Nächte drüber. Wir kamen dann aber doch nicht zusammen. Es war absehbar, dass es über die Verteilung der Bands und unter welcher Führung die Konzerte ablaufen sollten, schnell Ärger geben würde.
Bands wie RHCP und Living Colour sollten weiter unter der Ägide des Loft spielen, und für mich hätte es Acts wie Running Wild, Helloween und so weiter gegeben. Diese Kapellen waren wiederum nicht meine Baustelle. Auch wollte ich nicht der Resteteller des Loft werden. Wirtschaftlich gesehen hätte es funktionieren können, aber sich

bei jeder Band erst einmal üppig zu streiten, wer die denn nun veranstaltet, war für mich keine gute Aussicht.
Ich hätte sicher einige Bands gemacht, die ich privat gern hörte, aber eben nicht nur. Ich hätte schon den Anspruch gehabt, dass ein Großteil meiner Veranstaltungen Gigs sein sollten, zu denen ich auch selbst gegangen wäre. Ein Unternehmen zu führen, das ausschließlich auf Rentabilität ausgerichtet ist, wäre ein reiner Arbeitsplatz gewesen… und das war ja nie mein Ding. Also wurde ich auch kein Veranstalter.

Meine Jahre im Loft waren sehr spannend für mich und auch prägend für das, was da noch kommen sollte. Ich bin auch nicht im Groll gegangen – überhaupt nicht.

Ich bin allen dort dankbar für die schönen Erlebnisse und Erfahrungen.

Es war schlicht genug.

21 – Schlusswort und Vorschau

Geschafft!

Ich hoffe, dass das Lesen des ersten Teils meiner Erinnerungen zuerst einmal unterhaltsam war.
Wenn es mir außerdem durch meine Geschichten und Anekdoten gelungen ist, einen Eindruck davon zu vermitteln, wie das so war in West-Berlin von Ende der 60er bis Mitte der 80er, dann bin ich zufrieden.

…und wie ich versprochen oder auch angedroht hatte: Band 2 – *Ich bin noch immer ein Berliner!* ist schon so gut wie fertig und wird recht zeitnah erscheinen.
Ich werde mich dann endlich und ausgiebig dem *Pinguin Club* widmen, meine Jahre in Diensten der *Toten Hosen* Revue passieren lassen, meine anderen Bands vorstellen und bestimmt auch anderen Dingen Raum geben, die mir passiert sind oder einfach nur auffielen.

Hej – war das jetzt ein sogenannter Cliffhanger?
Ja? Dufte – dann habt ihr ja vielleicht schon Appetit.

Da ich ein sehr neugieriger Mensch bin, kam ich noch auf eine kleine Idee – ich hätte gern Feedback von meinen Lesern! Deswegen habe ich eine Mail-Adresse eingerichtet, unter der ihr mir schreiben könnt – was, ist mir egal.
Also schreibt mir einfach unter:

chaosbuch@web.de

Kritik, Anregungen, Standorte von Wurstpfannenklos oder was auch immer… wie gesagt – ich bin neugierig!
Haut rein – und hoffentlich bis bald…

…der Chaos aus Berlin winkt…

…coming soon:

Ich bin noch immer ein Berliner!
Band 2 des Triptychons der Existenz des Chaos

…check it out at your local bookdealer!

22 – Dank an…

…meine tolle und, vor allem was das Buch und
mein Schreiben betrifft, verständnisvolle Frau Anja…

…Bernd Haegar Hobohm für das schicke Cover…

…Perzi für die Gestaltung und die technische
Betreuung…

…Michael für all die Korrekturen, Hinweise und Tipps…

…Dieter Jirmann für Tipps, Umschlagtext und
die Vorstellung meiner Wenigkeit…

…all die geilen Bands, die mich prägten…

…alle ungenannten Freunde, die mir oft
zur Seite standen…

…all die kleinen Momente, die in ganz kleinen Dateien in
den tiefen meines Hirnes schlummern,
und gelegentlich auf Aktivierung pochen…

…und die Leute, denen ich definitiv nicht danke, werden wissen, dass sie gemeint sind!

ISBN 978-3-7541-2713-1
www.epubli.de